# La Mémoire des Morts

## M.J. ROSE

Roman traduit de l'anglais
par Michèle Zachayus

*City Editions*
*THRILLER*

Ce livre est dédié à ma remarquable directrice de publication
Margaret O'Neill Marbury, qui m'a persuadée que je saurais
escalader cette montagne.

&

À Lisa Tucker et Douglas Clegg, de merveilleux écrivains et amis,
qui m'ont été d'une aide vitale à chaque étape du chemin.

Rayon : Thrillers
Collection dirigée par Christian English et Frédéric Thibaud

ISBN : 978-2-35288-215-2
Code Hachette : 50 5977 9

Catalogue et manuscrits : www.city-editions.com

Dépôt légal : deuxième semestre 2008
Imprimé en France par CPI France Quercy - Mercuès - N° 82318/

« *Je crois simplement qu'une partie de la nature ou de l'âme humaine n'est pas assujettie aux lois de l'espace ou du temps.* »

Carl Jung

# 1

*Rome, Italie – seize mois plus tôt*

Josh Ryder observait la scène par le viseur de l'appareil photo, se concentrant sur l'agent de sécurité en train de se prendre de bec avec une jeune mère aux cheveux teints d'un roux soutenu. La fouille mouvementée du landau du bébé sortait rapidement de la routine, et Josh se rapprocha pour son cliché suivant.

Il meublait ainsi le temps en attendant l'arrivée de parlementaires délégués par de grandes puissances qui devaient être reçus par le pape dans la matinée. Mais comme d'autres membres de la presse et des touristes qui ignoraient l'altercation ou bien s'en agaçaient, il commençait à s'inquiéter. Alors que les fouilles en règle se poursuivaient sans relâche chaque heure, chaque jour à travers le monde, l'éventualité du danger pesait sur toute vie, aussi diffuse et tenace qu'une odeur de fumée.

Dans le lointain, une cloche sonnant à la volée appelait les fidèles à la prière ; les échos étaient mal synchronisés avec les éclats de voix perçants de la femme qui continuait à protester. Puis, d'une violente poussée, elle percuta l'agent aux jambes avec son landau. Juste à l'instant où Josh atteignait cette clarté qu'il appelait « la vision parfaite », le genre de clichés dont voudrait son journal. Il entendit la déflagration. Suivie par un flash bleu-blanc.

L'instant suivant, le monde explosa.

À l'ombre protectrice de l'autel, Julius et son frère chuchotaient, révisant leurs plans concernant la dernière partie du sauvetage et de la convalescence. Main sur leur dague, l'un et l'autre restaient sur le qui-vive au cas où l'un des soldats de l'empereur surgirait de la pénombre. En 391, à Rome, sous le règne de l'empereur Théodose 1ᵉʳ, les temples n'offraient plus un sanctuaire aux prêtres païens. La conversion au christianisme n'était plus optionnelle mais une obligation officielle. Chercher à s'y soustraire constituait un crime passible de la peine capitale. Le sang versé au nom de l'Église n'était pas un péché, juste le prix de la victoire.

Les deux frères revoyaient leur plan : Drago resterait une heure de plus au temple avant d'aller à son rendez-vous avec Julius sur la tombe proche des portes de la ville. Les funérailles ritualisées du matin avaient fait diversion, mais ils restaient inquiets. .

Julius resserra son manteau, toucha son frère à l'épaule pour prendre congé et lui souhaiter bonne chance, puis s'éloigna à pas furtifs de la basilique. Il longea la façade pour échapper à d'éventuels observateurs. Il entendit approcher des attelages. Plaqué contre le mur, il retint son souffle sans plus bouger d'un cil. Le chariot passa sans s'arrêter.

Il avait enfin atteint l'angle du porche lorsque, derrière lui, éclata une clameur indignée qui cisailla le silence :

— Montrez-moi où se trouve le trésor !

C'était le désastre que Julius et son frère avaient redouté et dont ils avaient tant discuté. Mais Drago s'était montré très clair sur ce point : même en cas d'attaque du temple, Julius devrait continuer. Surtout ne pas revenir sur ses pas. Ni tenter de lui venir en aide... Le trésor à sauver importait davantage que la vie de n'importe qui.

Mais lorsqu'éclata un cri strident de douleur, Julius en oublia aussitôt les impératifs du plan et revint au pas de course dans la pénombre, s'engouffrant dans le temple jusqu'à l'autel.

Son frère n'était plus là où il l'avait laissé.

— Drago ?

Pas de réponse.

— Drago ?

Où était-il ?

Julius descendit une des ténébreuses allées latérales, en remontant la suivante, il trébucha sur le corps inanimé de son frère.

Il le traîna à la lumière vacillante des torches. Drago était déjà d'une pâleur mortelle, et la déchirure de sa toge béait sur une coupure horizontale d'une vingtaine de centimètres, lui barrant, sur l'estomac, une estafilade verticale qui l'avait éventré jusqu'à l'entrejambe.

Julius hoqueta d'horreur. Il avait déjà vu des carcasses éviscérées d'hommes comme de bêtes, leur accordant à peine un regard en passant. Les sacrifices, les soldats terrassés armes au poing ou les criminels châtiés, c'était une chose. Mais là, il s'agissait de Drago... Ce sang-là était le sien.

— Tu n'étais pas censé... revenir, gémit Drago, peinant à chaque syllabe comme si elle menaçait de rester coincée au fond de sa gorge. Je l'avais envoyé... chercher le trésor dans les... loculi[1]... Je pensais... m'a poignardé de toute façon...

---

1. Ces niches rectangulaires taillées à même la roche recueillaient les dépouilles des défunts. (Toutes les notes sont de la traductrice.)

Mais il reste assez de… temps… pour nous enfuir… maintenant… *maintenant !*

Il lutta pour se redresser, ses efforts déversant un peu plus ses entrailles sur le sol.

Julius le repoussa.

— Maintenant…

La voix de Drago faiblissait.

— Nous devons… partir… maintenant…

S'efforçant d'endiguer l'hémorragie, Julius exerçait une pression sur les lacérations ; il aurait voulu que les intestins, les nerfs, les veines et la peau retrouvent leur unicité, fusionnent de nouveau… Mais il ne réussit qu'à se tacher les mains dans toute cette masse chaude et gluante.

— Où sont les vierges ?

Sans prévenir, la question avait fusé comme une éruption du Vésuve, se répercutant le long de la nef. Des rires gras ponctuèrent la saillie.

Combien y avait-il de soldats ?

— Trouvons le butin pour lequel nous sommes venus, s'éleva une autre voix.

— Pas encore. Je veux une des vierges. Où sont ces putains de vierges ?

— Le trésor d'abord, mon salaud !

D'autres rires fusèrent.

Il ne s'agissait donc pas d'un homme isolé mais d'une escouade – qui venait d'envahir le temple. Avec force criailleries et exigences, la soif de sang imprégnant toutes les paroles de ces soudards… Qu'ils pillent donc les lieux, gaspillent leur énergie – ils arrivaient trop tard. Il n'y avait plus de païens à convertir, de trésor à dénicher ni de femme à violer… Tous avaient déjà été passés au fil de l'épée, ou se terraient.

— Nous devons partir…, chuchota Drago en luttant de plus belle pour se relever.

Il était resté en arrière pour s'assurer que tout le monde pourrait fuir en toute sécurité. Pourquoi lui, pourquoi Drago... ?

— Ne bouge plus, tu es blessé...

Julius n'ajouta rien, ne sachant comment apprendre à son frère que ses organes internes s'étaient pour moitié déversés hors de leur cavité abdominale...

— Alors laisse-moi... Tu dois la rejoindre... La sauver, elle, et les trésors aussi... Personne... personne que toi...

Il n'était plus question des objets sacrés, mais de deux personnes qui avaient désespérément besoin de lui : la femme qu'il aimait, et son frère. Or, les Parques[1] exigeaient que Julius sacrifie l'une pour sauver l'autre.

*Je ne peux pas la laisser mourir, et je ne peux pas t'abandonner à une mort certaine...*

Qu'il choisisse l'une ou l'autre, comment vivrait-il ensuite avec le poids de sa décision ?

— Regardez ce que j'ai trouvé ! brailla un des soldats.

Des clameurs sanguinaires se répandirent à travers la salle majestueuse. Un hurlement couvrit le vacarme. Celui d'une femme...

Julius se glissa prudemment à découvert, se dissimulant derrière un pilier, et jeta un coup d'œil vers la nef. La partie supérieure du corps de la malheureuse n'était pas dans son champ de vision, mais ses jambes pâles tressautaient sous les coups de reins de la brute qui la violait au point qu'une mare de sang grandissait sous elle. Qui était cette pauvre femme ? S'était-elle aventurée en ces lieux en pensant avoir découvert un havre de paix dans le vieux temple, avant de constater qu'elle venait de sombrer en enfer ? Julius pouvait-il encore voler à son secours ? En prenant ces spadassins par surprise ? Non, ils étaient trop nombreux. Il en dénombrait déjà huit

---

1. Déesses latines correspondant aux Moires grecques qui personnifiaient le destin.

rien que dans sa ligne de mire. À présent, le viol avait attiré l'attention générale ; oubliant leurs fouilles, les autres se massaient en cercle pour encourager leur camarade de leurs braillements.

Et qu'arriverait-il à Drago s'il le laissait là ?

La question ne se posa plus : sous sa main, Julius sentit le cœur de son frère cesser de battre.

*Il sentit son cœur cesser de battre.*

Julius frappa le torse de Drago à coups de poing, s'efforçant désespérément de stimuler le muscle cardiaque. En pure perte. Se penchant, il souffla dans la bouche de son frère pour gonfler ses poumons d'air, à l'affût du moindre signe de vie.

Finalement, lèvres contre lèvres, le bras passé autour de son cou, il pleura, conscient de gaspiller de précieuses secondes mais incapable de se contenir. À présent, il n'avait plus à choisir entre eux deux… Il était libre de rejoindre la femme qui l'attendait aux portes de la cité.

*Il doit la rejoindre.*

Tâchant de ne pas attirer l'attention, il abandonna la dépouille de Drago, recula, sentit le mur dans son dos et se remit à ramper. Il y avait une trouée dans les colonnades, au-devant. S'il y parvenait sans se faire repérer, il s'en sortirait peut-être.

Un soldat cria : « Halte ! »

S'il ne pouvait la sauver, il mourrait du moins en essayant ; traitant l'ordre par le mépris, il persévéra.

Au-dehors, l'air était saturé par la fumée noire qui lui brûlait les poumons et les yeux. Qu'incinéraient-ils maintenant ? Il n'avait plus le temps de le découvrir. À peine capable de distinguer ce qu'il y avait devant lui, il descendit au pas de course la rue où régnait un silence surnaturel. Après la cacophonie du drame qu'il venait de vivre, être soudain en mesure d'entendre le martellement de ses propres foulées avait quelque chose d'alarmant. S'il y avait un guetteur, cela le trahirait, mais… il n'avait plus le choix.

Il se *la* représentait dans la crypte, accroupie à la faveur d'une chiche lumière, en train de compter les minutes… Elle s'inquiéterait de son retard et se tourmenterait à l'idée que quelque chose ait dangereusement dérapé… Elle avait toujours été d'un courage constant et indéfectible. Même en pareilles circonstances, l'imaginer effrayée était difficile. Mais il s'agissait là d'une situation bien différente de tout ce qu'elle avait pu affronter jusqu'à maintenant. Et tout était de sa faute. Il s'était couvert de honte… Ils avaient trop risqué l'un pour l'autre. Il aurait dû se montrer plus fort, résister…

À présent, à cause de lui, tout ce qu'ils avaient chéri – et surtout leurs propres existences – était en jeu.

Trébuchant sur les inégalités d'un sol craquelé, il vacilla. Les muscles de ses cuisses et de ses mollets le brûlaient, chaque inspiration irritant si durement ses poumons qu'il aurait voulu crier. De la crasse et du gravier se mêlaient à la sueur saline qui lui dégoulinait sur le visage, lui humectant les lèvres… Il aurait donné n'importe quoi pour avoir un peu d'eau – de l'eau fraîche de source, pas cette pisse alcaline… Il martelait les pavés, ravivant les douleurs qui lui remontaient le long des jambes, ne cessant pourtant de courir.

Soudain, des vociférations et un tonnerre de pas précipités battant le sol s'élevèrent dans les airs. La terre vibrait tant qu'il comprit que les maraudeurs se rapprochaient… Il regarda sur sa droite, puis sur sa gauche. S'il parvenait à repérer une alcôve protégée, il se plaquerait dans l'ombre, contre le mur, et implorerait les cieux pour que ses poursuivants passent devant sa cachette sans le voir. Comme si cela pouvait le sauver… Il connaissait la prière comme le fond de sa poche. Il s'y était fié, y avait cru… Mais ses prières adressées au ciel auraient aussi bien pu être un crachat dans le caniveau pour tout le bien que ça lui avait valu.

— Le sodomite est en train de filer !

— La lie de la Terre… !

— Ce petit porc fait dans son froc !

— Tu n'as pas encore déféqué tout seul, mon petit porc ?

Ils riaient grassement, faisant assaut d'affronts et d'incriminations. Leurs gloussements se répercutaient dans la nuit, planant sur les ailes du vent chaud. Mêlée soudain à leurs quolibets, une autre voix se fit entendre :

— Josh ?

*Non, n'écoute pas ! Continue ! Il faut que tu la rejoignes à temps, tout va en dépendre !*

Une brume épaisse s'était levée. Il tituba encore, mais réussit à conserver l'équilibre. Et tourna à l'angle.

Il se retrouva face à des colonnades identiques avec des dizaines de portes de part et d'autre, et des voûtes en retrait. Il connaissait cet endroit ! Il pourrait s'y dissimuler à la vue de tous, les sanguinaires passeraient devant lui sans le voir, et...

— Josh ?

L'appel semblait lui parvenir de très loin, par-delà une immense étendue bleu-vert, mais il refusait de s'arrêter.

*Elle l'attendait... Elle attendait qu'il la sauve... qu'il préserve leurs secrets... et leurs trésors...*

— Josh ?

L'appel l'arrachait au présent, l'attirant au travers de cette sensation trouble et saumâtre de lourdeur.

— Josh ?

À contrecœur, il rouvrit les yeux, découvrit une pièce blanche, l'équipement, son propre corps meurtri... Au-delà de son rythme cardiaque, du moniteur d'oxygénation du sang et de tension artérielle avec son affichage à diodes lumineuses, le goutte à goutte de la perfusion et la machine de l'électrocardiogramme, il vit l'expression inquiète d'une femme qui le dévisageait. Sauf que ce n'était pas le bon visage...

— Josh ? Oh, Dieu merci, Josh ! Nous avons cru que...

Il ne pouvait pas être là maintenant. Il devait y retourner.

Il avait encore le goût de la sueur sur les lèvres. Ses poumons le brûlaient toujours. Sous les pulsations régulières des machines, il entendait ses poursuivants… Mais il n'avait de pensées que pour une chose : quelque part, *elle* se trouvait seule, livrées aux ombres qui s'épaississaient. Accablé par l'angoisse, il ferma les yeux. Il la décevrait mortellement s'il ne la rejoignait pas… Autre chose, aussi… Le trésor ? Non. C'était plus important… Pourquoi n'arrivait-il pas à s'en rappeler ? Qu'est-ce que c'était… ?

— Josh ?

La peine le poignarda au cœur aussi sûrement qu'une lame lui ouvrant le torse, mettant son cœur à nu… Face à une dure réalité sans fards, celle de l'avoir perdue, *elle*… Ce n'était pas possible ! Pas réel… Il se souvenait de la poursuite, de la fuite et du sauvetage comme si ça lui était vraiment arrivé. Or, il n'avait rien vécu de tel en réalité. Bien sûr que non.

Il n'était pas Julius…

… Mais Josh Ryder. Et il vivait au vingt et unième siècle.

Cette scène appartenait à un passé vieux de mille six cents ans.

Alors d'où lui venait ce sentiment d'avoir perdu tout ce qui avait jamais compté pour lui ?

# 2

À environ cinq mètres sous terre, la lumière tremblotante de la lanterne sourde dansait sur le mur méridional de la sépulture antique. Josh Ryder fut sidéré par ce qu'il découvrait. Sur la fresque, les fleurs étaient aussi fraîches que si on les avait peintes depuis quelques jours seulement. Des floraisons couleur safran, écarlate, vermillon, orange, bleu indigo, jaune serin, violet et saumon étaient réunies en un bouquet qui offrait un contraste saisissant sur le fond rouge pompéien. Sous les pieds de Josh, le sol miroitait de tous les feux d'un complexe pavage de mosaïques argent, azur, émeraude, turquoise et cobalt : un bassin aux pâles tesselles. Derrière lui, le professeur Rudolfo continuait à expliquer l'importance de cette sépulture de la fin du IV$^e$ siècle dans son accent anglais à couper au couteau. Âgé d'au moins soixante-quinze ans, il avait encore bon pied bon œil, bourré d'entrain… Il avait un regard alerte, aux prunelles noires comme charbon, pétillantes d'excitation tandis qu'il parlait des excavations…

Rudolfo avait été surpris d'avoir un visiteur à une heure aussi matinale, mais dès qu'il avait entendu le nom de Josh, il avait prévenu l'agent de faction que, oui, tout allait bien. Il avait simplement attendu monsieur Ryder un peu plus tard dans la matinée avec l'autre représentant de la fondation Phœnix.

Josh s'était réveillé avant l'aube. Il dormait rarement bien depuis le drame de l'année passée, mais l'insomnie de la veille était plus probablement due au décalage horaire – il venait juste d'arriver à Rome en provenance de New York –, ou bien à l'excitation d'être de retour dans la ville où s'étaient ancrées tant de ses « embardées » dans le passé… Trop agité pour rester à l'hôtel, il avait pris son appareil photo et partit en balade, nullement certain de savoir où ses pas le mèneraient.

En dépit de l'obscurité et de son ignorance des quartiers de la cité, il poursuivait sa route comme si l'itinéraire avait été balisé à son intention. Lui qui n'avait aucune idée de sa destination finale, il connaissait le chemin. Des avenues désertes bordées de boutiques de luxe cédèrent la place à des ruelles aux bâtisses vétustes. Les ombres prirent un tour sinistre. Et toujours, Josh marchait.

S'il avait croisé qui que ce fût, il n'avait remarqué personne. Et même si sa promenade matinale en ville lui parut durer une trentaine de minutes, il s'avéra qu'il arpentait les rues depuis plus de deux heures, dans un état de semi-transe… Il avait vu la nuit virer du gris-bleu au gris pâle puis au rose à mesure que le soleil montait dans le ciel. Il avait vu les collines verdoyantes apparaître. Du néant apparent, on passait à l'ombre, puis à une impression de forme, pour aboutir à la forme réelle. L'épisode dans sa globalité était tout à la fois déconcertant et étonnant quand, de façon apparemment fortuite, Josh réalisa qu'il se trouvait sur le site même que Malachai Samuels et lui avaient été conviés à venir explorer plus tard dans la matinée.

Ou de façon *nullement* fortuite…

Le professeur Rudolfo ne demanda pas pourquoi il était si matinal ni ne l'interrogea sur la manière dont il avait découvert le chantier.

— Si c'était moi, je n'aurais pas réussi à fermer l'œil non plus. Venez ici, venez ici !

Laissant volontiers le professeur partir du principe que l'enthousiasme l'avait attiré là à six heures trente du matin, Josh prit une grande inspiration avant de s'engager prudemment sur l'échelle, refusant de s'attarder sur la claustrophobie dont il avait souffert toute sa vie et qui s'était aggravée depuis l'attentat dont il avait été victime.

Des accords extraits de *Madame Butterfly* avaient attiré l'attention de Josh, l'attirant vers cette colline ; il se concentra sur l'aria déchirante en descendant dans la cavité chichement éclairée.

Une cavité plus spacieuse qu'il n'aurait cru... et il soupira de soulagement. Il parviendrait à supporter d'être en ces lieux.

Le professeur lui serra la main, se présentant, puis baissa le volume du passe-CD en plastique noir poussiéreux avant d'entamer la mini « visite guidée ».

— La crypte fait 2,5 m de large sur environ 2,15 m de long. Le professeur Chase – Gabriella – et moi-même pensons qu'elle fut construite durant les toutes dernières années du IV$^e$ siècle. Tant que nous n'aurons pas les résultats de la datation au carbone 14, nous ne pourrons rien affirmer. Mais au vu de certains des artefacts découverts ici, nous pensons que c'était en 391 après Jésus-Christ, année où le culte des Vierges Vestales fut abandonné. Un tel décor est atypique de ce type de chambre funéraire, nous estimons donc que c'était destiné à quelqu'un d'autre, mais qu'on y inhuma la Vestale fautive lorsque son inconstance éclata au grand jour.

Josh saisit son appareil mais avant de s'en servir, il demanda au professeur si cela ne le gênait pas. Hormis l'explosion d'une bombe, à peu près rien ne l'avait jamais empêché de prendre une photo quand il travaillait pour Associated Press. Puis, six mois plus tôt, il avait pris un congé exceptionnel pour bosser en qualité de vidéographe et de photographe à la fondation Phœnix. Cette dernière accueillait des enfants afin de traiter les souvenirs régressifs de leurs existences antérieures. Depuis lors, il s'était accoutumé à demander la permission avant de shooter. En échange, il avait accès à la bibliothèque la plus grande et la plus difficile d'accès dédiée à la question de la réincarnation, ayant en outre l'opportunité de collaborer avec les principaux responsables de la fondation.

— Ça ne me pose pas de problème, répondit le professeur, mais seriez-vous assez aimable de vous en assurer auprès de Gabriella ou de moi-même avant de montrer les clichés à des tiers ou d'en donner l'exclusivité à un éditeur ? Tout ce qui se trouve ici est encore sous le sceau du secret, et nous nous efforçons de le préserver jusqu'à plus ample information sur la nature exacte de notre découverte. Nous ne tenons pas à générer un élan d'enthousiasme infondé au cas où nous serions dans l'erreur. Mieux vaut se montrer prudent, n'est-ce pas ?

Hochant la tête, Josh fit le point et l'obturateur émit un petit cliquetis.

— Que vouliez-vous dire par « l'inconstance de la Vestale » ?

— Le terme était peut-être mal choisi, navré. Je parlais de la violation de ses vœux. C'est mieux, non ?

— Quels vœux ? Les Vestales étaient-elles des nonnes ?

— Des « nonnes païennes », oui. En intégrant leur ordre, elles prononçaient des vœux de chasteté, et le châtiment réservé aux parjures consistait à être enterrées vives.

Oppressé, Josh éprouva un sentiment accablant de tristesse. Comme en « pilotage automatique », il prit quelques photos.

— Pour être tombées amoureuses, c'est ça ?

— Vous êtes romantique. Rome vous plaira !

Il sourit.

— Oui, pour être tombées amoureuses ou pour avoir cédé au désir.

— Mais pourquoi ?

— Vous devez comprendre que dans la Rome antique, la

religion se fondait sur un code moral strict plaçant en exergue l'amour de la vérité, l'honneur et la responsabilité individuelle tout en exigeant constance et dévotion au devoir. Les Romains pensaient que toutes les créatures avaient une âme. Mais c'étaient aussi des gens très superstitieux, adorant les dieux et les esprits qui exerçaient une influence sur tous les aspects de leurs vies. Si les rituels et les sacrifices étaient dans l'ensemble accomplis dans les règles, les Romains supposaient que les dieux, satisfaits, seraient plus enclins à leur venir en aide. Dans le cas contraire, ils pensaient que les dieux les puniraient. Au contraire de ce qu'un public bien mal informé peut croire, la religion antique était tout à fait humaine, en règle générale. Les prêtres païens pouvaient se marier, avoir des enfants et…

De légères odeurs de jasmin et de santal accompagnant d'ordinaire ses « embardées mémorielles » titillèrent Josh ; il lutta pour rester concentré sur le cours improvisé. Il avait l'impression d'avoir toujours connu ces parois peintes et le labyrinthe multicolore déployé sous ses pieds, en les ayant toutefois oubliés jusqu'à cet instant… Les sensations allant usuellement de pair avec les cauchemars tout éveillés qu'il faisait depuis l'attentat le bouleversaient : la lente dérive, sinueuse, les picotements d'excitation courant le long de ses bras et de ses jambes, la submersion dans cette atmosphère où l'air même était plus épais et plus lourd…

Il courait sous la pluie. Sa toge détrempée pesait sur ses épaules. Sous ses foulées, le sol était boueux. Il entendait des cris. Il trébucha et perdit l'équilibre, lutta pour se redresser…

*Focalise-toi !* s'adjura Josh dans une autre zone de son cerveau ancrée dans le présent. *Focalise-toi…*

À travers l'objectif, il regarda le professeur qui parlait toujours ; la gestuelle ponctuant ses propos cisaillait follement le rayon de lumière de la sépulture, illuminant un angle après l'autre. Alors que Josh suivait la scène avec son appareil photo, il sentit l'étau qui lui tétanisait le corps se desserrer, et laissa échapper un soupir de soulagement.

— Ça va ?

Josh entendit Rudolfo comme s'il se trouvait de l'autre côté d'une porte vitrée.

Non ! Bien sûr que non, ça n'allait pas…

Seize mois plus tôt, il avait été en mission ici même, à Rome, et cela s'était révélé être le mauvais endroit au mauvais moment… Une minute, il photographiait la querelle opposant une femme avec son landau à un agent de sécurité, la suivante, une bombe avait explosé… La terroriste, deux des personnes présentes et Andreas Carlucci, l'agent de sécurité, avaient péri. Il y avait eu dix-sept blessés. Le mobile restait à découvrir. Aucun groupuscule à mouvance terroriste n'avait revendiqué l'attentat.

Les docteurs apprirent par la suite à Josh qu'ils ne s'étaient pas attendus à ce qu'il survive à ses blessures et, lorsqu'il avait enfin été admis à l'hôpital quarante-huit heures plus tard, quelques réminiscences avaient commencé à refaire surface. Mais cela concernait des gens qu'il n'avait jamais connus, des lieux où il ne s'était jamais rendu, des siècles qu'il n'avait jamais vécus…

Aucun des médecins n'avait pu expliquer ce qui lui arrivait. Pas davantage les psychiatres ou les psychologues qu'il avait pu consulter après sa sortie d'hôpital. Oui, il y avait une part de dépression, tout à fait compréhensible après un drame dans lequel il venait de frôler la mort. Et naturellement, le syndrome de stress post-traumatique pouvait entraîner des flash-back – mais pas du type dont il souffrait. Des images si ancrées dans sa mémoire qu'il n'avait d'autre choix que de les revoir encore et toujours, se torturant à les analyser en quête de sens ou de rationnel… Rien de comparable aux rêves qui s'estompent avec le temps jusqu'à sombrer dans l'oubli. En l'occurrence, on parlait de séquences tournant inlassablement en boucle, sujettes à nul changement ni développement, sans jamais dévoiler un des niveaux quelconques dissimulés sous leur horrible surface. Ces chimères survenaient le jour, alors que Josh était pleinement conscient. Elles l'obsédaient au point de devenir le point d'orgue final dans l'échec programmé d'un mariage qui allait déjà à vau-l'eau, le détachant d'une phalange entière d'amis qui ne reconnaissaient plus en lui l'homme hanté qu'il était devenu. Tout ce qui lui importait, c'était de trouver une explication aux épisodes qu'il expérimentait depuis l'attentat à la bombe. Six pleinement développés, et des dizaines d'autres qu'il parvenait encore à refouler…

Ces hallucinations l'empêchaient de maintenir un semblant de normalité… Trop souvent, quand il croisait son reflet dans un miroir, il devenait blanc comme linge. Il n'arrivait plus à sourire. Son visage s'était creusé du jour au lendemain, aurait-on dit. Le pire ? Son regard – comme si un autre, tapi au tréfonds de son être, guettait l'occasion de s'extirper de son corps… Les pensées qu'il ne pouvait refouler le hantaient.

Il vivait dans la peur de son propre mental, qui projetait sur la toile blanche de ses hantises des images kaléidoscopiques fragmentées d'un jeune homme tourmenté habitant la ville de New York au XIX^e siècle, d'un autre dans la Rome antique, le jouet de violents conflits, et enfin d'une femme qui avait renoncé à tout au nom de leur terrifiante passion… *Elle* chatoyait au clair de lune, ruisselant de gouttelettes opalescentes, l'appelant les bras grands ouverts, lui offrant le même sanctuaire que lui… L'ironie la plus cruelle ? L'intensité de ses réactions physiques à de telles visions… L'ardeur de son désir… Une ardente concupiscence qui le faisait tout entier douloureusement aspirer à humer son parfum, caresser sa peau, la voir le dévorer du regard, la sentir l'accueillir en son ventre, baisser les yeux sur ses traits adoucis par l'extase sans plus rien dissimuler – de façon folle et obscène – en sachant que lui n'avait également plus rien à cacher… Ils ne pouvaient se contenir.

Non, il ne s'agissait pas de flash-back dus au stress post-traumatique, ni d'épisodes psychotiques. Et cela le bouleversait jusqu'au tréfonds de son être, interférant avec le cours normal de son existence. Le tourmentant, le dépassant, lui rendant impossible la perspective d'un retour au monde qu'il avait toujours connu avant l'attentat à la bombe, avant son hospitalisation, avant que son épouse finisse par jeter l'éponge…

Restait une possibilité, lui avait exposé le dernier thérapeute consulté : qu'une cause neurologique donnée explique les hallucinations dont il souffrait. En conséquence, Josh avait pris rendez-vous avec un neurologue, une sommité dans son domaine, en nourrissant l'espoir – aussi bizarre que cela puisse paraître – que le spécialiste décèlerait chez lui quelque traumatisme cérébral résiduel consécutif à l'attentat, susceptible d'élucider les cauchemars tout éveillés qui le tourmentaient. Lorsque les tests n'avaient rien révélé, il en avait été inconsolable.

Josh n'avait plus d'alternatives : il ne lui restait d'autre choix que d'aborder l'irrationnel, d'envisager l'impossible… Une quête qui l'épuisait, mais à laquelle il ne pouvait renoncer. Soit il était fou, soit il avait acquis l'aptitude à revisiter ses propres existences antérieures… La seule façon pour lui d'en avoir le cœur net serait de découvrir si la réincarnation avait un fondement quelconque dans la réalité – si cela était réellement possible.

Voilà ce qui l'avait amené à la fondation Phœnix des docteurs Béryl Talmage et Malachai Samuels qui, ces dernières vingt-cinq années, avaient enregistré plus de trois mille régressions dans des vies antérieures expérimentées par des enfants âgés de moins de douze ans.

Josh prit un autre cliché de l'angle sud de la sépulture. Entre ses mains, le contact lisse et frais du boîtier en métal était agréable, et le cliquetis de l'obturateur avait quelque chose de rassurant. Récemment, il avait abandonné le matériel numérique au profit du vieux Leica de son père. C'était un lien concret avec des souvenirs authentiques, avec la santé mentale, le soutien et la logique. La connaissance… Voilà tout ce à quoi Josh aspirait. En savoir plus – tout savoir –

à propos des deux hommes qui cohabitaient en lui depuis l'attentat, qu'il « canalisait » en quelque sorte… Bon sang, il haïssait ce terme et son association avec les médiums New Age et les chamanes… La vision manichéenne que Josh avait du monde, où tout était noir ou blanc, son besoin de saisir sur pellicule la dure réalité d'une époque placée sous le signe de la terreur, tout cela ne cadrait pas avec celui qu'il était devenu.

— Vous êtes sûr que ça va ? insista le professeur. Vous avez l'air hagard…

Josh le savait pour l'avoir constaté en se regardant dans le miroir ; il décelait les spectres tapis dans les ombres de son expression.

— Je suis étonné, voilà tout. Le passé est si proche ici… C'est incroyable !

Une excuse qui allait de soi puisque c'était la vérité – mais ce qu'il passait sous silence était tout aussi étonnant sinon davantage. Jusqu'à ce jour, Josh Ryder, lui, ne s'était jamais tenu dans cette crypte à c sous terre. Alors comment pouvait-il savoir que, derrière lui, dans un angle ténébreux de la tombe que le professeur ne lui avait pas encore montrée ni éclairée, se trouvaient des pichets, des lanternes et une couche funéraire enduite à la feuille d'or ?

Il tenta de percer les ténèbres.

— Ah, sourit le professeur, vous êtes comme tous les Américains…

— Comment cela ?

— Impertinent… Non… impatient.

Il sourit de plus belle.

— Donc, que cherchez-vous ?

— Il y a d'autres choses au fond, n'est-ce pas ?

— En effet.

— Une couche funéraire ? avança Josh, testant ses souvenirs…

… Ou son intuition. Après tout, ils étaient dans une sépulture.

Rudolfo éclaira l'angle le plus éloigné, et Josh se retrouva en train de fixer une banquette en bois ornée de paons sculptés embellis à la feuille d'or et sertis d'éclats de malachite ainsi que de lapis-lazuli.

Quelque chose clochait : il s'était attendu à découvrir un corps de femme allongé là. Un corps de femme vêtu d'une stola[1] blanche… Il aspirait désespérément à le voir tout en le redoutant.

— Où est-elle ?

Josh fut gêné par la note plaintive de désespoir qu'il perçut dans sa propre voix – *et* soulagé que le professeur anticipe sa question et y réponde :

— Là-bas… Difficile de la voir sous cet éclairage, n'est-ce pas ?

En un geste ample *et* mesuré, il orienta sa lampe de façon à illuminer l'alcôve située à l'angle opposé du mur ouest.

Elle était accroupie sur le sol.

Lentement, comme en une procession funéraire où il aurait descendu une allée de cent pas au lieu de couvrir une courte distance de sept pas, Josh la rejoignit, s'agenouilla près d'elle et contempla sa pathétique dépouille, étreint par un chagrin si vif qu'il en eut presque le souffle coupé. Comment le souvenir d'une vie antérieure – si c'était bien là ce dont on parlait, quelque chose en laquelle il ne croyait pas, et qu'il comprenait encore moins – pouvait-il l'attrister comme il ne l'avait encore jamais été de toute sa vie ?

Ici, dans un champ de la campagne romaine à 6 heures 45 du matin, à l'intérieur d'une sépulture fraîchement exhumée datant du IV^e siècle avant Jésus-Christ, se trouvait la preuve du dénouement de l'histoire. Maintenant, s'il pouvait seulement en connaître le commencement…

---

1. Longue robe de cérémonie à manches typiques tombant jusqu'aux pieds.

# 3

— Je l'appelle Bella parce qu'elle représente pour nous une magnifique trouvaille, déclara le professeur Rudolfo en braquant la lampe sur le squelette de haute époque.

Il avait conscience de la réaction émotive de Josh.

— Chaque jour, depuis que Gaby et moi l'avons découverte, je passe du temps le matin seul avec elle. À communier avec ses vieux os, pourriez-vous dire…

Il gloussa.

Inspirant profondément l'air qui sentait le renfermé, Josh le bloqua dans ses poumons puis se concentra pour l'exhaler. S'agissait-il là de la femme de ses visions fragmentaires ? Le fantôme d'un passé auquel il ne souscrivait pas mais qu'il était incapable de chasser de son esprit ?

Sa tête bourdonnait. L'information, passée et présente, se heurtait en de grandes ondes douloureuses. Pas question de se payer une migraine…

Il ferma les yeux.

*Connecte-toi au présent, à celui que tu es, que tu sais être…*
*Josh… Ryder… Josh… Ryder… Josh… Ryder…*

Voilà comment le docteur Talmage lui conseillait de réagir pour empêcher qu'un nouvel épisode ne le submerge. La douleur se mit à refluer.

— Elle vous taquine avec ses secrets, pas vrai ?

Le « *oui* » de Josh fut à peine audible.

Le professeur le fixa, s'efforçant de jauger sa « température » mentale. À l'idée – Josh le lisait dans ses yeux – qu'il puisse être fou, il reprit le fil de son cours magistral :

— Nous pensons que Bella était une Vierge Vestale. Saintes et révérées, les vestales étaient tout à la fois protégées et privilégiées. Aux temps anciens, attiser le feu et entretenir l'âtre étaient l'apanage des femmes. Non que ce soit tellement différent de nos jours, pour autant qu'elles s'efforcent de nous changer, nous autres les hommes…

Le professeur rit.

— Dans la Rome antique, la flamme, qui était d'une importance toute prosaïque et nécessaire à la survie même de la société, finit par revêtir une signification spirituelle.

« Selon les écrits des Anciens, veiller sur le foyer tutélaire de l'État nécessitait de l'asperger quotidiennement de l'eau sanctifiée d'Égérie en s'assurant de ne pas étouffer les flammes, ce qui aurait attiré le mauvais sort sur la Ville – et constitué un péché impardonnable. C'était là la fonction primordiale des vestales. Mais…

Alors que le professeur poursuivait son exposé, Josh se faisait l'effet de galoper loin devant, sachant pertinemment à chaque fois ce qui allait suivre – non des faits à proprement parler, plutôt de vagues réminiscences.

— Chaque vierge était choisie dès sa plus tendre enfance – à six ou sept ans tout au plus – au sein des lignées romaines les plus distinguées. On ne saurait s'imaginer une telle chose aujourd'hui, mais cela constituait alors un grand honneur. De nombreuses fillettes étaient présentées au grand pontife par des pères et des mères sur des charbons ardents, espérant tous que leur fille serait l'élue. Après la sélection des novices, l'enfant était escortée jusqu'au lieu où elle passerait les trois décennies suivantes de son existence : la villa étendue en marbre blanc, pratiquement accolée au temple de Vesta.

Aussitôt, lors d'un rituel intime auquel assistaient les seules autres cinq vestales, elle était baignée, ses cheveux peignés et coiffés dans un style nuptial caractéristique, et revêtue d'une stola blanche qu'on lui passait par la tête. Ensuite débutait son éducation.

Josh hocha la tête, voyant presque la scène se dérouler sous son œil mental, sans être vraiment certain de la raison pour laquelle il était en mesure de se la représenter aussi précisément : les jeunes minois respirant l'anxiété, l'excitation de la foule, la solennité du jour… Coupant court à sa rêverie, la question du professeur ramena en sursaut Josh au présent.

— Navré, qu'avez-vous dit ?

— Je vous priais de ne rien répéter de ce que je suis en train de vous expliquer ou de ce que vous verrez dans la presse. Hier, les journalistes étaient là toute la journée à s'ingénier à nous soutirer des informations alors que nous ne sommes pas prêts à cela. Et je ne parle pas uniquement de la presse italienne. Il s'agit aussi de la vôtre. Nous sommes suivis par des dizaines de ces gens-là. On dirait une meute de chiens faméliques ! L'un d'eux en particulier, dont le nom m'échappe… Ah, j'y suis : Charlie Billings.

Josh connaissait Charlie. Ils étaient partis en mission ensemble il y avait de cela quelques années. C'était un bon reporter et tous deux avaient conservé des liens amicaux. Mais s'il se trouvait à Rome, ce serait une mauvaise chose pour la préservation de l'intégrité du chantier – tenir Charlie à l'écart d'un bon papier était difficile.

— Ce Billings nous a traqués, Gabriella et moi, jusqu'à ce qu'elle accepte de lui parler. Comment dit-on déjà… Selon la version officielle ? La nouvelle s'est ébruitée et des hordes de curieux ont fondu sur nous… Des étudiants en religions païennes, quelques érudits mais il y a surtout les tenants des cultes modernes acharnés à ressusciter les rituels et les croyances antiques. Eux se sont montrés très réservés et pleins de révérence. Ils se comportaient comme s'il s'agissait d'un site encore sacré.

*Eux* ne nous importunaient pas. Ce sont les pratiquants tradi-tionnels qui ont provoqué cette petite émeute avec son cortège de problèmes ! À trépigner sur place, à protester haut et fort, à brailler des imbécillités, genre nous accomplissons l'œuvre du Diable, et nous devrions être châtiés pour tous nos péchés... Ils se méprennent complètement sur notre compte, à Gaby et moi. Nous sommes des scientifiques, non ? Et puis la nuit dernière, j'ai eu un appel du cardinal Bironi du Vatican ; il m'a proposé une somme d'argent obscène pour lui vendre nos trouvailles sans les rendre publiques ! Sachant cela, lui et les gens qui ont réussi à réunir une telle fortune sont considérablement effrayés par ce que nous avons pu découvrir. Voilà ce qui se produit lorsque le mot *païen* se chuchote dans la Ville Sainte !

— Mais pourquoi ? Ce sont eux qui ont tout le pouvoir !

— Bella risquerait de relancer la polémique qui fait rage au sujet du rôle anodin désormais dévolu aux femmes au sein de l'Église, surtout comparé aux temps anciens. Le fait que la religion moderne leur accorde des responsabilités bien infé-rieures à celles du culte antique constitue une polémique très populaire tout autant qu'un problème majeur de société.

Le professeur secoua la tête.

— À côté de cela, il y a l'autre problématique... Tout arte-fact ne portant pas de croix peut être considéré comme une menace. Surtout si les objets en question ont un rapport avec la réincarnation, ainsi que Gabriella et vos chefs le croient.

— Pourquoi la réincarnation ? En raison de la question de l'absolution ?

— Oui. Imaginez si l'homme pensait que lui seul fût responsable de son repos éternel, et qu'il apprenne mainte-nant que l'accès au ciel est à sa portée... Pas de Père, ni de Fils ni de Saint-Esprit... Qu'adviendrait-il du pouvoir que l'Église détient sur le salut de nos âmes ? Imaginez la confu-sion qui envahirait le monde, la révolte et l'exode que connaî-trait l'Église dans ses rangs si on en venait jamais à prouver la réalité de la réincarnation !

Josh acquiesça. Ces derniers mois, il avait entendu de la bouche même du docteur Talmage des variantes sur ce thème. Son regard vola de nouveau vers Bella. Même dans la mort, le rayonnement qui émanait d'elle évoquait la force d'un grand vent soufflant sur la grève… Nulle part où se réfugier pour échapper à pareille intensité.

Il se rapprocha d'un pas.

— La façon dont nous avons pu avoir confirmation que Bella était bien une vestale excite-t-elle votre curiosité ? demanda le professeur.

— Qu'elle était une vestale ne fait aucun doute, répondit trop hâtivement Josh — avant de craindre que Rudolfo n'ait relevé ce faux pas.

Et, à en juger par le coup d'œil intrigué du professeur, c'était le cas.

— Qu'en savez-*vous* ?

Josh devait se montrer plus prudent.

— J'avais mal saisi ce que vous venez de dire, navré, professeur. Je vous en prie, comment pouvez-vous certifier que c'était bien une vestale ?

Rudolfo sourit comme s'il ne venait pas à l'instant d'inciter Josh à lui poser cette question précise… Son regard chaleureux pétilla, et il se lança avec panache dans son explication.

— Nous avons des archives sur les vestales qui entrent dans certains détails, et que nous retrouvons tous ici. Si cette sépulture ne se conforme pas au type aride d'enceinte aux parois de tourbe compacte le plus souvent utilisée lorsque les vestales étaient mises à mort, cette femme, elle, a bien été enterrée vive. C'était le châtiment réservé à celles qui violaient leurs vœux. Il ne s'agissait pas de les faire mourir de faim, mais de suffocation. Voilà pourquoi vous voyez ces amphores, là. Une pour l'eau, une deuxième pour le lait…

Il désigna la faïence à l'état d'ébauche.

— La présence même de la couche le confirme. On n'enterre pas un mort, homme ou femme, avec son lit. Ni avec une lampe à huile, si on va par là.

— Pourquoi est-elle restée à l'angle, dans ce cas ? Au lieu de s'allonger sur le petit lit ? La raréfaction de l'oxygène a dû la fatiguer. Pourquoi ne s'est-elle pas endormie dans une position confortable ?

— Excellent, c'est justement une de nos interrogations. La présence d'objets sanctifiés inhumés avec elle ajoute à la confusion, car les anciens Romains n'étaient pas comme les Égyptiens. Leurs défunts n'étaient pas armés pour la vie après la mort... Outre la lampe, l'eau et le lait, nous ne nous attendions pas à découvrir quoi que ce soit d'autre ici.

Josh eut de nouveau mal à la tête.

— Quel genre d'objets avez-vous découvert ?

Le professeur désigna un coffret en bois, entre les mains de la momie.

— Voilà seize cents ans qu'elle s'y cramponne... Excitant, non ?

Josh le reconnut instantanément. Non, c'était impossible... ! Il avait dû avoir sous les yeux la photographie d'un coffret analogue dans un musée... Plus déroutant encore, en dépit de son caractère familier, il n'avait aucune idée de ce que ça pouvait bien être...

— Vous ne l'avez pas encore ouvert ?

Le professeur hocha la tête.

— Tomber sur un beau coffret en bois fruitier sculpté comme celui-là et ne pas l'ouvrir ? J'ignore combien d'archéologues auraient pu résister à pareille tentation ! C'est bien plus vieux que Bella. Gaby et moi pensons que ça remonte au moins à 2000 ans avant Jésus-Christ, voire à 3000 ans... En outre, ça ne semble pas être romain du tout, mais indien. Il nous faut attendre les résultats de la datation au carbone 14.

— Et à l'intérieur ? Qu'y a-t-il à l'intérieur ?

Des frissons d'excitation parcoururent les bras de Josh.

— Nous n'aurons aucune certitude tant que nos travaux

n'auront pas progressé et que nous n'aurons pas procédé à davantage de tests. Mais nous pensons qu'il s'agit des Pierres de Mémoire... des légendaires Instruments de Mémoire Égarés sur lesquels votre propre Trevor Talmage avait écrit.

— Sur quoi vous fondez-vous pour l'affirmer ?

— Sur les paroles sculptées ici, et ici...

Il indiquait le rebord du coffret.

— Nous croyons que ce sont les lignes découvertes sur un antique papyrus égyptien conservé actuellement au British Museum. Celles-là mêmes que Trevor Talmage a traduites en 1884. Vous êtes au courant ?

Josh acquiesça. Talmage était le fondateur du Club Phœnix – nouvellement fondation Phœnix. Et Josh avait lu l'intégralité du dossier intitulé *Les Instruments de Mémoire Égarés*, de ses notes et traductions d'origine, découvert derrière un rayonnage de la bibliothèque à l'occasion de la rénovation de la fondation en 1999.

*Il se vit offrir le don du grand oiseau s'élevant des flammes pour lui montrer la voie qui conduit jusqu'aux pierres afin qu'il puisse y prier en chantant et voilà que tout son passé lui serait révélé...*

Alors que Josh se récitait ces lignes, une petite voix au fond de lui les récitait également dans une autre langue, aux étranges accents archaïques.

— C'est à cette traduction que Wallace Neely se référa, précisa Rudolfo.

— Qui ?

Ce nom disait vaguement quelque chose à Josh.

— Wallace Neely était un archéologue à l'œuvre ici, à Rome, à la fin des années 1800. Plusieurs de ses chantiers étaient financés par votre Club Phœnix. Il découvrit le texte d'origine que Talmage avait commencé à traduire à l'époque de sa mort...

Il continua sur sa lancée tandis que Josh se remémorait un de ses flash-back six mois auparavant, le jour même de son arrivée à la fondation Phœnix...

*Percy Talmage, de retour de Yale pour passer la belle saison dans ses pénates, se trouvait dans la salle à manger, en train d'écouter son oncle Davenport parler de protéger les investissements archéologiques du club à Rome. Son oncle avait mentionné l'archéologue dont ils finançaient les travaux. Wallace Neely (c'était son nom) était à la recherche des Instruments de Mémoire Égarés...*

Et à présent, dans cette sépulture antique, alors qu'il était assis près du professeur, un autre souvenir lui revint en mémoire. Un souvenir qui ne lui appartenait pourtant pas... Josh s'en rappelait à la place de quelqu'un d'autre... de Percy.

*Percy avait tout juste huit ans la première fois qu'il avait entendu parler des Instruments. Son père lui avait montré le manuscrit ancien qu'il traduisait, rédigé par un scribe selon lequel lesdits instruments ne se réduisaient pas à une légende... Ils existaient bel et bien. Le scribe les avait vus, donnant une description complète de chacune des amulettes, des ornements et des pierres.*

« Ces instruments sont importants, avait dit Trevor à son fils, car l'histoire est importante. Qui connaît le passé contrôle l'avenir. Si les instruments existent et s'ils peuvent aider les gens à redécouvrir leurs vies antérieures, toi, moi – et les membres du club Phœnix au complet – avons besoin de nous assurer que ce pouvoir sera utilisé pour le bien de tous les hommes, sans être exploité à des fins égoïstes. »

*Pendant des années, Percy n'avait pas compris à quel point cela était important en effet. Et des années encore...*

Était-il possible que Josh ait à moitié fait le tour du monde pour revenir à son point de départ ? Comme tant d'autres choses, il ne pouvait s'agir d'une coïncidence. Il lui fallait du temps pour en déterminer les connexions. Mais c'était alors, pas maintenant. Le professeur parlait toujours...

— Dans les années 1880, Neely a acquis plusieurs sites dans cette aire géographique et au-delà, une pratique qui était alors très courante. Les gens achetaient les terres où ils désiraient pratiquer des fouilles afin d'être d'emblée les propriétaires légitimes de tout ce qu'ils pourraient exhumer. Le club a établi un partenariat avec Neely, participant au coût des fouilles, ce qui expliquerait pourquoi la même inscription apparaît dans son journal *et* dans les notes de Talmage.

Josh baissa les yeux sur le coffret en bois finement ouvragé que la momie tenait entre les doigts. Au centre, un oiseau s'arrachait aux flammes, une épée dans les serres. C'était presque identique aux armoiries sculptées sur le fronton de la fondation Phœnix. Sur le rebord, il vit les inscriptions sur lesquelles Rudolfo avait attiré son attention.

— Savez-vous en quelle langue c'est inscrit ?

— Gabriella a l'intention d'entrer en contact avec des experts en ce domaine. Elle pense qu'il pourrait s'agir d'une forme antique de sanscrit.

— Je croyais qu'elle-même était une spécialiste ?

— C'est le cas. En grec ancien et en latin. Là, c'est différent.

Un détail rendait Josh perplexe.

— Vous avez dit que cette sépulture était inviolée quand vous l'avez découverte ?

— En effet.

— Alors comment Neely aurait-il pu se trouver là ?

— Nous ne pensons pas qu'il – ou quiconque d'autre d'ailleurs – ait jamais travaillé sur ce site. Les pages extraites de son journal indiquent qu'il avait fouillé deux sites proches, en pure perte. Il était parti sur un troisième chantier, mais nous ignorons ce qu'il s'est passé alors. Son journal s'achève brutalement alors qu'il était au beau milieu des fouilles.

— Brutalement ?

— Il fut tué. Les circonstances de sa mort restent d'ailleurs largement à élucider.

— Mais vous êtes en possession du journal ?

— Nous en détenons quelques pages.

— Où les avez-vous obtenues ?

— Demandez-le à Gaby. Elle me les a apportées avec l'octroi de la reprise des fouilles, là où Neely les avait laissées.

— Et maintenant, vous pensez avoir trouvé ce que les membres du club Phœnix et lui-même recherchaient…

Le professeur opina du chef.

— Nous le pensons. En partie du moins. Mais il reste tant d'inconnues à résoudre…

Sur le mur, près de l'endroit où la momie était prostrée, il désigna une zone légèrement décolorée.

— C'était dissimulé sous une tenture, pour une raison que nous ignorons. Pas plus que nous ne savons pourquoi nous avons retrouvé un couteau près de Bella, dans la mesure où les Romaines typiques n'étaient jamais enterrées avec des armes. Et pourquoi ce couteau est-il brisé ? Que pouvait donc tenter Bella ?

Inspirant longuement, Rudolfo baissa les yeux sur la pauvre créature.

— Oh, Bella… Quels secrets détiens-tu ?

S'agenouillant, il se pencha vers elle.

— Parle-moi, Bella donna, ajouta-t-il dans un murmure intime.

Josh eut le flash d'une émotion parfaitement infondée et inexplicable : un élan brûlant de jalousie tel qu'il n'en avait encore jamais expérimenté dans sa vie comme dans ses amours. Il aurait voulu fondre sur Rudolfo pour l'écarter de force, lui crier qu'il n'avait pas le droit de se rapprocher d'elle, non, aucun droit d'être si près d'elle… Il y a une heure à peine, Josh ne connaissait pas l'existence de ce cadavre… Et voilà que ses réminiscences prenaient le dessus ; dans sa tête, il voyait réapparaître une musculature, de la chair, un visage, un cou, des mains, des seins, des hanches, des cuisses, des pieds… Tout reprenait vie sous son œil mental, les lèvres roses de « Bella », ses yeux d'un bleu si profond… Les vestiges de sa robe en coton couleur cuivre virèrent de nouveau au blanc, comme tant et tant d'années auparavant. Seuls ses longs cheveux roux ondulés demeuraient inchangés – une raie au milieu, avec deux nattes rejetées par-dessus ses épaules…

Ce n'était plus qu'un cadavre maintenant, avec une peau parcheminée comme du cuir, des os cassants, mais autrefois… autrefois… Comme elle avait été belle ! Un million d'images entra en collision dans la tête de Josh. Des siècles de paroles qu'il n'avait jamais entendues auparavant… Une en particulier couvrit la cacophonie, et il la « happa » au vol…

Sabine…

Son nom.

# 4

— Je ne suis pas sûr que vous ajoutiez foi vous-même à l'histoire que vous venez de me raconter. Moi, pourtant, j'y crois…

Josh venait de livrer au professeur une version abrégée de ce qui lui arrivait depuis seize mois, expliquant du coup pourquoi il avait été si matinal en réalité.

— Chaque fois que vous la regardiez, je savais qu'il y avait autre chose… Il parut incroyablement content de lui.

À la lumière lugubre, effectivement, pour peu que Josh plisse les yeux, la momie redevenait presque une femme vivante accroupie dans un coin, et non une dépouille vieille de mille six cents ans dont on venait de troubler le repos éternel.

Soufflant par l'ouverture de la sépulture, une brise s'engouffra dans la cavité, et une « bouclette » s'échappa des nattes.

*Elle* avait toujours été si fière de son allure tellement soignée ! Comme elle aurait détesté que sa coiffure se défasse… Il la voyait en train de dénouer ses cheveux, glorieux halo fleurant bon le jasmin et le santal, une sorte de tente soyeuse qui les recouvrait tous deux tandis qu'ils s'embrassaient dans la pénombre, en secret, sous les arbres… Sa chevelure lui retombait sur les joues et les lèvres tout en ondoyant entre ses doigts ; c'était le lien qui les réunissait, qui les empêcherait d'être jamais séparés.

Il ne réfléchit pas à ce qu'il faisait, tout arriva si vite, il tendit simplement la main pour caresser la bouclette et...

— Non ! s'écria le professeur en lui écartant le bras. Elle est fragile ! Qu'elle soit encore intacte tient du miracle ! Si vous la touchez, elle pourrait se briser. Vous comprenez ?

Le soyeux de ses cheveux sur ses doigts fut presque plus que Josh n'en pouvait supporter. Se détournant, il se frotta les mains puis revit l'antique lampe à huile, se focalisant dessus. Posée à même le sol, elle était noircie par la suie. On eut dit que Sabine l'avait repoussée aussi près que possible de l'alcôve murale, sur la zone de terre décolorée.

Les portes de son esprit s'entrouvrirent encore un peu plus... Le nouvel afflux d'informations raviva le mal de crâne de Josh. Au lieu de les frôler, il avait besoin d'explorer plus avant ces sortes « d'embardées mémorielles ». Sauf qu'il ne pouvait pas être à deux endroits à la fois... C'était hier *ou* aujourd'hui. Il fallait choisir.

*Cède ! Concentre-toi sur ce qui est arrivé... il y a si long-temps, si longtemps... ici même... Que s'est-il donc produit ?*

Sourd aux avertissements du professeur qu'il risquait de compromettre l'intégrité du chantier, Josh tomba à genoux et attaqua la paroi de tourbe à mains nues. Il avait quelque chose à prouver. À elle... À lui-même...

— Que faites-vous ? s'exclama le professeur, horrifié. Arrê-tez !

Comme si le rêve était devenu réalité – réalité qui lui échappait –, Josh n'entendit que vaguement le professeur lui crier de stopper, il sentit à peine le vieil homme l'attraper pour tenter de l'écarter... Ses protestations n'importaient pas. Plus maintenant.

La tourbe était tassée de façon compacte, mais une fois qu'il eut un peu creusé la paroi, la percer s'avéra plus facile.

Elle faisait seulement douze à quinze centimètres d'épaisseur, pas loin d'un mètre de haut et quatre-vingt-dix centimètres de large. S'effondrant par pans entiers, elle dévoila ce qui avait tout l'air d'être l'embouchure d'un tunnel. Un éclat de roche lui entailla la paume gauche, mais il ne pouvait plus s'arrêter, il y était presque…

Une bouffée d'air le griffa. Un air glacial, qui sentait le renfermé…

De l'air ancien…

Des molécules et des particules vieilles de mille six cents ans lui remplirent les poumons, avec des senteurs de jasmin et de santal. En dépit de l'accès de claustrophobie qui le saisit, et de la panique qui menaçait d'enrayer sa progression, il s'engagea dans l'ouverture. Se mettant subitement à transpirer, le souffle court, il aurait désespérément voulu se détourner… Mais « l'appel » du tunnel se révélait plus puissant que la paranoïa.

Il avait tout juste la place d'y ramper à quatre pattes. Sur les mains et les genoux, donc, il avança, aussitôt happé par les ténèbres, et une vague de tristesse s'abattit sur lui comme si cela pesait sur l'atmosphère même. Il persévéra lentement, s'aventurant sur cinq mètres, dix, vingt, puis vingt-cinq… Le professeur adjurait Josh d'arrêter, mais le jeune homme en était incapable ; quelque part au-devant, il y avait un cul-de-sac qu'il lui fallait atteindre.

Il négocia un tournant, cherchant de l'air, et se pétrifia, brusquement dans l'impossibilité de continuer… Mourir maintenant aurait été plus facile que de persister dans cette voie… Se représentant toute la terre qui l'entourait, il la voyait s'effriter, s'affranchir de ses assises, s'effondrer et l'enterrer vif… Les manifestations de terreur étaient si réelles qu'il pouvait déjà goûter le gravillon sur sa langue, le sentir lui obstruer les narines et la gorge…

Mais au-devant l'attendait quelque chose de capital. Plus important que tout au monde.

— Arrêtez, arrêtez ! brailla Rudolfo.

Son appel lui provenait de très loin, déformé et caverneux.

Oh, comme Josh l'aurait voulu ! Il réussit à négocier cinq autres mètres.

La voix du professeur l'atteignit encore, mais plus faiblement à présent.

— Et s'il y avait une faille que vous ne puissiez voir ? Et si vous faites une chute ? Je ne pourrai pas vous rejoindre !

Non, et c'était bien une des appréhensions qui le tenaillaient en cet instant même. Une faille subite, une dépression courant sous le tunnel, une descente dans les ténèbres souterraines...

Sensible à l'énergie que dégageait le boyau, il le laissait le tirer en avant. Avec la force d'une présence presque vivante, *il* le suppliait de continuer, de s'enfoncer dans ses entrailles, d'explorer ce qui l'attendait – depuis si longtemps, bon sang !

— Rebroussez chemin au moins ! Revenez chercher une lampe électrique... Ce que vous faites est dangereux...

Naturellement, le professeur avait raison. Josh n'avait aucune idée de ce qui se trouvait au-devant de lui, mais il était maintenant trop près du but pour s'en détourner... Car sinon, aurait-il assez de cran pour s'y risquer de nouveau ? Il en doutait. Il avança d'une autre trentaine de centimètres avant de *le* sentir... Quelque chose de long et de dur sous ses doigts. Cherchant à en sérier la nature à tâtons, il examina ses contours et sa circonférence.

Un bâton ? Une sorte d'arme ?

La surface de l'objet était légèrement grêlée. Ce n'était pas du bois. Ni du métal.

Non... Il *sut*. Question de logique et d'instinct primitif.

C'était de l'os.

De l'os humain.

# 5

Quatre mois après le décès subit de sa tante, victime d'une crise cardiaque, Rachel Palmer apprit qu'une femme habitant son immeuble avait été agressée sur la véranda alors qu'elle fouillait son sac à la recherche des clés. Depuis, Rachel n'arrivait plus à se défaire d'un sentiment de malaise, dans le bâtiment de grès brun : elle regardait toujours par-dessus son épaule en ouvrant la porte d'entrée, gravissait les marches quatre à quatre, repoussait vivement le loquet en place sur ses talons et ne dormait plus la nuit. Lorsqu'elle mentionna le fait qu'elle allait chercher un autre appartement, son oncle Alex suggéra qu'elle vienne temporairement vivre dans son duplex gigantesque sis au croisement de la 65$^e$ et de Lexington.

Même s'il n'en faisait jamais état ni ne le montrait, il se sentait seul – elle le savait. Alex et tante Nancy avaient été inséparables à la façon dont peuvent l'être certains couples sans enfants. Et s'il n'avait encore que soixante-deux ans, bien de l'eau coulerait sous les ponts avant qu'il ne recherche la compagnie d'une autre femme. Cela aussi, Rachel en avait conscience.

Son père avait abandonné sa mère alors qu'elle n'était qu'une enfant. Alex était entré en scène, devenant pour la fillette bien plus qu'un oncle. À présent, elle se réjouissait de lui tenir compagnie tout en savourant le caractère inviolable d'un immeuble doté d'une loge de gardien, plus le sentiment de sécurité vingt-quatre heures sur vingt-quatre que lui procurait le système d'alarme installé par son oncle.

Sans le réaliser, Rachel s'était faite à cette vie à deux et, ces dernières quarante-huit heures, depuis qu'Alex était parti pour la semaine en voyage d'affaires entre Londres et Milan, elle ne trouvait plus le sommeil. Y renonçant de nouveau cette nuit-là, elle était au lit toutes lumières allumées à regarder un vieux film à la télévision tout en sirotant un verre de vin blanc et en consultant les nouvelles de la matinée sur son portable.

*« La sépulture est celle d'une Vierge Vestale »*
*par Charlie Billings*
*Rome, Italie*

*« On a eu la confirmation hier que les fouilles récentes entreprises aux portes de la ville concernaient, pense-t-on, le lieu d'inhumation d'une des dernières vestales de la Rome antique.*
*« Nous étions raisonnablement sûrs que la tombe datait de la fin du IVᵉ siècle, à savoir entre 390 et 392 après Jésus-Christ. La poterie et les autres artefacts découverts corroborent notre hypothèse de travail. Nonobstant de nouvelles surprises, nous pensons que la femme enterrée ici était une vestale… »*
*« Cette déclaration est de Gabriella Chase, professeur d'archéologie à l'université de Yale, spécialiste des langues et religions anciennes. Aux côtés du professeur Aldo Rudolfo de l'université de Rome La Sapienza, elle participe depuis trois ans aux fouilles de ce site.*
*« Ce qui rend particulièrement excitantes ces exhumations, c'est que la femme en question pourrait être une*

*des six dernières vestales, précise Chase. Après plus d'un millier d'années, le culte des vestales s'éteignit en l'an 391 de notre ère, coïncidant avec la montée du christianisme sous le règne de l'empereur Théodose 1ᵉʳ. »*

Le bruit de fond de la télévision s'estompa. L'éclairage de la chambre baissa. Rachel s'obstina dans sa lecture… Elle tenta de conserver sa position assise, de continuer à sentir les draps sous ses mains, l'oreiller sous sa tête… Mais son cœur battait la chamade. Les sirènes prometteuses de la connaissance lui flanquèrent le frisson. Tout un monde dont elle n'avait rien su se présentait de lui-même, tel un diamant brut. Tout ce qu'elle avait à faire, c'était d'avancer et de l'explorer.

Sautant le pas, elle fut éblouie par une scène scintillant sous l'effet d'un rayonnement solaire hyperréaliste. La chaleur l'enveloppa, la dorlotant comme l'alizé l'été. Elle se sentait réconfortée et excitée tout à la fois. Le rayonnement l'avait à présent investie, et elle se faisait l'impression d'être aussi légère qu'une plume, au point de voleter, de filer dans les airs… tout en restant consciente de chaque sensation, comme si tout arrivait vraiment au ralenti.

Le soleil lui brûlait les joues. L'âcreté de la chaleur lui desséchait les narines. Elle capta de la musique – une musique sans rapport aucun avec des tonalités, des clés, des accords ou une quelconque ligne mélodique. C'était du rythme à l'état pur. Les battements de son cœur s'y synchronisèrent. Sa respiration s'altéra aussi en fonction du tempo.

Puis ce fut le froid. Frissonnant, elle jeta un coup d'œil au travers d'une porte en verre, d'un interstice entre des rideaux, épiant deux hommes penchés au-dessus d'un bureau…

— *Voilà la raison de ma venue à Rome… Ce que j'avais renoncé à trouver jamais…*

Ainsi parlait celui qu'elle connaissait bien, même si elle ne se rappelait plus son nom.

Alors, elle vit des pierres aux couleurs enchanteresses, et leurs reflets. Des éclairs de bleu et de vert lui inspirèrent un plaisir aussi âpre que la désespérance. C'était une drogue. Elle aurait voulu être sur place pour tenter de comprendre comment elles se mêlaient les unes aux autres en se fondant continuellement en une centaine de nouvelles teintes...

— *C'est une véritable trouvaille, capitale...*

L'homme parlait d'un ton aussi tranchant que l'arête des pierres – au point qu'elle ressentit mille et une petites coupures sur sa peau, là où ses paroles l'avaient atteinte. Elle se moquait de saigner ou pas. Elle désirait vivre pleinement cet instant, cette douleur, cette excitation... Cela surpassait en intensité tout ce qu'elle avait ressenti jusque-là.

Puis ce fut terminé.

Prise de vertige, Rachel renversa la tête en arrière et contempla le plafond. Sa peau la brûlait. Combien de temps avait duré l'épisode ? Une demi-heure ?

Elle reprit son vin. Non, le verre était encore frais.

Quelques minutes seulement ?

Sauf que ça paraissait si réel – tellement plus que n'importe quel rêve éveillé qu'elle avait pu faire auparavant ! Ce n'était pas juste une image gravée dans son esprit. Elle se dit qu'elle avait dû être aspirée à travers le temps et l'espace, se retrouvant momentanément *ailleurs* ; elle n'avait pas *vu* la scène se dérouler, elle l'avait *vécue*.

Quittant sa chambre, elle descendit le majestueux escalier pour se diriger vers la cuisine. Il lui fallait quelque chose de plus corsé que du vin. Elle regrettait que son oncle fût absent ; elle aurait pu lui dire ce qui venait de se passer. C'était le genre de chose qui le fascinait. Non, rien n'était arrivé... Un coup de fatigue, en fait... Elle avait dû s'assoupir sans le réaliser, et avait tout imaginé en rêve : la villa, l'homme, les couleurs...

Le cognac qu'elle se servit lui brûla le fond de la gorge en lui picotant les yeux. Au lieu de regagner sa chambre ensuite, elle se rendit dans l'antre de son oncle et s'assit à son bureau.

Elle s'y sentait plus en sécurité, ainsi entourée de ses livres. Ce fut alors que, glissé sous le sous-main et à peine visible, elle remarqua un bout de papier journal.

Elle lut.

*« La sépulture pourrait être vieille de 1600 ans. »*

Rachel frissonna en lisant l'accroche. L'article avait été déposé deux semaines plus tôt à Rome, par ce même reporter. Non, il n'y avait rien d'inquiétant au fait qu'Alex eût arraché ce bout d'article… C'était un collectionneur. Les tombes avaient produit d'antiques artefacts. La maison était remplie d'objets d'art. Et elle, Rachel, réagissait de façon excessive. Il fallait voir là une simple coïncidence.

N'est-ce pas ?

Qu'est-ce que cela aurait pu être d'autre ?

# 6

Josh fut saisi d'une atroce douleur à l'abdomen. Intense, elle lui coupa le souffle, le tétanisant. Pour la seconde fois, il fut pris de sueurs froides. La douleur empira. Il devait absolument s'extraire du tunnel ; son accès de panique menaçait de lui couper la respiration. S'il hyperventilait maintenant, il risquait la suffocation, et le professeur était trop vieux et trop lent pour le rejoindre à temps. Il *devait* sortir maintenant.

Mais il ne pouvait pas se retourner à cause del'exiguïté du boyau… Comment était-ce possible ? Il était pourtant bien arrivé jusque-là, n'est-ce pas ?

À croupetons, il tendit les mains pour explorer à tâtons les parois qui l'étouffaient de leur masse… Ses doigts rencontrèrent presque aussitôt de la tourbe. Le tunnel avait dû s'étrécir progressivement sans qu'il en prenne conscience.

La réalité des ténèbres s'abattit sur lui. Il était pleinement conscient, et ancré dans l'instant présent. Les remugles d'une atmosphère saturée d'humidité lui flanquaient la nausée et, de façon aussi soudaine qu'inexplicable, il eut la certitude qu'il allait mourir dans ce tunnel.

Ici et maintenant. D'une minute à l'autre… Dans cet

espace étroit qui ne permettait pas à un homme de se retourner…

Un caillou se détacha, le frappant à l'épaule avec un léger cliquettement. Et si sa seule présence déclenchait un effondrement ? S'il était pris au piège de ce passage vers l'Enfer ? La poitrine opprimée, il eut une respiration de plus en plus heurtée. Il se lança dans une série de contorsions, sans parvenir à se retourner.

Sa panique monta d'un cran.

Inspirer, expirer… Inspirer, expirer…

Il passa une minute à se concentrer sur sa respiration ; il était arrivé jusque-là, cela voulait dire qu'il serait capable d'en sortir.

*Naturellement. Va à reculons. N'essaie pas encore de te retourner. Tu le feras quand le tunnel s'évasera de nouveau.*

L'étau paralysant de la frénésie se desserra, l'anxiété s'évanouit et Josh prit conscience d'un type de douleur fort différent. Le tunnel était jonché de gravats. Des cailloux épars lui entaillaient les paumes, lui comprimaient les articulations des genoux… Il regarda ses mains, oubliant un instant qu'il n'y avait pas de lumière. Il ne pouvait voir sa propre chair, mais l'odeur douceâtre et entêtante du sang lui donnait une bonne idée de ses coupures… Se débarrassant de sa chemise tant bien que mal, il se cogna la tête à la voûte du tunnel. Déchirant le tissu à coups de dents, il se servit des bandes obtenues pour panser ses paumes ensanglantées. Il ne pouvait rien faire pour ses genoux.

Ramper à reculons était difficile et laborieux ; il n'avait fait que quelques pas lorsque des éclats de voix lui parvinrent… Le professeur et un autre homme parlaient un italien vif et nerveux. Le ton montait. La cadence de leur débit fit penser à Josh qu'ils se querellaient.

Progressant régulièrement, s'efforçant de faire abstraction de la douleur, il parvint enfin à un tronçon du tunnel qui lui permettait de se retourner. Il accéléra et, quelques secondes plus tard, tourna à un angle. Au bout d'une ligne droite, il aperçut l'intérieur de la tombe.

À la faveur du pâle éclairage jaune de la lanterne, les poings serrés le long des flancs, Rudolfo faisait face à quelqu'un que Josh entendait sans pouvoir le voir. L'inconnu avait des intonations cruelles, d'une vibrante exigence. En réaction, l'archéologue indigné était plein de défi. Nulle interprétation nécessaire… Rudolfo était en danger.

Josh rampa.

L'inconnu passa devant l'ouverture du tunnel, apparaissant dans le champ de vision de Josh. À en juger par sa tenue, il ressemblait au gardien du site, celui que Josh avait rencontré à son arrivée.

Pas de quoi s'inquiéter, dans ce cas.

Sauf qu'ils continuaient à se disputer… Sur un ton colérique au débit si rapide que même si Josh avait parlé un italien rudimentaire, il n'aurait pas eu la moindre chance d'en comprendre la teneur.

Le ton monta encore ; le professeur voulut repousser le garde, qui l'évita habilement. Du coup, Rudolfo perdit l'équilibre et s'effondra. L'autre lui plaqua le pied sur la poitrine.

Ramper plus vite relevait de l'impossible. Le tunnel était trop encombré de décombres et, sous ses pansements de fortune, les blessures de Josh le lançaient. Pourtant, il le fallait. Cela avait un lien avec son passé, et c'était pour lui l'occasion ou jamais de réparer des torts. Il touchait au but, c'était presque à portée de main…

Un caillou lui entailla le genou droit. Involontairement, Josh jura tout bas. Et se pétrifia… L'unique chance qu'il avait d'intervenir avec succès consistait à prendre le garde par surprise.

L'instant suivant, tout se passa si vite que ça lui aurait échappé s'il avait détourné le regard cinq secondes à peine… Mais il avait les yeux rivés sur la scène. C'est juste qu'il ne fut pas assez rapide pour stopper quoi que ce fût… La tombe lui apparaissait maintenant dans sa globalité. Encore distante, mais visible.

Le garde se pencha sur la momie et lui arracha le coffret.

— Non, *non… !*

Le professeur sauta à la gorge du type à la façon d'un petit singe colérique.

Comme s'il s'agissait d'un vulgaire moustique, le costaud repoussa son assaillant d'une chiquenaude, l'expédiant à la renverse, près de la momie. Trop près… Dans sa chute, Rudolfo la heurta du bras, et la tête momifiée bascula en avant… Elle menaçait de tomber en morceaux. Avec un cri poignant, le professeur se précipita vers elle. Mais avant qu'il puisse l'atteindre, le garde lui flanqua un coup de botte, et la figure jusque-là intacte se fendit avec un craquement écœurant.

Alors que Rudolfo s'agenouillait près de Sabine, le type ouvrit le coffre, en sortit un petit sac en cuir, en secoua le contenu, empocha sa trouvaille puis jeta le coffret à l'archéologue, l'atteignant à l'épaule. Sous l'impact, le coffret vola en éclats.

Josh était à dix mètres seulement de la scène, décidé sur la manière dont il allait s'y prendre pour jaillir du trou en prenant l'agresseur au dépourvu et récupérer le bien volé.

Main en avant…

Genou en avant…

Main en avant…

Genou en avant…

Sonné, Rudolfo vacilla sur ses jambes. Le garde fonça vers l'échelle.

Alors qu'il lui restait encore quelques pas à couvrir, Josh progressait lentement mais sûrement. À la façon dont le tunnel s'incurvait, il avait toute la scène sous les yeux ; de plus en plus angoissé, il vit le professeur se ruer à son tour vers l'ouverture de la sépulture.

Le type avait commencé à gravir les échelons.

Rudolfo voulut le tirer par sa chemise pour le ramener de force au sol.

Le voleur écarta sa main comme s'il s'agissait d'un insecte agaçant, et monta d'un autre échelon.

Nullement décidé à se résigner, Rudolfo saisit les goujons en bois de l'échelle et tenta de déstabiliser son agresseur.

Il restait à Josh peut-être deux ou trois pas à franchir.

Le type suspendit sa fuite – il était maintenant à mi-hauteur –, baissa les yeux puis dégaina son pistolet.

Le professeur gravit un échelon.

De l'index, le garde taquina la gâchette.

Josh avait presque atteint l'entrée du tunnel et, alors qu'il poussait un cri déchirant d'avertissement, un « *Non !* » horrifié, le coup de feu claqua, déclenchant une énorme explosion dans la modeste cavité. La clameur de Josh en fut étouffée. Derrière lui, il entendit un grondement de mauvais augure, puis comme un martellement sourd d'averse. Non, pas d'averse… Le fracas d'une avalanche, plus précisément. Des pans du tunnel s'effondraient…

Josh vit le professeur tomber à la renverse sur l'antique pavage de tesselles dures et glaciales.

Il resta sans vie, étendu sur le dos.

# 7

Trônant sur le fauteuil en cuir, les mains posées sur les coussinets des accoudoirs, l'homme suivait du bout de l'index le cercle lisse des têtes de clous. Inlassablement, il faisait le tour des pointes rondes en métal froid comme si ce seul mouvement en particulier eût suffi à l'occuper à jamais. Il gardait les yeux fermés. Les tentures dorées étant tirées, le décor somptueux de la pièce était drapé d'obscurité.

L'homme se contentait de rester assis à ne rien faire d'autre qu'attendre. De longues périodes de latence dans le déroulement de ses plans ne le gênaient pas. Pas après tout ce temps. Du jour où il avait entendu parler pour la première fois de la légende des Pierres de Mémoire, il avait su qu'un jour, le pouvoir qu'elles détenaient, quel qu'il soit, lui appartiendrait. Il fallait qu'il lui revienne. Aucun prix ne serait trop élevé, nul effort trop grand pour percer les mystères du passé.

Son passé.

Son présent.

Et donc, aussi, son avenir.

L'idée que les pierres précieuses puissent permettre en fait aux gens de se remémorer leurs existences antérieures constituait pour lui un plaisir suprême. Ses rêveries à propos de ce qui se passerait dès qu'elles tomberaient en sa possession faisaient grimper sa tension artérielle, lui coupaient le souffle, lui donnaient l'impression d'être tout à la fois fort *et* faible d'une façon entièrement satisfaisante… Et puisqu'on lui avait inculqué le sens de la discipline, il cédait à la tentation d'y rêvasser uniquement lorsqu'il estimait mériter ce privilège.

Comme maintenant.

S'agissait-il d'émeraudes ? De saphirs de la couleur des cieux nocturnes ? De lapis ? D'obsidienne ? Étaient-elles brutes ? Polies ? Quelle sensation lui réservaient-elles ? Seraient-elles petites et lisses au creux de sa paume ? Plus grandes ? Auraient-elles l'aspect du verre ? Seraient-elles luminescentes ? Ou serait-ce au contraire de petits objets ternes, d'apparence ordinaire, ne laissant rien deviner de leur véritable puissance ?

Attendre ne l'ennuyait pas, mais il avait le sentiment qu'il aurait déjà dû avoir des nouvelles à l'heure qu'il était.

Il avait un rendez-vous à honorer. Non, s'inquiéter était prématuré. Il refusait d'envisager le moindre échec. Il détestait la nécessité d'impliquer des tiers dans ses plans. Les intermédiaires qu'on engageait, quelles que soient les sommes versées, n'étaient jamais totalement dignes de confiance. Nonobstant tous les efforts qu'il avait déployés pour s'efforcer d'anticiper les erreurs susceptibles de se produire en cours de route, il était certain d'en avoir négligé au moins quelques-unes. La poitrine compressée, il sentit de nouveau grimper l'anxiété en flèche, et prit de profondes inspirations.

*Relax ! Tu es arrivé jusque-là. Tu réussiras.*

*Mais il y a tellement en jeu !*

Il reprit le livre aux pages écornées qu'il lisait la veille, son anticipation des résultats que lui apporterait cette journée le gardant de toute façon éveillé – *Théosophie,* par le philosophe du XIXᵉ siècle Rudolf Steiner[1]. Il y avait toujours de

---

1. Fondateur autrichien (1861-1925) de l'anthroposophie, enseignement spirituel visant à restaurer l'harmonie entre l'homme, l'univers et les « mondes supérieurs » ou « suprasensibles », recherche d'une clairvoyance spirituelle.

nouvelles parutions relatives au sujet qui comptait tant à ses yeux – il les avait toutes acquises et toutes lues. Mais c'étaient les penseurs des siècles passés auxquels il réagissait et revenait si souvent : la poésie de Lord Alfred Tennyson, de Percy Bysshe Shelley, de Walt Whitman, de Longfellow, la prose de Ralph Waldo Emerson, de George Sand, de Victor Hugo, d'Honoré de Balzac et de tant d'autres qui savaient fixer son attention, le rassurer et l'aider à amender comme à réviser ses propres théories en constante évolution. C'étaient ses pierres de touche, ces grands esprits qu'il pouvait connaître seulement à travers leurs écrits. Tellement d'hommes et de femmes brillants qui avaient cru en ce qu'il croyait…

Il laissa l'ouvrage s'ouvrir de lui-même à l'endroit du marque-page en cuir souple avec ses initiales gravées en lettres d'or sur le cuir de Cordoue, au début d'un chapitre intitulé « *L'Âme dans le Monde des Âmes après la Mort* ». Il en avait surligné plusieurs paragraphes, qu'il relut…

« *S'ensuit après la mort une période durant laquelle l'âme s'effrange de ses faiblesses pour l'existence physique afin de se comporter alors en accord avec les lois du seul monde de l'esprit et de l'âme, libérant le mental. Il faut s'attendre à ce que plus l'âme ait été chevillée au physique, plus cette période soit longue…* »

Sa main droite revint aux boutons en laiton de son accoudoir. Le métal était froid au toucher. Il n'y avait guère de choses à lui avoir inspiré autant de convoitise que ces pierres-là. Une fois qu'il les aurait, oh, à quel savoir n'accéderait-il pas ! Quels mystères ne percerait-il pas ! Quelles pages de l'histoire lui demeureraient encore inaccessibles ?

Il lut le paragraphe suivant, dans lequel Steiner décrivait à quel point l'âme souffrait de sa perte de gratifications physiques et comment ces conditions persistaient jusqu'à ce qu'elle ait appris à cesser de se languir de ce que seul le corps humain pouvait expérimenter.

Quel effet cela ferait d'atteindre le seuil de la renonciation parfaite ? Le niveau de la pensée pure, de la communion totale avec l'univers ? Le but ultime de la réincarnation ?

Il releva les yeux de sa page pour revenir au téléphone, comme pour mieux provoquer l'appel tant attendu par la seule grâce de sa volonté. Il s'agissait d'un banal cambriolage ; le professeur était âgé... Il n'y aurait personne d'autre avec lui sur les lieux. Il suffisait de le maîtriser et de s'emparer du coffret. Un jeu d'enfant... Et si un enfant pouvait le faire, un expert n'aurait certainement pas le moindre mal non plus. Or, à chaque étape de ses plans, il n'engageait que des experts. Les plus onéreux du marché... Pour un trésor tel que celui-là, quel prix serait trop élevé ?

Nulle raison de s'inquiéter. L'appel viendrait dès que le boulot serait fait. Les boutons ronds en laiton s'étaient de nouveau réchauffés. Il passa les doigts sur les deux suivants, soulagé par le contact froid du métal sur sa peau, puis revint à sa lecture.

*« Ayant atteint le degré culminant de solidarité avec le reste de l'univers de l'âme, celle-ci s'y désintégrera, ne fera plus qu'une avec lui... »*

S'il détenait la preuve de l'existence des vies antérieures, et donc l'assurance des existences futures, que ferait-il tout d'abord de pareil savoir ? De torture ou de châtiment, il ne saurait être question ; il n'avait nul désir de causer de la peine ou du chagrin. Retrouver des trésors disparus ? Découvrir les vérités que l'histoire a fait passer pour autant de mensonges ? Oui, tout cela en temps voulu, mais la première chose qu'il...

Alors qu'il l'attendait, le bruit strident le fit sursauter sur son fauteuil. Jugulant son élan, il ne décrocha pas à la première sonnerie. Remettant le marque-page en place, il referma l'ouvrage. À la deuxième sonnerie, il soupira d'aise. Cela faisait si longtemps qu'il attendait...

Décrochant le combiné, il le tint à l'oreille.

— Oui ?

— C'est fait, dit le type à l'accent italien à couper au couteau.

— Vous allez passer à la phase suivante ?

— Oui.

— Bien.

Il s'apprêtait à raccrocher, quand l'homme le battit de vitesse.

— Il y a une chose que je devrais vous dire...

Il se prépara au pire.

— Nous avons eu un léger incident et...

— Non ! Pas au téléphone ! Faites votre rapport par l'intermédiaire de notre contact.

Il raccrocha et se leva.

Les gens, quels fieffés imbéciles ! Il avait déjà expliqué une dizaine de fois l'importance qu'il y avait à ne discuter de rien de compromettant au téléphone. N'importe qui pouvait être à la table d'écoute... En outre, qu'importait qu'il y eût eu un « léger incident » ? Les incidents, ça arrivait, pas vrai ? Ce qui comptait en revanche, c'était que les pierres soient quasiment en sa possession.

Enfin.

# 8

— Vous êtes blessé ? demanda Josh au professeur.

— Non, sonné, pas blessé.

Étendu sur le dos, Rudolfo gisait sur le sol en mosaïque, au pied de l'échelle.

— Là, laissez-moi vous aider… Vous êtes sûr qu'il ne vous a pas touché ?

— C'était si étrange de lever les yeux sur le canon de l'arme… comme de plonger au cœur de la nuit. Une nuit aussi infinie que toutes celles que j'ai connues… et que toutes celles pendant lesquelles Bella a dormi depuis ces seize cents ans…

Rudolfo peinait à se redresser ; il ménageait un côté de son corps.

— Vous êtes certain que ça va ?

Le professeur hocha la tête. Se concentra. Fronça les sourcils… Puis baissa le regard sur son estomac.

Il portait une chemise bleu nuit et, jusqu'à cet instant, sous la chiche lumière qui baignait la tombe, Josh n'avait pas remarqué la tache sombre, qui s'étalait… Et voilà qu'ils l'avisaient tous deux en même temps.

Aussi doucement qu'il le put, Josh écarta la chemise du corps du blessé. La plaie versait des larmes de sang. Passant les doigts dans le dos de Rudolfo, Josh chercha un quelconque orifice de sortie. Sans en déceler. La balle était toujours logée dans la chair.

Le professeur, lui, continuait de parler...

— Vous aviez bien choisi votre moment... Si vous ne vous étiez pas trouvé dans ce tunnel, vous aussi seriez en train saigner comme un goret, n'est-ce pas ?

Sauf, se dit Josh, que s'il avait été plus rapide, il aurait pu empêcher tout ça...

— Pour moi, par contre, ça ne pouvait pas plus mal tomber... J'aurais bien aimé vivre assez longtemps pour déterminer si ce que Gabriella et moi venons de trouver... Découvrir si ce que Bella protégeait depuis toutes ces années est... aussi... important que ce que nous pensons...

— Il ne vous arrivera rien.

Les doigts sur le poignet du blessé, Josh fixa sa montre et compta.

— Si j'avais eu une fille, elle aurait été exactement comme elle... une dure à cuire... avec un cœur d'or bien caché... Mais parfois, elle est trop seule... tout le temps seule...

— Bella ? fit Josh, qui l'écoutait d'une oreille distraite.

Le professeur perdait trop rapidement son sang. Et il avait un pouls trop lent.

Tentant de rire, il ne réussit qu'à se fendre d'une grimace.

— Non... Gaby ! Mais elle était aussi d'un calme... comment dites-vous déjà... d'un calme... ?

— D'un calme... ? Oh ! D'un calme olympien.

Rudolfo eut un faible sourire. Il déclinait rapidement.

— Maintenant nous savons... Dangereuse... notre trouvaille... Vous le lui direz, dangereuse...

— Professeur, avez-vous un portable ? Il faut que j'appelle les secours.

— A-t-il emporté... le coffret aussi ?

— Le coffret ?

D'un regard circulaire, Josh en repéra les débris, par terre.

— Non, il est toujours là… Professeur, vous m'entendez ? Avez-vous un portable ? J'ai besoin d'appeler des secours. Il faut vous transporter à l'hôpital.

— Le coffret… est là ?

La nouvelle paraissait le regonfler.

— Veste… poche…

Faisant main basse sur le portable, Josh vérifia qu'il y avait bien un signal puis composa le 911. Rien… Il fixa le cadran à affichage électroluminescent. Le 911 ? Pourquoi avait-il cru que le numéro américain des Urgences serait le même en Italie ?

Il pressa le bouton « 0 » et fut immédiatement mis en relation avec une opératrice.

— Urgence médicale ! cria-t-il aussitôt qu'il entendit une voix humaine, espérant que les paroles seraient assez analogues en italien pour que sa correspondante comprenne.

Ce dut être le cas car elle répondit *sì* et transféra la communication. Patientant, il se demanda ce qu'il ferait si l'opérateur suivant ne parlait pas l'anglais. En fait, cela se révéla être le cadet de ses soucis.

Une adresse… Une chose toute simple, franchement. Sauf que Josh n'avait pas la plus petite idée de l'endroit où il se trouvait. Il baissa les yeux. Le blessé avait les yeux fermés.

— Professeur Rudolfo ? Vous m'entendez ? J'ai besoin de préciser où nous sommes. Une adresse… Vous m'entendez ?

Pas de réaction.

Josh expliqua la situation à une interlocutrice pleine de compassion, à l'autre bout du fil.

— Il ne réagit plus… J'ai peur qu'il ne soit mourant. Et j'ignore où nous sommes !

— *Il n'y a aucun repère géographique ?*

— Je suis à près de cinq mètres sous terre !

— *Sortez au-dehors, cherchez un repère, un signe, un nom, un édifice… n'importe quoi.*

— Je devrais le laisser pour ça !

— *Oui, mais vous n'avez pas le choix.*

Josh se pencha au-dessus du professeur.

— Je sors une minute…

Rudolfo rouvrit les yeux et Josh crut qu'il avait entendu, qu'il allait lui donner les coordonnées géographiques de la tombe… Mais le professeur fouillait frénétiquement la sépulture du regard, il finit par se fixer sur la dépouille de celle qui avait expiré en ce lieu tellement d'années auparavant. Puis il glissa de nouveau dans l'inconscience.

Josh la regarda à son tour.

— Veille sur lui…, chuchota-t-il, sans réaliser l'étrangeté de ce qu'il faisait.

Gravissant l'échelle quatre à quatre, il aurait voulu aller plus vite encore. Dès qu'il fut à l'air libre, il scruta les abords.

— Je suis dans un satané champ ! Je vois… des cyprès… des chênes…

Il pivota.

— Il y a une colline derrière moi. À cinq cents mètres environ, je vois une sorte de portail, ou d'édifice, très ancien…

— *Ça n'aide pas. Aucun panneau ?*

— S'il y en avait, bon sang… !

Il parlait trop fort, d'une voix trop tendue.

— *Il y a probablement une route, monsieur,* coupa-t-elle. *Repérez-la si possible.*

— D'accord. Restez en ligne. Je vais bien trouver quelque chose…

Josh dévala la colline. Jeta des regards à droite, à gauche… Juste un tronçon de nationale à deux voies… Sur sa droite, un tournant lui bloquait la vue. À gauche, même paysage : des cyprès, des champs verdoyants avec, dans le lointain, des toitures aux ocres bruns. Rien de spécifique, rien de nature à pouvoir préciser leur emplacement…

Quelqu'un devait bien savoir où diable ils se trouvaient ! Quelqu'un d'autre que le moribond gisant dans la crypte…

— Dites-moi votre nom, demanda Josh à son interlocutrice. Je vais joindre une personne pour avoir l'adresse. Je vous rappelle tout de suite après.

— *Mon nom est Rosa Montanari, mais je peux rester en ligne et vous connecter. Donnez-moi le numéro, monsieur.*

Malachai Samuels décrocha son portable dès la deuxième sonnerie.

— *Allô ?*

— Je n'ai vraiment pas le temps de vous expliquer, mais vite, j'ai besoin de contacter Gabriella Chase et d'avoir l'adresse précise du chantier !

— *À cette minute même, je viens de m'asseoir avec elle, pour déjeuner. Vous ne nous rejoignez pas ?*

— Passez-la-moi !

— *Pourquoi ne pas me dire ce que…*

— Impossible maintenant ! C'est une urgence !

Il y eut un bref intervalle durant lequel Josh entendit Malachai répéter ce qu'il venait d'annoncer. Puis il capta une voix de femme, grave, argentine, mélodieuse et… stressée.

— *Bonjour, Gabriella Chase, j'écoute. Quelque chose ne va pas ?*

Josh resta en ligne pendant qu'elle dictait les coordonnées, puis le temps que l'opératrice appelle une ambulance… Il ne comprit pas tout ce qui se disait, mais savoir que des secours étaient enfin en chemin ne manquait pas de le rassurer.

Rosa ajouta qu'elle resterait en ligne avec Josh jusqu'à ce qu'ils arrivent, et lui conseilla de surveiller l'état du professeur afin qu'elle-même puisse tenir les ambulanciers informés minute par minute.

La respiration de Rudolfo avait encore faibli, et il avait pâli un peu plus depuis quelques minutes.

— Professeur Rudolfo ? Professeur ?

Ses lèvres s'écartèrent et il murmura des syllabes inintelligibles.

— *Monsieur Ryder ? Vous êtes là ?*

Josh en avait presque oublié qu'il tenait toujours le portable plaqué à l'oreille.

— Oui ?

— *Comment est le* professore *?* demanda Rosa.

— Il va très mal. Il est inconscient.

— *L'ambulance devrait être là d'ici huit à dix minutes.*

— J'ignore s'il tiendra jusque-là ! Il saigne toujours. Je croyais que l'hémorragie s'était arrêtée. N'y a-t-il rien que je puisse faire en attendant l'arrivée des secours ?

— *J'ai un docteur en attente…*

Cette femme merveilleuse avait sur une autre ligne un médecin du service des urgences et, durant les minutes interminables qui suivirent, Rosa se faisant l'interprète, le docteur Fallachi aida Josh à maintenir le professeur en vie en lui expliquant comment endiguer l'hémorragie. D'après le praticien, il fallait approximativement une vingtaine de minutes pour se vider de son sang et mourir exsangue d'une blessure comme celle du professeur. Or, Josh estima que dix à douze minutes venaient déjà de s'écouler. Ça allait être tangent…

À l'angle, Sabine – car c'est sous ce nom qu'il pensait désormais à elle – les contemplait de ses yeux vides et, sous le poids de ce regard d'outre-tombe, il éprouva celui de son échec. Si cet homme mourait, ce serait de sa faute. S'il ne s'était pas aventuré dans le tunnel, il aurait été en mesure de l'aider. Au lieu de cela, il s'était retrouvé à ramper dans un boyau souterrain, trempé de sueur, presque paralysé par l'angoisse, comme plongé dans une transe démentielle, en quête de réminiscences retombées depuis longtemps dans l'oubli…

— Je suis navré, murmura-t-il.

# 9

Josh veillait sur le professeur en attendant l'ambulance, quand une odeur de jasmin et de santal le prit à la gorge, et il se prépara aux premiers frémissements d'un nouvel épisode. Tout en voulant désespérément stopper « l'embardée mémorielle », il était *aussi* tout entier tendu vers elle. Un camé et sa drogue… C'était grisant à ce point. Et horrifiant.

Josh avait toujours cru que cette impression occasionnelle d'identification que les gens expérimentent en rencontrant quelqu'un et en éprouvant un sentiment d'empathie instantanée n'avait rien d'exceptionnel. On éclatait de rire en disant, « *Je jurerais vous avoir déjà rencontré !* » Ou bien, on partait en vacances dans une ville pour la première fois… et on en retirait la sensation d'y être pourtant déjà venu. Dérangeant, oui, mais on passait vite à autre chose. Ou alors c'était amusant, et on en parlait à un ami, un conjoint…

Juste une impression de déjà-vu, dira-t-on, sans y réfléchir à deux fois.

Peut-être, quand ça arrivait…

Mais pas maintenant.

Malachai et le docteur Talmage lui avaient appris à dépasser cela. Cette impression fugace était un don, un instantané arraché aux limbes de l'oubli, signifiant qu'il y avait bel et bien un lien avec la personne de rencontre ou le lieu de visite. Rien n'était le fruit du hasard, les coïncidences, ça n'existait pas – du moins selon les théories de la réincarnation qui remontent à loin dans l'histoire de l'humanité, à plusieurs siècles, présentes dans les civilisations en mutation, en constante évolution... Théories qui soulevaient tant la polémique, en Occident seulement, à partir du IV$^e$ siècle après Jésus-Christ... En Orient, se montrer sceptique à propos de la réincarnation aurait été aussi insolite que de mettre en doute le fait que l'eau, ça mouille.

Pendant une attente qui lui paraissait se prolonger indéfiniment, alors qu'il voulait de toutes ses forces que le professeur survive à sa blessure, Josh eut la certitude qu'il avait déjà eu un avant-goût de la mort en ce lieu même. Il ne savait pas ce qui s'y était produit par le passé, il avait juste l'impression d'être happé par une sorte d'inconcevable périple se répétant en boucle – et qu'il ne pouvait arrêter.

Assis par terre, prenant toujours le pouls (trop faible) du professeur, il fixait l'ouverture, le carré de ciel qui s'y découpait. Ainsi, dès que les urgentistes arriveraient, il les verrait.

Mais il fut aspiré par un vortex à l'atmosphère plus lourde et plus épaisse où il flotta tel un ectoplasme... Il ressentait aussi avec acuité un plaisir plus pur mêlé à une douleur plus vive.

Cela débuta comme n'importe quel épisode... La scène connut un déroulement rapide, à la façon dont les photographies apparaissent comme par magie sur des feuilles immaculées de papier, émergeant d'une solution liquide dans un léger tourbillon... Il était l'étranger qui épie la scène s'ouvrant devant lui. Il voyait les acteurs, le décor... Puis, en quelques secondes à peine, il *devint* la personne qu'il observait. Il voyait maintenant à travers les yeux d'un autre, parlait avec sa voix... Il n'était plus lui-même. Il s'était perdu lui-même. Il ne savait plus rien de sa propre existence.

# 10

*Julius et Sabine*
*Rome – 386 après Jésus-Christ*

Les clameurs l'alertèrent au moment où le vent charriait l'âcre odeur de fumée jusque dans sa chambre à coucher. Tous vivaient la peur au ventre, dans cette crainte précise, et pratiquement tous en avaient été témoins à un moment ou à un autre de leur vie.

Le feu ? Leur possession la plus sacrée – *et* leur plus féroce ennemi.

Le récit du terrible sinistre qui avait réduit en cendre les deux tiers de la ville, plus de trois cents ans auparavant, circulait encore à titre préventif. Dans la nuit du 18 juillet, il y avait eu un départ de feu dans le quartier commerçant. Au milieu d'échoppes en bois agglutinées les unes aux autres… Les vents chauds de l'été avaient attisé les flammes jusqu'à ce que, les unes après les autres, les habitations, dont certaines étaient hautes de cinq à six étages, s'embrasent à leur tour. Six jours et sept nuits durant, le feu avait fait rage. Puis, pendant une durée à peu près équivalente, les braises avaient couvé.

La cité était en ruine.

Dans son compte rendu du drame, l'historien Tacite décrivait comment des hommes et des femmes terrifiés, des vieilles gens sans défense, des jeunes tout aussi désespérés, des fugitifs comme des traînards avaient tous simultanément tenté de fuir, ne faisant qu'ajouter à la confusion.

Certains, avait-on dit, avaient préféré la mort à la fuite : ceux qui avaient déjà trop perdu, qui n'avaient pas pu sauver leurs bien-aimés et que l'horreur et la culpabilité rongeaient... Ils s'étaient livrés d'eux-mêmes au brasier infernal. Pire encore, parmi ceux qui auraient pu lutter contre le fléau, beaucoup s'étaient laissés submerger par la peur, d'autant que des bandes menaçantes attaquaient les rares qui s'y risquaient... Voilà la source des rumeurs selon lesquelles Néron aurait lui-même ordonné l'incendie de la ville afin de mieux persécuter les premiers chrétiens. Après tout, l'empereur les tourmentait depuis des années, les transformant en torches vivantes, les crucifiant et les sacrifiant à plaisir. Mais pourquoi aurait-il voulu détruire sa propre ville, réduire à néant ses propres trésors ?

D'autres attribuaient ce désastre à la colère des dieux et à... la poisse. D'autres encore pensaient que les premiers chrétiens eux-mêmes avaient allumé le feu afin de dévaster une cité païenne qu'ils méprisaient. Car, des semaines avant cette nuit fatidique de juillet, dans les rues des quartiers les plus pauvres, des arrivistes radicaux prophétisaient la destruction de Rome par les flammes, cherchant à soulever l'opinion publique contre un ordre social dépassé.

Trois siècles plus tard, alors que Julius courait en direction du temple, la brûlure de l'air s'accentuant sur son visage, il se demandait si ce nouvel incendie n'avait pas des motivations politiques – ce qui ne laissait pas de l'inquiéter. Lui et bien d'autres grands prêtres avaient la conviction que l'Empire romain vivait là ses derniers jours – celui du moins qu'ils avaient toujours connu. L'empereur Théodose et l'évêque Ambroise de Milan y veillaient. La lutte idéologique entre l'ordre païen, qui englobait tout et les milliers de Romains qui souscrivaient aux enseignements de Jésus – ou qui, en tout cas, feignaient d'y ajouter foi afin de s'attirer les bonnes grâces de leur empereur – virait à l'affrontement exécrable entre deux modes de vie, entre un panthéon divin et un dieu unique.

Le paganisme était une mosaïque, à l'instar des motifs rayonnant sur le pavage des temples. Il se composait des dizaines de sectes, d'obédiences et de cultes absorbés au fil des ans. En conséquence, la liberté de culte avait eu droit de cité à Rome pendant des siècles. Au nom de quoi un culte ancien aurait-il dû être évincé pour céder la place à un nouveau ?

Guidé par les nuages de fumée grise, Julius pouvait déjà dire que le foyer de l'incendie était proche de l'Atrium Vestae, la maison des vestales, situé juste derrière le temple hémisphérique de Vesta, à la lisière orientale du Forum romain. À plusieurs reprises dans le passé, la résidence aux quatre-vingt-quatre pièces rayonnant autour d'une cour élégante était partie en fumée. Quelle ironie que la déesse Vesta fût la pire des menaces envers ceux et celles qui se dévouaient à elle corps et âme...

Alors que l'incendie s'élançait à l'assaut d'un ciel assombri, les uns après les autres, ils survinrent, les prêtres et les citadins. Poumons enfumés, ils suffoquaient, déterminés malgré tout à sauver le palais en empêchant le sinistre de menacer le temple. Il n'était pas juste question de préserver des édifices, mais des trésors légendaires qu'on disait dissimulés dans un réseau souterrain, sous le foyer sacré.

Quand Julius parvint sur les lieux, deux dizaines d'hommes combattaient déjà les flammes ; ces volontaires étaient entraînés à foncer sur les départs de feu et à les combattre sitôt que l'alarme était donnée. En raison de toutes les bâtisses en bois, le plus petit feu pouvait en un clin d'œil se muer en un monstre infernal.

À sa grande stupéfaction, Julius remarqua qu'un des soldats du feu était une femme, qui n'avait manifestement pas voulu rester en arrière avec ses consœurs... Elle n'aurait pas dû être là, c'était trop dangereux ! Mais les volontaires avaient trop à faire pour l'écarter du danger, ou l'inciter à la prudence. L'eussent-ils tenté quand même que ça n'aurait rien changé à l'affaire – Julius le savait. Deux minutes après, elle serait retournée sur la brèche...

La bravade était caractéristique de Sabine, qui avait sans cesse mis au défi les sœurs chargées de sa formation. Tout en s'émerveillant de son don de double vue, celles-ci se plaignaient de sa ténacité et de son entêtement, choses fort regrettables chez une aspirante à la prêtrise...

Quant au mépris qu'elle affichait pour *lui*...

En public, elle lui témoignait le minimum de respect requis pour ne pas avoir de problèmes. En privé, par contre, si d'aventure leurs chemins se croisaient, elle ne faisait pas mystère de son aversion... Qu'elle le considérât avec tant d'antagonisme lui donnait envie de rire, certains jours. D'autres, il aurait voulu la punir de son impudence. Cet état de fait le troublait dans la mesure où il ne voyait aucune raison à de telles réactions. Et qu'en dépit de son antipathie manifeste, il la trouvât attirante lui semblait encore moins compréhensible. Oui, elle lui plaisait. Et il l'admirait. L'encourageait même.

En tant que Grande Vestale, elle faisait montre d'une conduite exemplaire. Mais au contraire des autres vestales, Sabine, d'un naturel opiniâtre, refusait de sacrifier sa personnalité sur l'autel de la confrérie. Ce qui l'avait poussée à devenir une des vierges les plus érudites du temple de ces dernières années, à force d'étudier la médecine, de s'intéresser à l'art de la guérison – quitte à ajouter des responsabilités supplémentaires à une existence déjà bien remplie... Quand des coutumes vétustes et fanées n'avaient plus de sens à ses yeux, elle les remettait en cause, luttait courageusement contre elles, avec fougue et passion. Dernièrement, les plus traditionalistes, dans son entourage, avaient applaudi ses efforts.

Toute une partie de la résidence s'écroula avec perte et fracas. Le feu était en passe de remporter la bataille. Sabine déployait autant d'efforts que Julius pour étouffer les flammes ; c'était une combattante aussi vaillante que n'importe quel homme présent sur le terrain. Lorsque leurs regards se croisèrent brièvement, Julius détourna les yeux, transi en dépit de la fournaise par sa fugace expression. Oui, elle était déterminée à vivre – donc, l'incendie devait mourir... Ou elle avait inhalé trop de fumée ou l'épuisement la rattrapa, car elle s'effondra subitement.

De méchantes ampoules lui balafraient les joues. Elle avait la robe déchirée sur le flanc et le devant, dévoilant ses longues jambes et ses seins noircis par la suie.

Aucun autre homme ne paraissait avoir remarqué son évanouissement. Si elle n'avait déjà expiré, l'un d'eux allait forcément la piétiner à mort dans le feu de l'action. Il était hors de question pour Julius de ne pas intervenir. Quittant son poste, il courut soulever dans ses bras son corps inerte pour la transporter à l'écart. À mesure qu'il s'éloignait, la chaleur, dans son dos, diminuait – jusqu'à ce qu'il n'en ait plus conscience.

Sabine pesait de tout son poids dans ses bras. Une fois suffisamment éloigné du sinistre, il l'allongea sur un carré d'herbe. Cédant à sa curiosité, il se permit de la contempler. Car, s'il était honnête avec lui-même, en dépit de tous ses efforts elle était devenue son obsession.

L'oreille pressée contre la gorge de la jeune femme, il chercha à capter des signes de vie... Tout ce qu'il entendit, ce fut son propre pouls affolé qui lui bourdonnait aux tympans.

Non, il était impossible que le feu ait eu raison d'elle !
Pas de Sabine...
Il ne réalisa même pas qu'il hurlait jusqu'à ce que le vent lui rabatte ses propres cris aux oreilles.
Non, pas Sabine !
Elle avait trop d'énergie combative, trop de résolution en elle...
Il aurait voulu prier, mais le chagrin le privait de tous

ses moyens. Il ferma les yeux. De la peau de la jeune femme émanait une odeur de jasmin et de santal, mêlée aux âcres miasmes de fumée.

En atteignant son âge, les autres prêtres s'étaient mariés et avaient fondé une famille. Ils le taquinaient, lui, le célibataire, sans rien y comprendre. Les mariages se prêtaient à tous les goûts, tous les penchants, le réprimandaient-ils – même pour les hommes attirés par ceux de leur propre sexe.

*Pourquoi n'arrives-tu pas à trouver chaussure à ton pied ?*

En son for intérieur et maintenant seulement pouvait-il admettre qu'il avait en fait trouvé la femme qu'il désirait épouser… Hélas, de toutes celles que comptait la Grande Rome, c'était une des très rares à lui être inaccessibles.

Lorsque Sabine avait acquis le statut de vestale, lui était encore un jeune prêtre. Et dès le début, elle s'était distinguée du lot. Brillante et sagace fillette, elle était devenue une adolescente fougueuse et résolue. L'admiration qu'il lui vouait avait cédé la place à l'attirance dès que son mince corps de liane avait commencé à changer, lorsque, sous ses robes, les douces courbes de ses hanches et de ses seins l'avaient taquiné…

Ces douze dernières années, Sabine l'avait nargué, puis provoqué. Dans la mort, elle le hanterait à jamais.

La haine qu'elle affichait à son encontre aurait pourtant dû doucher ses ardeurs ! Au lieu de quoi, cela semblait au contraire attiser le feu… Dans l'intimité de ses propres appartements, lorsqu'il n'avait plus de pensées que pour elle, il faisait appel aux prostituées. Mais pas même les plus lubriques, les plus portées à la luxure ou les plus ravissantes ne parvenaient à chasser de son esprit la vision de la vierge. Julius implorait les dieux de le délivrer de son désir. Ceux-ci restant sourds à ses prières, il traita ses propres sentiments par le mépris, cherchant à surmonter l'épreuve. L'attention qu'il lui réservait risquait de précipiter la perte de la jeune femme. Toute union qu'ils auraient pu sceller pouvait signer son arrêt de mort. Comme le sien.

Elle avait les yeux clos. La magnifique crinière de feu roussie... Incapable de se redresser, les jambes coupées, Julius s'effondra près de Sabine alors que l'incendie faisait toujours rage et que les volontaires avaient besoin de lui. Ses sœurs allaient venir prendre la dépouille de Sabine, la préparer à l'inhumation mais... il ne parvenait pas à s'en détacher. Désemparé, il tendit la main pour repousser une mèche de son front. C'était la toute première fois qu'il la touchait. Des larmes roulèrent sur ses joues, le surprenant par leur vélocité. Julius ne se rappelait pas la dernière fois où il avait pleuré.

— Sabine... !

Un cri, toujours, pas un prénom et pas encore une prière...

Et soudain, on aurait dit que le vent lui répondait, chuchotant doucement *son* prénom... Il baissa les yeux.

Elle avait rouvert les siens. Qu'elle braquait sur lui. Et il n'y avait plus de colère au fond d'eux, juste une autre expression, de défaite et de désir mêlés...

Il capta un son anachronique. Fort. Strident. Pas humain. Non... Une sirène d'ambulance lui parvenait de très loin, par-delà une immensité bleu-vert.

*Elle* le regardait, de la tristesse et du chagrin plein les yeux.

Mais la sirène hurlante le tirait vers le haut, à travers une sensation de lourdeur trouble et saumâtre, vers un nouvel enfer.

# 11

*Rome, Italie – Mardi, 8 heures 12*

Il y avait trois médecins. Trop de gens dans un espace aussi exigu… Pour autant que Josh eût voulu s'extraire de la tombe, qui empestait maintenant le sang, il ne le pouvait pas. Reculant, il se plaqua au mur et observa l'équipe en action.

L'un d'eux passa une manchette de tension artérielle au bras du professeur. Un de ses collègues tamponna l'autre bras avant d'y enfoncer une aiguille, en préalable à la perfusion. Puis un autre soumit Josh à un feu roulant de questions en mauvais anglais…

*Quand cela était-il arrivé ?*

*Quand le professeur avait-il sombré dans l'inconscience ?*

*Lui connaissait-il de la famille ?*

*Et avait-il un numéro où joindre un des membres de sa famille ?*

Il y a quinze minutes…

Cinq…

Non…

Non…

Il l'ignorait…

Les médecins officiaient avec une précision de chorégraphe,

entièrement dévolus à leur tâche, sans paraître remarquer la nature des lieux ou même la présence d'une femme momifiée brisée, dans un coin… Josh, lui, ne cessait de la surveiller du coin de l'œil.

D'où il se trouvait, il voyait le visage du professeur, livide et figé. Il avait cependant les yeux ouverts et ses lèvres remuaient, formant des syllabes. N'entendant rien, Josh se rapprocha autant qu'il put sans gêner les sauveteurs. Ce qui, dans un espace aussi réduit, se limitait à faire deux pas en avant et pas un de plus.

Le professeur continuait de chuchoter en italien ; les mêmes mots, encore et encore.

— Que dit-il ? demanda Josh à l'un des hommes.

— « *Aspetta…* Attendez-la »… Il le répète sans cesse.

Les médecins s'affairèrent encore quelques instants autour du blessé, puis la femme compta – *uno, due, tre* – et ils le soulevèrent ensemble du sol pour le poser sur un brancard, l'y sangler et l'évacuer ensuite de la cavité selon une série complexe de manœuvres.

Josh les suivit.

Rapidement – tout en prenant garde de ne pas le secouer – ils le roulèrent jusqu'à l'ambulance. Au loin, le bourdonnement d'un moteur tournant au ralenti s'intensifia. Une Fiat bleu marine avalait la montée du versant dans un sillage de poussière. Quelques secondes plus tard, le véhicule pila dans un crissement de pneus et une inconnue jaillit côté conducteur. Énergie pure faite femme, on eut dit un tourbillon fondant sur le brancard. Josh eut un aperçu de peau brûlée de soleil, de hautes et larges pommettes et d'une masse hirsute de cheveux couleur miel livrée à tout vent. Sa voix conjuguait aux accents de la peur la tonalité de l'autorité naturelle tandis qu'elle bombardait les médecins de questions. Même sous le stress, la cadence lyrique de son débit transparaissait encore. Captivé par cette tornade féminine, Josh ne remarqua pas Malachai jusqu'à ce que celui-ci le hèle.

Comme toujours, Malachai Samuels était en costume en

dépit de la chaleur. Il était d'un naturel si méticuleux que même ses chaussures étaient cirées. Ce qui n'allait plus durer maintenant qu'il se retrouvait sur le terrain…

— Ça va ?

— Oui, répondit Josh. Mais il faut d'abord que je parle à Gabriella Chase.

Il désigna celle qui venait d'arriver en voiture.

— C'est elle ?

—Oui, mais…

— Le professeur m'a fait promettre de lui dire ce qui était arrivé, et…

Il prit Josh par le bras.

— Elle est avec l'équipe médicale. Alors, expliquez-moi… Que s'est-il produit ?

Brièvement, Josh lui relata l'agression par balle.

— Vous étiez seul avec lui ?

— Oui.

— Vous étiez l'unique témoin ?

— Oui. Il n'y avait personne d'autre, là en bas. À présent, j'ai besoin de…

— Avez-vous vu l'homme qui a tiré sur Rudolfo ?

— Oui, oui, je l'ai vu…

Josh revit la scène comme si son œil mental l'avait filmée… Le type empoignant le coffret, l'ouvrant, en sortant la bourse en cuir noir, jetant le réceptacle à terre, puis les gémissements du professeur, l'échauffourée, le tir… Il arrêta le défilement de la « bobine ».

— Le garde a fait main basse sur les Pierres de Mémoire, si c'était bien là le contenu du coffret. Il a tiré sur le professeur, puis a filé avec son larcin.

— L'avez-vous pris en photo ?

— Non.

Malachai secoua la tête en tentant de digérer la gravité d'une telle perte. Tous deux avaient désespérément voulu voir les pierres, en parler à Rudolfo et à Chase, découvrir si cette trouvaille

détenait réellement le pouvoir légendaire qu'on lui attribuait…
De toute évidence, ils n'en auraient plus l'occasion.

— Avez-vous vu les pierres avant qu'on ne les vole ?

— Non.

— Donc, vous n'avez aucune certitude qu'il s'agissait bien
d'elles, dans le coffret ? Elles auraient pu se trouver ailleurs
dans la crypte ?

Un faible regain d'espoir…

— Je ne sais pas … Mais à en juger par la réaction du
professeur, je suis à peu près sûr que…

— Je ne crois pas que vous devriez parler des pierres à la
police quand elle sera là. N'avancez pas d'hypothèses sur le
contenu du coffret.

Malachai dut lire dans les yeux de Josh toute la confusion
qu'il ressentait, car il n'attendit pas sa question suivante pour la
devancer :

— S'il apparaît que vous en savez trop, ça fera de vous un
suspect plus vraisemblable.

— Mais je ne suis pas suspect ! Et la police ne devrait-elle pas
savoir ce qu'elle doit rechercher ? N'est-ce pas une nécessité ?

— Dans ce cas, ça s'ébruitera, c'est inévitable, et que le
monde entier apprenne l'existence de ces pierres est bien la
toute dernière chose que nous puissions désirer, Béryl, moi
ou, j'en suis certain, Gabriella quand elle sera au courant à
son tour ! Surtout si on les a volées !

— Je ne sais pas… Vous me demandez de mentir à la police.

— Au sujet d'une chose qui n'aidera en rien l'enquête à progresser, et que vous n'avez pas vue de vos yeux, quoi qu'il en soit.

— Alors que dois-je dire ? Que j'ai vu le garde et que je
peux en donner une description… mais que je n'ai aucune
idée de ce qu'il a pu voler ? Que j'étais trop occupé par mes
flash-back au quatrième siècle de notre ère, où je traînais avec
la version en chair et en os de la dépouille inhumée ici ?

Malachai fut étonné.

— Si c'est vrai, vous joueriez un rôle-clé dans notre

compréhension de la nature des pierres et de leur mode de fonctionnement. *Vous* seriez l'élément crucial de la solution.

— Eh bien, il n'y pas de coïncidences, pas vrai ? C'est ce que Béryl et vous n'avez cessé de me répéter ces quatre derniers mois, et on dirait bien que vous êtes dans le vrai. Les souvenirs que j'ai…

D'un geste ample, il engloba la sépulture, les bois et les collines environnantes, et au-delà…

— Tout cela… C'est ce que je voyais en vision depuis une année. Tout cela et davantage…

Malachai entreprit d'étudier Josh, s'avisant qu'il était torse nu, le visage strié de sang et de crasse.

— Vous êtes *certain* que ça va ? Vos mains saignent.

— Simples égratignures. C'est le professeur qui est blessé et qui pourrait ne pas en réchapper…

D'ordinaire, Malachai était un homme plein de compassion – mais à bonne distance. Sa marotte, pour détendre les enfants avec qui sa tante et lui travaillaient à la fondation Phœnix, c'était d'accomplir des tours de magie. L'un deux semblait consister à refouler ses propres sentiments, n'était de la tristesse dissimulée que Josh arrivait maintenant à déchiffrer au fond des yeux de Malachai sous le bon angle, avec de la lumière, juste ce qu'il fallait… Comme s'il avait jadis été cruellement blessé sans jamais s'en être réellement remis. S'il photographiait l'homme, Josh se demandait souvent si cette mélancolie transparaîtrait. Mais à présent, il était à bout de nerfs, plongé dans la détresse.

— C'est une tragédie… Une véritable tragédie…

Et, un instant, avant que Josh ne mesure toute l'absurdité d'une telle pensée, il se demanda si Malachai se référait à la blessure par balle du professeur ou… au vol des pierres.

# 12

Alors que Josh cherchait Gabriella pour lui transmettre le message du professeur, l'attroupement de badauds augmenta. Il se remémora ce que Rudolfo lui avait dit à propos des fouilles virant à l'attraction touristique. Il consulta sa montre. Neuf heures du matin. Pile. La scène de crime allait être contaminée si tous ces gens la piétinaient. La police n'était toujours pas là pour établir un cordon de sécurité et protéger le site. N'aurait-elle pas dû arriver, à propos, juste derrière l'ambulance ? Il fallait que quelqu'un tienne les badauds à respectueuse distance...

Balayant l'attroupement du regard, Josh avisa un trio de nonnes, deux prêtres, des adolescentes au style gothique et un homme de haute taille qui parlait aux sœurs, carnet de notes et stylo en main. Son épaisse crinière lui retombait sur les yeux ; il l'écarta d'un geste caractéristique que Josh reconnut entre tous. Charlie Billings...

L'homme exprimait toujours ainsi son impatience. Il fut content de le voir – pas simplement parce qu'il avait toujours bien aimé le reporter mais, pour s'être trouvé en mission avec lui à Rome, il savait que Charlie parlait couramment l'italien.

Tandis que Josh le rejoignait, jouant des coudes pour fendre la foule, Malachai lui emboîta le pas comme s'il avait besoin de le garder à l'œil afin de mieux le protéger.

Les deux hommes se saluèrent puis Charlie, partant du principe que Josh était de nouveau en mission à Rome, lui demanda pour quel employeur il assurait le reportage.

— Je ne suis pas là pour la presse, le professeur m'avait invité. Mais écoute, j'ai besoin que…

— Une minute ! Tu veux dire que tu étais là quand on lui a tiré dessus ?

Josh acquiesça, contrarié d'avoir par inadvertance laissé échapper son implication dans tout cela.

— Tu as vu le tireur ? Tu l'as pris ?

Charlie jeta un coup d'œil à l'appareil photo omniprésent pendu au cou de Josh.

— Je te dirai tout cela plus tard, mais d'abord, tu dois m'aider. C'est urgent ! Cet attroupement risque de rendre la tâche impossible à la police si jamais les gens commençaient à se rapprocher de la crypte… Ils pourraient déjà être en train de piétiner des éléments de preuve ! Moi, je ne parle pas l'italien, mais toi, si. Alors, si tu leur demandais de reculer ?

— Voyons… et en échange, tu me donnes de quoi écrire mon papier. Que s'est-il passé là-bas ?

— Allons, Charlie, regarde plutôt !

Les filles à l'allure gothique faisaient déjà mine de traverser le champ.

— OK ! Mais ensuite, je saurai te retrouver ! Tu me devras bien ça, ajouta-t-il par-dessus son épaule en s'éloignant.

Pendant que Josh parlait à Charlie, Malachai s'était tenu à l'écart. Il se rapprocha.

— Quel salaud… ! Mais j'imagine que la venue de la presse ici était inévitable…

— Oh, ce n'est pas un mauvais bougre… Je le connais depuis pas mal de temps. Si je joue franc-jeu avec lui, il ne nous pigeonnera pas. Écoutez, j'ai toujours…

Des hurlements de sirène l'interrompirent. Trois voitures de police arrivèrent, et des officiers en descendirent.

— La presse est le cadet de nos soucis pour l'instant,

reprit Malachai. Quand les agents de police auront déterminé qui est qui, ils voudront nous interroger. Nous devons nous entendre sur notre version des faits. L'histoire risque d'être une véritable bombe à retardement ! Et je ne veux pas que la fondation soit impliquée.

Une autre sirène cisailla les airs de ses hurlements tandis que l'ambulance s'apprêtait à transporter le professeur à l'hôpital. Josh tourna les yeux vers le véhicule. Quelque chose le retardait… Il vit le professeur Chase chercher à monter à l'intérieur, près du brancard. L'un des médecins l'en empêchait… Gabriella refusant de céder, il la repoussa et la fit tomber à la renverse. Sans un regard en arrière, le médecin claqua le hayon derrière lui tandis que l'ambulance démarrait en trombe.

— Elle a besoin d'aide ! s'écria Josh, avant de courir la rejoindre.

Il s'agenouilla près d'elle.

— Vous êtes blessée ?

— Ils ont refusé de me laisser monter…

Affalée sur l'herbe, elle regardait le véhicule disparaître.

— Il n'y avait pas la place.

— Mais il est seul…

Elle avait l'air sonné.

— Il aura droit aux meilleurs soins possibles…

Il avait l'impression de s'adresser à une enfant perdue.

— Est-ce qu'il s'en sortira ?

Elle se tourna vers lui pour la première fois.

En tant que photographe, il avait déjà vu des milliers d'expressions angoissées. Mais là, son air peiné lui fendit le cœur de façon profondément intime – et qu'il ne pouvait comprendre.

— Je l'espère… Vous êtes sûre que ça va aller ? Vous avez fait une rude chute…

Elle ne parut pas saisir le sens de sa question.

— Vous êtes tombée…

Elle jeta des regards circulaires, paraissant remarquer soudain où elle se trouvait. Puis, s'époussetant les mains, elle se releva.

— Je vais bien.

— Vous êtes certaine ? Vous me paraissiez sacrément dans les vapes…

Il lui tendit le sac à dos qu'elle avait laissé choir et oublié sur la pelouse.

— Ça va, je vous assure. J'ai juste besoin de déterminer…

Charlie Billings revenait vers eux.

— Gabriella ?

Il lui toucha le bras.

— Que s'est-il passé ?

— Pas maintenant, Charlie.

Josh fut surpris qu'elle le connaisse. Puis il se souvint que Rudolfo lui avait dit qu'elle avait parlé à la presse.

— Ceci restera strictement entre nous, alors ?

— Je ne pense pas qu'elle soit en état, dit Josh. Laisse-lui un peu de temps.

— Pouvez-vous juste me dire comment va le professeur ? demanda Charlie à Gabriella, tentant encore de soutirer des informations en vue de son article.

— Il est dans un état critique. C'est tout ce que je sais.

Charlie gribouilla des notes sur son carnet, et Josh en profita pour saisir Gabriella par le coude et l'entraîner loin du reporter pour regagner sa voiture. Alors qu'il l'aidait à monter à l'arrière, Malachai, qui était au volant, prit la parole :

— Josh, dépêchez-vous de monter aussi ! Il serait plus sage de filer maintenant, tant que nous le pouvons encore. Gabriella, vous avez la clé de contact ?

Concentrée sur Josh, elle ne répondit pas.

— Je viens juste de réaliser qui vous êtes… Josh Ryder, c'est bien vous ?

Il acquiesça.

— Vous étiez là depuis le début ?

— Oui. Je suis navré.

— Quand tout cela est-il arrivé ?

— Nous étions dans la tombe lorsque…

— Vous y étiez avec lui ? coupa-t-elle. Ça s'est produit à l'intérieur de la sépulture ?

— Oui.

— Je veux m'y rendre ! J'ai besoin de voir cela de mes propres yeux…

Repassant devant Josh, elle quitta le véhicule. Les deux hommes l'imitèrent. La rattrapant vivement, Malachai lui passa un bras autour des épaules pour l'arrêter.

— Mieux vaut laisser la police faire. Nous vous emmenons à l'hôpital. Revenez dans la voiture avec moi.

— Pas encore ! Je veux d'abord voir le site.

Elle se dégagea.

— Je vous accompagne, intervint Josh, soucieux à l'idée qu'elle soit seule en découvrant le sang, les artefacts réduits en miettes et… l'état où se trouvait Sabine.

Sans répondre ni attendre, elle partit à grandes enjambées. Mais avant qu'elle n'ait fait cinq pas, deux policiers l'interceptèrent. Les trois ou quatre premières questions parurent se dérouler sans accrocs, jusqu'à ce que l'un des agents l'interroge sans doute sur un point délicat car elle devint soudain agitée, gesticulant follement en direction de la route avant de pivoter pour désigner la voiture, englobant par inadvertance Josh et Malachai. Les policiers suivirent la direction de son geste.

Trente secondes plus tard, les deux *carabinieri* s'approchèrent des deux hommes.

— Monsieur Ryder ? lança le benjamin en s'adressant à Malachai.

— Non, c'est moi, Josh Ryder…

Le jeune policier lui demanda quelque chose en italien.

Il secoua la tête.

— Je ne comprends pas…

Il avait l'impression d'avoir répété cela à une dizaine de personnes déjà dans la matinée. La barrière de la langue était frustrante. Il aurait voulu dire au policier de ne pas perdre son temps avec lui alors qu'il y avait un type armé en cavale qui venait de dérober un trésor antique… Mais Josh n'avait aucun moyen de se faire comprendre.

Gabriella en profita pour s'éclipser. Les autres agents présents sur les lieux interrogeaient les badauds ; chose curieuse, aucun d'eux ne prêtait attention à la scène du crime proprement dite – et vers laquelle Gabriella fonçait : la sépulture.

Soudain, Josh réalisa que personne ne savait encore que l'agression s'était déroulée sous terre.

Le policier, qui s'efforçait toujours de s'entendre avec Josh, remarqua qu'il détournait les yeux et chercha à comprendre pourquoi. Dès qu'il avisa Gabriella, il la héla. Elle se retourna. Une détermination féroce faisait luire ses prunelles, des traces de larmes et de crasse lui maculaient le visage et ses vêtements s'étaient empoussiérés. Elle cria en retour quelque chose d'incompréhensible pour Josh avant de descendre dans la crypte dont la responsabilité de la découverte lui revenait.

Le cœur serré, Josh la vit disparaître à l'intérieur. Il se rongeait d'inquiétude pour elle. Soudain, l'attroupement déborda les barrières mises en place, et la police au complet dut se déployer pour contenir les curieux.

Josh profita de la diversion pour se ruer à son tour vers la crypte.

— Arrêtez ! lui cria Malachai. Filons d'ici !

— Elle ne devrait pas descendre seule là-dedans ! brailla Josh.

Il fonça sans savoir si la police l'avait pris en chasse ou pas. Et il n'en avait cure. Il n'était plus qu'à un pas du but lorsqu'il entendit le hurlement de Gabriella monter des entrailles de la terre. Aigu et déchirant, vibrant d'une telle souffrance qu'on eut dit qu'elle était à la torture…

# 13

À genoux près du corps brisé de Sabine, à l'angle de la crypte, elle poussait des plaintes funèbres à cœur fendre. Il fallut quelques secondes à Josh pour comprendre qu'elle répétait inlassablement un seul mot, « *non !* »… On aurait dit une prière.

Alors qu'il la fixait, il voyait pourtant la sépulture en d'autres temps.

L'éclair d'une robe blanche…

Une chevelure de feu…

Des yeux verts, noyés de larmes…

*Sabine…*

Il aurait voulu tendre la main dans les ténèbres, happer le spectre et l'obliger à lui révéler ce qui se passait en ces lieux.

La voix de Gabriella le ramena instantanément au présent.

— Flanquez un bon coup de pied à l'échelle pour la casser !

— Quoi ?

— Vite ! L'échelle, repoussez-la de la paroi !

Toujours sous l'empire de son « embardée » dans le passé, Josh fit ce qu'elle lui demandait, sans en comprendre la raison.

— Maintenant cassez net les échelons, avec ça…

Elle lui lança une pelle.

— Je vous en prie, aidez-moi à gagner du temps !

Attaquant pour de bon l'échelle en bois, il avait rompu les six échelons supérieurs lorsque les policiers atteignirent l'ouverture. Nul besoin de comprendre l'italien cette fois pour se douter qu'ils voulaient accéder à la sépulture…

— Montrez-leur l'échelle cassée ! ordonna Gabriella.

Il réprima un sourire devant la vivacité d'esprit de cette femme si maligne. Le jeune homme qui venait de l'interroger regarda tour à tour Josh, l'échelle et Gabriella. Puis son commentaire fit glousser son collègue tout en incitant le professeur Chase à jurer tout bas.

— Les porcs !

Là encore, Josh n'eut pas besoin d'interprète pour se douter de ce qu'ils avaient dit.

— Vous étiez ici lorsque c'est arrivé ? demanda-t-elle sitôt que les *carabinieri* se furent retirés.

— Oui. Ça s'est passé trop vite, je n'ai pas eu le temps de réagir… d'arrêter le type…

Elle ne regardait plus Josh, s'intéressant plutôt à l'état de la sépulture. Il avait pour la première fois l'opportunité de l'envisager de l'œil du photographe ; il admira son cou de cygne, ses longs cheveux ondulés retombant à hauteur d'épaule, ses lèvres pulpeuses et sa forte ossature ; c'était le nez, aquilin et légèrement busqué, qui faisait d'une femme qui eût été autrement d'une beauté classique quelqu'un d'intrigant. Elle était en jean et en chemise blanche, les deux premiers boutons défaits. Au milieu de toute cette folie, Josh fut choqué de se surprendre à regretter qu'elle n'ait pas aussi dégrafé le troisième…

— Vous disiez avoir vu qui a tiré sur le professeur ? Qui était-ce ?

— Un agent de sécurité. En tout cas, il en portait l'uniforme.

— L'avez-vous pris en photo ?

— Non, c'est arrivé trop vite. J'ai essayé de secourir le professeur… Mais…

Elle parut déconcertée.

— Pourquoi cet homme ne vous a-t-il pas aussi tiré dessus ?

— J'étais là…

Josh désigna le tunnel, et des réminiscences affluèrent à son esprit… La laborieuse reptation dans le noir, de la terre plein les mains, la vague de panique, la nette sensation que quelque chose clochait terriblement, puis le sentiment d'urgence qui l'avait saisi, le poussant à s'extirper au plus vite du boyau…

À son tour, il fut brièvement plongé dans la confusion. S'agissait-il de souvenirs récents remontant à une heure tout au plus, ou s'inscrivaient-ils au contraire dans le cadre de ses élucubrations mentales ?

Gabriella s'approcha de la zone qu'il avait désignée, remarquant le tunnel pour la première fois.

— Qu'est-ce que…

Elle jeta un coup d'œil aux ténèbres béantes.

— Qui a creusé ce passage ?

— Moi.

— Rudolfo vous a autorisé à faire une chose pareille sur notre site de fouilles ?

— Il a tenté de m'en empêcher mais… C'est pour ça que je n'ai pas pu le défendre… Je m'étais enfoncé trop loin sous terre.

— Je ne comprends pas. Pourquoi Rudolfo vous aurait-il laissé faire ?

— Écoutez, je ne comprenais rien à ce que tout le monde disait là-haut… Je vous raconterai tout ce qu'il s'est produit mais d'abord, qu'ont dit les secouristes à propos du professeur ? Est-il dans un état critique ?

— Ils ne peuvent pas se prononcer avant les premiers examens pratiqués à l'hôpital. Mais l'hémorragie s'est arrêtée et c'est bon signe. Ils ont dit que s'il survivait, vous seriez celui qui…

Elle s'interrompit ; se penchant, elle ramassa quelque chose sur la mosaïque du sol.

— Pourquoi est-ce brisé ?

Sa voix tremblait, tout comme l'éclat de coffret en bois fruitier au creux de sa main…

— Où est passé le reste ?

De nouveau prise de frénésie, elle tomba à genoux.

— Gabriella…

Josh s'agenouilla près d'elle et la prit par l'épaule pour la réconforter, la préparer à ce qu'il s'apprêtait à lui dire… À travers la chemise, sa peau était chaude au toucher.

— L'agent de sécurité a emporté le contenu. C'était sans doute son but. À mon avis, il a pris ce que le professeur et vous-même pensiez être les Pierres de Mémoire.

Deux expressions se le disputèrent sur le visage de Gabriella – il n'était pas sûr d'avoir déjà vu pareille chose chez quelqu'un : dans son regard, il lut une dévastation totale, alors que le pli dur de sa bouche était celui d'une colère froide. Elle baissa les yeux sur les éclats de bois qu'elle tenait. Toute trace de furie et de profonde tristesse mêlées avait disparu. Seul restait un air résolu. Sa faculté de récupération surprit Josh.

— Nous n'avons pas le temps d'en parler maintenant. Il y a trop à faire. La police va trouver un autre moyen de nous rejoindre ici et voudra savoir ce qu'il s'est passé.

Elle regarda la momie brisée, les éclats de bois et les échardes.

— Je dois me rendre à l'hôpital.

Elle secoua la tête comme pour remettre de l'ordre dans ses idées, imprimant à ses boucles un joli mouvement. Josh repensa à la boucle de Sabine qui s'était défaite de sa natte au cours du vol à main armée.

— Avant que j'y aille, je dois m'assurer de ne rien négliger ici qui puisse amener la police à poser trop de questions…

Elle scruta l'entrée ténébreuse du tunnel.

— Avez-vous la moindre idée de ce que vous avez perpétré en corrompant l'intégrité de ce site ?

Prenant une profonde inspiration, elle se retourna vers lui.

— Qu'est-ce qui vous a poussé à creuser là, d'ailleurs ?

Elle dardait sur lui un regard perçant. L'eût-il voulu qu'il n'était pas question de tout lui expliquer maintenant – en avait-il envie, du reste ?

— J'ai remarqué une zone décolorée, sur la paroi. Or, sa forme et sa taille laissaient à penser qu'il y avait quelque chose derrière…

Le crut-elle ? Josh n'aurait su le dire. En tout cas, elle n'insista pas.

— M'aiderez-vous à reboucher ce passage ? Je ne veux pas que tous ces gens aillent traînasser par ici. Qui sait ce qu'ils pourraient piétiner…

Ils travaillèrent côte à côte le plus vite possible, dégageant les gravats, les tassant, empilant par-dessus une autre couche…

Après avoir creusé la terre à mains nues puis rampé dans le tunnel, Josh avait les paumes déchiquetées.

— Je me fiche de tout désormais. Ce qui compte, quand la police vous interrogera, c'est que vous racontiez n'importe quoi pourvu que vous ne mentionniez pas ce tunnel. Personne d'étranger aux fouilles ne devra s'aventurer dans le passage avant nous. Il faudra faire en sorte que les enquêteurs viennent prélever leurs échantillons, prendre leurs clichés puis repartent. Je dois sceller ce site jusqu'à ce que… Si vous dévoilez quoi que ce soit, si vous leur laissez entendre qu'il existe un tunnel ici, ils insisteront pour l'examiner. Nul ne l'a emprunté depuis la fermeture de cette crypte. Tout ce que nous pourrons y retrouver n'aura pas de prix. Ce sera une trouvaille parfaitement unique en son genre ! Alors, puis-je compter sur votre discrétion ?

En lui demandant sa parole, elle avait pris un timbre plus voilé, comme si d'en parler devait aussi être fait sous le sceau du secret.

— Puisque de toute façon le tunnel n'aidera personne

à découvrir qui a fait le coup, c'est entendu, je tiendrai ma langue.

— Promis ?

Elle restait soucieuse.

— Où déclarerez-vous vous être trouvé au moment du tir ?

— Je dirai que j'étais à l'extérieur. J'ai entendu claquer un coup de feu, j'ai vu fuir le type et je suis aussitôt descendu porter secours à la victime.

Hochant la tête, Gabriella se remit au travail.

Voilà que Malachai et elle lui demandaient tous les deux de faire une fausse déposition... Il ne tenait pas à être impliqué dans le déroulement de l'enquête, mais ce n'était pas de sa part une tentative de dissimuler quoi que ce fût.

Pouvait-on en dire autant de Malachai Samuels ou de Gabriella Chase ? Josh avait des doutes.

— Dépêchez-vous, je vous en prie ! Nous n'avons plus beaucoup de temps...

En dépit de ses mains lacérées, il se remit à ramasser le terreau, à le tasser puis à le couvrir d'une nouvelle couche tout en se demandant si la femme enterrée vive en ces lieux avait connu l'existence d'une issue de secours toute proche... Il inhala des particules de poussière, qui le firent tousser. Il s'étonnait que personne n'ait découvert la tombe ou le passage pendant mille six cents ans...

Combien de secrets reposaient là, près du corps inerte à fendre le cœur de Sabine... ?

# 14

Le raclement provenait de l'ouverture. Tous deux relevèrent la tête à temps pour voir s'abaisser une échelle en aluminium. Un mocassin noir posé sur l'échelon supérieur... puis un autre... Un homme apparut, qui descendait les rejoindre.

— Je suis l'inspecteur Alexander Tatti du NTPA, lança-t-il dans un anglais meilleur que celui des autres policiers. Et comme vous le voyez, nous avons une nouvelle échelle..., ajouta-t-il en négociant les derniers échelons.

— Le Nucleo per la Tutela del Patrimonio Artistico protège les arts en Italie, retrouve et récupère les chefs-d'œuvre dérobés, expliqua Gabriella à Josh en s'écartant de l'alcôve fraîchement comblée.

Elle s'agenouilla près de la momie.

— Dieu merci, vous voilà ! ajouta-t-elle à l'inspecteur d'un ton mielleux. Merci pour l'échelle. Je devenais folle à force d'être coincée ici... Ça fait quarante-cinq minutes déjà ! Je dois me rendre à l'hôpital. Savez-vous comment va le professeur ? Avez-vous des nouvelles ?

Tatti reprit contact avec le sol non sans une surprenante agilité pour un homme qui, au vu de son visage ridé, paraissait proche de la retraite.

— Il est en soins intensifs. On ne vous laissera pas le voir dans l'immédiat. Alors autant que vous restiez et m'aidiez à y voir plus clair. Entendu ?

Elle acquiesça.

Contre toute attente, il ne commença pas par les bombarder de questions. Pas d'entrée de jeu. Il se livra plutôt à un lent examen méticuleux des lieux avec une expression de révérence. Dès cet instant, Josh l'apprécia de prendre le temps de s'imprégner de la majesté sibylline de la crypte et de lui rendre une sorte d'hommage avant d'entreprendre de la corrompre un peu plus.

Au terme d'un tour sur lui-même de 360 degrés, l'homme jeta un coup d'œil à Sabine, fit six pas vers elle et s'agenouilla à sa hauteur.

— Quel âge a-t-elle, selon vous ?

— Nous estimons qu'elle fut inhumée en ce lieu vers l'an 400 après Jésus-Christ, répondit Gabriella. À moins que vous ne vouliez savoir son âge au moment de sa mort ?

— Je parlais de la date de son enterrement et de son âge lors de son décès. Les deux.

— Les quelques articulations osseuses que nous avons pu voir présentaient peu de traces d'usure. Vingt-deux ans, selon notre estimation.

— L'a-t-on bousculée ce matin ?

— Oui, et salement.

— Oh ? Comment ?

— Elle était parfaitement intacte quand nous l'avons découverte. La nuit dernière, quand je suis partie… c'était extraordinaire… Maintenant…

Gabriella contempla Sabine.

— Maintenant, elle est en morceaux, voyez, là, et là…

Elle désignait la momie à la taille, au cou et à la main droite.

— Elle serrait ce coffret. Ou ce qu'il en reste…

— Quel coffret ?

Josh vit Gabriella frémir ; elle n'avait pas voulu attirer l'attention de l'inspecteur sur le réceptacle brisé. Elle montra le bois éclaté au bout de la crypte.

— Qu'y avait-il dedans ?

Elle haussa les épaules.

— C'était scellé. Nous ne l'avions pas encore ouvert, mentit-elle. À présent, vous en savez autant que moi. Puis-je partir pour l'hôpital ?

— Comme je l'ai dit, le professeur est en soins intensifs. Son épouse se trouve avec lui. Dès qu'il y aura du nouveau, le service m'appellera et je vous transmettrai le message. Si nous en avons terminé ici plus tôt que prévu, dans ce cas, nous nous y rendrons directement. En attendant...

Il avait un accent agréable à l'oreille, qui donnait à son anglais des inflexions mélodieuses...

— Vous voudriez me faire croire que vous avez trouvé cette momie cramponnée à un coffret que vous vous êtes soigneusement abstenue d'ouvrir ?

— Mais oui. Nous avons des protocoles à respecter. Nous procédons sans hâte regrettable. Tout ici constituait pour nous une surprise. Une de plus pouvait attendre. Nous désirions examiner le sceau avant de le rompre.

Tatti se tourna vers le photographe en le mitraillant de questions impossibles à éluder.

— Vous êtes ?

— Josh Ryder.

— Celui qui a appelé les secours ?

— Oui.

— Monsieur Ryder, qu'y avait-il dans ce coffret ?

Ce fut à son tour de mentir :

— Je n'en ai absolument aucune idée.

— Que faisiez-vous ici ?

— Je venais de rencontrer le professeur, qui me parlait de ses trouvailles...

Bon sang, était-il en train de s'emmêler les pinceaux ? En venant d'admettre qu'il se trouvait sur les lieux ?

— Quand êtes-vous descendu ici ?

— Vers six heures trente ce matin.

— Pourquoi une heure aussi matinale ?

— Je dors peu.

— J'ai parlé au docteur Samuels en attendant qu'on me procure une échelle. Il m'a dit que vous êtes de New York, que vous deux aviez rendez-vous avec le professeur Chase à l'hôtel à huit heures mais que vous n'êtes pas venu.

— Non, j'étais ici.

— Voilà bien ce qui est déroutant. Pourquoi venir ici une heure et demie avant que le professeur Chase en personne ne vous y conduise ? Qu'y avait-il donc là qui ne pouvait attendre ?

Gabriella écoutait aussi attentivement que Tatti. Après tout, elle aussi ignorait ce qui s'était passé.

— Je n'arrivais pas à dormir. Le décalage horaire… Trop de café… Je n'en sais rien. Je suis sorti me promener à pied.

— Vous êtes sorti vous promener à pied… Bien. Vous auriez pu vous balader n'importe où. Pourquoi ici ? Sans attendre ? Pourquoi venir seul ici sans votre associé et sans le professeur Chase ?

— Je vous l'ai dit, j'étais agité.

— Comment êtes-vous parvenu jusque-là ? Vous n'avez pas de voiture à disposition.

— Non, j'ai marché.

— Marché ? Depuis où ?

Qu'y avait-il, chez Tatti, qui paraissait si familier ?

— Depuis l'hôtel *Eden*… C'est là que nous sommes descendus.

— Je dois vraiment me rendre à l'hôpital, intervint Gabriella.

— Professeur Chase, je vous en prie ! Ceci est une scène de crime, et vous connaissez la victime. Il se peut également que vous connaissiez l'agresseur. Sans parler de l'éventuelle présence d'artefacts potentiellement inestimables. Vous seule savez à quoi vous en tenir là-dessus, vous seule savez où tout se trouvait, ce qui a été dérangé, ce qui a pu être dérobé si quoi que ce soit l'a bien été ! Vous me rendrez plus service ici que vous ne lui ferez de bien en fonçant à l'hôpital. Pour l'instant du moins.

Revenant à Josh, il reprit son interrogatoire là où il l'avait laissé.

— Donc… Oui, vous disiez vous être rendu à pied de l'hôtel jusqu'ici ?

— En effet.

— À l'évidence, vous aimez la marche à pied.

Ce n'était pas une question, et Josh garda le silence. Il s'efforçait encore de déterminer ce qui lui semblait si familier chez Tatti… Quand il mit enfin le doigt dessus, il faillit en rire. Il ne s'agissait pas d'une quelconque embardée dans le passé… Chacun des maniérismes de l'inspecteur paraissait emprunté à l'un des deux stéréotypes d'Hollywood – au choix l'inspecteur Clouseau ou l'inspecteur Columbo.

— Allons, monsieur Ryder, je vous en prie…

Il laissa transparaître son exaspération.

— Dites-moi donc la vérité sur ce qu'il s'est réellement passé !

Il jouait les vedettes de cinéma en train d'interpréter un personnage d'inspecteur en chair et en os.

— Mais je viens de vous le dire ! Je dormais très mal, alors je me suis levé et je suis sorti faire un tour !

— Nous sommes à dix kilomètres de l'*Eden,* monsieur Ryder. À quelle heure précise avez-vous quitté l'hôtel ?

— Je ne sais pas trop, je n'y ai pas prêté attention… Il faisait encore nuit.

— Professeur Chase, monsieur Ryder ou le docteur Samuels connaissent-ils l'adresse du site ?

— Non, nous ne la leur avions pas donnée. Mais en dépit de toutes nos précautions, la presse l'a divulguée.

— En effet, acquiesça Tatti. Est-ce ainsi que vous l'avez

eue, monsieur Ryder ? En lisant les journaux ? Ou bien la teniez-vous de la bouche d'un chauffeur de taxi ?

— Non, personne ne me l'a communiquée ! J'allais là où mes pas me guidaient... Demandez donc à l'opératrice du service des urgences... Quand j'ai appelé les secours, j'étais bien incapable de dire où j'étais !

— Elle nous a expliqué que vous avez dû avoir quelqu'un en ligne pour obtenir les coordonnées précises du site. Mais il pourrait s'agir là d'un subterfuge très commode, pas vrai ? Vous feignez d'ignorer où vous êtes afin d'échapper à la suspicion.

Là non plus, ce n'était pas une question, et Josh resta muet.

— Admettons que c'est une partie de la vérité... Mais comment l'expliquer ? Vous affirmez avoir quitté votre hôtel à cinq heures du matin, disons, et vous être retrouvé ici... Sauf que ça n'a pas de sens !

— Non...

— Pour qui me prenez-vous, monsieur Ryder, un imbécile ? Que fichiez-vous ici ?

Josh ne voyait, pour s'en sortir, qu'une explication possible, de celles que Malachai donnait aux enfants avec qui il travaillait – les petits de cinq, six, sept et même huit ans qu'effrayait l'intensité de ce que leur esprit leur faisait vivre...

« *Vous n'arrivez pas à oublier le passé, voilà tout. Ça peut faire peur, mais en fait, c'est tout à fait merveilleux !* »

Voilà comment il cherchait à les rassurer.

C'était peut-être bien ce que Josh faisait à présent, mais c'était aussi la dernière explication qu'il fournirait...

Interrompant de nouveau l'inspecteur, Gabriella l'adjura de poursuivre l'interrogatoire hors de la crypte.

— C'est un site antique que nous avons tout juste commencé à explorer. J'ai besoin d'en assurer la protection en le refermant aussi vite que possible.

Tatti lui promit un travail rapide et soigné, ensuite, ils

quitteraient les lieux. Pas avant. Se retournant vers Sabine, il la contempla, et le silence reprit ses droits quelques instants. Puis il redemanda à Gabriella ce qui, selon elle, avait été dérobé.

Elle perdait patience.

— Nous en avons déjà parlé, non ?

— En effet. Mais je n'arrive toujours pas à croire que le professeur et vous ayez pu découvrir cette sépulture, l'ouvrir, commencer à en cataloguer le contenu sans jamais chercher à voir ce que renfermait le coffret. N'étiez-vous donc pas curieux ?

— Si, naturellement. Mais il y a un protocole à respecter, je le répète. À nos yeux, chaque centimètre carré de cette tombe est aussi excitant que le contenu du coffret. Le fait même d'avoir découvert cette femme inhumée ici était d'une plus grande importance archéologique et scientifique – voire religieuse – qu'un quelconque colifichet dans une boîte !

— C'était donc un colifichet ?

Elle explosa, lui parlant en italien dans un débit accéléré. Chose surprenante, il parut accéder à tout ce qu'elle disait, hochant continuellement la tête durant sa tirade. Quand elle eut fini, il gravit l'échelle aux deux tiers et, le torse et la tête passés à l'extérieur, héla les deux policiers arrivés les premiers sur les lieux.

Au pied de l'échelle, Gabriella l'observait, à l'écoute de ce qu'il disait. Sous son accès de colère perçait une extrême nervosité. Deux fois, elle jeta un coup d'œil à sa montre. À plusieurs reprises, elle considéra Sabine avec une expression pleine d'interrogation. Et si Josh ne connaissait pas encore Gabriella, il vit bien qu'elle aurait voulu que la momie communique, leur révèle ce à quoi elle avait assisté, qui était descendu violer sa terre sanctifiée…

Tandis que l'inspecteur continuait à s'entretenir avec les deux officiers, Josh luttait pour ne pas perdre tout sens de la réalité et se laisser dériver là où son esprit s'ingéniait à l'entraîner. Il s'efforçait de ne pas penser. Mais les images affluaient devant son œil mental, exigeant son attention, refusant de se dissiper. Appareil photo en main, il se focalisa sur Gabriella, qui suivait la conversation de l'inspecteur avec ses acolytes. Il la dévisagea à travers l'objectif – le front large, les hautes pommettes, le regard brillant d'intelligence…

Il se remémora une sculpture conservée au musée d'Art Moderne de New York qui représentait une tête, œuvre de Brancusiintitulée *La Muse* et réalisée en bronze poli : dorée, émaciée, cérébrale… De grands yeux en amande, l'ovale parfait du visage…

Gabriella aurait pu poser pour une telle œuvre.

Analysant ses expressions comme autant d'indices, il tenta de décoder la discussion que l'inspecteur menait avec les policiers. Plusieurs fois, elle fit mine de les interrompre, mais se ravisa. Sans réfléchir, Josh la prit en photo. Le flash lui fit tourner les yeux vers lui avec un air exaspéré. Il baissa son appareil.

L'inspecteur finit par redescendre.

— Professeur Chase, pas plus que vous, je ne tiens à altérer votre site. Mon travail consiste après tout à protéger les trésors italiens. J'en connais un rayon sur l'archéologie, et quand on voit cette sépulture et son emplacement, cette femme pourrait être au nombre des premiers martyrs chrétiens. Il pourrait s'agir d'une sainte. Comme nous le voyons, elle est à peine atteinte.

Il désigna Sabine d'un geste plein de panache, désireux d'impressionner son interlocutrice par l'étendue de son savoir.

— La police comprend. Les officiers vont descendre ici à leur tour et procéder aux relevés aussi rapidement que soigneusement. Par chance, c'est un espace très réduit et ce ne sera donc pas compliqué. Ensuite, vous pourrez fermer le site jusqu'à ce que cette pénible affaire soit tirée au clair. Étant bien entendu que vous nous accorderez un libre accès à cet endroit en cas de besoin.

— Naturellement…

Elle baissa brièvement la tête, comme soulagée de voir sa prière exaucée.

Tatti se retourna vers Josh.

— Monsieur Ryder, j'ai besoin que vous m'accompagniez, s'il vous plaît. J'ai encore des questions à vous poser, mais elles pourront attendre que nous ayons quitté ces lieux.

Une fois à l'air libre, l'inspecteur entraîna Josh loin de la clairière, en direction de la rangée de chênes dressés en lisière, telles les sentinelles de ce qui avait tout l'air d'être une forêt. Adossé à l'un de ces arbres majestueux qui existaient sans doute déjà à l'époque de la crypte et de l'inhumation de Sabine, Tatti fit répéter à Josh sa version des faits depuis son départ de l'hôtel au petit matin.

— Je ne crois tout simplement pas à votre histoire, monsieur Ryder, rétorqua-t-il lorsque Josh eut fini. Vous marchez jusqu'ici avant l'aube alors que vous aviez déjà rendez-vous dans la matinée ? Pourquoi ?

— J'étais agité.

— Mais comment saviez-vous où aller ?

— Je ne le savais pas.

— Et vous voudriez que je gobe une coïncidence pareille ? Vous me prenez pour un imbécile, monsieur Ryder ? insista-t-il.

Josh savait à quel point ça avait l'air grotesque. Mais la vérité aussi aurait tout l'air d'un mensonge fabriqué de toutes pièces.

*Une force inconnue m'a poussé jusqu'ici, alors que j'ignorais où j'allais…*

— À ma place, que feriez-vous en entendant cette histoire à dormir debout ? En croiriez-vous un traître mot ?

Qu'aurait-il dû répondre à cela ? Que pouvait-il répondre ? Soudain, il réalisa qu'en l'occurrence, dire la vérité risquait de marcher…

— Non, probablement pas. Mais en toute honnêteté, je ne peux rien ajouter de plus.

Tatti leva les mains au ciel. Pour l'heure du moins, il en avait sa claque. Empoignant Josh par le bras avec plus de force que nécessaire, il l'entraîna vers une berline banalisée, ouvrit à l'arrière, attendit qu'il monte puis claqua derrière lui la portière qu'il verrouilla.

— Je ne serai pas long.

En dépit de la vitre baissée, il faisait étouffant dans la voiture qui empestait le tabac fort et le vieux café. Il regarda l'inspecteur se remettre à interroger Gabriella, qui jetait des coups d'œil dans sa direction. Encore. Et encore... Comme si elle le blâmait de la situation, ou bien l'implorait de voler à son secours pour la soustraire à cet interrogatoire en règle.

*Comme si elle lui demandait de la sauver...*

Comme cette pensée lui semblait familière !

Une autre l'avait-elle jadis imploré de la sauver dans ce bosquet ?

Son imagination lui jouait-elle des tours ? Ou bien était-ce la voix de la folie ?

# 15

Pour tromper l'attente, Josh enchaînait les clichés des bois environnants, le cliquetis de l'obturateur résonnait à ses oreilles, tel le salut d'un vieil ami.

En cet instant même, il préférait cadrer le monde dans ce boîtier oblong, tout excès et activité périphérique coupés du champ. Recentrant l'image, il opta pour un plan encore plus large et vit, à l'orée, une trouée qui laissait augurer d'une percée dans la forêt.

Il humait déjà la sève des pins – fraîche et vivifiante –, l'espace autour de lui s'assombrissait... Non, il ne voulait pas perdre la notion du temps, pas maintenant !

Luttant pour revenir à l'instant présent, Josh se cramponna à la réalité du véhicule, au contact métallique du boîtier de l'appareil, sous ses doigts... à l'odeur désagréable du tabac froid.

Rome et ses abords déclenchaient plus d'épisodes chez lui qu'il n'en avait jamais vécus. Que se passait-il ?

Il savait ce que Malachai dirait. Qu'il faisait l'expérience de régressions à des vies antérieures... Mais en dépit de ces multiples embardées dans le passé, Josh demeurait sceptique. La réincarnation : un concept réconfortant apte à expliquer le dilemme existentiel du pourquoi de notre présence sur

Terre comme de la raison pour laquelle de mauvaises choses peuvent se produire... même à des gens biens. Décider que la réincarnation était un mythe apaisant était plus facile que d'accepter le credo mystique selon lequel une part essentielle de l'être vivant – l'âme ou l'esprit – survit à la mort afin de se réincarner dans un nouveau corps. Redevenir littéralement chair et revenir sur Terre afin d'exaucer son karma... Accomplir au cours d'une existence suivante ce qu'on n'a pas réussi dans la précédente...

Et pourtant, quelle autre explication fournir à ces embardées mémorielles ?

Josh avait lu que même les expériences – apparemment spontanées – ayant trait à des vies antérieures étaient précipitées ou déclenchées par la rencontre avec une personne, par une situation, par une observation sensorielle tels qu'une odeur, un bruit, un goût particuliers ayant un lien quelconque avec une précédente incarnation.

Il n'avait pas regardé un seul film ces cinq derniers mois, dévorant à la place plus de cinquante livres sur ce seul sujet.

Élu parmi des dizaines d'enfants, supposé être celui en qui s'était réincarné un de ses prédécesseurs, le dalaï-lama avait écrit une chose qui avait frappé Josh.

Une explication simple pour un concept complexe... En la lisant, il avait eu le sentiment que si ce qui lui arrivait était vraiment lié à la réincarnation, peut-être ne fallait-il pas y voir une malédiction après tout, mais au contraire un don enviable.

Selon le dalaï-lama, donc, il ne s'agissait pas exclusivement d'un concept hindou, bouddhiste ou remontant à l'Égypte antique, mais d'une notion enrichissante inextricablement liée à la trame de l'histoire des origines humaines – preuve, écrivait-il, de la capacité du flux de l'esprit à retenir le savoir des activités physiques et mentales. Un fait à rattacher à la loi de la cause et de l'effet.

Une réponse lourde de sens à des questions complexes.

Quelque chose lui arrivait, ici, à Rome. Le temps se rabattait sur lui-même avec un luxe extraordinaire de détails, et la folle envie de céder, de partir à l'aventure, était plus forte que jamais. Josh reposa son appareil photo. Contempla la trouée, dans les arbres... Il pouvait continuer à lutter contre les embardées mémorielles ou au contraire ouvrir son esprit et laisser venir... Il verrait bien où ça le mènerait.

Et il ressortirait peut-être à l'autre bout de ce labyrinthe épineux en comprenant mieux la raison d'un tel voyage.

# 16

*Julius et Sabine*
*Rome – 391 après Jésus-Christ*

Il quitta la ville tôt ce matin-là, sous des cieux encore noirs. À l'exception de quelques chats errants qui le traitaient par le mépris, les rues étaient désertes.

Sabine le taquinait toujours en lui disant qu'il était matinal pour tout, mais il devenait maintenant vital qu'ils se montrent prudents. Mieux valait qu'il s'éclipse à la faveur de la nuit et parvienne au bosquet sacré avant le lever du jour.

En longeant le palais de l'empereur, comme toujours, il jeta un coup d'œil au calendrier minutieusement élaboré gravé sur le mur. Dernièrement, l'écoulement du temps avait revêtu un sens nouveau et effrayant. Combien leur restait-il de jours, de semaines et de mois avant que tout, autour d'eux, n'ait changé au point d'en devenir méconnaissable ? Combien de temps encore serait-il en mesure d'accomplir les rites et de procéder aux sacrifices dont la responsabilité lui incombait ? Combien de temps encore pourraient-ils continuer à célébrer les antiques cérémonies traditionnelles transmises par leurs aïeux, à y participer ?

Ces deux dernières années, ses charges avaient doublé du fait que moins d'hommes intégraient le collège des pontifes et maintenant, outre sa supervision des vestales, il s'acquittait des fonctions normalement dévolues au flamine de Furina, le prêtre de la déesse du monde des Enfers. Et il veillait sur le bosquet qui lui était consacré.

À *elle*, pas à l'empereur.

Pas aux évêques assoiffés de pouvoir de Milan…

Non, à la déesse et à elle seule.

Passé le palais, il bifurqua pour emprunter la voie qui conduisait hors de la ville. Un type, sans doute terrassé par tout l'alcool qu'il avait dû ingurgiter, cuvait son vin affalé au pied d'un immeuble de quatre étages. La tête dodelinant sur la poitrine, bras ballants, paumes ouvertes comme dans une attitude implorante… Un passant y avait déposé un peu de nourriture. La nuit, il y avait toujours de pauvres hères errant dans les rues, sans gîte, ou bien ivres morts, et il se trouvait toujours de bonnes âmes pour s'occuper d'eux.

Sauf que là, quelque chose n'allait pas…

Julius le sut intuitivement avant de comprendre pourquoi. L'angle alarmant que formait la tête de l'homme, peut-être, ou bien son immobilité tout aussi inquiétante… Se penchant, Julius lui releva le visage. Simultanément, il remarqua la toge, déchirée devant… Sur son torse, les lignes atroces se croisaient, une verticale, l'autre horizontale, la peau écorchée mettant à nu des viscères suintantes, un écoulement de sang maculant encore le sol d'un sombre écarlate.

À présent, il distinguait les traits du défunt – il ne s'agissait nullement d'un vagabond aviné, mais de Claudius, l'un des jeunes prêtres du collège des pontifes. Ses bourreaux l'avaient énucléé pour signer leur infamie rituelle.

Et Julius réalisa ce que Claudius, le malheureux, tenait dans les mains – non de la nourriture, comme il l'avait cru, mais ses propres globes oculaires.

Quelles souffrances n'avait-on pas infligées à cet homme, et pourquoi ? Julius recula en vacillant. Au nom de la quête insatiable de pouvoir de l'empereur ? Ce qui rendait les choses pires encore, c'était que ceux qui exécutaient ses ordres ne réalisaient pas qu'il les utilisait à ses propres fins et que nul dieu ne parlait par sa bouche.

— Filez ! chuchota-t-on. Ne restez pas là !

Il fallut quelques secondes à Julius pour repérer la vieille femme cachée dans l'ombre qui le fixait, le blanc des yeux luisant, un sourire écœurant sur les lèvres.

— Je vous l'avais bien dit ! Tous autant que vous êtes ! Mais qui m'a écoutée ? Personne !

Sa voix au timbre éraillé donnait l'impression de cordes vocales frottées à vif.

— Et voilà comment tout commence… Ça…

Elle tendit un long index arthritique dans la direction d'où il venait

— … Ce n'est que le début.

C'était une des vieilles carnes qui prédisaient l'avenir en échange de quelques misérables poignées d'as au Cirque Maximus. Aussi longtemps qu'il s'en souvînt, elle avait toujours fait partie du décor. Mais à présent, elle n'avançait plus de prédictions. Point de divination mystique. Elle savait. Et lui aussi. Leurs pires craintes se concrétisaient.

Julius lui lança une obole et, après un dernier regard à Claudius, s'en fut.

Ce n'est qu'en franchissant les portes de la ville une heure et demie plus tard qu'il respira en se redressant de toute sa taille – il n'avait pas même eu conscience jusqu'à cet instant de s'être voûté pour mieux passer inaperçu. Désormais, il adoptait toujours une démarche plus ou moins furtive…

Au cours de l'histoire, les hommes n'avaient cessé de s'entretuer pour des questions de religion – laquelle aurait droit de cité ? Mais de nombreuses civilisations n'avaient-elles pas prospéré côte à côte tout en observant des cultes parfaitement divergents ? Sa propre religion ne fonctionnait-elle pas ainsi depuis plus d'un millier d'années ? La croyance en plusieurs divinités, le culte polythéiste et animiste n'excluait nullement *ipso facto* l'adoration d'un dieu omniscient. Et les polythéistes ne s'attendaient pas à ce que tout le monde adopte leurs croyances. L'empereur, lui, si.

Plus Julius étudiait l'histoire, plus il devenait clair à ses yeux que la situation se résumait tout simplement de la façon suivante : un homme en manipulait d'autres, de bonne volonté et animés par de bonnes croyances, pour asseoir son autorité et augmenter ses richesses. Ce qui avait été proclamé à Nicée presque soixante-quinze ans auparavant – que tous devaient se convertir au christianisme et adorer un Dieu unique, le Père Tout-Puissant, le Créateur de la Terre et du Ciel – n'avait encore jamais été appliqué aussi brutalement que maintenant. Ces tueries étaient de sanglants avertissements – tous devaient se plier aux nouvelles règles, ou bien en subir les conséquences.

Julius et ses confrères ne se berçaient pas d'illusions. S'ils comptaient survivre, eux aussi devraient à leur tour renoncer à leur foi – ou le feindre du moins. Et s'ils tenaient à avoir un avenir, il leur faudrait aménager certaines de leurs lois et s'adapter. Pour l'heure en tout cas, ils avaient des préoccupations bien pires à gérer. L'empereur Théodose 1er n'avait rien d'un saint homme ; un dieu unique ou bien plusieurs, des rites, des sauveurs... Ce n'était nullement là le fond du problème. Comme Théodose et son évêque intolérant étaient malins ! Concourant à faire croire aux hommes qu'à moins d'adopter leur Credo révisé, ils souffriraient non seulement dans cette vie-là mais subiraient pire dans leur existence suivante... Le danger qui menaçait tous les prêtres, tous les cultes, tous ceux qui refusaient de se détourner des vieilles coutumes, augmentait chaque jour. Le prêtre qu'il avait retrouvé dans le caniveau ce matin n'était qu'un avertissement de plus envers le flamine.

Partout, les citoyens reprenaient en chœur l'adjonction de l'empereur à appliquer les nouvelles lois, faisant publiquement état de leur conversion. Mais derrière les portes closes, bien d'autres conversations avaient lieu. Les hommes et les femmes qui, toute leur vie, avaient prié les divinités antiques espéraient encore pouvoir surseoir au nouveau mandat religieux en vigueur. En public, certes, ils se protégeaient et prouvaient leur allégeance à l'empereur. Mais aussi moderne que fût Rome, c'était aussi une cité superstitieuse. Et pour autant que l'empereur intimidât le commun des citadins, ceux-ci s'alarmaient davantage encore des maux qu'ils encourraient si jamais ils manquaient à leur foi concernant les rites familiaux sacrés. S'il y avait donc un assentiment de façade, voire de l'énergie pour une révolution d'ordre religieux, il s'agissait pour une grande part de fausse piété.

Mais pour combien de temps encore ?

À chaque prêtre assassiné, à chaque temple pillé et détruit, les vieilles coutumes disparaîtraient un peu plus… jusqu'à ce qu'il n'y ait plus rien ni personne à se rappeler.

Les troncs des nobles arbres élancés étaient noueux et éraflés, les rameaux ployant sous leurs lourdes frondaisons. La forêt était si touffue que la lumière du jour ne perçait qu'en de fins rayons, éclairant une seule branche de feuilles d'un émeraude lustré et un bout de terrain moussu.

Il y avait des myrtes, des cyprès et de luxuriants lauriers, mais c'étaient les chênes qui rendaient le bosquet sacré, un lieu antique situé à l'écart du monde du quotidien où les prêtres pouvaient venir accomplir leurs rites et prier leur déesse.

Julius s'assit sur une roche couverte de mousse pour attendre Sabine. Ici, à des lieuesdes portes de la cité, il n'entendait plus le brouhaha des soldats à l'entraînement, les criaillements des citadins querelleurs, le roulement cahotant des chariots… Il ne pouvait plus capter la peur ni lire la tristesse dans les yeux des gens – des gens ordinaires qui ne comprenaient pas la politique et vivaient la peur au ventre. Dans le bosquet, il n'y avait que des chants d'oiseaux et le gazouillis de l'eau cascadant entre les roches pour venir se jeter dans l'étang. L'aire consacrée s'enfonçait au cœur des bois, et peu importait combien de fois Julius y revenait, il n'avait jamais l'impression d'avoir déjà tout vu ni appréhendé les mystères que recelait l'endroit. Rien n'y était commun. Chaque arbre était un véritable agencement sculptural de rameaux se ramifiant en toujours plus de rameaux, avec davantage de feuilles qu'aucun homme n'eût pu en dénombrer, chatoyant toutes sous la caresse d'une lumière qui était toujours plus douce et tamisée que n'importe où ailleurs à Rome.

Chaque parcelle de terre présentait un trésor de pousses, de mousse, de végétaux et de floraisons.

Durant son enfance, ses tuteurs lui avaient raconté comment Diane, la déesse de la fertilité secondée par son prêtre, avait officié dans ce bosquet. On les appelait le roi et la reine des Bois. Unis par les liens du mariage, ils faisaient en sorte que les bourgeons printaniers s'épanouissent en fleurs l'été puis en fruits.

Les enfants riaient sous cape en se lançant des coups d'œil grivois et en brodant sur ce que le couple avait bien pu faire ensuite, dans l'intimité des bois. Ils plaisantaient sur les bacchanales dont la forêt – sacrée ou pas – avait dû être le théâtre, sachant bien ce que les hommes faisaient entre eux ou avec des femmes. Ça n'avait rien de secret ni de profane.

Seules les vierges vestales étaient sacrées. Elles prononçaient des vœux de chasteté au cours de leur initiation, se voyant en retour décerner un statut supérieur à celui de toutes les autres femmes romaines, voire à bien des Romains de sexe mâle. Puissantes de plein droit, libres à de nombreux égards, elles n'étaient pas assujetties aux impératifs de la maternité ni soumises aux lois des hommes.

En échange de tant de pouvoir et d'influence, chacune d'entre elles renonçait à ses chances de goûter aux joies de la chair en s'unissant à un homme pendant ses trente années de service : la première décennie était dévolue aux apprentissages, la deuxième aux fonctions de grande prêtresse, et la troisième enfin à la passation du savoir à la génération suivante.

Apprentissage, pratique et enseignement, donc. Certains estimaient que c'était là exiger beaucoup d'une femme ; d'autres n'étaient pas de cet avis. Dès l'âge de six, huit ou dix ans jusqu'à ses trente-six, trente-huit ou quarante ans, la vestale restait chaste. Sans jamais sentir la caresse d'un homme sur sa peau, ou subir de pression entre ses cuisses qui ne fût naturelle et bonne. Jamais céder au regard ardent de ceux qui venaient consulter la prêtresse et qui, sous ses voiles, convoitaient la femme… Car si par malheur elle s'abandonnait au désir sans plus parvenir à défendre sa vertu, il n'y avait aucune clémence à espérer. Le châtiment, des plus graves, était implacable. On l'enterrait vive. Une mesure atroce. Mais les vestales étaient sacro-saintes. Et bien rares celles qui se risquaient à violer leur serment.

Parfois, un noble Romain s'en tirait comme une fleur après avoir séduit une vestale. Hadrienen avait ravi une puis l'avait épousée sans que ni l'un ni l'autre n'ait à le regretter amèrement. Mais tout au cours de l'histoire, comme en ce jour-là dans le bosquet, des vingt et une vestales qui avaient connu l'homme, dix-sept avaient été enterrées vives et quinze de leurs amants furent également mis à mort. On ne pliait pas aisément les règles à sa convenance.

Bien que ce fût blasphème de sa part, et qu'il se laissât aller à l'envisager quelques instants seulement, Julius se dit que s'ils embrassaient la nouvelle religion de l'empereur, Sabine et lui auraient alors la possibilité de vivre ensemble au vu et au su de tous, sans crainte. Mais pourraient-ils renoncer à tout ce en quoi ils avaient toujours cru ?

— Julius ?

Il l'entendit avant de la voir ; elle entra en pleine lumière, auréolée d'un rayon de soleil, sa chevelure rousse presque en feu, ses robes blanches chatoyant… Il se porta à sa rencontre en souriant, oubliant juste en cette minute le prêtre martyrisé dont il avait découvert la dépouille au petit matin – et ce que ce crime horrible présageait pour l'avenir. Sabine s'arrêta à un mètre de lui et, immobiles, ils se dévorèrent mutuellement du regard.

Enfin !

— Les nouvelles qui circulent dans l'atrium sont mauvaises. Sais-tu que Claudius a été tué ?

— Oui, répondit-il, sans entrer dans les détails, sans souiller le bosquet sacré de toute l'atrocité du crime perpétré.

— Qu'est-ce que ça veut dire ? Un prêtre de plus assassiné ?

Elle secoua la tête.

— Non, n'en parlons plus. Pas maintenant. Nous aurons bien le temps d'y revenir.

— Oui.

— Combien de fois nous sommes-nous retrouvés ici ? Quinze ? Vingt ?

— Pourquoi ?

— J'ignore si nous pourrons en aussi peu de rencontres nous forger assez de souvenirs pour qu'ils nous durent la vie entière…

— Pour moi, une seule a suffi.

Il la prit dans ses bras, l'embrassa, la pressa tout contre lui, ne laissant plus le moindre espace ni souffle d'air entre eux deux. Chacun se gorgeant de l'odeur de l'autre.

Ronronnant comme un chat de temple, Sabine laissait vibrer sa plénitude par de petits râles de gorge.

— Je te désire, chuchota-t-elle.

Depuis la nuit de l'incendie, elle ne s'était jamais montrée faussement timide. Alors que les flammes rugissaient autour d'eux, elle avait dardé sur Julius un regard franc et ouvert en lui avouant finalement ce qu'elle avait pratiquement toujours su – qu'il était sa destinée… Voilà pourquoi elle avait affiché une telle hostilité à son encontre… Vaine tentative d'échapper à son sort. Mais à présent, elle savait à quoi s'en tenir. Ainsi qu'Œdipe l'avait appris, plus on cherchait à fuir son destin, plus on le provoquait…

Mais Julius, qui avait cinq ans de plus que Sabine, était aussi censé être plus sage. Même si elle était prête à lui offrir sa virginité, il ne pouvait partir du principe qu'elle sût pleinement à quoi cela l'engageait. Qu'elle comprît vraiment le poids d'une telle décision. Dès le premier jour donc, et lors de toutes leurs entrevues secrètes ultérieures, il lui reposait la question en préambule à leurs étreintes – comme s'ils prononçaient leurs vœux à chaque fois... Était-elle bien certaine de mesurer la portée de leurs actes ?

Le bosquet était le lieu des rites et des sacrifices.

Et le sien : lui redonner à chaque fois la possibilité de se refuser à lui, lui qui la désirait follement...

— Sabine, es-tu sûre de vouloir courir un tel risque ? demandait-il en guettant sa réponse.

Parfois, elle se riait de lui, ôtant sa fibule pour laisser ses robes choir au sol, comme si son attitude provocante était assez éloquente. D'autres jours, elle prenait la question au sérieux, y répondant avec une noble dignité tête basse...

— J'en suis aussi sûre que tout ce que j'ai pu faire jusqu'ici... ou que je pourrai faire dans ma vie.

Elle n'avait pas donné à Julius sa virginité à la légère – mais certainement avec plaisir. Aussi intenses que puissent être leurs étreintes, leurs frissons et leurs spasmes d'extase, ils n'oubliaient jamais ce qu'ils encouraient si jamais leur liaison était découverte... Et combien le châtiment réservé à la jeune femme serait atroce. Elle ne pourrait espérer aucun recours en grâce.

Lui, pas davantage.

— Sabine, es-tu sûre de vouloir courir un tel risque ? lui redemanda-t-il ce jour-là alors qu'elle était encore habillée.

Ils venaient juste d'échanger une dizaine de baisers.

Les yeux de la jeune femme se remplirent de larmes.

— J'en suis sûre, répondit-elle en lui enfonçant les doigts dans la chair.

Pour lui au moins, et pour l'heure, tout ce qui se passait

dans la cité, là-bas en contrebas, cessait de revêtir la moindre importance.

— J'en aurai toujours la certitude, ajouta-t-elle en défaisant le nœud de sa stola.

Elle fit glisser l'habit de ses épaules jusqu'à ce qu'il soit nu devant elle. Puis elle fit courir ses paumes le long de ses bras, de son torse, lui enlaça la taille, remonta dans son dos... Alors qu'il n'avait qu'une hâte, la dévêtir à son tour, caresser sa peau et la sentir toute nue elle aussi contre lui, il ne voulait pas compromettre la délicatesse d'un tel instant en brûlant les étapes, et faire qu'elle arrête de le toucher ainsi. Si seulement il pouvait ralentir chaque geste jusqu'à ce qu'elle ne bouge plus et que, figés à jamais, tous deux goûtent pleinement à la grâce l'un de l'autre, dans le parfum et le velouté du grain de leur peau... La brise fraîche qui lui caressait l'épiderme contrastait avec la chaleur que Sabine lui inspirait... Julius avait l'impression d'être à la fois transi *et* ardent.

Les mains sur les épaules de la jeune femme, il l'attira encore plus près de lui si c'était possible, humant les fragrances délicates de sa peau et de sa chevelure, ce bouquet unique d'encens de santal mêlé de jasmin qui était aussi caractéristique à ses yeux que la physionomie ou le timbre de voix de sa bien-aimée.

Le souffle court, les lèvres pulpeuses gonflées de baisers, la prunelle de braise, elle recula, tâtonna pour ôter sa fibule et laissa sa robe glisser au sol. Tous deux dénudés à présent, ils se tenaient à un mètre de distance l'un de l'autre. À se couver du regard. À s'enflammer. De tout leur être... À savourer l'ardeur de leur désir. Se moquant qu'un tel feu les embrase ou les réduise en cendre. D'une certaine façon, leur passion les avait déjà consumés. Et ils n'avaient réchappé d'un brasier que pour être précipités dans un autre... Voilà qu'ils se tenaient encore là... À se toucher sans les mains, à se baiser sans les lèvres, à faire l'amour sans pénétration... En une tentative désespérée de prolonger encore l'inéluctable union, à éterniser le plus possible les préliminaires… Ce n'était pas lui qui faisait le premier pas – jamais. Même si elle lui avait dit et répété inlassablement que c'était ce qu'elle voulait, il lui offrait toutes les chances de changer d'avis. Le souhaitant, le redoutant… priant pour qu'elle ne le repousse pas.

Elle fit un pas en avant. Puis un autre… et ils furent l'un tout contre l'autre. Il savourait par tous les pores de sa peau le contact doux et frais de la sienne, il sentait monter le désir en elle… Il la sentait l'accueillir en elle tandis qu'ils ne faisaient plus qu'un. Ces toutes premières minutes avec elle étaient *toujours* les premières. Comme si leurs retrouvailles étaient *toujours* une première rencontre… La leur. Comme s'il n'avait encore jamais serré de femme dans ses bras, et que ces sensations charnelles eussent pour lui l'attrait supplémentaire de la nouveauté. Chaque fois, ça lui coupait le souffle, lui donnait envie de la posséder sur-le-champ, lui faisait de nouveau prendre conscience qu'il mourrait plutôt que de la perdre, jamais.

L'embrassant, il se délectait de la douceur de la jeune femme sous ses lèvres – jusqu'à ce que le sel lui monte subitement à la bouche…

Julius s'écarta juste assez pour pouvoir la contempler de nouveau. Nue au milieu des arbres sacrés, sous la caresse du vent, l'ombre des feuillages jouant avec sa peau, elle avait les joues sillonnées de larmes.

Les chassant, il lui prit les mains entre les siennes.

— Sabine, qu'y a-t-il ?

Elle secoua fièrement la tête, se dégagea, le caressa d'une main pour le flatter tandis que, de l'autre, elle lui prenait les doigts pour les enfoncer entre ses jambes.

— Julius… Je t'en prie ! Tout le reste peut attendre… Les mots peuvent attendre…

Elle s'allongea en l'attirant sur elle. Alors qu'il la pénétrait, la jeune femme enroula les jambes sur son dos pour le maintenir tellement pressé contre elle que les muscles de ses cuisses lui firent l'effet d'un étau. Il tenta d'y aller lentement, mais elle ne l'entendit pas de cette oreille, précipitant le mouvement jusqu'à ce qu'il ait l'impression d'être sur le point de se couler tout entier en elle…

— Voilà comment je voudrais mourir, chuchota-t-elle, pâmée entre deux râles. De cette façon… Sans laisser de place à quoi que ce soit d'autre dans le monde entier… juste nous deux. Juste nous deux…

Il faisait sombre dans les bois, mais pas au point qu'il ne pût encore la dévisager. Il n'oublierait jamais cette expression, au fond de ses yeux, à cet instant-là… Un bonheur sans mélange pourtant transpercé par une douleur dévastatrice… Il n'aurait su le décrire, ni même le déchiffrer. Loin de s'annuler l'une l'autre, les deux émotions, distinctes, coexistaient simultanément.

Il se serait arrêté s'il l'avait pu, et retiré d'elle pour mieux la tenir tendrement dans ses bras en lui redemandant ce qui n'allait pas, en la réconfortant, en s'efforçant d'apaiser ce qui pouvait bien la tourmenter à ce point…

Sauf qu'il la connaissait mieux que ça. Sabine était une grande prêtresse, une femme indépendante depuis ses sept ans, depuis le jour où on l'avait amenée au temple des Vestales pour lui enseigner les rites antiques… Elle avait maintenant abordé la troisième décennie de sa vie consacrée à Vesta – l'apogée de son engagement, la phase la plus puissante de son statut. Elle avait été formée à bien saisir l'importance et le caractère singulier de son rôle, et à composer en conséquence. Ce savoir enraciné faisait maintenant partie de sa nature – ce n'était là rien dont elle pût désormais se défaire à volonté. Il ne l'offenserait donc pas en cherchant à la réconforter alors qu'elle désirait ardemment une étreinte nettement plus agressive et passionnelle.

Le point d'orgue de leur passion s'accompagna du bruissement du vent à travers les branches, contrepoint de leurs gémissements de transport. Puis Julius guetta le râle de félicité que Sabine laissait échapper en ce chant singulier de douloureuse extase qu'il attendait toujours. Elle avait raison, pensa-t-il en s'abandonnant à son tour, si seulement ils pouvaient mourir ainsi… Ce serait une fin plus miséricordieuse que le sort qu'on leur réservait probablement.

Ensuite, le vent lui-même s'apaisa. Ils restèrent alanguis dans les bras l'un de l'autre avant de se redresser en position assise et d'étaler ce qu'ils avaient apporté. Même si le vin était interdit aux femmes – prêtresses ou pas –, elle en but avec lui tout en savourant les gâteaux qu'elle avait confectionnés.

Après ce petit festin, la jeune femme se releva en l'attirant à elle et ils gagnèrent l'étang. Cela aussi faisait partie de leur rituel : se baigner dans une eau chaude par endroits (là où affluaient des sources souterraines) et froide à d'autres, là où elle cascadait du haut des formations rocheuses.

Sous la surface de l'étang, leurs mains papillonnaient à la façon d'alevins ; lui nageait autour de ses seins, encerclait ses aréoles puis s'aventurait vers sa toison où il sentait du bout des doigts une tout autre sorte d'humidité, plus soyeuse et glissante que l'eau. Elle chassa l'eau entre ses jambes pour le prendre en coupe de la façon la plus intime qui fût, le caresser et le faire se tendre de nouveau de désir.

Julius nagea derrière elle et la pénétra encore en la tenant fermement par les hanches.

— Oh, comme tu es gourmand ! murmura-t-elle.

— Est-ce trop pour toi ?

— Non, jamais !

— Tu me désires encore ?

— Oui, encore… encore !

Son exubérance le fit éclater de rire, chassant de son esprit le fait que tout cela leur était interdit. Autrement, cela lui gâcherait complètement le plaisir, étouffant dans l'œuf l'orgasme qui montait en lui, irrésistiblement, comme venu de très très loin…

— Maintenant ! lui chuchota-t-il – car elle aimait qu'il le lui dise.

Dans un fameux coup de reins, elle se tordit tout entière contre lui en sachant parfaitement ce qu'elle faisait, et le temps que ça prendrait, afin de faire coïncider l'instant divin de leur jouissance. Car tous deux gardaient toujours en tête que ce pouvait être leur dernière étreinte.

Ensuite, drapés dans les couvertures qu'il avait apportées, ils restèrent assis côte à côte ; il remit sur le tapis la question que ni l'un ni l'autre ne tenait à aborder... Les changements radicaux que le nouvel édit impérial allait impulser dans leurs vies.

— Il est temps pour nous de fuir, dit Sabine. J'y ai beaucoup réfléchi. Nous pourrons emporter un des trésors – la statuette ou les pierres – et disparaître dans une région où nul ne se souciera de savoir qui nous pouvions être dans une vie antérieure... Il n'y a plus de place pour nous trois et nos péchés ici, à Rome.

Julius eut un éclat de rire sarcastique.

— Qu'on dérobe les pierres ? Qu'on devienne des hors-la-loi ?

— Ne le sommes-nous pas déjà ?

Une partie de ce qu'elle venait de dire lui avait échappé. Ou bien il l'avait entendue sans réaliser... Ou encore, il avait parfaitement saisi au contraire au point de s'en effrayer et de l'occulter aussitôt. Car si c'était vrai, il y aurait bientôt une preuve tangible et manifeste de leur parjure, et nulle chance de salut. Certaines femmes auraient peut-être eu recours à la parole pour l'expliquer...

Sabine, elle, lui prit la main pour la poser sur son ventre légèrement arrondi. Sa peau était chaude, douce et soyeuse.

# 17

*Ville de New York – Mardi, 10 heures 48*

Aux enchères de Christie's, Rachel était venue disputer trois peintures aux autres acquéreurs potentiels au nom de son oncle Alex. Elle en avait déjà remporté une et perdu une autre. Elle ouvrit son portable pour le contacter et le garder en ligne tandis que la dernière œuvre convoitée allait arriver. Ainsi, il pourrait suivre le déroulement des enchères et la prévenir au cas où il se déciderait à dépasser les limites qu'il avait fixées avant son départ. Depuis des années qu'elle-même enchérissait pour son propre compte, dans un cadre purement professionnel (pour des pierres précieuses et non des tableaux), elle connaissait parfaitement le fonctionnement des enchères, y prenant même goût d'ordinaire.

Au contraire de ce matin-là…

L'inconfort régnait en dépit de l'air conditionné. Ce n'était pas le genre de chaleur qu'elle avait ressentie sous l'emprise du « fantasme » (ainsi appelait-elle le phénomène à présent), mais ça le lui rappelait. Il y avait trop de monde dans la salle – et ça faisait grimper la température.

Cent vingt chefs-d'œuvre de la peinture étaient mis en vente. En présence donc des conservateurs des plus grands musées, des agents, des courtiers et des collectionneurs privés – ou de leurs représentants.

— Lot numéro 45, annonça le commissaire-priseur.

Rachel scruta le tableau installé sur le chevalet d'exposition. Un *Bacchus*… S'il ne portait pas la signature de Caravage, on pensait du moins que des élèves l'avaient peint avec le maître en personne qui avait ajouté de sa main certains détails. Nonobstant l'absence de signature, l'œuvre était à couper le souffle.

De brillantes couleurs, une composition classique, et des traits d'une finesse exquise chez le jeune dieu… L'encadrement, songea Rachel, était beaucoup trop orné, voire un brin trop écrasant pour une telle œuvre. Mais cela importait peu. Elle ne parvenait plus à en détacher les yeux.

— Tu as raison, murmura-t-elle à son oncle, toujours en ligne. Il te le faut absolument… C'est une splendeur !

— Naturellement. Mais il y a plus, n'est-ce pas ? Tu as ressenti quelque chose en le découvrant… Comme un lien. Je l'ai entendu rien qu'à ta voix. Que se passe-t-il ?

Pour quiconque connaissait Alex Palmer, l'intérêt qu'il manifestait pour le « ressenti » de sa nièce eut paru bien étrange. En apparence, les composantes et tous les signes extérieurs de l'existence qu'il menait venaient corroborer le bien-fondé des stéréotypes : sa richesse, son vernis de raffinement, son éducation, son sens aigu des affaires, ses collections d'art et sa philanthropie formaient un tout indissociable, brossant le tableau d'un géant du monde de l'entreprise n'ayant que peu d'attaches avec le monde spirituel.

Une bourse d'études pour Harvard l'avait amené à suivre les mêmes cours que le fils d'un véritable Goliath de l'univers des banques. À la remise des diplômes, Ric Haslet s'était pris d'affection pour le meilleur ami de son fils Christopher, devenant son mentor.

Au décès de Christopher l'année suivante, victime d'un accident de la route, Alex avait pris aux yeux du père endeuillé toute l'importance d'un fils de substitution. C'est alors que la question de la réincarnation avait fasciné Ric, qui en était venu à penser – en se fondant sur leurs vies passées – qu'Alex et lui étaient destinés à se retrouver en ces temps modernes.

Alex, pour sa part, était resté sceptique jusqu'au jour où Ric lui avait relaté un cauchemar qui revenait régulièrement le hanter.

Capitaine à l'époque de la guerre de Sécession, il tombait une nuit sur un jeune soldat blessé, qui perdait son sang sur le bas-côté d'une route… Baissant les yeux sur lui au clair de lune, il pressentait que le malheureux allait bientôt mourir exsangue s'il ne tentait rien. Mais en dépit des souffrances du soldat, de son regard implorant, le capitaine passait son chemin… Le garçon portait l'uniforme ennemi.

L'étonnement perçant dans sa voix, Alex avait alors avoué à son mentor que dès l'école primaire, il s'était découvert une obsession pour la guerre de Sécession. Au point que pour son neuvième anniversaire, ses parents avaient mis sur pied un itinéraire historique jalonné des sites où s'étaient déroulées les batailles majeures du conflit.

En arpentant le site d'Antietam[1], il avait été submergé par une indicible tristesse. Son père lui demandant ce qui n'allait pas, Alex n'avait su comment lui expliquer ce qu'il ressentait – la sensation diffuse qu'en cet endroit même, on l'avait laissé mourir…

C'était l'unique souvenir d'une existence antérieure qu'il eût jamais eu – si du moins il s'agissait bien de cela, avait-il souligné en s'en ouvrant à Ric. Et il ne l'avait jamais confié auparavant à âme qui vive.

Cela avait cimenté leurs rapports, *et* bétonné son avenir.

Rachel connaissait l'histoire, comprenant intuitivement la fascination de son oncle et son obsession pour la régression vers des vies antérieures. Qu'il interroge sa nièce sur ce que

---

1. La bataille de Sharpsburg eut lieu le 17 septembre 1862. Ce fut la première du conflit sur le territoire des Nordistes et la plus sanglante (3 000 hommes périrent).

le *Bacchus* lui inspirait était symptomatique de l'acuité de ses préoccupations. Il était toujours à l'affût d'instantanés de cet acabit à collectionner, à l'instar des peintures ornant ses murs, comme preuve qu'il y avait beaucoup de choses échappant à la compréhension humaine dans une dimension à l'existence irréfutable, de son point de vue.

Aussi loin que Rachel s'en souvînt, son oncle Alex recherchait depuis toujours des preuves de la migration des âmes[1]. Il avait fait de colossales donations au dalaï-lama, investi dans d'obscures recherches et même tenté une fois d'acquérir à New York une fondation se consacrant à l'étude des vies antérieures.

Chaque fois que Rachel lui demandait pourquoi il s'y intéressait tellement, il lui fournissait immanquablement la même explication…

« *Si la réincarnation est avérée, je pourrai me léguer à moi-même tout ce pour quoi j'ai travaillé si dur… Pourquoi devrais-je à chaque fois repartir de zéro ? J'ai déjà connu la pauvreté. Je ne veux plus jamais retomber dans la misère…* »

Mais elle se demandait toujours si c'était là la seule raison.

Rachel était restée sur la touche tandis que les enchères du *Bacchus* s'envolaient pour atteindre la somme pharamineuse de deux millions et demi de dollars. Il n'y avait plus maintenant que trois enchérisseurs en lice : Douglas Martin, un collectionneur bien connu doublé d'un expert *ès* relations publiques, Nick Loomis, conservateur du Getty à Los Angeles et ami de son oncle, et enfin un inconnu assis trois rangées devant elle, lui tournant le dos.

Rachel fut brusquement assaillie par l'étrange bourdonnement caractéristique… La réaction physique qu'elle avait eue alors qu'elle lisait l'article du *Times* consacré aux fouilles

---

1. Dite aussi métempsycose, doctrine selon laquelle l'âme pensante immortelle peut animer successivement des corps différents. Elle fut adoptée dès l'Antiquité par de nombreux peuples puis reprise au fil des siècles.

en cours… Elle lutta pour se concentrer sur les enchères. Pas question pour la jeune femme de perdre le fil de ce qui se passait autour d'elle ; à son tour maintenant d'entrer en lice.

— Deux millions cinq cent mille dollars… Qui dit sept cent cinquante mille ?

Rachel vit le troisième homme lever sa palette de numéro de client.

— On m'annonce ici deux millions sept cent cinquante…

Elle brandit sa palette.

— Trois millions…

Nick Loomis redressa la sienne.

— Trois millions deux cent cinquante mille dollars… Qui dit mieux ?

Une vague d'excitation gagna Rachel. Elle n'avait jamais enchéri de sommes aussi folles pour acquérir les pierres précieuses qu'elle utilisait dans ses créations d'orfèvrerie. Les enchères rebondirent jusqu'à ce qu'elle annonce trois millions sept cent cinquante mille.

Les yeux rivés sur le dos du troisième homme, à trois rangées au-devant, Rachel retint son souffle. Allait-il surenchérir ?

Il leva sa palette.

À l'oreille, elle entendit son oncle lui dire :

— Va jusqu'aux limites que j'ai fixées. Je veux ce tableau !

Le cœur battant de plus en plus fort, elle plaça la barre encore plus haut.

Et Douglas Martin lui aussi fit monter les enchères d'un cran.

— J'ai quatre millions cinq cent mille dollars par ici, est-ce…

Rachel releva sa palette. Elle voulait également ce tableau. Elle se voyait déjà campée devant, captivée par le sourire et le regard si séduisants du jeune dieu. Elle désirait toucher l'encadrement, passer les doigts sur l'ébénisterie dorée finement ouvragée… Elle le convoitait si ardemment qu'un seul quali-

ficatif lui venait à l'esprit pour décrire ce qu'elle éprouvait...
De la *concupiscence*.

— À ma gauche, j'ai quatre millions sept cent cinquante
mille dollars... Qui dit cinq ?

Le commissaire-priseur regarda Nick Loomis, mais le
conservateur secoua la tête en reposant sa palette.

— Nick vient de déclarer forfait, annonça Rachel.

— Tu sembles nerveuse, répondit Alex.

Les gemmes dont elle faisait régulièrement l'acquisition
provenaient souvent de ventes de ce genre. Pourtant, elle
n'avait encore jamais été aussi à cran. L'ampleur des sommes
brassées, peut-être... Elles entraînaient de lourdes responsabilités. Oui, c'était sûrement ça.

— Quatre millions sept cents...

Douglas Martin releva sa palette.

— Cinq millions de dollars pour le client 66. Cinq
millions deux cent cinquante mille, quelqu'un... ?

Cette fois, le commissaire-priseur regarda directement
Rachel.

Qui n'avait plus qu'une enchère de marge...

Elle leva sa palette.

— Cinq millions deux cent cinquante mille... Cinq
millions et demi, quelqu'un ?

Rachel retint son souffle. Elle fixait l'espace au-dessus
du troisième homme, attendant de voir s'il redresserait de
nouveau sa palette. Si elle avait gagné...

*Elle allait gagner, elle allait décrocher cette toile...*

— Une fois... Deux fois...

Bon sang ! Il venait de brandir sa palette !

— Cinq millions cinq cent mille dollars ! Cinq cent
soixante-quinze... ?

Le commissaire-priseur interrogea du regard Douglas
Martin, qui secoua la tête.

Au téléphone, Rachel murmura que Martin se retirait à
son tour.

— Il ne reste plus qu'un enchérisseur contre toi ?

— Oui.

À cet instant, la communication fut coupée. Le cœur de la jeune femme bondit dans sa poitrine. Elle pressa la touche « bis » de rappel et entendit la tonalité... sans que ça sonne à l'autre bout.

Elle savait que son oncle voulait le tableau. Et elle désirait aussi qu'il l'ait. Ignorant la raison à cela, elle tenait à ce que nul autre ne fasse main basse sur l'œuvre.

Le commissaire-priseur se retourna vers la jeune femme. Qui ne parvenait toujours pas à rétablir la liaison avec son oncle... Qu'attendait-il d'elle ? D'ordinaire, il s'en tenait aux limites fixées. Concernant ses collections, il était d'une grande discipline. Et ce n'était pas l'argent de Rachel... Elle ne pouvait décemment décider à sa place. Que voulait-il qu'elle fasse ? Bon sang, pourquoi la communication ne passait-elle plus, tout à coup ?

Comprenant le dilemme de la jeune femme – mais n'étant pas en position d'atermoyer plus longuement –, le commissaire-priseur secoua la tête et adjugea la vente.

— Vendu au client 516 pour la somme de cinq millions cinq cent mille dollars... Adjugé ! Passons maintenant au lot suivant...

Rachel se leva et quitta la salle, trébuchant presque en poussant les portes. D'ordinaire, elle n'était pas sujette aux pleurs, mais des larmes contenues brouillèrent sa vision. Quelque chose était vraiment allé de travers. Certes, son oncle serait déçu – il détestait perdre –, mais il était à la tête d'une formidable collection... Une peinture de plus ou de moins... Cette perte ne justifierait pas qu'il en tienne rigueur à sa nièce.

Son portable vibra. Elle baissa les yeux sur l'écran LED, et vit qu'Alex la rappelait – trop tard.

— Allo ? Rachel ? Que s'est-il passé ? Nous avons remporté la vente ?

— Non... Je ne savais plus quoi faire. J'ai tenté de te rappeler, impossible... Ça ne passait pas.

— Bon Dieu !

— Je suis navrée.

— Qui l'a eue ?

— Je l'ignore, je ne pouvais pas voir qui c'était.

— Quel numéro de client avait-il ?

— Quelle importance maintenant ?

— Quel était son numéro de client, Rachel ?

— Le 516. Oncle Alex, je suis désolée. Je ne pensais pas que tu voudrais que j'aille encore plus loin...

— Ce n'est pas de ta faute. Ne t'en fais pas.

Mais lui s'en faisait... Elle l'entendait rien qu'à son timbre de voix. Qu'avait donc cette peinture de si particulier pour qu'elle revête une telle importance aux yeux de son oncle et qu'elle l'affecte, elle aussi, à ce point ?

# 18

*« De même que les étoiles me regardaient quand
j'étais berger en Assyrie, elles me regardent
maintenant en la Nouvelle-Angleterre. »*

Henry David Thoreau, extrait d'une lettre adressée
à Harrison Blake, le 27 février 1853

*Rome, Italie – Mardi, 16 heures 50*

N'ayant jamais été incarcéré auparavant, Josh aurait cru
que chaque heure passée à attendre de connaître le sort qu'on
lui réservait serait interminable. Or, le temps s'écoulait encore
plus lentement que cela… N'étaient des cloches de l'église, il
n'aurait eu aucune idée de combien de temps déjà il croupis-
sait en prison.

À son arrivée, il avait subi un interrogatoire en règle d'une
heure au bas mot, donnant un descriptif physique détaillé du
voleur, heureux de pouvoir fournir à la police des éléments
susceptibles de l'aider à retrouver le gaillard. Mais tout ce
qu'il *pouvait* apprendre à Tatti ne semblait nullement compter – c'était ce qu'il passait obstinément sous silence qui lui
valait les foudres de l'inspecteur.

— Trop de zones d'ombre demeurent. J'estime donc plus
sage de vous garder ici, monsieur Ryder. Des détails vous

reviendront peut-être en mémoire, ou vous vous déciderez au moins à expliquer le pourquoi de votre présence sur des lieux où vous n'aviez aucune raison d'être.

—Suis-je détenu en tant que suspect ?

L'inspecteur ignora la question.

— Vous le savez, si vous avez dit la vérité et vu l'agresseur, vous êtes en danger. De mort, qui sait…

Il s'était remis à parler comme un personnage de cinéma, ce qui ne manquait pas d'agacer prodigieusement Josh.

— Vous n'aurez peut-être pas droit cette nuit au lit le plus confortable de Rome, mais en tout cas, vous y serez en sécurité.

— Quels sont mes droits, en qualité de citoyen américain ? Puis-je avoir un avocat ? Passer un appel téléphonique ?

— Mais bien sûr. Tout cela en temps et en heure. Absolument.

Il y avait bien de cela plus de deux heures…

La fatigue, la frustration et la peur mêlées rendaient Josh nerveux, l'empêchant de fermer l'œil sur la banquette la plus inconfortable qu'il eût jamais eu l'infortune de tester… Il se remémorait tous les articles parus dans la presse, dénonçant les interminables périodes d'incarcération réservées aux étrangers, parfaitement injustifiées de surcroît, pour des crimes dont ils étaient innocents. Lui revenait également en mémoire le synopsis intégral de films démarrant de la même façon… L'emprisonnement d'un innocent en pays étranger…

Dans son cas, facteur aggravant, il ne pourrait jamais se dédouaner entièrement si par malheur il lui prenait l'envie d'expliquer à la police italienne comment il s'était retrouvé dans une crypte au moment d'un vol à main armée… L'embardée mémorielle qui l'avait envoyé arpenter les rues de la ville avant le lever du jour était déjà suspicieuse en soi. Mais tenter de rendre rationnel le fait qu'il avait su où se diriger en se réclamant d'une sorte d'intuition innée ? Non… La moins pire des solutions consistait à ne rien dire, à prendre son mal en patience… À l'heure qu'il était, Malachai s'était sûrement déjà rendu à l'Ambassade américaine pour solliciter un recours. Ou bien il avait contacté Béryl, qui prenait des mesures pour obtenir sa libération. D'une façon ou d'une autre, quelqu'un allait se présenter très bientôt… D'une minute à l'autre.

Il contempla les quatre murs aveugles de sa cellule crasseuse, et ses pensées revinrent au site funéraire de Sabine, ce rectangle souterrain aux parois tout aussi aveugles – une prison à part entière, là aussi. Josh aurait voulu avoir accès à sa vie antérieure à volonté. Ça aurait au moins eu le mérite en l'occurrence de l'aider à passer le temps… Depuis le lever du jour, il restait tant d'interrogations à propos de ce qu'il avait découvert… sur la sépulture, le passé, la fidélité de Julius surtout envers un culte capable de punir de mort les vestales parjures alors que lui pouvait s'aligner sur l'empereur et leur sauver la vie à tous deux… Quel effet cela faisait d'être dévoué corps et âme à ce point ? Et tellement disposé aux sacrifices plutôt que de trahir sa foi ?

Josh revit le jeune prêtre gisant dans le caniveau, les viscères exposés, les yeux littéralement exorbités… Quelle assurance avait eu Julius que la nouvelle religion les protégerait, Sabine et lui ? Était-ce une simple question de s'en tenir à ce qu'on connaissait plutôt que de braver l'inconnu ? Absurde… Tout simplement absurde.

Les cloches sonnèrent les trois heures suivantes, et toujours personne… À présent, des interrogations d'une autre sorte venaient le tourmenter. Quel système judiciaire avait cours en Italie ? Tout prévenu était-il présumé innocent jusqu'à preuve du contraire ? Sans preuves ni éléments à charge, pouvait-on être jeté en prison rien que pour avoir été surpris sur les lieux d'un crime ou d'un délit ? Et qu'en était-il des mobiles ?

Josh considéra sa cellule puante aux murs tachés, éprouva de nouveau la dureté de sa banquette… Il entendait les braillements d'autres prisonniers, des sonneries de téléphone…

Jamais il ne parviendrait à trouver le sommeil. Car si Tatti enquêtait sérieusement sur l'affaire, il découvrirait que Josh avait bel et bien eu un mobile pour le vol des pierres.

Le lendemain matin, ce ne fut pas Malachai qui vint sortir Josh d'affaire, mais Gabriella Chase. Sous son regard, l'agent en fonction rendit au détenu relâché son appareil photo, sa boîte à pilules, sa montre et l'argent qu'il avait eu sur lui – tout sauf son passeport, qu'il refusa de restituer. Il expliqua en italien (Gabriella traduisit) que Josh ne devrait pas quitter Rome tant qu'il demeurerait suspect aux yeux de la police.

— Et autre chose…, ajouta Gabriella.

— Oui ?

— Il tient à ce que vous sachiez que vous pourriez être en danger du fait que vous avez vu l'auteur de l'agression… Vous êtes étranger ici à Rome, vous devriez être prudent.

Effrayée elle-même par la mise en garde, elle fit la grimace.

— Sortons d'ici, dit Josh en tournant le dos au policier.

Courbaturé et ankylosé des suites de sa « séance d'entraînement » la veille, dans le tunnel de la sépulture – sans parler de ses dix-huit heures passées en prison –, il la suivit en plein soleil, étonné de la douceur d'un air qui embaumait… jusqu'à ce qu'il s'avise qu'il humait en fait le parfum de sa compagne.

— Ma voiture se trouve à quelques pâtés de maisons d'ici – se garer est carrément mission impossible à Rome ! Alors, si marcher ne vous fait rien, je peux vous ramener ensuite à votre hôtel… À moins que vous ne jugiez plus sage de rester ici, à l'intérieur, le temps que j'aille chercher mon véhicule ? Si les *carabinieri* ont vu juste…

— Je vais marcher. Personne n'osera m'attaquer en plein jour – surtout que la police s'intéresse déjà de près à moi ! Bon, maintenant, dites-moi… comment va le professeur ?

D'autres questions se bousculaient sur ses lèvres – aucune de plus importante que celle-là…

— L'intervention chirurgicale s'est bien passée, mais il avait perdu tellement de sang... Il est encore sous transfusion. Au moins, son état s'est stabilisé. Nous en saurons plus ces prochaines douze heures.

— J'aurais tellement voulu pouvoir empêcher cela ! Mais j'étais trop loin... Je suis vraiment navré, Gabriella.

Elle ne répondit rien, et il ne douta pas qu'elle le tînt pour responsable. Par l'enfer, lui aussi s'accablait de reproches... Il se sentait misérable. Un homme risquait de mourir parce qu'il n'avait pas été assez rapide... Et cet échec lui valait de décevoir Gabriella. Non... Ça n'avait pas de sens – il ne connaissait pas cette femme !

Sauf qu'il ne pouvait se défaire de la nette impression que l'histoire se répétait...

Après quelques pas, il jeta un autre coup d'œil par-dessus son épaule pour vérifier que personne ne les avait pris en filature – mais dans ce cas, saurait-il repérer le type ?

— On retrouvera le salaud qui a fait ça !

Josh l'espérait en tout cas, sans raison particulière de le croire.

— Vous croyez ? fit-elle, d'un ton lourdement ironique. Et aura-t-il toujours en sa possession ce qu'il a volé ? Vous savez bien que non ! Le trésor est déjà loin. Probablement vendu au marché noir. Bon sang ! Je n'arrive toujours pas à croire qu'une telle chose ait pu se produire ! Alors qu'on avait engagé des agents de sécurité justement... Et je les connaissais tous. Je n'arrive pas à croire que l'un d'eux ait pu faire une chose pareille ! insista-t-elle, bouleversée.

— Pour de l'argent ? Allons donc, on trouve toujours quelqu'un disposé à se vendre si la somme proposée est assez élevée...

Elle leva les yeux au ciel comme pour y quêter la réponse à ses interrogations, ou au moins un apaisement à sa colère. Des reflets d'or s'allumaient dans sa chevelure.

Quelques secondes s'égrenèrent.

— Pourquoi étiez-vous dans ce tunnel ? Et pas avec le professeur, pour empêcher ce type de dérober les pierres ?

Ce n'était pas une simple question dans sa bouche : elle le suppliait de lui fournir une réponse à même de tout expliquer, de justifier ce qui s'était produit.

Il la dévisagea. Au soleil, ses prunelles aussi scintillaient d'or...

— Je m'y suis efforcé, Gabriella.

Il ouvrit les mains en signe d'impuissance. Les entailles ensanglantées s'entrecroisaient au creux de ses paumes, et les petites perforations avaient séché, formant des croûtes marron foncé.

— Mais vous n'y êtes pas parvenu assez vite. Autrement, vous auriez arrêté le voleur.

*Vous n'y êtes pas parvenu assez vite...*

Son reproche trouva un écho au tréfonds de son être, dans un des replis de son âme... Ça lui était déjà arrivé. Ici, dans cette ville. Ici, avec cette femme... Ou bien était-il fou à lier ? Non, juste ivre de fatigue... Il avait été trop longtemps maintenu en cellule. Affamé, couvert de sang, il avait besoin d'une douche.

*Vous n'y êtes pas parvenu assez vite...*

Son esprit lui jouait des tours. Il était devenu trop réceptif aux impressions de *déjà-vu*.

— Si vous estimez que tout est de ma faute, pourquoi m'avoir fait sortir de prison dans ce cas ?

Il n'avait pas voulu paraître aussi ombrageux, mais il laissa courir.

— Alors que j'étais à l'hôpital cette nuit, le professeur a brièvement repris connaissance, et j'ai pu échanger quelques mots avec lui. Il m'a dit de vous faire confiance. Que vous m'aideriez. Il m'a expliqué que vous lui aviez parlé...

— ... De rien de bien important...

Ces dernières vingt-quatre heures, Josh s'était surpris à nier tellement de choses que c'en devenait chez lui comme une seconde nature. Quoi qu'il en soit, il ne pouvait dévoiler à Gabriella ce qu'il avait avoué à son estimé confrère juste avant de découvrir le tunnel. L'heure n'était pas propice. Et elle ne le croirait pas. Pour couronner le tout, il n'avait pas besoin qu'elle le prenne maintenant pour un cinglé.

Gabriella soupira.

— Je sais que c'est faux. Rudolfo m'a dit que vous vous étiez confié à lui, et qu'il vous avait cru. Il m'a dit que vous lui aviez sauvé la vie. Les urgentistes me l'ont confirmé hier. Vous êtes resté à ses côtés en l'empêchant de se vider de son sang. Tout comme la police, je me suis demandé si vous étiez impliqué dans le vol, et je ne le lui ai pas caché. Il m'a alors répondu que dans ce cas, vous ne seriez jamais resté avec lui au lieu de filer… Vous l'auriez laissé mourir.

Ils atteignaient l'angle d'un grand bloc immobilier. D'un signe du menton, elle désigna l'église qui se dressait de l'autre côté de la rue.

— Un détour, vous n'avez rien contre ? J'aimerais simplement allumer un cierge. Ça ne prendra pas longtemps. Si le professeur s'est détourné de l'église traditionnelle, il demeure un homme profondément croyant. Son dieu sera peut-être à l'écoute.

— N'est-il pas également le vôtre ?

— Il y a une grande chance que si. C'est juste que j'ai du mal à me décider entre toutes les divinités et les religions existantes. J'ai passé ma vie à étudier différentes cultures, à fouiller des nécropoles, à tenter de comprendre les méthodes et les rites par lesquels d'autres civilisations honoraient leurs morts, les aidant à accomplir leur voyage vers une nouvelle existence… Je pense parfois que je suis une païenne à l'aune des critères modernes, et ma foi s'épanouit vis-à-vis de certains des anciens dieux que j'en suis venue à mieux connaître.

— Mais vous êtes bien croyante ?

Ça ne ressemblait pas à Josh de poser une question d'ordre aussi privé. Elle n'en parut pas gênée, toutefois.

— Je crois en des instances supérieures, oui, certainement.

En dépit de la chaleur ambiante, lorsqu'ils furent sur le parvis de l'église, Josh sentit une sorte de brume d'un bleu arctique l'entourer et – littéralement – le repousser... À l'opposé de la force d'attraction que le tunnel de la crypte avait exercée sur lui pour l'inciter à ramper de l'avant...

Une « fléchette mémorielle » explosa dans sa tête, y faisant éclore une fleur de douleur... un cercle de chagrin. Il eut une certitude : avant que cette église ne soit consacrée au nom de Jésus-Christ, elle avait revêtu un tout autre type de caractère sacré.

# 19

*Julius et Sabine*
*Rome – 391 après Jésus-Christ*

Le soldat frappa l'autel marmoréen d'un bâton en fer forgé, le fracassant. Une pluie d'éclats arrosa le sol. Volant dans les airs, un des fragments atterrit sur le pied de Julius, l'entaillant. Celui-ci n'y prit garde. Il avait les yeux rivés sur la pierre sacrificielle.

Ce qui s'était trouvé là depuis des millénaires n'y était plus. Pendant quelques secondes, la scène fut comme figée ; personne ne broncha. Nul des sept soldats qui avaient investi le temple en furie ou des six prêtres qui tentaient maintenant de le défendre… Tous étaient hébétés. Ce qui constituait la prière, depuis des centaines de siècles, venait d'être réduit en miettes. Le regard de Julius vola vers Lucas, le doyen des prêtres, et vit s'inscrire sur son visage une réalité que tous avaient à accepter : plus aucun endroit n'était sacré. C'était là le dixième temple profané et dévasté en six semaines…

Dans son dos, Julius entendit des éclats de rire tonitruants. Il fit volte-face pour bondir à la gorge du ladre. Pris au dépourvu, ce dernier tituba à la renverse. Voyant cela, un autre soldat expédia un direct à Julius, qui tomba à genoux, terrassé par une douleur si vive que ça le rendit malade – en ce lieu sacré entre tous...

Des cris de rage résonnèrent. Des hommes grognèrent, d'autres gémirent, des os se brisèrent, des cartilages éclatèrent... Luttant pour recouvrer des idées claires, Julius rouvrit les yeux. La tête lui tournant, il porta les mains à son visage.

Et eut les doigts mouillés. Privé de vue, il n'en reconnaissait pas moins ce liquide poisseux à l'odeur douceâtre.

— Sortez tous, tout de suite ! cria-t-on à sa gauche. N'en avez-vous pas assez fait comme ça ?

Des railleries, en face...

— Païens ! Vous irez tous en enfer !

Julius avait le goût du sang à la bouche. Roulant sur lui-même, il tenta d'atteindre le mur tout proche afin d'y prendre appui pour se relever.

— Où sont les putes du temple ? s'écria un des soldats avec un rire gras.

— Les putes vierges... amenez-les-nous !

— *Jamais !*

Julius fut le premier surpris d'entendre résonner à ses propres oreilles ce cri venu du cœur. Et tout autant surpris de se retrouver sur pied. Il l'était pourtant, en dépit de ses douleurs lancinantes à la tête. Deux soldats firent simultanément mine de lui sauter dessus. S'il esquivait, leurs poings s'écraseraient sur le mur.

Ils se lancèrent en avant.

Julius tomba à genoux. Au-dessus de sa tête, il entendit des os craquer et des hurlements de douleur éclater. Profitant de la diversion, il attaqua à revers un troisième profanateur, lui dardant les doigts dans les yeux.

Braillant de douleur, l'homme fit volte-face et finit par s'écrouler sur l'un des siens qu'il entraîna dans sa chute ; il se cogna le crâne contre un des angles de l'autel fracassé à coups de maillet. Avec quatre agresseurs éliminés, les prêtres avaient maintenant une chance...

Ils combattirent avec férocité et l'emportèrent. Le danger écarté, le sol était jonché de cadavres, éclaboussé de sang. Il n'y eut aucune satisfaction dans le camp des vainqueurs, aucun sentiment de calme rétabli… Aujourd'hui, les sacrilèges n'avaient été que de sept. Demain, d'autres vandales reviendraient à la charge. Puis d'autres… Les prêtres savaient qu'ils ne gagneraient jamais s'ils tentaient de les affronter les uns après les autres. L'empereur pouvait compter sur des milliers de partisans, contre quelques centaines de défenseurs seulement.

Une heure plus tard, Sabine désinfecta et pansa les blessures de Julius. Qu'elle vienne lui prodiguer ses soins était toléré. Ce qu'elle dissimulait sous ses robes ne l'était pas. Elle avait pris l'habitude désormais de porter une cape en permanence afin que nul ne remarque ses petites rondeurs… Mais combien de temps encore le subterfuge donnerait-il le change ?

Les amants s'étaient retrouvés si rarement dans les bois qu'ils avaient été en mesure de déterminer qu'elle était maintenant enceinte de dix semaines, et le danger qu'elle courait mettait Julius à la torture. Il lui avait engagé sa foi, jurant qu'il les sauverait, elle et son enfant à naître, dût-il leur sacrifier sa vie. Les pansements finis, Sabine lui fit boire une infusion pour soulager ses douleurs.

— Tu devrais peut-être en prendre aussi, observa-t-il d'un ton lourd de sous-entendus en lui rendant la coupelle vide. Ce sont les premiers stades, et ces breuvages sont très efficaces, pas vrai ?

Tous deux s'étaient montrés très prudents. Comme toutes les femmes de Rome, Sabine savait éviter ces périodes, dans le mois, où elle était le plus fertile et où la conception s'avérait des plus probables. Sans compter les onguents et les solutions auxquels elle recourait dès la fin de leurs unions. Mais parfois, toutes les précautions se révélaient inutiles. Alors, pour les nantis qui gardaient jalousement leur patrimoine sans vouloir forcément le morceler entre trop d'héritiers, les pauvres qui ne pouvaient tout simplement pas nourrir trop de bouches ou les femmes malheureuses en ménage qui aspiraient au divorce et non aux grossesses indésirables, il existait des alternatives : le recours à un remède abortif ou l'intervention chirurgicale. Si Julius et Sabine vivaient une époque où l'avortement n'était pas stigmatisé – pas toujours toléré certes mais, dans certaines circonstances, encouragé –, la jeune femme se refusait à l'envisager.

— Non. Notre bébé doit venir au monde, Julius. Grâce à notre fille, nous serons toujours ensemble.

— Tu te trompes. Le bébé signera notre perte à tous les deux. Et si nous ne parvenions pas à convaincre les prêtres et les vestales que ces lois sont dépassées ? Je sais que l'heure est au changement, mais si nous étions trop en avance sur notre temps ? Que personne d'autre que nous deux ne soit disposé à franchir le pas ? Et si j'étais incapable de te sauver ? As-tu idée de ce que ça représente de suffoquer lentement, à petit feu ? Pas question que tu meures ! Pas à cause d'un hypothétique enfant qui n'est même pas encore né !

— D'autres lois ont leur importance. Celles de la nature.

— Garder ce bébé, c'est peut-être bien du suicide, Sabine, chuchota-t-il, de crainte que des oreilles indiscrètes ne l'entendent.

Secouant la tête, elle posa l'index sur sa bouche pour le dissuader d'ajouter quoi que ce fût.

# 20

Adossé aux portes de bronze monumentales du porche qui faisait face au péristyle rectangulaire à colonnade, à l'intérieur, Josh observait la façon familière dont le soleil filtrait du haut du dôme hémisphérique. Il avait ressenti le chagrin de Julius avec une telle acuité qu'il en avait presque eu le souffle coupé. Que ses réactions physiques aient pu franchir la ligne de partage temporelle ne manquait pas de le surprendre.

La luminosité s'altéra et les rayons de soleil entrèrent à flot par l'oculus non vitré, générant des illuminations à thèmes sur les sols et les murs en porphyre, en granit et en marbre jaune. L'ouverture laissait aussi filtrer des oiseaux qui voletaient en piqué. Ne sachant plus très bien où ils étaient ni comment s'en échapper, ils tourbillonnaient follement avant de capter une brise leur permettant de ressortir.

Josh remarqua une grande plaque murale. Le premier paragraphe était en italien, le suivant en anglais. Il y lut un bref historique de l'église.

*Le panthéon d'Agrippa fut érigé par l'empereur romain Hadrien entre l'an 118 et 128 de notre ère, en remplacement d'un temple plus modeste construit en 27 avant Jésus-Christ par l'homme d'État Marcus Vipsanius Agrippa.*

*Au début du septième siècle, le lieu fut consacré comme église, celle de Santa Maria des Martyres.*

Avait-il – lui ou l'homme qui hantait ses pensées – défendu ce temple il y avait de cela mille six cents ans ? Se souvenait-il pour lui… pour les morts ?

D'où il se tenait, Josh voyait Gabriella campée devant l'autel latéral, en train d'allumer une chandelle votive à l'aide d'une longue allumette. La flamme vacilla en crachotant, puis se stabilisa. Le verre rougeoyait.

Tête basse, elle s'agenouilla, mains jointes.

Josh serra son appareil… Il aurait voulu la prendre en photo, mais surprendre ainsi en prière une femme qu'il connaissait à peine aurait été une intrusion des plus indélicates. Observer un instant aussi intime était déjà réprouvable en soi. Mais la scène le fascinait. Par la sérénité qui s'en dégageait, étrangère au chaos… Par la beauté du corps penché, abîmé dans ses méditations. Par le nimbe doré que le soleil allumait autour de la tête de l'implorante. Et qui trouvait son écho dans le halo saint de la Vierge, sur le tableau ornant la chapelle latérale devant laquelle Gabriella priait…

Quelques minutes plus tard, elle rejoignit Josh.

— Vous n'aimez pas les églises ?

Comment avouer que, du parvis d'une église de Rome, par un dimanche après-midi du vingt et unième siècle, il avait en réalité assisté à une scène qui s'y était déroulée presque deux millénaires plus tôt ? Comment confesser que l'horreur d'un tel passé l'avait empêché d'entrer ?

Ces six derniers mois, à part le docteur Béryl Talmage et Malachai Samuels de la fondation Phœnix, seul le professeur Rudolfo avait été mis dans la confidence. Intrigué par le récit plutôt qu'enclin à s'ériger en juge, le professeur avait paru ajouter foi aux dires de Josh sans scepticisme aucun. Gabriella saurait-elle se montrer aussi objective ? Ou le toiserait-elle à la façon de son ex-femme, de certains docteurs et thérapeutes, et parfois encore, de lui-même dans le miroir… ? À la manière d'un cinglé ?

Quand Josh lui avait dit qu'il se faisait l'effet d'en être un, Malachai avait éclaté de rire.

*« À mes yeux, vous êtes un émerveillement, un don du ciel ! La chance qu'il nous est donnée d'atteindre un nouveau seuil dans notre entendement de la réincarnation… »*

En quittant l'église, Josh s'avisa qu'il ignorait où Malachai se trouvait, et il le demanda à sa compagne.

— Hier, il était à l'ambassade américaine pour intercéder en votre faveur. En soirée, nous nous sommes parlé au téléphone, et il m'a dit qu'il n'y avait rien à faire. À cause d'une quelconque réunion au sommet, tous les hauts responsables demeuraient injoignables. C'est alors qu'il a sollicité mon aide. Il a pensé que j'aurais plus de succès auprès de la police, moi qui parle couramment l'italien.

— Et qui êtes tellement séduisante !

Elle fut ébahie par le compliment. Lui aussi…

— C'était franchement sexiste… Je m'en excuse.

Elle secoua la tête.

— Non, c'était charmant…

Un instant, la tension qui vibrait entre eux s'apaisa. Ils n'étaient plus que deux promeneurs déambulant au soleil dans les rues de Rome, un homme offrant un compliment à une femme qui avait la grâce de le prendre en bonne part, dans l'esprit où il était tourné.

Ils venaient de monter en voiture, et elle, de remettre le contact, quand son portable sonna. Durant la communication, où elle parla rapidement en italien, Josh se retourna pour jeter un autre coup d'œil à l'église à l'instant où un groupe de touristes y entrait. Appareil levé devant les yeux, il sonda le monument sous différents angles, prenant quelques clichés. Orientée vers sa vitre côté conducteur, Gabriella lui tournait le dos. Changeant de position sur son siège, il chercha à l'apercevoir de profil, à suivre le mouvement de ses lèvres, à observer les reflets miellés du soleil dans sa chevelure… Mais sans trouver ce qu'il recherchait.

Après l'attentat terroriste, il avait commencé à capter comme une aura autour de la tête de certains individus, quand il les photographiait – alors que ces étranges reflets ne se manifestaient jamais sur pellicule. La première fois, il avait cru à un défaut de son appareil, n'hésitant pas à en changer le boîtier puis les objectifs. La fois suivante, il en avait parlé aux médecins.

À l'instar de ses embardées dans le passé, ces lumières inexpliquées auraient pu être symptomatiques de problèmes neurologiques. Sauf que les praticiens n'avaient jamais rien décelé.

En se mettant au service de la fondation, Josh avait continué à discerner comme des traînes lumineuses au-dessus de certains des enfants avec lesquels il entrait en contact et travaillait. Impossibles à déceler à l'œil nu, il les voyait uniquement à travers l'objectif de son appareil : des sortes de halos translucides autour de la partie supérieure de leur corps… Comme si un dessinateur de bandes humoristiques stylisait ainsi la rapidité. S'agissait-il de cela ? Du temps fonçant à la vitesse de la lumière ?

Avant, il ne l'avait vu qu'une seule fois.

Alors que Josh avait vingt ans, on avait diagnostiqué un cancer à son père. Au début, Ben n'avait rien dit à propos des réactions de son fils – si du moins il y avait été sensible. C'était bien dans son caractère. Il lui avait annoncé la nouvelle à sa façon directe, sans nuance, le laissant la digérer à sa manière.

Quelques jours plus tard, ils travaillaient ensemble dans la chambre noire sous l'éclairage d'une petite lampe rougeoyante…

— J'ai une faveur à te demander…

Tout en développant les clichés de l'après-midi, Ben avait

annoncé à son fils qu'il désirait qu'il suive la progression de sa maladie caméra au poing.

À l'époque, Josh n'avait pas remis en cause une telle requête. Ça lui avait paru si naturel… Le père, photographe de son état, demandant au fils, photographe également, de saisir sur pellicule la dernière étape de sa vie… Ce ne fut que des années plus tard seulement qu'il mesura toute la portée d'un tel don. C'était pour eux deux une façon de partager autant de temps que possible avant une fin inéluctable. Une façon pour Ben de lui transmettre tout ce qu'il savait de leur art commun. Et de se rejoindre jusque dans la désunion de la mort…

Pendant ces dernières semaines, Josh avait tout répertorié sur papier glacé. L'éclat du regard paternel qui s'affadissait peu à peu, jusqu'à ce qu'il ne reste rien que la souffrance et une émotion émoussée… À travers l'objectif, Josh cherchait encore l'homme vaillant qu'il avait connu et aimé toute sa vie, sans en retrouver trace dans cette coquille vide d'os et de chairs malades…

Josh était revenu au foyer, sommeillant sur un divan de la chambre où son père gardait le lit. À minuit, un soir, il dormait lorsque l'infirmière l'avait réveillé pour lui annoncer qu'à en juger par la respiration de son patient, la fin était proche.

Josh l'avait priée de les laisser seuls.

Assis dans l'obscurité au chevet de Ben Ryder, il lui avait tenu la main. Rien que d'entendre sa respiration rauque lui faisait mal. Ben s'était soudain réveillé. Immobile dans son lit, il l'avait regardé en chuchotant :

— Photos…

— Morphine ? répondit Josh.

Si son père était toujours sous perfusion, il avait dû oublier qu'il n'avait plus d'injections, et avait besoin d'analgésiques supplémentaires.

Un fils rêve du secret de la vie que lui révèle son père sur son lit de mort… Josh, lui, se voyait prié de reprendre son appareil photo… Mais c'était là leur mode de vie. Il se tint donc penché au-dessus de son père pour continuer à le photographier – à l'aveuglette, tant ses yeux débordaient de larmes.

C'est là qu'il avait remarqué le nimbe opalescent, tel un rond lumineux, sur la tête et les épaules du mourant…

Sa main qui tremble, un reflet de l'éclairage de la salle de bain, un grain sur l'objectif ou quelque chose dans l'appareil même, ses pleurs… Ce n'était rien. Inutile de s'y appesantir.

Les jours et les semaines de deuil qui s'ensuivirent, Josh oublia l'incident. Quand il s'attela finalement au développement des tirages, l'étrange nimbe n'y apparut pas, et il n'y repensa plus.

Jusqu'à ce que, vingt ans plus tard, il soit amené à collaborer avec la fondation Phœnix, captant à nouveau l'arc de nacre luminescent qui formait presque comme des ailes derrière la tête de ses sujets et autour de leurs épaules…

À l'occasion d'un déjeuner, il s'en ouvrit à Béryl et à Malachai.

— Ça aussi ? avait commenté Malachai, l'air mélancolique.

— Comment ça ? s'étonna Josh.

— Peu de gens ont le don de le voir. Je n'en fais pas partie.

Béryl ne tolérait pas les aspirations plaintives de son neveu quand cela transparaissait dans sa conversation. Elle secouait la tête comme pour manifester son déplaisir vis-à-vis d'un petit garçon, et traitait le sujet sans émotion aucune.

— Nous pensons que c'est un marqueur, une sorte de signet identifiant certaines personnes comme des âmes anciennes.

— En avez-vous déjà vues ? s'enquit Josh.

— Oui.

— À travers l'objectif d'un appareil photo ?

— Non. Vous ne les décelez que par ce moyen ?

Josh l'avait confirmé, lui demandant pourquoi. Elle n'avait pu trouver aucune raison à cela. Il voulut alors savoir pourquoi elle n'avait jamais mentionné ce phénomène dans ses articles.

— Le poinçon des recherches scientifiques, c'est bien leur caractère reproductible. Je pourrais sortir une parabole de foreuse de mon sac à malice, la remplir d'eau et y élever un « poisson clown » en présentant cela comme le fruit de mes recherches. Mais ce serait la fin de ma carrière scientifique, à moins que le prochain confrère à s'y risquer en suivant mes méthodes parvienne par miracle à reproduire mes résultats…

— Je trouverai alors un moyen de le prouver afin que quiconque suive mes méthodes et photographie mes sujets constate le même phénomène.

— Je doute que ce soit possible, répondit Béryl.

— J'ai besoin de tenter l'aventure. Il me faut un élément de preuve irréfutable. Au moins, c'est en rapport avec mon métier : les appareils photo, la lumière, le temps d'exposition.

Bien après ce déjeuner, Josh se demandait encore si le nimbe qu'il avait remarqué pour la première fois des années plus tôt avait été l'âme intègre de son père s'affranchissant d'une enveloppe charnelle lasse et souffreteuse pour entamer le voyage vers un nouveau corps sain et vigoureux afin de tout recommencer…

Ben Ryder n'avait pas eu la fibre religieuse – pas plus que Sarah, la mère de Josh. Sous l'influence parentale, le jeune homme n'était pas davantage croyant. Suivant ses instructions, Ben avait été incinéré, ses cendres éparpillées aux quatre vents… Comme autant de déchets. C'était là sa dernière volonté, que Josh avait honorée. Il savait bien que les cendres n'avaient plus aucun rapport avec son père. Ben ne s'y trouvait pas. Il survivait dans les souvenirs de son fils…

… Dans ses photographies.

« *Tu fais juste du mieux que tu peux, en vivant ta vie au maximum* », avait-il dit à Josh au cours de sa dernière année.

« *Le Ciel n'est qu'un concept réconfortant pour que les gens accep-tent plus volontiers la mort.* »

Josh avait donc vu l'énergie vitale de son père décliner en immortalisant chaque jour ce qui subsistait de lui. Mais ce fut seulement en entrant au service de la fondation qu'il se demanda où l'esprit de son père avait pu aller... Jusqu'alors, il ne s'était jamais soucié de savoir s'il existait effectivement une entité évanescente capable de rebondir ainsi. Si, dans les limbes, elle guettait le moment propice pour se réincarner en un nouvel individu...

Et encore moins s'il serait celui qui saisirait un tel phéno-mène sur papier photo en tentant d'apporter la preuve de sa véracité.

Or, depuis ce déjeuner avec Béryl, c'était bien le cas.

— Je retourne à l'hôpital, annonça Gabriella en raccro-chant. L'état du professeur a empiré. Il pourrait...

Elle déglutit, s'efforçant de reprendre contenance.

— Vous avez dit que l'opération s'était bien passée ?

— En effet. Mais une infection s'est mise de la partie. Vous l'avez sauvé pour les chirurgiens, et eux à leur tour l'ont sauvé... pour que la fièvre vienne maintenant l'achever !

— Laissez-moi vous accompagner.

Elle ne protesta pas. Ils partirent ensemble pour l'hôpital.

# 21

Depuis qu'ils étaient repartis de l'église, la berline grise avait pris en filature le véhicule de Gabriella à travers le tortueux maillage des rues de Rome. Josh l'avait remarquée dès le premier tournant.

Penché à la vitre, il s'était vivement retourné en braquant son appareil sur la voiture suspecte pour la prendre en photo. Elle n'avait pas ralenti, ni changé de voie.

Les reporters photo savent que leur équipement peut effrayer quantité de gens, qui s'en détourneront d'instinct. Ou bien ça peut aussi leur coûter la vie. Une fois, Josh avait déjà eu recours à cette astuce, en Haïti.

En traversant une zone qu'il n'était pas censé franchir, il avait pris des clichés témoignant de la misère abjecte où la population était réduite. Et il avait été pris en chasse. Dès qu'il avait focalisé l'objectif sur le conducteur qui lui filait le train, l'homme avait réagi en ouvrant le feu.

Ce type-là se moquait apparemment qu'on l'ait remarqué. Josh en déduisit qu'il devait s'agir d'un représentant des forces de l'ordre, et non d'un homme de main engagé pour le traquer. Il décida de n'en rien dire à Gabriella. Elle était déjà suffisamment stressée comme cela.

Josh resta à la cafétéria tandis que Gabriella montait à

l'étage, dans la chambre du professeur. Pour autant qu'il voulût voir Rudolfo, il ne tenait pas à bouleverser son épouse et ses enfants. N'était-il pas indemne alors que leur père et mari était entre la vie et la mort ? Ne faisait-il pas toujours figure de suspect, aussi improbable que cela puisse paraître ?

Dénichant une cabine téléphonique, il appela Malachai. Son portable et sa ligne d'hôtel ne répondaient pas. Laissant sur répondeur des messages pour expliquer où il était et ce qui avait pu se passer, il retourna à la cafétéria et prit un café – bien meilleur que ceux que l'on servait dans n'importe quel hôpital américain –, et attendit.

Après quelques minutes, un homme et un petit garçon vinrent s'asseoir près de lui. Un instant, Josh se demanda s'il devait se méfier. L'inconnu pouvait-il faire partie d'un réseau chargé de sa surveillance ? Que ce soit sur les instances de la police ou celles des criminels impliqués dans le vol à main armée ?

L'homme ouvrit une briquette de lait et un paquet de cookies qu'il posa devant l'enfant – lequel secoua la tête en les repoussant, réfractaire aux friandises. L'adulte soupira. Puis, remarquant le regard de Josh, sourit en lui adressant quelques mots inintelligibles en italien – exception faite du terme *bambino*. Devinant que l'épouse était en plein travail, et le gamin effrayé par ce qui se passait, Josh sortit de sa poche une simple boîte d'allumettes en carton, qu'il vida sur la table. Il était moins doué que Malachai à ce petit jeu-là mais, fort d'une pratique assidue, il avait la certitude de pouvoir amuser le petit garçon en les distrayant tous deux du drame qui se jouait dans leur vie, à l'étage. Et ce, pour quelques minutes au moins.

Lors de sa première entrevue à la fondation Phœnix, Josh s'était découvert incapable de répondre à nombre des questions dont Malachai l'avait bombardé. Nul docteur ou thérapeute ne l'avait sondé à ce point et, en dépit du besoin désespéré de Josh de découvrir ce qui lui arrivait, dénuder ainsi son âme le rendait mal à l'aise.

C'est alors que Malachai avait sorti une boîte d'allumettes, demandant une pièce à Josh. Qui s'était plié à l'étrange requête. Il avait extrait de sa poche un quart de dollar qu'il lui avait tendu.

Le prenant de ses doigts effilés, Malachai avait passé la main sous la table pour l'en frapper. Avec un petit bruit mat. Qu'il avait renouvelé. Puis il avait montré sa paume à Josh : vide. Et ouvert la boîte d'allumettes. La pièce de vingt-cinq cents y était nichée…

— Je n'y ai vu que du feu !

— C'est toute la question, dans les tours de prestidigitation. Vous vous doutez qu'il y a un truc, mais vous regardez rarement au bon endroit pour y voir clair…

— Je n'aurais jamais cru que le directeur de la fondation Phœnix en personne me divertirait par des tours de magie…, avait commenté Josh.

— Ce qui, selon mon père du moins, constituait une obsession futile dans mon enfance, est maintenant devenu très commode vis-à-vis des enfants qui passent par notre institut. En quelques minutes, la magie les détend, les aide à s'ouvrir. Après tout, décrire ses cauchemars à des étrangers n'a rien de si évident. Même quand on parle d'enfants pour qui des expériences de vies antérieures ne sont pas tellement extraordinaires en soi.

Malachai avait alors prié Josh de lui relater plus en détail les épisodes qui le hantaient.

— Chaque fois que vous vivez un de ces « retours en arrière », y a-t-il des points communs ?

— Devrait-il y en avoir ?

— Ces expériences ne suivent aucune règle, non. Mais parfois, des dénominateurs communs apparaissent. Et ça vaut la peine de le remarquer.

Josh secoua la tête.

— Je ne discerne rien de tel.

— Y a-t-il un quelconque ordre chronologique, une suite ?

— Il s'agit de vies que je n'ai jamais vécues... des fantasmes... des rêves... J'ignore s'il y a une « suite » à tout cela.

— Et les réactions émotives que cela vous inspire ? Comment vous sentez-vous après une régression ?

La question avait réduit Josh au silence. Le chagrin écrasant qu'il ressentait pour une parfaite inconnue dont il ignorait jusqu'au nom mais qu'il était convaincu d'avoir mortellement déçue... Comment l'expliquer ? Et à un étranger de surcroît ?

— Je suis photographe. Je documente la réalité. Je prends en photo ce que j'ai sous les yeux. Ce que je ne peux pas capter sur pellicule me pose problème.

— Et je le comprends parfaitement, assura Malachai. Je vois bien combien cela vous est pénible, je limiterai donc mes questions. Ça vous va ?

— Naturellement. J'apprécie ce que vous faites... C'est juste que je...

Être accepté était un soulagement, avoir quelqu'un qui l'écoute sans secouer la tête ni prendre sa température.

— La frustration... Car je le sais, Josh, c'est frustrant. Pourriez-vous me donner une idée de la durée de ces épisodes ?

— Vingt, trente secondes... L'un d'eux s'est prolongé quelques minutes.

— Et vous est-il possible de les provoquer ?

— Pourquoi voudrais-je une chose pareille ? s'était-il écrié, horrifié, faisant sourire Malachai.

— Dans ce cas, pouvez-vous les empêcher ?

— Parfois. Dieu merci.

— Et pouvez-vous les enrayer une fois qu'ils démarrent ?

— Pas toujours. Cela exige un effort colossal.

— Mais vous tentez le coup néanmoins ?

Josh hocha la tête.

— Au cours d'un épisode, êtes-vous dans l'inconfort, physique ou mental ? Pourriez-vous me décrire ce que ça fait ?

Josh n'avait pas non plus répondu à cette question. Comment l'expliquer en recourant aux mots ?

Malachai avait pris un ton compatissant.

— Vous me regardez comme si j'étais un chirurgien fou furieux, scalpel à la main… Navré si vous avez le sentiment que je me montre trop inquisiteur. Ce sont des questions de routine pour nous.

— C'est comme si… j'étais hors de mon propre corps.

D'un coup d'œil par la fenêtre, Josh avait regardé les arbres du parc ployer sous les assauts d'un vent violent.

— Comme si j'étais déconnecté de la réalité, à la dérive dans une autre dimension.

Chaque mot lui semblait amer. Voire toxique.

L'enfant avait ramassé les allumettes pour les rendre à Josh.

— *Prego ?*

Nul besoin de deviner ce que le petit voulait.

Davantage de diversion. Davantage de magie.

Josh ne le lui reprochait pas.

# 22

Assise à son chevet, Gabriella regardait celui qui avait été son mentor lutter à chaque souffle. Sa brusque fragilité n'avait aucun sens. Il y avait deux jours encore, ils étaient sur le site, le visage barbouillé de terre et de sueur, dévolus à leurs tâches. Abstraction faite du temps qu'elle passait avec Quinn, sa fille qui allait sur ses trois ans et qui lui manquait terriblement lorsqu'elle repartait, rien ne la stimulait comme de déterrer les morts et d'exhumer leurs secrets. Ces dernières années, la vie de Gabriella Chase avait amorcé des changements notoires. Ses allées et venues entre Rome et les champs qui s'étendaient aux abords des portes de la ville lui avaient permis de préserver sa raison.

Rien ne pouvait se comparer aux moments privilégiés des trouvailles. Et ces dernières fouilles en avaient tellement réservées… Cela avait peut-être été l'apogée de sa carrière quand, trois semaines plus tôt seulement, le professeur, retenant son souffle, l'avait regardée chasser la première couche épaisse de poussière de l'objet carré retenu entre les mains de la momie, dévoilant un coffret en bois. Un autre coup de dépoussiérage avait mis à nu des sculptures complexes…

— Voyez-vous ça…, dit Rudolfo, *sotto voce*. Je pense…

Yeux baissés, il inspecta soigneusement le bas-relief.

— Oui, c'est un phénix…

L'oiseau mythique qui, dans d'innombrables cultures antiques, symbolisait la renaissance.

Elle croisa le regard du professeur. Tous deux connaissaient le mythe égyptien remontant au règne de Ramsès III au sujet d'un coffret en bois fort analogue à celui-là et de pierres précieuses que, disait-on, le phénix sculpté sur le couvercle protégeait.

Ni Gabriella ni Rudolfo n'osaient dire tout haut ce que tous deux pensaient tout bas. Était-ce un coffret égyptien ? Ici, à Rome, dans cette sépulture du IV$^e$ siècle ?

Patiemment, Gabriella avait continué à dépoussiérer les interstices très encaissés du coffret et à le nettoyer – alors qu'elle était tout sauf patiente. De façon typique, l'archéologie elle-même détruit autant qu'elle révèle au monde. Mais là, pour la première fois dans la carrière de Gabriella, ce n'avait pas été le cas. Dans ces fouilles, en fait, rien n'avait été emblématique d'une quelconque expérience passée. À ses yeux, le chantier s'était déjà révélé d'une importance notoire. En fonction de ce qui se trouvait dans le coffret, il pourrait même venir couronner sa carrière.

En temps normal, dégager entièrement un site de fouilles peut prendre une décennie. Mais cette sépulture-là ne s'était pas effondrée sur elle-même. On n'y avait jamais édifié de bâtisses par-dessus. C'était même un des mystères qui avaient épaté le professeur Rudolfo tout autant que Gabriella elle-même… Le caractère inviolé de toute la zone après tant de temps, et le fait qu'en dépit de l'avalanche des siècles, il puisse rester de par le monde – et ce jusque dans des aires urbaines – des zones où le passé subsistait à fleur de terre…

Tout, lors de fouilles, revêtait un aspect mystérieux. Mais, d'un commun accord, ce chantier-là leur paraissait encore plus énigmatique – à commencer par la façon dont ils en avaient appris l'existence.

Ce dimanche matin-là, quatre ans plus tôt, il neigeait. Une épaisse couche blanche recouvrait le vieux campus de

Yale. En traversant la cour, Gabriella s'était félicitée d'être sortie tôt. C'était une de ces matinées hivernales parfaites, douces et étincelantes. Au point qu'elle en savourait presque l'instant.

Depuis l'enfance, elle se rendait aux offices religieux de la chapelle de Battle, où le chef des chœurs de la société Beethoven n'était autre que sa mère. À sa mort, la chapelle avait été le seul endroit où Gabriella pouvait encore sentir sa présence, où elle lui manquait moins cruellement qu'ailleurs. Peut-être parce qu'elle ne s'était jamais assise là aux côtés de sa mère ou encore parce qu'en ce lieu, la grâce de Dieu lui apportait la paix…

Ce jour-là, avait-elle lu par la suite dans le *Yale News*, les effets acoustiques inusités étaient dus au fort enneigement qui avait tout à la fois assourdi le brouhaha du monde extérieur et insonorisé l'édifice. Les voix des chanteurs étaient d'une pureté cristalline. Et Gabriella avait eu l'impression que les sonorités les plus graves de l'orgue vibraient jusque dans son corps.

L'orage avait tenu les gens éloignés, et la chapelle était bien peu fréquentée ce matin-là. Gabriella avait pourtant à peine remarqué le prêtre assis devant elle. Il y avait souvent du clergé en visite à Battle ; certains hommes de Dieu venaient officier, d'autres, comme lui, désirant juste prier. Rien n'était sorti de l'ordinaire jusqu'à ce que, vers la fin de l'office, le prêtre l'aborde en l'appelant par son nom alors qu'elle remettait son manteau. Surprise qu'il connaisse son identité, elle l'avait moins été lorsqu'il lui avait expliqué qu'il avait roulé jusqu'à Yale pour la voir elle spécifiquement. Dès son entrée, le chapelain la lui avait désignée.

Il se présenta, père Dougherty, puis sollicita quelques minutes de son temps. Requête accordée. Tandis que la chapelle se vidait, ils étaient restés seuls.

Gabriella se remémorait encore ces instants de quiétude.

Car la neige altérait aussi la qualité du silence.

En raison de la tempête, tout l'office s'était déroulé dans la pénombre. Le soleil perçant de nouveau avait illuminé les dizaines de vitraux aux riches coloris pour zébrer les bancs de leurs ombres teintes de mille joyaux.

La chapelle de Battle était un bien bel édifice. Au décor taillé dans du chêne massif, aux murs décorés au pochoir de motifs complexes… Un intérieur visuellement si riche qu'avec le recul du temps, Gabriella réalisait qu'elle ne s'était pas entièrement concentrée sur son interlocuteur.

Un homme d'un physique tellement banal au demeurant – presque trop, si cela avait le moindre sens… On ne lui donnait pas d'âge, tout juste pouvait-on supposer qu'il avait entre cinquante et soixante-dix ans. Il portait des lunettes à monture métallique, et aux verres probablement épais ou teintés, car elle ne se rappelait pas la couleur de ses yeux. À moins qu'ils ne soient juste marron… En outre, il avait un léger accent bostonien.

Le père Dougherty était porteur d'un document rédigé à la fin du XIX$^e$ siècle, et qu'il venait lui remettre.

— C'est maculé de sang, mais vous pourrez le nettoyer, avait-il précisé en lui tendant une enveloppe en papier kraft.

Celle-ci contenait des feuilles en riche papier vélin couvertes de pattes de mouche difficiles à déchiffrer. Après quelques secondes passées à s'arracher les yeux dessus dans la pénombre ambiante, Gabriella avait réalisé qu'elle tenait un extrait d'un journal intime.

— Le journal d'où proviennent ces pages est à l'abri, expliqua le prêtre. Il se trouvait en possession d'un paroissien qui l'a remis à son confesseur dans les années 1880. En raison du secret de la confession, je ne puis rien vous dire de plus. J'ai conscience de me montrer mystérieux, et vous m'en voyez navré. Mais vous n'avez véritablement pas à connaître toute l'histoire ni à lire le journal en entier, tout ce qu'il va vous falloir est dans ces pages.

— Tout ce qu'il va me falloir ?

Un instant durant, le prêtre contempla l'abside avec un air d'intense méditation.

— Si ce qui est écrit là est la vérité, vous serez célèbre.

— Et vous ? Qu'en retirerez-vous ?

— Je ne suis que le messager. Tout cela s'est produit il y a bien longtemps, mais Monseigneur l'évêque est d'avis que continuer à dissimuler cette partie du document, à en préserver le secret, serait un mal.

De façon inattendue, il s'était levé en remettant son manteau noir.

— Lisez, professeur Chase. Et faites ce qu'il faut.

— Ce qu'il faut ?

— Éclairer les ténèbres.

Sur ces mots laconiques, il s'était rapidement éclipsé. Quand Gabriella s'était habillée à son tour pour retourner dehors, il avait disparu. Rien que de la neige à perte de vue, et une femme en parka rouge traversant péniblement le campus...

Les feuilles décrivaient l'emplacement de cinq sites archéologiques potentiels, tous d'une importance historique et spirituelle certaine selon les annotations. Il avait fallu quelques jours à Gabriella pour déterminer que tous se situaient à Rome. Ayant fait ce rapprochement, elle avait ensuite contacté son mentor et associé, sur un chantier récemment ouvert de Salerno, le professeur Aldo Rudolfo, qui s'était montré tout aussi intrigué qu'elle. Naturellement, il connaissait les aires auxquelles il était fait référence. Il informa Gabriella que deux ans auparavant, on avait mis au jour un site proche de l'un de ces emplacements, sans rien dénicher.

Quelques semaines plus tard, il lui avait appris par courriel que tous les sites en question se trouvaient sur des terrains appartenant aux descendants d'un archéologue décédé à la fin des années 1800, et qu'il était en négociations avec eux, dans l'espoir qu'ils autoriseraient leur accès à une équipe de fouilles.

Cela avait pris un an. Le professeur avait défini les clauses d'un contrat avec la famille concernée, et les archéologues avaient enfin pu entrer en scène.

Rien ne remplacerait jamais les bonnes vieilles pelles et truelles une fois qu'on accédait au cœur du chantier. Mais les engins topographiques perfectionnés équipés au laser et aux infrarouges, auxquels le professeur et elle recouraient, leur avaient permis de sérier les emplacements précis à creuser avec plus d'exactitude que jamais auparavant. Les deux premiers sites n'avaient rien produit de significatif – quelques parois, d'antiques tessons de poterie et de verre... Des détritus caractéristiques dans un vieux champ s'étendant aux portes de la ville.

Mais celui-ci, le troisième, était différent.

Le professeur ouvrit le coffret, en sortit une bourse en cuir desséché qu'il défit. Et poussa un cri.

— Regardez, Gabriella, ce que notre Bella tient ! Il se pourrait bien que vous ayez découvert votre trésor !

À présent, avec le professeur à l'hôpital, blessé par balle, victime d'une grave hémorragie et d'une infection critique de surcroît, il semblait que quelqu'un ait jugé ce trésor digne qu'on verse le sang pour lui...

# 23

Le feu passa au vert, un conducteur klaxonna et le prêtre traversa la rue devant une rangée de camelots, jetant des coups d'œil à leurs étals. Des étrangers observant éventuellement l'homme d'église d'âge mûr (et en surpoids) n'auraient pu dire s'il avait ou non croisé le regard de l'un ou l'autre des vendeurs. Vingt pas plus loin, l'homme gravit en ahanant les quelques marches de la Via Vittorio Veneto près de la Piazza Barberini, et entra dans la petite église d'aspect miteux de Santa Maria della Concezione dei Cappucini.

De l'autre côté de la rue, les gens attablés à la terrasse des cafés ne prêtèrent aucune attention à celui qui s'éclipsait derrière des portes en bois. En tant que lieu de pèlerinage, l'église était loin d'être aussi populaire que le Vatican ou le Panthéon. Comparée aux grandes et glorieuses maisons du culte à Rome, une visite dans la crypte de della Concezione s'apparentait à une macabre aventure – de sorte qu'elle drainait malgré tout son lot de touristes. Qu'un prêtre de plus ou de moins y pénètre n'avait rien d'extraordinaire.

La transition de l'éclat lumineux de l'après-midi à la pénombre exigeait une période d'adaptation. À l'exception de la croix dorée qui luisait au-dessus de la nef, l'église, d'aspect si terne, sentait le moisi. Le nouveau venu consulta sa montre. S'avança jusqu'au bénitier, trempa les doigts dans l'eau bénite, fit le signe de croix, remonta l'allée centrale, se glissa sur un banc, s'agenouilla et pria un instant... Ça en avait du moins toutes les apparences.

En fait, il gardait un œil sur sa montre. Pour l'avoir lu dans le guide touristique, il savait que la visite guidée allait commencer. Son cœur bondit dans sa poitrine.

Après six minutes, il releva la tête, contempla l'autel, se redressa et alla au fond de l'église, où les curieux se regroupaient.

Il régnait une atmosphère différente dans la crypte, mais ces remugles passés de terreau humide n'étaient pas déplaisants. L'odeur de l'antique..., songea-t-il. Un moine à la grise mine escorta les six premiers dans un étroit conduit ; des portes en fer ouvraient sur les cinq chapelles de l'ossuaire renfermant les restes de quatre mille moines capucins.

Des restes qui n'étaient pas inhumés.

Chaque paroi, chaque voûte se couvrait de décorations de style baroque et rococo entièrement réalisées à partir des os desséchés et blanchis des moines. Autels, chandeliers, horloges... Tout constituait une relique humaine... une œuvre d'art à part entière.

Il prêta une oreille distraite à la péroraison monocorde du moine qui jouait les guides, expliquant que *la macabra composiziones* de cette série de tableaux taillée dans les ossements des chers moines disparus remontait aux XVII$^e$ et XVIII$^e$ siècles, et que pareil spectacle n'avait pas été conçu pour inspirer la peur mais au contraire pour encourager la prière et la méditation.

Ce n'était pas là sa première visite dans la crypte. Pourtant, il s'étonnait toujours que des milliers de crânes, de côtes, de dents, de fémurs, de tibias, d'humérus, de radius et de cubitus, de pelvis et de vertèbres aient ainsi perdu toute ressemblance avec des restes humains pour devenir le moyen d'expression d'artistes créant ces tableaux.

Quand la visite prit fin, il suivit docilement les autres touristes hors de la crypte et de l'église pour retourner dans la rue, regardant la petite foule se disperser. Personne ne s'attarda sur le parvis ; tout le monde s'en fut. Bien certain qu'ils s'étaient tous éloignés, il tourna de nouveau à l'angle, repassant devant le même groupe de vendeurs à la criée. Cette fois, il ralentit le pas en leur prêtant davantage attention.

Le premier surveillait son étal de souvenirs italiens bon marché ; des tours penchées de Pise, des Saint-Pierre en bronze, des magnettes à l'image de la glorieuse voûte de la chapelle Sixtine... L'étal suivant était dévolu aux sacs à main et aux porte-documents. On se serait cru en magasin... Des marchandises en cuir étaient disposées de façon alléchante ; le vendeur savait y faire pour attirer le chaland. Le troisième camelot proposait des copies bon marché de pièces de joaillerie fort coûteuses, destinées aux bals masqués et compagnie. Prévalaient, très courants, les lourds colliers d'or de fac-similés de pièces de monnaie romaines. Il y avait également des colliers torsadés d'or et d'argent sertis de perles, et de longues boucles d'oreille enchâssées de faux diamants. Une qualité surprenante pour des ventes à la criée...

Il caressa un collier en argent. Six pendentifs en verroterie d'aspect précieux pendaient à d'épais maillons. Des rubis, des émeraudes et des saphirs.

— Gucci ! lança le marchand.

Le prêtre hocha la tête. Un sourire flotta sur ses lèvres.

— Gucci ? Vraiment ?

— Une bonne copie...

Le vendeur avait naturellement un fort accent italien.

— Pas cher.

— En avez-vous trois autres ? Identiques ?

Hochant la tête, l'homme sortit de sous son étal un, deux, puis trois articles nichés dans des écrins estampillés de la marque « *Gucci* » dans un œil de caractère similaire à celui qu'utilisaient les meilleurs détaillants. Presque similaire… pas tout à fait. Assez toutefois pour que la plupart des gens s'y trompent – à moins d'avoir d'authentiques articles avec lesquels pouvoir comparer.

Le prix fut dûment négocié et la somme, acquittée. Le vendeur glissa les billets dans son tablier, regardant le prêtre ranger les colliers dans son porte-documents avant de s'éloigner.

Celui-ci tourna à l'angle suivant, et entra dans le premier café venu où il commanda un cappuccino en l'honneur des défunts frères[1].

Porte-documents bien en évidence sur le bar, il posa les coudes dessus.

Il était à peu près certain de ne pas avoir été suivi à l'église. Il s'en était assuré. Et à coup sûr, nul ne l'avait filoché jusque dans la crypte. Apparemment, personne ne s'était attardé non plus pour le regarder acheter des babioles touristiques.

Il avala rapidement sa tasse de café au cacao et à la crème, chaud et corsé, puis fit un tour aux toilettes des hommes où il empocha les bijoux en remettant les faux écrins Gucci (vides) dans son porte-documents.

De retour dans la rue, il flâna, s'arrêtant souvent pour faire du lèche-vitrines – et s'assurer en douce, grâce aux reflets des vitrines, qu'on ne l'avait toujours pas pris en filature.

Si on tentait de lui arracher son porte-documents, il se défendrait. Juste ce qu'il fallait, avant de laisser filer les voleurs… Ce qu'il ne leur abandonnerait jamais en revanche, c'était le contenu de sa poche.

---

1. L'appellation proviendrait de sa couleur, qui est celle de la bure des frères capucins.

# 24

Ils avaient arpenté la zone à des dizaines de reprises déjà. Mais cette fois, l'inspecteur Tatti avait demandé à ses hommes de se déployer pour couvrir un éventail d'environ trois kilomètres. Le garde de faction la veille sur le chantier, au moment de l'agression dont le professeur Rudolfo avait été victime, était toujours porté disparu. Son épouse avait déclaré qu'il était parti travailler comme d'habitude à 3 heures du matin. Son tour de garde allait de 4 à 9 heures du matin. Elle lui avait préparé son casse-croûte préféré – un grand sandwich à la mortadelle et un gros thermos de café – avant de retourner se coucher.

Il n'était jamais rentré.

Le soleil de l'après-midi jouait à cache-cache avec les nuages, compliquant nettement les recherches. Il faisait beau pendant dix minutes, puis tout le paysage s'assombrissait, métamorphosant une roche innocente en tête d'homme, des racines d'arbre en mains tendues…

Dans le bosquet, déterminer ce qu'on avait au juste sous les yeux était plus ardu encore. Les vieux arbres étaient si grands et feuillus qu'ils bloquaient presque toute luminosité. Si bien qu'en plein après-midi, on se serait cru à la nuit tombée.

L'inspecteur en charge de l'enquête, Marcello Angelini,

avait ordonné à ses officiers d'allumer leurs lampes torches s'ils n'y voyaient plus assez. Ils progressaient en formation serrée, balayant le terrain à ratisser de leurs pinceaux lumineux, s'immobilisant toutes les trois ou quatre minutes pour vérifier une forme suspecte.

Mais jusqu'à présent, ils en étaient pour leurs frais. L'endroit était envahi par les broussailles et les plantes grimpantes. Des noix, des graines, des noyaux et l'humus pourrissant de l'an passé recouvraient le sol. Et pourtant, aux yeux d'Angelini, les lieux n'étaient pas dépourvus de beauté. Il avait l'impression d'être dans une église, entre deux offices, quand on pouvait s'asseoir dans la solitude et le recueillement, réfléchir à son aise.

Il marchait au bout de la ligne frontale, dernier policier de la rangée – histoire de prouver à ses hommes que lui aussi pouvait retourner sur le terrain exécuter les tâches pénibles. Quand sa lampe torche accrocha un reflet étincelant, dans les broussailles, il rompit la formation pour se rapprocher… et ne vit tout d'abord que des feuilles brillantes. Et si sa torche éclairait l'objet insolite d'une certaine distance seulement ? Il recula. S'étant assez écarté, il *le* repéra… Il se rapprocha encore, sans que sa torche dévie. Oui, c'était bien là… D'un argenté chatoyant.

Penché, il glissa les doigts sous les feuilles et entra en contact avec quelque chose de froid et de métallique – puis avec autre chose, de glacial.

Qu'il lâcha… En reculant aussitôt. Alors, l'anormalité de la couverture végétale lui sauta aux yeux. Quelqu'un avait scié par le milieu le gros buisson pour y dissimuler un cadavre… Car c'était bien ce que la torche d'Angelini venait d'arracher aux ténèbres. En se penchant de nouveau sur le corps aux chairs tuméfiées et boursouflées, il frémit. On avait égorgé le malheureux, son sang noir séché couvrant son torse nu.

*Voilà donc une authentique enquête pour homicide,* songea l'inspecteur.

Il connaissait suffisamment son boss, Alexander Tatti, pour se douter de ce que ça augurait ; d'ici ces prochains jours, l'un et l'autre n'auraient plus guère une minute à eux pour souffler. Sur le coup, Angelini regretta presque d'être tombé sur le satané bracelet de montre en argent.

*Pauvre diable !*

Il fit le signe de croix.

Qu'avait donc protégé cet homme ? Qu'y avait-il donc eu de si précieux cette fois pour qu'on tue ? Dès qu'il rentrerait, il poserait la question à Marianna. Elle lisait les journaux. Elle saurait ce que les fouilles du site en question avaient révélé au monde – et si cela avait valu la peine qu'on en meure.

# 25

Quand Gabriella quitta la chambre du professeur pour redescendre dans le hall, elle avait visiblement pleuré.

— Il est si mal…, dit-elle en s'asseyant près de Josh.

Il lui commanda un espresso, qu'il la regarda boire en silence. Sans chercher à la faire parler. Mais il avait bien du mal à détacher les yeux d'elle.

Elle n'avait pas un visage extraordinaire, et pourtant il ne pensait pas se lasser jamais de la contempler. Elle avait de grands yeux expressifs, des lèvres charnues et il se dégageait d'elle tant de gentillesse que ça en atténuait des traits par ailleurs accusés.

Espresso terminé, elle remercia Josh en ajoutant qu'il pouvait repartir s'il le souhaitait, Quant à elle, elle resterait un peu plus.

— Est-il conscient ?

Elle hocha la tête.

— Mais il a de fortes fièvres, et les antibiotiques ne donnent rien. Le docteur ne pense pas qu'il passera la nuit. J'aurais peut-être dû lui mentir en lui disant que la police avait retrouvé son agresseur. Que nous avions récupéré les pierres. Ça pourrait faire la différence. C'est une découverte tellement sensationnelle…

Sa voix mourut.

— Gabriella, je sais que vous n'en parleriez pas à Béryl au téléphone, et que vous pensez avoir trouvé les Pierres de Mémoire. Mais y avez-vous eu recours ? Connaissez-vous leur mode de fonctionnement ?

— Je les ai vues, oui. Et c'est tout… Rien de plus. Nous pensions avoir le temps.

Le reste de la journée jusqu'au soir, Josh tint compagnie à Gabriella, à l'hôpital. Toutes les heures, elle retournait à l'étage s'enquérir de l'état du professeur, pendant que lui rappelait Malachai, s'inquiétant de savoir où il était et pourquoi il ne répondait toujours pas.

À dix-huit heures trente, Charlie Billings réussit à localiser Josh dans la cafétéria. Le policier chargé de veiller sur Gabriella Chase voulut l'évincer, mais Josh intervint en affirmant que c'était OK. En fait, il était ravi de revoir un visage ami, quelqu'un qu'il connaissait d'une autre époque et d'un autre lieu.

— Alors, tu vas me donner quelque chose ? lança Charlie.

— Pas encore.

— Ce n'est pas la réponse que j'espérais entendre.

— Non, j'imagine que non.

— Tu peux identifier le type ?

— Je ne crois pas que je devrais répondre.

— Josh, c'est moi !

— Et tu pars à la pêche aux infos…

— C'est mon boulot.

— C'est ma peau que je joue.

Josh s'attendait à une nouvelle salve de questions quand, surpris, il vit Charlie reposer son carnet de notes et son stylo.

— Oublie ce qu'il s'est passé aujourd'hui. La dernière fois que j'étais à Londres, je suis tombée sur Emma, au bureau, et j'ai parlé de tous nous réunir… Elle a paru gênée, puis m'a avoué que vous vous étiez séparés… Puis que tu avais pris un congé exceptionnel… Putain, Josh, que se passe-t-il à la fin ?

Il n'avait pas anticipé le fait qu'il serait plus difficile de répondre à des questions d'ordre privé plutôt qu'à celles relatives au coup de feu dans la tombe. Comme c'était le cas…

— J'avais besoin de revenir à New York. De régler quelques affaires.

Charlie haussa les sourcils.

Josh ignora la question tacite.

Le reporter ne s'en contenta pas.

— Que s'est-il produit ? Pourquoi New York ? Et qu'est-ce que tu fous là ?

—Si je te réponds, tu vas penser que je suis fou, et tu auras une centaine de questions supplémentaires…

— Les questions, ce sont pour moi les ficelles du métier.

— Mes réponses n'auraient aucun sens.

— Je suis tout ouïe !

Josh éclata de rire.

Charlie sut qu'il venait de se heurter à un autre cul-de-sac.

— OK, oublions ça. Il te faut quelque chose, l'ami ?

— Une trêve dans ces assauts de questions serait déjà une bonne idée.

Cette fois, tous deux gloussèrent. Charlie s'attarda un peu – se montrant plus amical, ce que Josh apprécia –, puis il repartit classer dans ses notes préliminaires ce qu'il avait glané sur l'état du professeur et flairer ce qu'il pourrait dégoter sur les investigations de la police lancée aux trousses du malfaiteur.

À dix-huit heures cinquante, Malachai répondit enfin sur son portable, expliquant qu'il avait passé la journée à l'ambassade à tout tenter pour faire jouer le système et obtenir la relaxe de Josh, à moins que Gabriella n'ait déjà réussi – ce qu'il qualifia de « miracle » en en ayant confirmation. Depuis lors, il s'était efforcé de lui procurer son autorisation de sortie du territoire.

— Mais je n'ai guère eu de chance. Les autorités italiennes

refusent que vous quittiez le pays. Vous êtes témoin oculaire d'un vol à main armée.

— Tant que je ne suis pas suspect…

— Eh bien, c'est un autre problème. D'après ce qu'ils laissent entendre, vous l'êtes.

— Mais je leur ai donné une description en leur disant tout ce qu'ils voulaient savoir !

— Tout ?

— Bon sang, Malachai !

— Je doute qu'ils voient véritablement en vous un suspect. Mais le fait est qu'ils tiennent à vous garder sous le coude au cas où ils retrouveraient ce type. Vous êtes leur seul témoin.

L'idée d'être retenu à Rome le perturbait. Les sursauts mémoriels entêtants qu'il expérimentait s'avéraient trop réels, trop troublants et trop déroutants. Josh ne savait plus très bien s'il vivait dans le présent ou le passé.

— Le professeur est un témoin.

— Comment va-t-il ?

— Assez mal.

Malachai soupira.

— Pourquoi n'inciteriez-vous pas Gabriella à quitter l'hôpital quelque temps, revenir à l'hôtel et dîner avec nous ? Elle ne peut pas rester assise là toute la journée !

— J'essaierai. Mais je doute qu'elle accepte de s'éloigner. Et elle n'est pas en état de traverser pareille épreuve toute seule. Je vais rester près d'elle. C'était plus compliqué que ça. Josh avait le sentiment que c'était son devoir, que demeurer près d'elle et veiller à ses côtés faisait partie de sa pénitence – et pourtant, il savait que ça ne suffirait toujours pas. Quand bien même il n'eût pu expliquer pourquoi.

Lorsque Gabriella redescendit dans le hall un peu avant vingt-deux heures, elle annonça que l'état de Rudolfo connaissait une légère amélioration ; les docteurs l'avaient expulsée de la chambre en lui recommandant de rentrer à la maison.

Quand ils sortirent dans la rue, il faisait noir et Josh jeta des regards circonspects à la ronde.

— Ça ne m'étonnerait pas outre mesure que des journalistes se soient embusqués dans les parages en nous guettant… En attendant, il semblerait que tout soit calme.

Il s'était attendu à revoir Charlie Billings, mais se montrait aussi vigilant. L'idée qu'il puisse être en danger le rendait encore plus prudent que d'habitude, surtout depuis que Gabriella le côtoyait. Ils regagnèrent sa voiture, et il lui prit les clefs des mains. Épuisée, hébétée, elle n'était plus en état de conduire.

Elle lui indiqua le chemin de l'appartement d'une voix qui se fêlait à tout bout de champ.

La berline grise les suivit jusqu'à un immeuble de cinq étages qui devait être au moins centenaire, se dressant dans une ruelle à l'ombre du Vatican. À peu près certain maintenant – et soulagé – qu'il s'agissait bien de la police, Josh ne prit pas la peine de tourner encore pour tester le conducteur de la berline, il se contenta de se garer.

Puis, sans demander son avis à Gabriella, il l'accompagna dans l'escalier. Il avait dit à Malachai qu'elle n'était vraiment pas en état de rester seule. En vérité, lui non plus.

Il avait espéré qu'elle aurait une bouteille de scotch dans la cuisine, mais il se contenterait de cognac. Il trouva les verres sans problème – dans le buffet le plus proche de l'évier, comme il l'avait deviné – et, sans chercher à mesurer, versa. Quand il lui mit le verre entre les doigts, Gabriella le porta à ses lèvres machinalement. Quelques instants durant, ni l'un ni l'autre ne parla.

Il n'y avait guère d'objets à caractère intime dans le salon, à l'exception de piles de livres et de la grande photographie à l'encadrement de cuir d'une fillette, âgée de trois ans peut-être, qui souriait à l'appareil. Si petite, elle tenait déjà beaucoup de sa mère. On retrouvait dans ses prunelles cette même couleur noisette mordorée. Mais alors que le regard de

Gabriella mêlait à la curiosité une force de caractère caractéristique, celui de l'enfant était doux et rêveur.

Le surprenant en train de regarder la photo, Gabriella reprit vie pour la première fois.

— Voilà Quinn…

Sous l'émotion, son regard s'adoucit autant que celui de sa fille. Cela émut Josh d'une façon à laquelle il ne s'attendait pas.

— Quel âge a-t-elle ?

— Presque trois ans. Elle me manque, c'est fou !

— Je parie que son père est aux petits soins avec elle.

— Son grand-père et sa nourrice… Mon père est merveilleux avec elle.

Josh regretta instantanément d'avoir parlé. Rien qu'à la façon dont Gabriella se figea, il sut qu'elle ne dirait rien de plus sur le sujet. Elle n'allait plus rien exprimer de ses sentiments.

— Mon mari aussi était archéologue. Spécialisé dans les excavations sous-marines. Un jour, sa réserve d'oxygène s'est révélée défectueuse. Il est mort trois mois avant la naissance de Quinn.

— Je suis navré.

Elle haussa les épaules.

— Il faisait ce qu'il aimait faire.

Tout d'un coup, plus aucune émotion ne perçait dans sa voix – ce qui ne le surprit pas. Josh savait pertinemment ce que ça représentait de se replier ainsi… la perte, le chagrin, l'amour… Il aurait voulu la prendre dans ses bras, mais songea que ce ne serait pas approprié.

— Il est mort dans la grâce, pourrait-on dire, ajouta Gabriella, mais c'est injuste pour notre petite fille. C'est la grande lésée dans l'histoire…

— Je sais.

— Quel âge aviez-vous, vous-même ?

— Vingt ans. J'ai toujours pensé que c'était prématuré. Mais comparé à votre fille… J'ai eu une vie entière pour profiter de mon père.

Ben lui manqua soudain avec une acuité qui le surprit.

— Quinn parle tout le temps de son papa, alors qu'elle ne l'a jamais connu. Elle dit qu'un jour, elle le trouvera.

— Que lui répondez-vous ?

Elle haussa les épaules.

— Elle comprend peut-être des choses que je devine à peine… Les enfants peuvent avoir des liens avec les disparus d'une façon qui est parfaitement étrangère aux adultes. Ils semblent connaître des choses que les grandes personnes ont perdues de vue…

Elle prit une longue gorgée.

— Mais cela vous est plus familier qu'à moi, pas vrai ? À Malachai, Béryl et vous-même ?

Ce fut au tour de Josh de hausser les épaules. Il n'avait pas envie de parler de la fondation et du travail qu'on y menait, de peur que ça paraisse trop clinique au milieu d'une conversation à teneur intimiste.

— Avez-vous des enfants ? demanda-t-elle, comme si elle lisait dans ses pensées.

Il lui avait semblé rester impavide, mais il fallait croire qu'il venait de réagir d'une façon ou d'une autre, car elle se montra presque aussitôt contrite.

— Sujet sensible ? Je suis désolée.

— Ne le soyez pas. Je désirais des gosses mais mon épouse – qui est maintenant mon ex – n'en voulait pas. C'est devenu une pomme de discorde entre nous…

— Et c'est la raison de votre divorce ?

— Pas vraiment. Enfin, oui… Peut-être.

Il rit de lui-même.

— Ça a certainement provoqué nos querelles. Emma est reporter. Nous vivions en Angleterre, mais entre nos carrières respectives, nous ne passions probablement pas plus de soixante jours ensemble dans l'année en tout et pour tout. Le ciment qui aurait pu tenir un autre couple dans pareille crise avait déjà commencé à s'effriter quand nous avons eu ce premier…

— Ce *premier* ?

Il ne répondit pas tout de suite. Il n'était pas habitué à discuter de sa vie privée. Non qu'en parler à Gabriella le dépitât… Au contraire, c'était trop facile. Voilà bien ce qui le perturbait.

— Est-ce que ça vous met mal à l'aise, les questions que je pose ? J'en suis navrée.

— Non, je me disais que c'était justement tout le contraire.

Il lui livra alors une version abrégée de l'attentat et des hallucinations que ça lui avait ensuite valus.

Fascinée, elle l'écouta avec une attention soutenue, le regardant d'une façon familière. Celle des docteurs et des thérapeutes… Irrité, il s'arrêta au milieu de ses explications sur la manière dont les hallucinations l'avaient affecté lui et, ultérieurement, son mariage.

Gabriella ne réalisa pas qu'il s'était sciemment interrompu, et lui posa la question logique qui s'imposait.

— Mais je ne comprends pas… Pourquoi est-ce que votre besoin de découvrir ce qui vous arrivait a bouleversé votre femme ?

Josh s'était attendu de sa part au ton froid, détaché et clinique des docteurs auxquels il avait eu affaire. Au lieu de cela, elle avait des intonations tendres. Compatissantes. Peut-être se trompait-il à son sujet. Allait-il parier sur le fait que Gabriella comprendrait la suite de l'histoire ?

— Quand il fut évident que je n'avais rien de bizarre sur le plan physique, Emma commença à perdre patience avec ce qu'elle appelait mon « *obsession* ». Moi aussi, en réalité… Mais comment aurais-je pu m'en débarrasser ? J'avais besoin de déterminer ce qui m'arrivait. Et j'ai toujours ce besoin de comprendre… pas simplement si je me suis vraiment réincarné mais… J'ai la conviction qu'une femme a un rapport avec tout ça. Une femme que j'ai connue et qu'il me faut retrouver.

Il secoua la tête, frustré de ne pouvoir s'expliquer de manière plus satisfaisante.

— Cela a-t-il un lien avec nos fouilles ?

— Je le crois.

— Avec Bella ?

Il acquiesça.

— Son nom est Sabine.

Comprenant maintenant pour la première fois, Gabriella secoua lentement la tête.

— Vous croyez l'avoir connue dans le passé ?

— Je ne sais plus ce que je dois croire.

— Ce doit être vraiment très difficile pour vous.

Ce fut comme si ses paroles compatissantes l'enveloppaient et, un instant, il goûta une paix d'esprit qui lui échappait depuis des mois.

La sonnerie du portable de Gabriella parut alors particulièrement stridente et agressive aux oreilles de Josh.

— Ça vient de mon domicile... Mon père.

Sa voix s'était crispée, telle la corde trop tendue d'un violon. Elle ouvrit le portable d'un petit geste sec du poignet.

— Bonjour, papa... Tout se passe bien avec Quinn ?

À l'écoute, elle se détendit.

— Une minute...

Paume plaquée sur le combiné, elle regarda Josh.

— Il a appelé quand nous étions à l'hôpital et j'ai promis de le tenir au courant. Je reviens dans un instant...

Josh aurait dû proposer de partir lorsqu'elle se leva et quitta la pièce, mais il n'était pas prêt à cela. Il voulait encore lui parler de ce que le professeur et elle avaient découvert dans le coffret.

En son absence, il reprit son appareil photo et gagna la fenêtre. Il avait déjà remarqué la vue qu'on avait de là, et désirait l'immortaliser. Un éclat du dôme de Saint-Pierre dans un ciel bleu marine zébré de nuages gris... À travers l'objectif, cela devint une scène inquiétante dont les vols d'oiseaux étrangement illuminés fondaient en piqué sur la tourelle en ce qui avait tout l'air de missions suicide...

Revenant vers la table basse pour récupérer sa liqueur, il

passa devant le bureau de Gabriella. Au-dessus, un carnet de notes ouvert débordait de photographies. Dos à la pièce (ce qui empêcherait Gabriella de voir ce qu'il faisait si jamais elle revenait sans crier gare), ce fut un jeu d'enfant pour Josh de les étaler un peu. Les trois premiers tirages étaient de gros plans de Sabine sous un éclairage plus brillant qu'à l'aube précédente, quand Josh l'avait découverte. Il en fut autant secoué que lorsqu'il s'était tenu devant elle pour la première fois. Et la nature de ce sentiment ne faisait aucun doute. Était-il donc réellement possible que ce fût le corps de la femme qui le hantait depuis l'attentat ?

*Non, ne t'y risque pas !* s'admonesta-t-il. *Pas encore... ni ici. Pas dans un lieu où tu ne réussiras pas forcément à composer avec le tourbillon émotionnel qui te submergera si tu te laisses aller...*

La photo suivante montrait le coffret en bois sculpté que l'agent de sécurité avait jeté au sol et fracassé.

Dessous, sur le fond blanc d'un autre cliché se détachaient en gros plan six belles pierres scintillantes à multiples facettes : trois émeraudes assorties, un rubis rouge sang et deux saphirs bleu nuit.

Il les fixa.

Les Pierres de Mémoire...

Toutes portaient des inscriptions inintelligibles. Rien de comparable aux hiéroglyphes dont Josh pouvait se souvenir. Non, pas tout à fait...

*Tu les as déjà vues ! Il y a de cela très longtemps, au-delà de ton conscient... Regarde-les, et connais-les pour ce qu'elles sont.*

— Que faites-vous ?

Gabriella avait un ton glacial.

# 26

Le carillon de la porte d'entrée retentit, remettant à plus tard la conversation – ou prise de bec – que Josh et Gabriella s'apprêtaient à avoir au sujet de son indiscrétion. Elle jeta un coup d'œil par le judas, grommela dans sa barbe, revint à son bureau ramasser le carnet de notes et les photos pour les retourner sur le dos, et alla ouvrir.

Si l'inspecteur Tatti fut surpris de voir Josh chez Gabriella, il n'en laissa rien paraître.

— Professeur Chase, vous me voyez navré de venir vous importuner à une heure aussi tardive.

— Est-ce bien nécessaire ? Il est tard en effet.

— Moi-même, je préférerais de beaucoup être en train de me délasser chez moi.

Elle lui fit signe d'entrer.

— Je vous en prie.

Après un petit signe de tête à Josh, il entra et s'installa sur le divan. Elle s'assit face à lui, Josh restant près du bureau où elle venait de le surprendre à fureter.

— L'agent censé être de faction tôt hier matin vient d'être retrouvé il y a quelques heures. Il s'appelait Tony Saccio. On l'a abattu par balle, traîné dans le bosquet de chênes derrière le site et laissé là. Mes hommes l'ont découvert. Nu.

Gabriella prit très mal la nouvelle. Après ces deux derniers jours, avec son mentor dans un état critique et le vol du trésor, c'était la crise de trop.

— Tony ? Non !

Elle ferma les yeux.

Tatti lui concéda un instant avant de lui demander un verre d'eau – non parce qu'il avait soif, Josh l'aurait parié, mais bien plutôt pour permettre à Gabriella de s'esquiver et de reprendre contenance.

Quand elle reparut avec le verre, il le vida puis se lança dans sa première requête :

—J'ai besoin que vous me disiez ce qui a été volé.

— Quelle importance maintenant ? Ça a disparu.

— Il me faut savoir pour qui ces biens dérobés auraient le plus de valeur.

Voilà une question à laquelle Josh aurait pu répondre, mais cela l'aurait de nouveau rendu suspect, en fournissant à l'inspecteur le mobile manquant. Il regarda Gabriella. Allait-elle parler de Malachai ?

— Les collectionneurs d'antiquités se comptent par centaines de milliers… Tout ce que renfermait cette sépulture aurait eu de la valeur à leurs yeux, répondit-elle sans ambages.

— Quel genre de valeur ? De combien d'argent sommes-nous en train de parler ?

— Quel prix justifierait à vos yeux la mort de deux hommes ?

— À vous de me le dire.

— Je n'en sais rien. Et peu importe. Je n'ai aucun moyen d'évaluer la valeur d'un artefact antique au marché noir.

— Je suis navré, il est absolument nécessaire que nous sachions ce qu'on a volé dans cette crypte. Une liste exhaustive. Avec des descriptions précises. Il nous faut alerter les autorités du pays, ainsi qu'Interpol et les sociétés d'œuvres d'art dans le monde. Si nous ignorons tout des enjeux et de l'identité de celui qui serait intéressé, l'homme nous filera entre les doigts. Et nous ne débusquerons jamais notre malfaiteur.

Tournée vers la fenêtre, Gabriella eut un regard absent. Elle reprit la parole à voix basse, à peine audible. Tatti dut se pencher pour capter ce qu'elle disait.

— Ça semblait être des objets rituels. Mais nous en ignorons le sens.

— Pouvez-vous les décrire ?

Il ne souligna pas le fait qu'elle venait indirectement d'avouer lui avoir menti. Il n'en avait probablement jamais douté.

— Nous n'avons pas eu le temps de découvrir leur base, mais ça avait tout l'air de gouttes de verre banales caractéristiques de cette période.

— Et cette période est… ?

— Nous estimions que ça remontait au moins à 1 000 ans avant Jésus-Christ, peut-être davantage, mais nous n'avions encore effectué aucun test. Tout a été trop vite. Nous venions tout juste de faire cette trouvaille…

À l'entendre, ça n'avait guère d'importance. Comme si elle avait épuisé le peu d'énergie qu'il lui restait à s'expliquer autant que possible sur l'affaire.

— Combien ?

— Combien quoi ?

— De ces gouttes de verre ?

— Cinq peut-être. Ou sept… Une poignée.

— De quelle valeur, selon vous ?

*Inestimable ! La valeur de ma vie… de mon âme !*

Voilà ce que Josh aurait voulu répondre à sa place. Il s'en abstint, étouffant son impulsion sous une longue gorgée de cognac tout en écoutant Gabriella tisser un nouveau mensonge.

— Abstraction faite de leur ancienneté – ce qui en fait toute la valeur à nos yeux –, ces objets ne valent pas plus de quinze ou vingt mille dollars. Une marchandise digne des musées, bien sûr. Mais il s'agissait simplement de bouts de verre, pas du Saint Graal !

— Alors vous allez devoir me dire ce qu'on a pris d'autre. Car vingt mille dollars ne suffisent pas à expliquer qu'on tire sur deux hommes, n'est-ce pas ?

Elle ne donna pas d'autres détails. Tatti eut beau revenir à la charge sous des angles différents, présenter la question sous diverses variantes, elle lui livra inlassablement la même réponse.

Des perles de verre.

Ils n'en étaient pas arrivés au stade de la datation au carbone 14.

Aucune idée sur leur utilité ou leur valeur.

Durant tout l'interrogatoire, Gabriella ne jeta pas un coup d'œil à Josh. Ne fit pas une fois mine de s'inquiéter à l'idée qu'il puisse dénoncer ses mensonges et ses faux-fuyants… qu'il apprenne à Tatti qu'elle avait des photographies des pierres qu'elle lui cachait. Elle ne fit aucune allusion aux légendes d'antan qui couraient sur les *perles de verre*. Ne suggéra jamais que, en conjonction avec un mantra donné, ces *bouts de verre coloré* pouvaient permettre de traverser les voiles du temps pour ramener l'individu à des vies antérieures en lui donnant un aperçu de temps révolus.

L'inspecteur insista autant qu'il le put, avant de se rendre à l'évidence – il était face à un mur. Soupirant, il se leva et s'inclina devant Gabriella Chase d'une drôle de façon compassée et familière… Tel Peter Sellers incarnant l'inspecteur Clouseau dans *La Panthère Rose*…

Tatti proposa de déposer Josh à son hôtel.

— Il serait plus prudent que vous soyez accompagné.

— Mais je le suis déjà, pas vrai ? Une berline grise ?

Tatti feignit l'innocence – une ride lui creusant le front entre les deux arcades sourcilières.

— Comme vous voudrez.

Josh n'avait aucun désir de monter en voiture avec lui. La dernière fois, il s'était retrouvé en cellule pour la nuit. Pas plus qu'il ne tenait à ce que Tatti le presse encore de questions dont il avait la réponse. Josh ne faisait pas un bon menteur – même s'il s'améliorait.

Ainsi, quand votre épouse vous demande s'il y a quelqu'un d'autre, et que la personne en question n'est pas connue – à supposer même que vous ayez vu son visage dans vos rêves inconscients –, savoir mentir de façon convaincante s'avérerait judicieux.

Mais il y avait une autre raison pour laquelle Josh avait décliné l'offre de l'inspecteur. Il n'avait nullement l'intention de quitter l'appartement de Gabriella sans jeter un dernier coup d'œil aux photographies des « gouttes » rondes qui, il en avait la certitude, n'étaient pas en verre. De même, il en était sûr, qu'elles valaient la peine aux yeux de certains de commettre deux meurtres. Ou cinq. Ou dix.

Tatti ayant pris congé, Josh s'attendit à ce que Gabriella le remercie de s'être abstenu de prévenir l'inspecteur qu'elle lui cachait des informations.

Elle n'en fit rien. Ce qui rendit sa requête d'autant plus difficile…

— Je sais, vous considérez que ce qui s'est passé est en grande partie de ma faute, mais j'aimerais néanmoins que vous m'aidiez à retrouver les pierres.

— Comment pensez-vous y arriver ? Vous ne parlez pas l'italien. Vous ne connaissez pas Rome et ses marchés d'antiquités. Que pouvez-vous faire, enfin ?

— Laissez-moi voir les photographies, Gabriella.

— À quoi cela avancerait ?

— Malachai et Béryl ont passé leur vie entière à étudier le thème de la réincarnation. Il doit exister un moyen pour que la fondation puisse nous venir en aide. Nous avons de l'argent et des contacts. Nous remuerons ciel et terre, nous retournerons chaque pierre s'il le faut…

S'interrompant, il fit une grimace comique en s'avisant de son jeu de mots involontaire.

En dépit de tout ce qui lui était arrivé depuis deux jours, elle réussit à s'en amuser un peu.

Il lui sembla qu'il avait déjà entendu ce rire. Qu'il en connaissait la cadence, la modulation. Non… Il était fatigué, voilà tout. Trop. Il tentait de faire jouer à Gabriella le rôle qu'il désirait lui voir interpréter parce qu'il avait été si facile de lui parler, au début. Josh examina son visage, ses cheveux, ses pommettes hautes, ses lèvres légèrement pulpeuses…

Il se força à être honnête.

Non. Il ne la connaissait pas. Même s'il pensait avoir la certitude que ses lèvres l'embraseraient s'il l'embrassait, il ne fallait voir là qu'une attirance somme toute normale. Et non quelque improbable passion qui eût survécu à l'avalanche des siècles. Il s'efforça de se convaincre qu'il s'en fichait. Il huma son parfum : gazon, herbes et miel… Rien d'assimilable au jasmin et au santal.

*Quand je pense à toutes les choses que je n'ai jamais eu le temps de t'avouer…*

Une terrible seconde, il crut avoir parlé à voix haute.

Qu'est-ce que ça voulait dire ?

D'où cela venait-il ?

Ce n'était que son imagination.

Parfois, ce qui paraissait familier n'était effectivement qu'une *impression*. Des gens font bel et bien l'expérience du « *déjà-vu* ». Tant de choses avaient transpiré ces deux jours-ci, que ce tout dernier aperçu pouvait être un simple tour que lui jouait son esprit, en raison de l'épuisement.

N'est-ce pas ?

— Qu'est-ce qui ne va pas ? demanda Gabriella, sincèrement inquiète.

— Je suis épuisé, voilà tout. Et vous aussi. Demain, je parlerai à Malachai et je réfléchirai à un plan d'action. Peut-être pourrons-nous vous être utiles.

— Vous partez ?

Sa main volant à sa gorge, elle palpa la chaîne d'or toute simple qui l'ornait, épousant la ligne gracile de sa clavicule.

Ses propres doigts frémirent.

— Ça va ?

— Oui, répondit-elle d'une voix où perçait un soupçon de peur.

— Vous êtes inquiète pour le professeur. Voulez-vous que je reste ?

Elle secoua la tête.

— Merci, mais non, ça ira, vraiment.

Il la quitta, heureux qu'elle ne l'ait pas pris au mot. Il ignorait ce qui aurait pu se passer, quel genre d'erreur il aurait pu commettre, si elle avait dit oui.

## 27

Gabriella avait proposé de lui appeler un taxi, mais Josh avait décliné l'offre. Il avait besoin de marcher, d'inspirer l'air frais à pleins poumons, de lever les yeux au firmament – ce ciel perpétuel et constant, l'unique élément immuable depuis ces deux derniers millénaires… Josh partait du principe que la berline grise le prendrait de nouveau en filature. Sinon, il suivrait les principales voies publiques que Gabriella lui avait indiquées.

— Je ne t'ai pas trop fait attendre ? lança-t-il, ironique, à Charlie Billings en sortant de l'immeuble.

— Je peux faire le chemin avec toi ?

— Sûr…

Avoir de la compagnie n'était peut-être pas une si mauvaise idée.

— Je sais qu'on a retrouvé le cadavre du garde. Et qu'un coffret a été volé. Ou son contenu. Ce n'est pas très clair… Si tu me mettais au jus ?

— Pourquoi serais-je mieux informé que toi ?

— Tu étais dans la tombe.

— Le professeur n'a jamais eu le temps de me la faire visiter.

— Mais tu as passé la journée avec Gabriella Chase. Elle a dû te dire que…

— Écoute, je sais ce que c'est, ce petit job, coupa Josh. Mais je ne peux pas te dépanner. Le mieux que je puisse faire, c'est promettre que personne n'aura cette histoire avant toi.

— Pourquoi tout est tellement ultrasecret dans ce chantier de fouilles ?

— Je ne sais pas. Ce n'est pas mon chantier.

— Mais tu y étais. Bon sang, Josh, qu'a-t-on volé sous tes yeux ? Pourquoi tu ne peux rien me dire ?

— Je n'y étais pas.

— Je n'ai pas insisté jusqu'ici, mais je t'ai *vu* sortir de cette tombe !

— Parce que j'y suis descendu en trombe en entendant le coup de feu… Et je n'y suis pas resté assez pour enregistrer ce que j'avais sous les yeux. Fin de l'histoire. Donc, pas d'histoire et pas de déclaration non plus. Tu peux compter sur moi – quand j'aurai quelque chose à annoncer à la presse, si jamais cela arrive. Je t'appellerai le premier, mais tu dois arrêter un peu de me harceler pour l'instant, et nous laisser en paix Gabriella et moi. Marché conclu ?

Billings réfléchit, puis remit son carnet de notes dans sa poche de veste.

— Pour cette nuit, OK. Mais je serai probablement de retour au matin.

— Après-demain matin, ça te va ?

— Demain.

— Je n'en doute pas… Tu sais, Charlie, j'ignorais jusqu'ici quel sale petit con tu es… !

— Bien sûr. Tu étais de notre côté.

— Si seulement je l'étais encore…

— Tu vois ? C'est bien ce que je disais. Il y a anguille sous roche, j'ai raison ! Pourquoi diable tu ne joues pas franc-jeu avec moi ?

Josh songea que si ça ne dépendait que de lui, il le ferait peut-être. Mais quand Malachai et Béryl avaient accepté de le laisser étudier avec eux, il avait donné sa parole – il ne parlerait pas de la fondation à la presse. Et il y avait Gabriella, qui lui avait demandé de ne pas révéler les secrets de la tombe. Pas encore. À personne.

Au coin de rue suivant, Charlie et Josh se séparèrent. Au début, les rues étaient assez animées en dépit de l'heure tardive, puis le quartier changea, et Josh se retrouva seul au milieu d'une piazza pratiquement déserte. Le bruit d'un choc le fit pivoter ; il vit une bouteille de vin brisée et un chat détaler. Se morigénant de céder ainsi à l'anxiété, il poursuivit sa route sans s'éloigner du bord du trottoir, en pressant le pas. Les deux pâtés de maisons suivants, pas un seul véhicule ne passa. Chaque fois que Josh avisait une devanture, de l'autre côté de la rue, il suivait du regard son propre reflet. Si quelqu'un le suivait, il le verrait aussi. Mais il était seul.

Selon les instructions de Gabriella, il aurait déjà dû parvenir à l'hôtel. Devait-il continuer, ou revenir sur ses pas ? Jetant des coups d'œil à la ronde, s'efforçant de déterminer quel chemin prendre maintenant, il vit un reflet fluctuer sur la vitrine d'une devanture, de l'autre côté.

Josh n'eut pas le temps de juger si sa réaction était excessive ou non. Il pressa encore l'allure, tout en gardant l'œil sur la vitrine. Ce n'était pas un tour de son imagination, ou une branche d'arbre bruissant au vent… Quand il adopta une foulée athlétique, son poursuivant en fit autant.

Tout en courant, Josh cherchait une échappatoire. Pas une seule voiture en vue. Tous les commerces et restaurants qu'il longea avaient fermé pour la nuit. Il filait en zigzags, virant abruptement tantôt à droite, tantôt à gauche, afin de ne pas offrir une trop belle cible à celui qui le traquait – si du moins l'homme avait l'intention de lui tirer dessus.

Il se retrouva soudain dans la vieille ville, qu'il avait traversée avec Malachai dès le premier soir de leur arrivée – il y avait seulement soixante-douze heures de cela. Les pavés ronds brisés faisaient une bien rude piste sportive, mais Josh ne ralentit pas – il ne le pouvait pas maintenant qu'il se rappelait l'existence d'un bâtiment, au-devant, relié à un réseau souterrain secret. Un temple…

S'il arrivait juste à atteindre l'entrée sans que son poursuivant voie où il allait, il déjouerait ses plans. Ça ne devait plus être qu'à une centaine de mètres, vers la droite… Il força encore l'allure. Il avait pris une belle avance… Il allait réussir… juste au-devant… Mais… où était-ce ? Il n'y avait pas de temple, là, rien que des ruines ! Que se passait-il donc ? Pas le temps de s'arrêter et d'en avoir le cœur net. Si seulement il trouvait ce temple, il pourrait s'en tirer. Et s'il sauvait sa peau, il *la* sauverait, elle. Elle qui comptait sur lui… Cette obscurité avait dû le plonger dans la confusion. Le temple devait se dresser juste au coin suivant. Mais non. Au coin suivant, il n'y avait rien du tout. Pire, il venait de renoncer à sa couverture. En fonçant tête baissée dans un amphi libre, au beau milieu d'une carcasse d'édifice complètement délabré… Il fit volte-face. Où que son regard volât, tout n'était que ruine et désolation.

Où était passée *sa* Rome ? Où avaient disparu les repères géographiques familiers ? Qu'était-il arrivé à *sa* ville ? Il devait fuir cet espace à ciel ouvert où il prêtait si bien le flanc aux tirs. Son poursuivant aurait beau jeu de l'abattre ! Trébuchant sur une pierre alors qu'il repartait en flèche, Julius tenta de se rétablir – en vain – et s'écroula. Des roches entaillèrent ses mains déjà meurtries, lui mettant en compote ses genoux contusionnés. Son cœur s'emballa follement ; le souffle heurté, pantelant, il entendit des bruits de pas et une respiration également sifflante, derrière lui, qui se rapprochaient.

Il n'y avait plus d'échappatoire.

Lentement, il se releva et se retourna.

Son poursuivant ne portait pas de toge ou de robe. Il avait des vêtements que Julius n'avait jamais vus auparavant, et il tenait un objet insolite en métal dont il n'était nullement familier – il sut pourtant que c'était une arme.

Les yeux rivés sur le canon noir, Julius sentit alors s'opérer en lui comme une violente torsion en profondeur… Une cessation, une immense capitulation…

Josh s'arracha de l'embardée mémorielle à temps pour voir l'homme – celui-là même qui s'était trouvé avec lui dans la tombe, avait volé les Pierres de Mémoire et tiré sur le professeur, probablement avec le même pistolet – le fixer avec un petit sourire narquois des plus satisfaits.

# 28

Jetant un coup d'œil à sa montre, Gabriella fut surprise de constater qu'il n'était que 23 heures 20. Un quart d'heure à peine s'était écoulé depuis son dernier appel à l'hôpital. Elle aurait voulu refaire le numéro et voir s'il y avait du changement, mais l'infirmière de nuit venait de lui promettre que si l'état du professeur s'aggravait encore, elle la rappellerait aussitôt.

Sauf qu'elle devenait folle à force... Plus elle tournait en rond, plus elle repensait aux tragédies de ces deux derniers jours. La vie du professeur, dans la balance... le vol à main armée... la mort de Tony... Le pauvre avait eu une telle présence, sur le chantier... Il était toujours là le matin quand elle arrivait sur les lieux, l'accueillant de son grand sourire et de son salut tonitruant... À plusieurs reprises, alors qu'elle continuait à travailler sans prendre le temps de manger, lui avait pris la peine de la prévenir qu'il quittait momentanément son poste, lui demandant si elle désirait quelque chose avant qu'il rentre chez lui. Il avait même acheté un jouet à Quinn... Une figurine de garde suisse du Vatican, avec son grand morion et son pantalon jaune et noir typiques.

Sur le point de fondre en larmes, Gabriella réussit à se ressaisir. À la mort de sa mère d'abord, puis quand son époux avait péri asphyxié, elle avait appris à ses dépens que les pleurs ne soulageaient en rien la peine. Les émotions, c'était un fardeau à subir, pas à nourrir. Parfois, lorsqu'elle repensait à Quinn, elle se mordillait l'intérieur des joues jusqu'à ce que la douleur lui fasse oublier ses peurs lancinantes – ou « fluctuantes », comme elle les surnommait… Celles de ne pouvoir contrôler ce qui arriverait à son bébé.

Gabriella avait passé sa vie à côtoyer les morts, et rejoindre leurs rangs ne l'effrayait pas. Mais elle ne pourrait plus supporter de deuils dans son existence. Surtout si cela devait toucher son enfant, précieuse entre tous. Et pourtant, la tragédie avait un caractère par trop… obligeant. Des accidents attendaient toujours de se produire. Un véhicule fou dévalant la rue à tombeau ouvert. Un virus se transmettant de gamins en gamins à l'école. Une bombe génétique à retardement transmise de parents à enfants *via* l'ADN…

Non, non, *non !* Pas question qu'elle cède à ces complaisances masochistes perverses à souhait… La peur n'évitait pas le danger – si des horreurs devaient se produire, se ronger les sangs par avance n'y changerait rien. Elle aurait intérêt à sortir au lieu de rester claquemurée. Aller prendre l'air. Faire un saut dans un snack-bar. Savourer un verre de vin… Tout plutôt que de rester assise à attendre et à gamberger ou pire, à s'abandonner à ses obsessions.

Elle se brossa les cheveux, prit son sac à main et allait ouvrir la porte d'entrée lorsque son portable sonna.

Madame Rudolfo pleurait. Le professeur était au plus mal… Sa fièvre avait connu un pic, et il délirait. Les médicaments ne combattaient plus son infection… Allait-elle revenir ?

Oui, répondit Gabriella. Bien sûr, elle était déjà en chemin…

L'homme en planque dans la berline grise regarda le professeur Chase sortir de l'appartement, foncer à sa voiture et s'installer au volant. Il tourna la clé dans le contact et, vingt secondes après qu'elle eut déboîté, il l'imita en gardant assez de distance pour ne pas rendre sa filature évidente.

Le type au volant de la SUV noire qui s'était garé beaucoup plus loin vit également Gabriella s'éloigner en voiture, mais lui ne la prit pas en chasse. Il se contenta de composer un numéro, sur son portable, et d'attendre qu'on décroche.

De l'autre côté de la rue, dans l'immeuble que Gabriella venait de quitter, la propriétaire, installée dans le salon de son logement du rez-de-chaussée, tricotait un sweater pour l'un de ses petits-enfants tout en suivant un vieux Fellini à la télévision. Camilla Volpe était assez proche du téléphone pour que, en l'entendant sonner, elle décroche dès la deuxième sonnerie. Écoute, acquiesce, répète *sì, sì, sì*, ajoute quelque chose… et entende son correspondant raccrocher sec. Elle prit un trousseau de clés dans une coupole en verre de couleur émeraude, sur sa table d'entrée, puis sortit de l'appartement.

Ses genoux lui firent mal pour gravir l'escalier. Son arthrose la travaillait, mais elle était lasse de consulter les docteurs et de poireauter dans les salles d'attente. Il n'y avait pas de cure miracle contre la vieillesse. Elle se souvenait des mains de sa grand-mère approchant des quatre-vingt-dix ans, noueuses, tavelées, striées de grosses veines apparentes.

En atteignant l'appartement 2B, la signora Volpe ouvrit la porte comme si elle en avait parfaitement le droit. Et c'était bien le cas, n'est-ce pas ? Si l'une de ses locataires versait dans l'illégalité, aider la police à la prendre sur le fait était son devoir, non ?

La presse reparlait périodiquement des archéologues cupides qui profanaient Rome – dénichant des œuvres d'art, ils les sortaient illégalement du pays auquel elles appartenaient de plein droit. Si l'Américaine était également coupable de tels actes, c'était la responsabilité de Volpe d'aider la police.

Au téléphone, l'inspecteur lui avait dit que la preuve qu'il lui fallait se trouverait dans les carnets de notes noirs de Gabriella Chase, avec les photographies du site.

C'était ce qu'elle était censée chercher : les carnets de notes noirs et les photographies... Tout ce que la police voulait.

Méthodiquement, la signora Volpe passa en revue les piles de papiers qui encombraient le bureau. Elle sentait son cœur battre. Elle se faisait l'effet d'être un de ces acteurs de cinéma que son mari, du temps de son vivant, aimait voir fureter et épier les gens... À soixante-deux ans, elle n'avait jamais mis les pieds dans un commissariat de police. Et voilà maintenant qu'elle coopérait avec un inspecteur, jouant les privés... Malgré sa peur très réelle, elle se sentait un brin excitée. Ragaillardie, en fait. Après tout, elle contribuait à prévenir le vol d'un trésor national.

Sous une pile de papiers et de revues, la signora Volpe dénicha un carnet de notes. Et, oui, il était noir. Elle le prit en main. Quelle chance d'être si vite tombé dessus ! Dessous encore se trouvait un jeu de photographies. D'un coup d'œil à la première, elle vit qu'il s'agissait d'une petite salle ténébreuse. Vieille et poussiéreuse, avec une peinture murale florale absolument magnifique. Pouvait-on aussi dérober une fresque murale ? se demanda-t-elle.

Tirant de la poche de son peignoir un sac en plastique, elle le déplia d'un geste sec puis y plaça soigneusement les photos et le carnet de notes.

L'inspecteur Metzo lui avait demandé d'inspecter également les rayonnages de livres, et de faire un tour dans la chambre à coucher. Elle se hâta d'accomplir ses instructions. Elle furetait dans l'appartement depuis quelques minutes déjà. Et si l'Américaine revenait soudain chez elle ? Il lui faudrait concocter en vitesse une histoire plausible... Quelqu'un s'était plaint. De quoi ? Pas de tapage nocturne, non... Une fuite de gaz, peut-être. Oui, une fuite de gaz... Ce serait parfait. Mais pas question d'être prise sur le fait. L'inspecteur Metzo lui avait promis de klaxonner s'il voyait revenir la locataire. Trois fois. Rapidement. Ce serait le signal. Jusque-là, tout était calme.

Non, il n'y avait rien dans la chambre à coucher. La fouille était finie. Volpe avait trouvé ce que Metzo voulait dans la salle à vivre. Une dizaine de photographies et un carnet de notes.

Maintenant, il fallait passer à la suite.

« *Pourquoi est-ce que je ne pourrais pas redescendre simplement et vous donner ce que j'aurais trouvé ?* », avait-elle protesté lorsqu'il lui avait expliqué ce qu'il attendait d'elle.

« *Il faut que ça ait l'air d'un cambriolage, signora Volpe. Je vous en prie !* »

Il avait commencé à perdre patience.

Elle comprenait, en vérité. Son époux – que le doux Jésus l'ait en Sa Sainte Garde – et elle avaient travaillé si dur à restaurer cet immeuble… Faire une telle chose (même si minime, au fond) lui serrait le cœur. Mais elle protégeait un trésor national – peut-être bien un trésor d'importance pour l'Église et le Saint Père, avait ajouté l'inspecteur. L'orgueil était un péché. Dimanche, elle devrait confesser qu'elle avait hésité à accomplir ce petit geste.

Elle ôta sa chaussure et la tint en l'air.

Elle ne pouvait s'y résoudre.

Elle le devait.

Inspirant, puis retenant son souffle, la signora Volpe fracassa la fenêtre – celle qui donnait sur l'allée, en contre-bas. Le verre vola en éclats, atterrissant quelques secondes plus tard sur la chaussée avec un bruit qui ne fut pas sans lui rappeler un carillonnement de cloches. Et ça lui redonna du cœur à l'ouvrage. C'était un signe. Mais la phase suivante allait être plus difficile. Briser une vitre aisée à remplacer était une chose, frapper et frapper encore le chambranle en bois jusqu'à ce qu'il se fende et s'effondre en était une autre. Sans compter qu'elle devrait aussi le fracasser de l'extérieur en se penchant hors de la fenêtre et en tâchant de ne pas regarder en bas, de ne pas voir le verre miroiter au clair de lune…

Quand elle eut fini, on aurait dit qu'un cambrioleur venait

d'entrer par effraction. Voilà de quoi cela devait avoir l'air, lui avait dit Metzo.

Volpe lui en demandant la raison, il avait posé les doigts sur ses lèvres en un geste théâtral de discrétion, puis assuré qu'il n'était pas habilité à débattre des procédures policières. Il lui avait versé le double de ce que coûterait le remplacement de la vitre et du chambranle, lui promettant en outre un joli bonus si elle dénichait ce qu'il cherchait.

Elle s'efforça de ne pas penser au bois vieux de plus d'un siècle, et au chambranle, dont elle ne retrouverait jamais la copie conforme. Mais, se dit-elle en jetant suivant ses instructions le sac en plastique par la fenêtre, elle faisait *son* devoir en prêtant main-forte à la police. Que représentaient de vieux bouts de bois si elle pouvait préserver cette merveilleuse fresque florale photographiée, ou même quelque précieuse relique ? En quittant l'appartement après avoir accompli le plus dur, elle se sentit un peu mieux de pouvoir justifier ainsi ses agissements à ses propres yeux.

Après tout, elle venait de consentir un noble sacrifice.

# 29

Josh entendit le coup de feu. Vit le sang. Sentit l'odeur âcre du fer et de la fumée. Et il vit l'homme en qui il avait reconnu le voleur de la tombe s'écrouler, les yeux écarquillés par la surprise, les lèvres retroussées sur ses dents en un cri silencieux.

Le cadavre s'effondra sur Josh, le plaquant à terre, le couvrant de sang.

Des bruits de pas précipités le firent relever la tête et, au loin, il aperçut un type de dos – le tireur – qui se fondait déjà dans l'ombre, disparaissant dans la nuit.

Que s'était-il passé ? Il ne se rappelait pas tout… Ah, oui, si… Alors qu'il courait dans l'instant présent, il s'était brusquement retrouvé en train de courir dans le passé – le *sien*. C'est du moins ce qu'il lui semblait.

Josh baissa les yeux sur le corps de l'homme avant de relever la tête… jusqu'au ciel. Jusqu'à la lune. Il y avait de cela mille six cents ans, le même astre lunaire avait peut-être brillé aussi bas au firmament, illuminant ces mêmes bâtisses marmoréennes et les faisant chatoyer de semblable façon. Mais alors, elles étaient intactes, et pas réduites à l'état de souches informes.

Les étoiles brillaient des millions d'années durant.

C'étaient les gens – les éphémères, les putrescibles, eux et tout ce qu'ils créaient – qui changeaient.

Sur des jambes flageolantes, il se releva puis entreprit de s'éloigner du cadavre et de tout ce sang. Il avait besoin de retourner à l'hôtel pour prévenir la police, indiquer où trouver le corps. Mais avant tout, il lui fallait un moyen de sortir de ces ruines à ciel ouvert qui semblaient s'étendre à perte de vue, vestiges de tous ceux qui avaient vécu et expiré là, ne laissant derrière eux rien que ces décombres... plus leurs souvenirs qui s'immisçaient en lui comme en d'autres pauvres hères tels des vers solitaires... Lui comme les autres étaient après tout de simples hôtes indésirables. Errant dans ce monde désert vidé de substance, tout ce qu'il pouvait faire, c'était de continuer à marcher, chancelant, puant le sang, jusqu'à ce qu'il atteigne le périmètre de cet antique terrain vague.

Il ne comprenait pas pourquoi il était toujours en vie. Le commanditaire du vol à main armée avait-il décidé que son homme de main représentait le plus grand risque ? Le malfaiteur avait-il menacé son boss, cherché à le faire chanter, eu de nouvelles exigences ? Ou Josh savait-il quelque chose d'assez important pour débrouiller le mystère qui entourait les pierres ? S'il s'agissait vraiment des antiques instruments mémoriels, était-il l'élu capable de percer leur secret grâce aux informations dissimulées au tréfonds de sa mémoire ? Était-ce la raison pour laquelle on l'avait épargné ?

Mais... et si on ne retrouvait jamais les pierres ? Il s'était agi d'un dernier espoir, de la promesse – quoique tirée par les cheveux – d'un accès éventuel aux découvertes... S'il parvenait à répertorier ses réminiscences à propos de Julius et de Percy, ainsi que des autres fantômes qui peuplaient ses flashs, il serait en mesure de procéder aux recherches nécessaires pour prouver sans l'ombre d'un doute qu'il avait vécu toutes ces vies.

Aux cieux étoilés, Josh s'imaginait voir les émeraudes, les saphirs et le rubis qu'il avait aperçus dans les photographies de Gabriella. Elles luisaient et scintillaient, lui faisant de l'œil à propos d'une quête qui semblait à présent plus inaccessible encore que ces pulsars et ces quasars…

Non, il était en train de céder à la naïveté. Ce n'était là rien que des gemmes auxquelles les hommes attribuaient des vertus mythiques – des légendes, et non d'authentiques catalyseurs. En aucune façon elles ne pourraient le connecter à ses précédentes incarnations… Si tant est qu'elles existent.

C'était illogique et absurde. Un raisonnement d'ordre magique. Forcément.

Mais dans ce cas, pourquoi cela se reproduisait-il ? Car c'était bien ce qui se passait – il le sentait déjà.

Dans l'incapacité de s'y opposer, Josh n'était d'ailleurs même pas sûr de le vouloir. Il avait trop de questions, et bien trop peu de réponses.

# 30

*Julius et Sabine*
*Rome – 391 après Jésus-Christ*

L'âcre odeur de fumée le tira de son sommeil. Au clair de lune, une lointaine fumerolle d'un gris tirant sur le noir s'élevait jusqu'aux cieux étoilés. Julius se leva, puis courut en direction du sinistre. Mais quand il en atteignit le foyer, ça n'avait plus d'importance. Il arrivait trop tard. Le mal était fait, et la structure d'un temple de plus n'était plus que cendre au vent. L'odeur affreuse lui agressant les narines, Julius se détourna et rebroussa hâtivement chemin au mépris du brusque abattement qui l'avait accablé alors qu'il contemplait les ruines calcinées. Leur univers entier ne serait bientôt plus que cendre.

Il avait une tâche à accomplir et même en se dépêchant, il allait être en retard. Il espérait que Lucas ne s'inquiéterait pas.

Traversant de vieilles ruines, il tourna à gauche. À chaque pas qu'il faisait, il y avait de moins en moins de murs délabrés autour de lui, et davantage de nouvelles structures en marbre. À bout de souffle, il atteignit enfin le petit bosquet de cyprès, d'oliviers et de chênes.

En abordant le frais taillis verdoyant, Julius inhala les senteurs boisées. Même là, si loin de la Ville, ça sentait encore la fumée. Cinq minutes de plus, il marcha au milieu des arbres, émergeant à la lisière d'un cimetière bien entretenu où son mentor Lucas, le grand pontife, attendait.

Ils se saluèrent, parlèrent de l'incendie puis se remirent à marcher côte à côte, le long de l'allée centrale bordée de magnifiques monuments funèbres érigés en mémoire des citoyens les plus illustres.

Ils côtoyaient les morts. C'était bien ce qu'ils faisaient toutes les nuits depuis des années. Dernièrement, quand la ville entière dormait, Lucas et Julius se retrouvaient à l'entrée du Champ de Mars, près du Tibre, et faisaient quelques pas ensemble. Avec tout ce qui changeait autour d'eux, il y avait quelque chose de réconfortant à revenir en un lieu où rien, jamais, ne risquait de s'altérer. Ces âmes avaient migré depuis longtemps. Restaient ces seuls monuments glacés comme la mort pour garder vivace dans le cœur des vivants le souvenir des défunts, ce qu'ils avaient été et ce qu'ils avaient accompli.

Se projeter dans le passé était plus facile que de chercher à se représenter l'avenir. C'était pourtant ce que les deux hommes avaient à faire. Il s'agissait de leur responsabilité, de leur saint mandat. Parvenus au mausolée d'Auguste, comme toujours, ils s'arrêtèrent et, en silence, rendirent hommage à l'homme d'État.

L'ensemble architectural était une merveille de cercles concentriques en béton face à du marbre blanc. Entre chaque cercle poussaient des cyprès parfaitement taillés. À l'entrée, deux obélisques de style égyptien montaient la garde. Dans une chambre funèbre hémisphérique centrale, un Auguste en bronze, fort et puissant à jamais, se dressait du haut d'un pilier. Le lieu abritait également des urnes funéraires, réceptacles des restes d'Auguste comme de ceux de ses parents et amis ; les vestiges que leurs âmes avaient laissés derrière elles…

De là, des allées arborées rayonnaient en direction des jardins et autres secteurs du cimetière. Toutes les nuits où ils revenaient déambuler là, Lucas et Julius prenaient une orientation différente. Connaissant à présent les lieux par cœur, ils continuaient de varier leurs itinéraires.

— Il y a des nouvelles de Milan, annonça Lucas en couvrant le fracas distant du Tibre.

Hochant la tête, Julius attendit qu'il continue. Des rapports de Milan n'auguraient jamais rien de bon. Il inspira, s'efforçant de profiter des senteurs vivifiantes des fourrés à feuilles persistantes qui embellissaient l'espace tout en s'apprêtant à encaisser les nouvelles.

— Le bon air nocturne est bénéfique contre ma toux… Continuer un peu ne t'ennuie pas, n'est-ce pas ? ajouta Lucas.

C'était un code : le prêtre supérieur s'inquiétait de la présence probable d'espions, et estimait préférable d'atteindre le temple de l'esplanade, là où personne ne pourrait se rapprocher assez pour épier leur conversation sans être vu.

Trop d'arbres les entouraient pour qu'ils prennent des risques. Des frondaisons touffues offraient de très bonnes cachettes nocturnes. Ce serait si simple pour les zélotes de l'empereur à l'affût d'être à l'écoute, de chercher à en savoir plus sur leurs plans pour mieux les déjouer.

Si quelqu'un les espionnait effectivement, ils n'étaient jamais que deux prêtres en train de flâner dans le cimetière, comme toujours. Ils avaient entrepris ces incursions nocturnes depuis des années, débattant religion et politique, tâchant de refaire le monde. Maintenant que tout semblant d'ordre se perdait, de petits rituels familiers comme celui-là étaient d'un grand réconfort.

Bien loin de là, les deux hommes entendirent un cri, suivi par des clameurs. Ils sondèrent les cieux, l'obscurité… Sans rien déceler de prime abord. Puis des flammes s'élancèrent à l'assaut du firmament, nuançant l'horizon d'un éclat orangé.

Cet été-là à Rome, le feu semblait insatiable. Il y avait déjà plus de bâtiments détruits que depuis ces six dernières années conjuguées. Et il n'était pas juste question d'incendies criminels. Cela faisait partie intégrante des changements. Les gens étaient mal à l'aise, effrayés ; en conséquence, les hommes buvaient trop de vin le soir et les femmes n'étaient pas aussi vigilantes avec l'âtre qu'il l'aurait fallu. Des accidents arrivaient.

Mais pas au temple des Vestales, ni en leur maison. Proactive, Sabine avait débroussaillé les abords de la résidence, y instaurant des tours de garde chaque soir, avec des chaînes de seaux d'eau prêtes à entrer en action à toute heure du jour et de la nuit.

Face à l'illumination céleste, Julius se remémora l'incendie, cinq ans auparavant, où il avait cru Sabine morte. Il frissonna en dépit de la chaleur ambiante. Depuis lors, la jeune femme avait affranchi les prêtresses de nombre de règles archaïques, mettant plusieurs rituels au goût du jour afin de les aider à se percevoir moins comme « étrangères » à la société dans laquelle elles vivaient.

Peu importaient les progrès qu'elle avait réalisés néanmoins, elle n'en avait pas assez fait. Une loi toujours d'actualité – et comment ! – allait bientôt signer sa perte.

Et la sienne.

Julius s'accablait de reproches. Il aurait dû se montrer plus ferme. Trancher dans le vif avant de laisser la situation déraper à ce point. Mais dans sa folle arrogance, il avait défié le destin une fois de trop, et fini par tout perdre… Face à un orgueil démesuré, c'était là une leçon d'humilité – qu'il comprenait hélas trop tard.

Pourquoi donc fallait-il toujours qu'on soit attiré précisément par ce qu'on n'était pas censé avoir ?

Rome n'était pas une ville provinciale. Comme tous les hommes, les prêtres avaient droit aux plaisirs charnels. Il y avait des lupanars à fréquenter et de vigoureux jeux sexuels à expérimenter. Julius pouvait se repaître du corps parfumé de toute femme de rencontre, ou bien se livrer aux délices érotiques du stupre avec n'importe quel homme pourvu qu'il lui plût.

La seule et unique personne qu'il eût jamais désirée avec autant d'ardeur désespérée, c'était celle qui lui était interdite. Comment avait-il pu avoir l'audace de prendre autant de risques alors que le châtiment encouru pour une telle faute – leur union – était la peine capitale ?

Il connaissait la réponse. Être vivants et séparés serait pour eux deux un sort pire que la mort. Vivre dans le même monde, fouler la même terre et ne jamais pouvoir se toucher, ne jamais se chuchoter ce qui comptait pour eux, ne jamais goûter l'extase que leur offraient leurs corps unis… ?

Le chemin parcouru en silence, Julius et Lucas furent au bout du cimetière, abordant l'esplanade. Un temple au dôme joliment arrondi que supportaient une dizaine de piliers à cannelure se dressait au centre d'une pelouse qu'entourait un jardin aux plantes et aux semis exclusivement enfoncés en terre. Il n'y avait pas d'arbres à portée de voix.

Néanmoins, ils firent le tour du temple.

— Je ne crois pas qu'on nous ait suivis, dit Julius.

— Nous avons des plans à dresser, souligna Lucas une fois qu'ils se furent installés sous le dôme en tuiles du temple. Et vite. À en croire les rumeurs, l'empereur a pris une nouvelle initiative.

— Une plus dure ?

Lucas acquiesça.

— L'évêque de Milan était là, et ils ont défini ensemble la phase suivante de l'épuration.

— Sais-tu ce qu'elle impliquera ?

— Toute manifestation de culte païen sera complètement interdite, les rites religieux privés y compris – même si nous savons pertinemment qu'il n'existe aucune façon d'appliquer un tel édit. L'empereur décrétera que plus aucun sacrifice ne sera toléré où que ce soit dans la cité, et cela inclut l'intimité de nos propres pénates. Nous n'aurons plus le droit d'allumer des chandelles votives et des lampes, de faire des libations de vin ou des offrandes d'encens, de tresser des couronnes à notre Génie ou à nos *sacra familiara*, les Lares et les Pénates. Tout cela constituera à l'avenir des offenses considérées comme de la haute trahison, à l'instar de la divination des entrailles ou de l'offrande d'holocaustes à nos divinités. Nouer un ruban autour d'un arbre ou vénérer une statue, même cela deviendra hors-la-loi et, me suis-je laissé dire, passible de confiscation de biens… Sinon pire. Ce décret sanctifiera notre élimination au nom de leur dieu.

— Combien de temps reste-t-il avant que la loi ne soit promulguée ?

— Un mois ? Deux ? Dans moins d'un an, j'en ai peur, il n'y aura plus un seul temple encore debout. Ni aucun de nos prêtres.

Tous deux gardèrent le silence quelques instants – Julius en raison de l'énormité des bouleversements annoncés, et Lucas, parce que rien que de le répéter l'épuisait.

— Nous ne pouvons pas nous laisser faire ! protesta Julius. Nous devons répliquer !

— Nous sommes à un contre des milliers.

— Tu baisses les bras, c'est ça ?

— Je suis juste en train d'en parler avec toi. Et de chercher à y voir clair. Simplement, je doute que nous ayons la moindre chance de vaincre nos ennemis au corps à corps.

— En se montrant plus malins qu'eux, alors ?

— S'il existe un moyen…

— Au moins, nous pouvons préserver nos reliques des pillards. Ainsi, quand tout cela prendra fin, et que nous serons de nouveau au pouvoir, nous les remettrons en place. Et nous partirons.

— *Quand tout cela prendra fin, et que nous serons de nouveau au pouvoir…* ? Quel optimiste tu fais, Julius ! Pour moi, rien n'est moins sûr.

— Alors nous recommencerons tout ailleurs, et nous attendrons. Cet empereur-là ne vivra pas éternellement. D'un simple claquement de doigts, son successeur pourra restaurer notre religion dans ses droits aussi vite que Théodose a légalisé la nouvelle religion. Il n'est pas tant ici question d'idéaux élevés que de politique. Or, la politique est chose capricieuse.

Le grand pontife hocha la tête d'une façon qui fit penser à son père au prêtre plus jeune.

— Naturellement, tu as raison. Il reste toujours une chance. Mais quand tu es assez malin pour associer politique et religion à la façon dont l'empereur s'y est pris, tu ne te contentes pas de changer les lois. Tu t'attaques aussi aux mentalités. Avec nos concitoyens, Théodose joue sur la peur de l'inconnu. À chaque discours, il leur rappelle que ce n'est qu'en les honorant, sa nouvelle religion et lui-même, qu'ils s'assureront une place de choix dans la vie après la mort. Sinon, ils seront voués aux flammes de l'enfer – enfer qu'il s'ingénie à décrire avec toujours plus de détails atroces dès qu'il en parle. Il a réussi à terrifier tout le monde. Les citoyens sont effrayés, et pas simplement à l'idée de ce qui leur arrivera de leur vivant, mais ce qu'il adviendra d'eux et à leurs bien-aimés, à leur mort. Les gens ont peur de lui désobéir. En associant la nouvelle religion à la loi séculaire, l'empereur a accru son pouvoir au décuple.

Ils sentirent passer un souffle d'air chaud. Julius aurait voulu qu'il balaye les changements qui menaçaient leur mode de vie. Il embrassa du regard le paysage familier, se demandant si l'avenir serait clément pour ce lieu de recueillement ou si le même sort serait réservé au cimetière qu'à quelques-uns des temples.

Au loin, il y eut du mouvement, dans un des cyprès. Mais le vent était retombé. Julius toucha le grand pontife au bras, en désignant d'un petit signe du menton ce qu'il venait de surprendre du coin de l'œil.

Quelques secondes plus tard, les branches bougèrent de nouveau.

Puis, dans un autre arbre, un bruit furtif…

Chuchotant, Julius et Lucas jaugèrent la situation.

Combien d'espions se cachaient là, à attendre qu'ils quittent le sanctuaire du temple ? De quelle mission les avait-on chargés ? Étaient-ils prêts à passer à l'attaque, ou s'agissait-il d'une simple sortie pour découvrir ce qu'ils pouvaient sur les plans des prêtres ?

— Devrions-nous prendre le risque ? demanda Lucas en désignant discrètement la trappe pratiquement indécelable dans la mosaïque complexe du sol – à moins de savoir ce qu'on cherchait.

— S'ils savent déjà que nous sommes là, et que nous nous volatilisons, ils risquent de découvrir notre réseau souterrain. Pas question de courir un tel danger. Nous allons avoir besoin de ces tunnels pour fuir Rome si les choses en arrivent là.

— Tu as raison. Nous attendrons. Quitte à rester là jusqu'au matin. Il y aura assez de passants un peu partout pour garantir raisonnablement notre sécurité. Notre cité n'en est pas encore arrivée au stade où assassiner deux grands prêtres en plein jour est tout à fait acceptable. Du moins, je n'espère pas.

Le restant de la nuit s'écoula lentement. Même quand il n'y eut plus de mouvements suspects dans les arbres, les deux hommes furent trop circonspects pour renoncer à la sécurité qu'offrait le temple jusqu'au lever du jour. Aussi, toujours murmurant, ils échafaudèrent des stratégies.

Alors que leur plan prenait forme, il devint évident qu'à condition de se montrer prudent et réactif, il existait encore une possibilité de sauver ce qui était précieux à leurs yeux pour implanter leur religion en d'autres contrées, sous d'autres cieux – et pourquoi pas, un jour, la refaire vivre à Rome même.

Chaque trésor devait être confié en la sainte garde d'un

prêtre ou d'une vestale, ainsi qu'il seyait au rang de chacun et de chacune. L'heure venue, tous s'arrangeraient pour faire sortir en douce les reliques de Rome. Voyageant seul ou, au maximum, par deux, ils se donneraient rendez-vous dans un site central hors de la Ville et, réunis, se mettraient en quête d'un refuge sûr.

— À qui devrions-nous confier le Palladium ? demanda Julius. Il faut que ce soit un prêtre.

La statuette d'Athéna, qui brandissait une javeline de la main droite et tenait une quenouille et un fuseau de la gauche, mesurait près d'un mètre de haut.

— C'est trop lourd pour les vestales.

Taillée dans du bois, coloriée à l'aide de pigments obtenus en pulvérisant du lapis-lazuli et de la malachite, décorée à la feuille d'or, la figurine stupéfiait quiconque posait les yeux sur elle. L'artiste avait réussi à insuffler à ses traits figés force *et* compassion. Et si on ajoutait à cela l'histoire de l'œuvre d'art, ça en faisait un de leurs plus beaux trésors historiques. Énée en personne avait sauvé l'extraordinaire réplique de la majestueuse statue d'origine du sac sanglant de Troie. Et on disait d'elle qu'elle veillait sur Rome. Elle était leur mascotte, leur porte-bonheur… Si leur exode ne bénéficiait pas de sa bénédiction, les plus superstitieux d'entre eux ne croiraient plus vraiment en leur réussite.

— Je pense que Drago devrait s'en charger, répondit Lucas, en nommant le frère de Julius.

— Il en serait honoré.

Le grand pontife choisit ensuite à qui confier les deux autres statuettes en bois du sanctuaire ainsi que les provisions pour les dieux lares, les Pénates… des cendres de fœtus de veaux mêlées au sang des fougueuses cavales des quadriges de course.

Une demi-heure plus tard, ils avaient terminé leur liste. Restait un seul trésor, et il ne faisait aucun doute que Lucas en personne en prendrait la responsabilité. Pourquoi son mentor n'avait-il délégué aucun des objets sacrés à Julius ? Malgré lui, il fut déçu. Pourquoi l'évinçait-on ainsi ? Une seule raison lui venait à l'esprit…

D'une façon ou d'une autre, Lucas avait découvert le pot aux roses à propos de Sabine, et savait que les jours de Julius étaient désormais comptés si jamais on s'apercevait qu'il était le père de l'enfant. Il ne survivrait guère à sa maîtresse. La loi était intransigeante : l'homme coupable d'avoir pris la virginité d'une vestale encourait également la peine de mort. Pour l'instant cependant, mourir était une abstraction. Se voir refuser la garde d'un des objets sacrés était une humiliation tout ce qu'il y avait de plus réel.

Julius regarda l'horizon où pointait la promesse de l'aube, avec son délicat saupoudrage d'or matinal. Il avait conscience de réagir comme un gamin en laissant ses sentiments personnels prendre le dessus sur d'écrasants problèmes qui menaçaient jusqu'à leur mode de vie. Ils étaient confrontés à une crise sans précédent – même dans leurs cauchemars les plus fous – et voilà qu'il était jaloux de son propre frère et de ses confrères sous prétexte qu'eux se verraient confier plus de responsabilités que lui ?

— Nous allons pouvoir y aller, dit Lucas et entamer une dure journée de plus. Mais il reste un trésor.

Dans le penus – le sanctuaire des vestales est la pièce la mieux protégée de leur maison –, un coffret ouvragé renfermant les Pierres de Mémoire était, disait-on, enfoui sous le sol. Le secret de son emplacement précis se transmettait de génération en génération (entre le grand prêtre et la grande prêtresse), mais après tant de siècles, certains pensaient qu'il s'agissait d'une simple légende.

— Vous croyez en son existence ?

— Oui, je crois qu'il est là. De quelle puissance nous parlons au juste, ça, je l'ignore. Nul n'a plus revu ces pierres depuis des centaines d'années.

— Mais tu sais où elles sont ?

Lucas sourit.

— Je sais où elles sont supposées être. Comme la prêtresse en chef.

Chaque fois qu'un incendie avait éclaté, disait-on – et il y en avait eu beaucoup – le grand pontife régnant avait veillé à ce que la maison des vestales soit relevée de ses cendres et reconstruite rigoureusement à l'identique afin que le penus ne change pas de place. De la sorte, le trésor pourrait toujours être retrouvé si on jugeait bon de le faire réapparaître.

Des mois plus tôt, dans le bosquet sacré, Sabine avait dit à Julius qu'ils devraient s'emparer de ces pierres et s'enfuir. En sa qualité de grande prêtresse, elle aussi connaissait pertinemment la cachette. Il se souvenait à présent de ce jour-là… Comment il avait quitté la ville en cette horrible matinée, avec l'idée que la menace qui pesait sur eux ne pourrait pas être pire… Comment ils avaient fait l'amour à l'ombre des frondaisons, puis s'étaient baignés dans l'étang… Comment il avait découvert qu'elle portait son enfant. *Et* leur arrêt de mort en gésine… Tout cela en même temps.

— Tu prendras les pierres, naturellement, ajouta-t-il.

Lucas secoua la tête.

— Quiconque se doute de ce que nous tramons en déduira que je me suis chargé des objets les plus précieux, et c'est précisément ce que je veux que tout le monde pense. Voilà pourquoi je disparaîtrai le premier. Le chaos régnera. Des rumeurs se mettront à circuler selon lesquelles j'ai fui avec les pierres. Ensuite, les vestales et les prêtres supérieurs au complet, toi excepté, prendront également la fuite. En canalisant les doutes, les suspicions et les conjectures. À ce moment-là, notre trésor sera vide. Tout ce qui avait de la valeur aura apparemment disparu aussi. Nul ne se doutera que notre plus grand trésor est encore là. Et c'est alors que tu fuiras à ton tour.

Un instant, la tension s'allégea. Lucas venait de l'oindre de sa bénédiction. La peau le picotant, la tête lui tournant…

Julius se dit qu'il allait être le premier homme à les toucher depuis d'innombrables années.

À en croire les légendes, les pierres avaient fait partie d'une cachette de trésors soutirés à l'Égypte durant le siège de sinistre mémoire de la Vingtième Dynastie, et le pillage en règle des sépultures ; elles avaient été découvertes dans les coffres de Ramsès III. Puis elles étaient devenues la propriété du roi nubien Piânkhy ou Piyé de Koush qui, venu du Soudan, avait conquis les différents royaumes de l'Égypte et fondé la dynastie nubienne. Dérobées à ce monarque par un membre déposé de la royauté égyptienne, les pierres avaient ensuite été offertes à Numa Pompilius, le deuxième souverain de Rome, comme tribut par le prince qui avait demandé asile.

Lorsque Numa les avait reçues, il était bien connu que les pierres constituaient une sorte d'antique catalyseur servant au rappel d'existences antérieures. Mais la connaissance de leur usage s'était perdue depuis longtemps. Visiblement, chacune d'entre elles portait des symboles – que nul, à la cour de Numa, ne fut en mesure de déchiffrer. Personne n'avait la moindre idée de ce que ça pouvait être. Le roi offrit une forte récompense à qui parviendrait à lever le mystère, et les érudits affluèrent de très loin parfois pour tenter leur chance. Les échecs continuels d'interprétation des inscriptions ne firent que renforcer la détermination de Numa de connaître la puissance des pierres.

Oui, il voulait percer à jour les secrets de son passé afin que son âme connaisse enfin la paix, mais il désirait aussi ardemment se servir des pierres pour engranger pouvoir et richesses, retrouver tous les trésors dont on avait perdu la trace et débrouiller tous les mystères qui échappaient encore à la civilisation.

Chaque année, il augmentait la récompense offerte. Quand il mourut, elle avoisinait paraît-il un bon quart de sa fortune – et toujours personne pour transcrire les inscriptions des pierres et déchaîner leurs pouvoirs…

Numa Pompilius pensait, comme beaucoup, qu'après sa mort, il renaîtrait un jour dans un autre corps pour vivre de nouveau à Rome et y gouverner. S'il n'avait pu de son vivant apprendre des gemmes, il tenait du moins à s'assurer d'une seconde chance dans sa réincarnation. Donc, peu avant de passer de vie à trépas, il avait annoncé qu'il affectait deux femmes, Gezania et Verenia, à la garde sacrée du feu du foyer, les chargeant de veiller sur lui afin que jamais il ne s'éteigne et que Rome continue à profiter de ses bienfaits. Il avait appelé ces prêtresses des vestales en l'honneur de la déesse Vesta ; il les avait couvertes d'honneurs, leur conférant un grand pouvoir, et décrété qu'elles resteraient pures. Il avait établi des règles de progression afin d'assurer la pérennité de l'ordre fondé.

Mais veiller sur le feu sacré dissimulait en réalité la véritable motivation de Numa, la raison pour laquelle il avait ordonné ces femmes ; l'engagement sacro-saint qu'elles contractaient à son égard, c'était surtout de préserver les pierres après son décès. Qu'un mâle prenne la virginité d'une vestale serait désormais, avait-il également décrété, un crime passible de la peine de mort. S'il pouvait distiller la peur dans le cœur des hommes vis-à-vis des vestales, s'était-il dit, ça les dissuaderait de pénétrer dans leur saint des saints, le naos. Et les pierres resteraient en sécurité.

Mais éloigner les hommes de ces femmes était une chose – les empêcher *elles* de les attirer dans leur maison, une tout autre… En conséquence, non content de rendre leur virginité sacro-sainte, le roi décida que le châtiment réservé à toute vierge coupable d'avoir renié ses vœux de chasteté serait la mort lente par suffocation.

La dernière précaution prise par Numa ? Visant à garantir que son précieux trésor demeurerait inviolé jusqu'à l'heure de sa renaissance ? Faire courir des rumeurs sur une prétendue malédiction entourant ces pierres… Quiconque oserait seulement se lancer à leur recherche serait frappé d'une affliction bien particulière – celle de ne plus pouvoir oublier ce qui devrait l'être, et d'être hanté pour le restant de ses jours par des cauchemars éveillés.

Tant d'années plus tard, une telle malédiction planait toujours sur ces pierres. Les Romains étaient superstitieux. Nul homme n'avait envahi la maison des vestales. Même les vierges qui, à l'instar de Sabine, rompaient leurs vœux en s'abandonnant aux extases de l'amour ou aux délices de la luxure, le faisaient hors de ces lieux.

Autant qu'on sût, les gemmes – si tant est qu'elles eussent jamais existé – y étaient encore enfouies.

Imitant Julius, Lucas contempla les cieux où pointaient les pâles lueurs bleu et orange du petit jour.

— Quand devrions-nous partir au plus tôt, d'après toi ?

— D'ici six à sept semaines. Pas plus si on veut sauver notre peau.

L'échéance, à peu de choses près, de l'accouchement de Sabine… Prendre la route à ce moment-là serait dangereux. Ou il leur faudrait fuir avant, ou bien attendre nettement après la naissance du bébé.

Il ferait bientôt assez jour pour que Lucas et lui s'aventurent hors de l'enceinte protégée du temple. Dans les quelques minutes qu'il lui restait, Julius sut qu'il devait avouer la vérité à son mentor et ami. Sabine avait réussi à dissimuler son secret chaque jour plus embarrassant sous la cape volumineuse qu'elle portait maintenant en permanence, mais cela devenait néanmoins de plus en plus difficile… S'ils voulaient fuir, au lieu que Sabine cherche simplement refuge chez sa sœur comme ils l'avaient notamment envisagé, il avait besoin de l'aide de Lucas – et non de son ressentiment à se voir le tenir dans l'ignorance.

*Nous comprendra-t-il ? Nous protégera-t-il ? Et dans le cas contraire ? Pas question que je laisse la peur m'affoler… Je dois m'en remettre à lui, prendre le risque et me confier à lui. Pour sauver Sabine, il me faut obtenir le soutien de Lucas.*

— Pas question que je parte si cela m'oblige à laisser Sabine derrière moi.

Lucas resta coi un instant. Malgré tous ses efforts, Julius sentit l'appréhension le gagner de plus belle.

— Tu es comme un fils pour moi. Je te connais depuis ta plus tendre enfance. T'imaginais-tu que je n'étais pas au courant, pour Sabine et toi ?

Julius en fut pétrifié.

— Mais… tu n'as jamais rien dit !

— Qu'y avait-il à dire ? M'aurais-tu écouté ?

Julius en sourit presque – mais il y avait davantage à confesser. Et il était certain que Lucas ne connaissait pas la suite.

— Je ne peux pas quitter la ville avec elle et mon enfant à mes côtés, plus les pierres en poche !

Tel le condamné résigné à la lecture de la sentence, Lucas hocha la tête.

— Le souci d'une telle éventualité m'a fait passer bien des nuits blanches.

Il resta silencieux un moment, réfléchissant.

— Tout se délite autour de nous, tout se désagrège… Nous vivons des temps où la confusion règne. Nous pourrions peut-être tourner à notre avantage la grossesse de Sabine. Ce pourrait être juste ce qu'il faut pour donner à croire que nous suivons les règles alors qu'en réalité, nous serons en train de les fouler aux pieds…

Julius sentit renaître en lui un faible espoir – pour la première fois depuis des mois.

Une demi-heure plus tard, les deux prêtres descendaient la volée de marches du temple pour regagner l'air libre. Sans encombre, ils accédèrent au plus haut niveau du cimetière, là où se dressait la belle statue en bronze de César Auguste. Ses épaules chatoyantes paraissaient assez robustes pour supporter le poids du monde.

Lucas le désigna en passant devant.

— La guerre civile a fait rage des centaines d'années avant qu'il ne se rende maître de la situation... Tu as peut-être raison de prédire que le vent tournera de nouveau de notre vivant.

Tous savaient ce qu'ils devaient à leur premier empereur. N'étaient-ils pas les heureux bénéficiaires de ses entreprises ? Le cours monétaire, le réseau routier, le service postal, les ponts, les aqueducs et tant des édifices qu'il avait fait bâtir, encore debout... Sans parler des plus grands auteurs, Virgile, Horace, Ovide et Tite-Live, dont les œuvres avaient toujours cours... Tous avaient vécu sous le règne de César Auguste.

— Sous son égide, nous n'aurions pas fuir ni à nous cacher, souligna Julius.

— Nous allons désormais prendre notre destinée en main, et nous survivrons.

— Et quand...

L'impact de la première pierre, fusant d'une telle distance, déséquilibra Julius. Le deuxième projectile le fit chuter.

— Julius ? Julius ? Tu m'entends ?

Comprendre ce que Lucas disait exigeait un gros effort.

Il se força à rouvrir les yeux, ce qui lui valut d'être aussitôt vrillé par une douleur aiguë au-dessus du sourcil droit.

— Tu es touché ! Et tu saignes beaucoup.

Lucas se pencha au-dessus du jeune prêtre, le dévisageant avec anxiété. La vision de Julius, elle, se brouillait. Il referma les yeux.

— Julius ?

Sa tête lui faisait mal.

— Julius ?

— Que s'est-il passé ?

— Ils ont dû nous guetter toute la nuit au milieu des arbres, pour nous couper la retraite.

Julius lutta contre le malaise. Le bosquet de cyprès où les sales types avaient dû s'embusquer offrait un camouflage idéal. Deux ou trois gaillards pouvaient évidemment se dissimuler à l'ombre des frondaisons touffues, et paraître invisibles... Si on ne se doutait pas de leur présence, on n'aurait jamais idée de les y chercher.

Quand Julius était petit, son père dessinait pour lui des œuvres complexes, lui demandant d'y déceler l'oiseau, l'âne ou l'urne qui s'y dissimulait. L'enfant fixait longuement les croquis, étudiant les « espaces entre les espaces » et bien sûr, là où on ne s'y attendait pas, l'objet caché se trouvait dans « les formes de vide »... C'était le « dessin dans le dessin ».

« Dissimulé à la vue de tous », selon la formule paternelle.

Voilà ce qu'avaient fait les frondeurs.

Et voilà comment Lucas et lui allaient sauver Sabine. Ils allaient utiliser les « formes du vide ».

# 31

Leo Vendi, le conducteur de la SUV noire, laissa le plastique (tout aussi noir) de la signora Volpe sous le siège du passager avant, sortit de voiture, la verrouilla, dissimula les clés au-dessus du pneu droit – juste sous la jante –, longea les deux immeubles à l'ouest de l'endroit où sa moto était garée, puis enfourcha l'engin, tourna la clé de contact et démarra en trombe. Il ne pensa pas à guetter celui ou celle qui allait apparaître pour s'emparer du sac de papiers que la vieille dame venait de balancer par la fenêtre de l'appartement de Gabriella Chase. Il se faisait tard, il était fatigué et avait le ventre vide. Leo était un pro, et si quelqu'un voulait qu'on laisse des papiers dans un sac, dans une voiture garée en plein quartier résidentiel, il s'en chargeait – en ces termes précis.

Un quart d'heure plus tard, tandis que Leo mangeait des pâtes arrosées d'un bon vin rouge – quoique bon marché –, un certain Marco Bianci approchait de la berline noire, s'emparait nonchalamment des clés dissimulées à son intention, s'installait au volant et démarrait à son tour... Après avoir avancé d'une dizaine de pâtés de maisons, il s'autorisa enfin à inspecter le contenu du sac, sous le siège du passager avant.

Ça avait l'air d'être ça. Bien. Il détestait décevoir les clients, et il venait déjà d'écoper d'une sérieuse déconvenue avec ce job.

Ne restait plus maintenant qu'à rencontrer le prêtre devant Saint-Pierre après la première messe matinale. Marco ne sortirait pas du véhicule avant cela – et il s'en accommoderait fort bien. Il ne voulait pas prendre le moindre risque avec le magot. Le prêtre allait grassement le dédommager de ses peines.

« *Vous méritez une généreuse compensation* », avait assuré l'homme d'Église. « *Il s'agit là de crimes perpétrés contre notre Seigneur Jésus-Christ ! Ça paraît pourtant bien anodin, une fenêtre brisée, une pile de papiers... mais ça ne l'est pas. C'est un blasphème à l'encontre de la volonté de Dieu. Notre entrée même au paradis en serait compromise !* »

Marco Bianci avait baissé la tête, et le père Dougherty l'avait béni. Puis il avait pris l'argent du prêtre américain, en mettant au point les termes de la transaction.

# 32

« *Le monde a ceci de secret que toutes choses subsistent et ne meurent pas, se retirant seulement un peu de la vue pour revenir ensuite. Rien n'est mort ; les hommes feignent de l'être, endurant des simulacres de funérailles alors qu'ils sont là, à regarder par la fenêtre, sains et saufs, sous quelque étrange nouveau déguisement.* »

Ralph Waldo Emerson

*Rome, Italie – mardi, 7 heures 20*

La sonnerie du téléphone réveilla Josh, mais il ne décrocha pas. L'antique panorama de Rome et la conversation qu'il venait de tenir avec Lucas lui étaient plus réels que le lit où il venait de dormir. Ainsi que sa migraine. Non… c'était Julius qui en avait eu une, dans le rêve. Josh ne pouvait pas lui aussi en souffrir, dans la réalité.

Changeant de côté, il tenta de retourner d'où il venait. Il y avait encore des décisions urgentes à prendre pour Julius et Lucas, des dangers à écarter…

Josh tenta d'invoquer le paysage qui était pourtant si clair et net dans son esprit quelques minutes plus tôt. Les cieux d'un rose orangé…

La statue d'Auguste. Les grands cyprès. Et le problème qu'il fallait résoudre : comment sauver Sabine ?

Existait-il un moyen quelconque de retourner dans le passé ? Ou avait-il perdu son emprise mentale sur la « membrane » qui le rattachait à cette défilante de rêves ? Il se frotta les yeux – geste qui lui fit mal aux mains. La veille, les égratignures récoltées dans le boyau de la sépulture avaient formé une croûte. À présent, certaines s'étaient fraîchement rouvertes.

Du sang rouge vif suintait des coupures.

En un éclair, il se souvint du passé récent, de la scène qui s'était déroulée quelques heures auparavant – il avait été traqué avant que son poursuivant lui-même ne soit pris en chasse et abattu…

Écartant des mèches de son front, il prit soin de ne pas toucher à l'estafilade qui y courait sur environ cinq centimètres de longueur. Sauf qu'il n'y en avait pas. Encore un tour de ses embardées mémorielles. Josh était en passe de devenir cinglé.

Comment aurait-il pu y avoir le moindre doute ? Il ne s'agissait nullement de quelque « enchevêtrement » entre son identité présente et son identité passée – ce qu'il était maintenant et ce qu'il avait pu être dans une vie antérieure. C'était simplement son imagination débordante, exacerbée par le traumatisme subi lors de l'attaque terroriste – et encore plus avec ce nouvel accès de violence. Bien sûr… C'était forcément ça, et plus vite il quitterait Rome et ces flash-back incessants, mieux ce serait.

*Non, reste ! Résous ce mystère. Sauve-la !*

Il se faisait l'impression d'être violemment tiré au travers d'un trou mural bien trop petit pour le laisser passer… Pourquoi était-il enchaîné à une autre époque, un autre lieu et d'autres gens retombés en poussière depuis longtemps ? Josh n'avait aucune façon appropriée de décrire le supplice que représentait le fait d'être ramené de force au présent alors que, de toute son âme, il aurait voulu rester dans le passé… Alors qu'il était sûr et certain que ses bien-aimés ne survivraient pas sans lui… Si Julius ne venait pas à elle, Sabine se croirait abandonnée. Et indigne d'amour.

*Il n'y a pas de « Sabine » ! Tu es un homme esseulé dont l'imagination fiévreuse lui joue des tours…*

Tout son corps lui faisait mal comme si on l'avait battu. *Son* corps… celui de Josh. Les pensées de Julius. Sa peau archi-sèche lui faisait l'effet d'être du papier de verre. Ses yeux le brûlaient, il avait les cheveux sales et, à en juger par ses douleurs musculaires aux jambes, on aurait dit qu'il venait de disputer un marathon… Il avait encore l'odeur âcre de la fumée dans les narines.

La démence menaçait, effrayante. Josh ne tenait plus à analyser et disséquer ce qui lui arrivait. Il voulait juste que ça s'arrête. Il désirait en revenir à une époque antérieure à l'attentat, ses premiers souvenirs remontant à ses quatre ans, lorsqu'il avait eu en main son premier appareil photo, et que son père l'avait emmené à Central Park sous la neige, afin qu'il puisse utiliser sa première bobine de film…

La seule façon de rompre le sortilège serait de sortir du lit pour aller sous la douche… Mais pas même le crible glacial du jet d'eau sur sa peau n'entama en quoi que ce fût l'impression qu'il dormait encore à moitié, qu'une bonne partie de son être était restée dans cet outre-monde nébuleux avec Sabine…

Putain de bordel de merde, quoi ! Complètement barge, cette histoire ! Il n'existait aucune femme prénommée Sabine ! Aucun passé. Il n'y avait que son cerveau, atteint par quelque trauma invisible qui n'avait pas encore clairement dit son nom, et dont le diagnostic attendait toujours d'être posé.

Certes, Josh avait lu des centaines de rapports de Malachai et de Béryl sur les enfants qui se remémoraient leurs vies passées avec une telle précision que la fondation avait été en mesure de réunir des preuves de nature historique sur ce qu'ils avaient pu traverser.

Cependant, tous les cyniques s'accordaient à dire que si preuves il y avait, on pouvait logiquement en déduire qu'on avait mis ces idées dans les chères petites têtes blondes... La mémoire n'avait rien à voir dans l'histoire...

Parfois, en effet... Mais... dans tous les cas de figure ? Avec des milliers et des milliers d'enfants ? Dans quel but ?

Leurs existences passées torturaient ces bambins. C'était tangible dans leur regard, perceptible dans leurs voix qui se fêlaient. Il n'y avait, pour eux-mêmes ou leurs parents, aucun gain monétaire en jeu. Nul d'entre eux – et leurs familles respectives pas davantage – n'était entré sous les feux de l'actualité. Autre que la fondation Phœnix apportant son aide aux enfants concernés pour les soulager de visions troublantes, pas un seul des trois mille cas que Béryl et Malachai avaient pu traiter n'avait tenté de monnayer son expérience.

Alors pourquoi Josh était-il incapable d'accepter le fait que ce qui leur arrivait pouvait lui arriver aussi ? Qu'avait d'impensable la possibilité qu'en des temps reculés, il ait pu se produire quelque chose de terrible à Rome, et qu'à présent, tant de siècles plus tard, Josh puisse se souvenir de ce qu'il n'était pas censé se rappeler en vertu d'un caprice de la métaphysique ?

Et si cette femme, dont le corps momifié venait d'être découvert par les professeurs Rudolfo et Chase, se prénommait bel et bien Sabine ? Et s'il avait effectivement existé un prêtre romain du nom de Julius, responsable de la mort lente par suffocation de la malheureuse dans la petite tombe exiguë ? N'était-ce pas le genre d'événement atroce susceptible, dans le karma, d'entraîner des répercussions vengeresses à travers les siècles ?

Mais à supposer même qu'il parvienne à y ajouter foi, que diable était-il supposé faire ?

Il tourna le robinet pour avoir de l'eau plus chaude.

Comment venger quelqu'un qui avait péri en 391 après Jésus-Christ ?

*Tu trouves le corps que son âme a maintenant investi, et tu te fais pardonner.*

N'était-ce pas l'idée qui le tourmentait depuis son réveil à l'hôpital, au lendemain de l'attentat ?

*Quelque part, une femme t'attend, et tu ne redeviendras toi-même qu'après l'avoir retrouvée.*

La pensée de cette inconnue l'avait plongé dans la confusion, et obsédé au point de détruire un mariage déjà vacillant.

*Quelque part, une femme qui possédait jadis l'âme de Sabine attend que tu lui viennes en aide, et que tu redresses la situation cette fois.*

Le désir n'a pas à se justifier. Pas plus qu'il n'a d'explications à donner. Il n'y a aucune logique à cette formidable tension capable de surgir à n'importe quel moment pour vous couper tous vos moyens. Debout sous la douche, ruisselant d'eau et tentant de redonner un sens à une vie qui n'en avait plus aucun, la dernière chose qu'il s'attendait à ressentir, c'était bien ce désir brutal, pur et brut, pour le corps d'une femme… celui de Sabine.

Appuyé aux carreaux glacés, il ferma les yeux. Il tenta – en pure perte – de se ressaisir. Sa chair se moquait éperdument de ce que l'esprit prétendait lui dicter. Josh voulait la retrouver. Humer son parfum, la goûter, se planter en elle d'un vigoureux coup de reins jusqu'à la garde… Il voulait de nouveau la connaître, bibliquement, se fondre en elle jusqu'à atteindre ce seuil divin où la passion dissipait les derniers lambeaux de peur et de panique existentielle… Qu'importait que leur union signât leur perte en définitive ! Être ensemble, voilà qui méritait qu'on sacrifie sa vie. Seul comptait le fait qu'ils soient de nouveau en phase, que leurs corps s'unissent avec fougue en oblitérant toute la peine qu'il y avait à vivre dans un monde injuste. Que quelques minutes au moins, ils puissent goûter une extase de nature à leur permettre d'endurer les ténèbres et la désolation.

Dans la cabine de douche, adossé au mur, il fut enflammé par leur union charnelle imaginaire. Oui, il brûlait tout entier, comme embrasé par la passion – il était avec *elle*, pour ce qui lui paraissait toujours être la première fois…

Il s'autorisa à prononcer ces syllabes – son prénom. Un long gémissement alors que le sang bouillonnait dans ses veines, que *ses* boucles rousses lui caressaient le visage et la poitrine, que le jasmin parfumant *sa* chevelure embaumait l'air saturé de vapeur d'eau, qu'il lui agrippait les cuisses tandis qu'elle les passait autour de ses hanches et qu'il s'enfonçait toujours plus profondément en elle… Un instant, il crut même que c'étaient *ses* muscles qui le poussaient plus avant…

Son prénom cisailla de nouveau les airs quand la libération du coït le fit crier.

… *Sabine !*

La note finale d'un chant mélancolique, sur les cordes d'une harpe. Une note longue et solennelle qui hante les tympans avant de s'évanouir…

# 33

Le téléphone sonnait encore lorsque Josh sortit de la salle de bain, et cette fois, il répondit. Malachai lui présenta ses excuses s'il le réveillait, lui demandant de le retrouver dans une demi-heure au restaurant de l'hôtel, pour le petit-déjeuner.

— Nous avons des plans à dresser, dit-il.

L'expression même du grand pontife, dans le « rêve »...

*Des plans à dresser...*

— Josh ? Vous êtes là ?

Sur la table, une corbeille de petits pains sortant du four était disposée près d'une vaisselle de poupée servant à présenter des confitures et des gelées aux nuances de pierres précieuses, ainsi que des pétales ciselés de beurre. Ignorant l'étalage de nourriture, Josh raconta à Malachai ce qui s'était produit la veille : la chasse à l'homme dont il avait été victime, l'exécution inattendue du voleur, la fuite de l'assassin, puis les rêves fugaces à propos de la Rome antique qui s'étaient amalgamés à son cauchemar tout éveillé.

Le visage creusé par des rides colériques, Malachai lui demanda s'il se sentait bien. Oui... S'il en était certain, il n'avait pas besoin de consulter un docteur ? Oui, il en était sûr et certain. S'il avait prévenu la police pour déclarer le meurtre ? Oui, il l'avait fait dès son retour à l'hôtel. S'il avait réussi à fermer l'œil de la nuit ? Non, guère à vrai dire…

Josh expliqua tout en détail, y compris l'irruption de l'embardée mémorielle, la façon dont Julius avait tenté de l'aider à trouver une cachette… Lorsqu'il eut fini de répondre à toutes les questions de Malachai, il en avait une, lui aussi, à poser.

— Je veux savoir pourquoi Béryl et vous authentifiez les cas de réincarnation sur lesquels la fondation mène des investigations ?

— Pourquoi désirez-vous savoir cela maintenant ?

— Je ne cesse de me demander si Julius et Sabine ont existé. C'est plus fort que moi. J'ai besoin d'en avoir le cœur net.

Malachai reposa le petit pain qu'il beurrait, reculant un peu sur son siège.

— Nous nous appuyons sur toutes les données historiques qui nous sont accessibles. Et quand elles font défaut, nous faisons tout notre possible pour nous assurer que l'enfant en question n'a pas subi de quelconque conditionnement, qu'on ne lui a pas inculqué ce qu'il avait à dire, bref, que l'un ou l'autre de ses parents ne cherche pas à l'exploiter. Cette lucidité est un des bénéfices de notre formation de psychologue.

— Mais comment savez-vous précisément que ces gamins n'ont pas été programmés par avance, qu'on ne leur a pas mâché le travail ? Ou qu'ils n'ont pas tout inventé de toutes pièces, sous l'influence de ce qu'ils ont pu voir à la télévision ? Les enfants comprennent ce qu'ils entendent bien avant d'apprendre à parler, à articuler… Leurs parents croient peut-être en la vie après la mort, en ces expériences issues d'autres vies, et ils en auront discuté en leur présence, sans y penser… même quand ils étaient au berceau ou encore tout petits.

— Possible. Nous ne traitons pas en l'occurrence d'objets matériels susceptibles d'être analysés en termes francs et carrés, bétonnés. Parfois, nous ne pouvons guère nous fier qu'à notre formation et à notre propre expérience.

Il but une gorgée de café.

— Vous n'avez pas achevé votre récit, n'est-ce pas ? Vous avez toujours plus de questions que de réponses.

— Un des cas auxquels Béryl se référait dans ses rapports portait sur une mère persuadée que sa fille était la réincarnation d'un bébé né avant elle et mort en bas âge.

— Je m'en rappelle.

— La mère en question était peut-être désespérée au point d'inventer cette histoire, à propos de son bébé possédant l'âme de sa défunte fille et...

Malachai pinça les lèvres – juste ce qu'il fallait pour que son interlocuteur le remarque.

— Quoi ?

— Rien, continuez, l'encouragea le psychologue.

Josh se demanda si ce cas-là avait posé un quelconque problème à Malachai mais, le prenant au mot, il poursuivit.

— La mère avait peut-être raconté à sa petite fille des histoires au sujet de sa défunte sœur, et l'enfant a su intuitivement qu'elle la rendrait plus heureuse en se glissant dans la peau du bébé mort, en faisant revivre ces détails... Il y a toujours d'autres moyens par lesquels ces gosses ont pu apprendre... par lesquels j'aurais pu assimiler les visions que j'ai maintenant ?

— Naturellement, il y en a toujours.

— Tout cela pourrait-il être... des vœux pieux ? Est-ce que je prends mes désirs pour des réalités ?

— Oui.

— C'est là la somme de votre réponse ?

— Pour l'instant. Nous pourrons y revenir si nécessaire. Quelle est votre question suivante ?

— Les cas que traite la fondation proviennent en majorité de pays et de cultures où la réincarnation fait partie du système de croyances. Pourquoi cela ?

— C'est beaucoup plus facile de se faire connaître à ce sujet lorsqu'on sait qu'on ne risquera pas d'être ostracisé pour ça. En Inde, une gamine évoquant sa vie passée sera prise au sérieux. En Amérique, cette même fillette s'entendra dire qu'elle a « tout inventé ». Dans notre pays, les souvenirs de vies antérieures n'ont aucune reconnaissance officielle. Et quand ils en entendent parler, les gens ne savent même pas de quoi il est question. Car ils n'ont pas encore conscience que c'est bien de cela dont il s'agit.

Malachai se pencha en avant.

— Quitte à aborder ces possibilités, autant accepter l'hypothèse que la réincarnation existe elle aussi bel et bien. Laissez-moi vous demander quelque chose... Dans l'Ancien Testament, Moïse entend des voix lui dire ce qu'il a à faire. Si ça, ce n'est pas une métaphore – et beaucoup de gens le prennent au pied de la lettre – alors, Moïse était-il fou, ou bien avait-il des dons extrasensoriels ? Autre chose... Le christianisme a pour fondement la résurrection du Christ. Il s'est bâti sur cette croyance. Et des millions de fidèles prennent cela pour parole d'Évangile – pardon pour le jeu de mots... Mais qu'est-ce que cela nous dit des apôtres qui en furent témoins ? Un défunt serait-il réapparu bien vivant sous leurs yeux ? Ou s'agissait-il d'une expérience mystique ? Était-ce l'accomplissement d'un désir ? Ou est-ce que ça s'est réellement produit ? Je pourrais continuer longtemps comme ça, Josh. Pratiquement toutes les religions sont fondées sur des expériences que les savants seraient bien en peine d'expliquer rationnellement. Les croyants du monde entier sont-ils donc tous dans l'erreur ?

— Non, mais la foi peut être la panacée.

— Bien sûr, naturellement... Ça peut l'être et ça l'est. Vous n'êtes pas le premier à m'opposer le raisonnement du rasoir d'Occam[1]. De deux théories également prophétiques,

---

1. Principe de raisonnement dit « de simplicité » excluant la multiplication des raisons et démonstrations dans une construction logique (un des fondements de la science), attribué au philosophe franciscain Guillaume d'Occam (1270-1347), une des gloires de la philosophie scolastique, auteur d'un célèbre *Traité de Logique*.

choisir la plus simple… Oui, certainement, c'est une façon de composer avec tout cela.

— Je désire juste des preuves objectives.

— Je sais. Une photographie des auras… Vous voulez voir des anges danser sur une tête d'épingle[1]…

— Ne soyez pas condescendant avec moi !

Malachai se cala sur sa chaise.

— Navré si je vous ai donné cette impression… C'est juste que c'est tout autant frustrant pour vous que pour moi. Je pensais qu'après tout ce temps, vous auriez assez d'expérience pour ne plus céder à ce genre d'analyse grammaticale…

Avant que Josh puisse répondre, l'inspecteur Tatti se présenta à leur table. Sans être attendu. Il n'avait pas appelé. Il s'était juste pointé… Il tira un siège à lui, s'assit, fit signe à un serveur et commanda un espresso.

— À quoi devons-nous ce plaisir ? lança Malachai sur un ton que Josh ne lui connaissait pas (et dont il ne l'aurait pas cru capable). Comment saviez-vous où nous trouver, du reste ?

— J'ai appelé vos deux chambres. Le réceptionniste m'a dit qu'il ne vous avait pas vus quitter l'hôtel, ni l'un ni l'autre. Il a eu la gentillesse de me rappeler pour confirmer que vous preniez votre petit-déjeuner ensemble. Vu l'heure matinale, c'était une déduction logique.

L'air content de lui-même, l'inspecteur prit une gorgée du café que le serveur venait de poser devant lui.

— Le professeur Rudolfo a rendu son dernier soupir ce matin.

La réaction de Josh fut instantanée. En pensant à Gabriella, il n'eut qu'une envie ; se lever, descendre à la réception commander un taxi, puis foncer la rejoindre… Elle ne devait pas rester seule en des moments pareils. Elle accuserait rudement le coup… Naturellement, elle l'accablerait de

---

1. Référence à une célèbre citation attribuée au théologien et philosophe italien Thomas d'Aquin (*env.* 1224-1274), de l'Ordre des dominicains.

reproches. Et peut-être le méritait-il. De fait, *c'était* sa faute. Il n'avait pas été assez rapide.

Il s'était retrouvé à ramper dans le maudit boyau au lieu d'être aux côtés du professeur, dans la principale alvéole de la petite sépulture.

Malachai répondit à l'inspecteur qu'il était navré – et sa compassion avait indubitablement les accents de la sincérité. Il eut subitement l'air épuisé. C'était un rude coup porté à la fondation.

Josh se demanda lequel se sentait le plus mal. Lequel tenait le plus à obtenir des preuves de l'existence de la réincarnation ? Voilà que la folle espérance incarnée par les pierres était balayée par le vol à main armée qui venait de coûter la vie au professeur... Envolées, elles redevenaient l'étoffe des légendes, plus fabuleuses que jamais.

— Vous n'avez pas fait tout ce chemin rien que pour nous annoncer cette triste nouvelle, pas vrai ? avança Josh. Qu'y a-t-il, inspecteur ? Que voulez-vous encore de nous ?

Il en avait sa claque de parler à la police.

Dès son retour à l'hôtel la veille au soir, il avait appelé Tatti, qui avait envoyé deux officiers parlant passablement l'anglais pour recueillir sa déposition au sujet du tir meurtrier, pendant que les *carabinieri* partaient à la recherche du cadavre.

Malachai s'excusa à la place du jeune homme.

— Josh est trop bouleversé pour observer les règles de la conversation courtoise en bonne société. Ce qu'il vient de vivre cette nuit a été une rude épreuve, comme vous pouvez certainement l'imaginer. Qu'avez-vous découvert sur l'homme qui le traquait ?

Les yeux plissés, Tatti considéra Josh par en dessous, entre ses cils baissés. Au lieu de Clouseau, il s'inspirait cette fois d'un personnage de flic dur et âpre à la Al Pacino.

— Rien de concluant pour l'instant, mais nous avons cette fois affaire à un triple homicide, et nous sommes toujours dans le noir concernant certains éléments critiques d'information.

— Naturellement, fit Malachai, qui avait repris un ton suave et conciliant.

Josh n'écoutait plus. De retour dans la sépulture en imagination, il revoyait le professeur Rudolpho s'écrouler, sentait encore l'odeur de graphite et du sang qui lui poissait les doigts, puis il revoyait l'homme qui avait appuyé sur la gâchette tomber à son tour pour ne plus se relever, perdant son propre sang.

— Monsieur Ryder ?

Il releva la tête.

— Oui ?

— Que pouvez-vous m'apprendre d'autre sur ce qui s'est passé dans la tombe ? Ou sur ce qu'on y a pris ?

— N'en avons-nous pas déjà parlé et reparlé ?

— Si. Et il faut y revenir une fois de plus. Allez-vous me dire où vous vous trouviez, ce que vous avez vu et ce qu'on y a dérobé ?

Josh répéta tout ce qu'il avait déjà déclaré à Tatti deux jours plus tôt.

— Et vous n'avez pas vu ces perles de verre ?

— Non, au contraire du professeur Chase... N'est-elle pas mieux armée que moi pour vous aider sur cette question ?

Tatti ignora le reproche agacé.

— Comment saviez-vous qu'on avait volé le contenu de ce coffret en bois ?

— Quand je l'ai vu brisé en mille morceaux, je l'ai naturellement déduit.

— Mais ce contenu, vous ne l'aviez pas vu ?

— Non.

Et c'était la stricte vérité. Comme il regrettait de ne pas avoir vu ces fameuses pierres...

L'inspecteur prit le temps de choisir un petit pain, de le rompre, de piquer une mini-motte de beurre aux pétales artistiques pour l'étaler soigneusement avec le plat de son couteau. Puis il préleva une cuiller de gelée pour en tartiner son pain. L'opération incongrue menée à terme, il mordit dedans à belles dents, mastiqua avec application et fit passer le tout d'une bonne gorgée de café. Ensuite, il reprit le fil de son interrogatoire.

— Vous deux travaillez pour une fondation implantée à New York, c'est bien ça ?

Josh acquiesça. Malachai répondit par l'affirmative.

— Et dans notre première entrevue, vous m'aviez dit, monsieur Ryder, que vous étiez photographe. Vous, monsieur Samuels, que vous étiez psychologue. Mais comme l'un et l'autre n'étiez guère communicatifs sur la question, j'ai chargé un de mes officiers de faire sa petite enquête, et ainsi, j'ai découvert ce que vous, vous photographiez, et ce que vous, vous étudiez.

Ses prunelles pétillaient de malice. Oh, comme il était fier de ses talents de détective… Josh brûlait de lui casser la baraque en lui faisant remarquer que n'importe qui aurait trouvé cela en ligne en moins de deux minutes.

— Et…, poursuivit Tatti en se penchant, j'ai maintenant la certitude qu'il existe un lien entre votre employeur et le butin du vol de la crypte. Autrement, que feriez-vous ici, à Rome ? Pourquoi l'annonce de cette découverte vous aurait-elle attirés là, sinon en raison du rapport qui existe avec votre champ d'études à tous les deux ?

Josh ne répondit pas – question purement rhétorique. Et, la dernière chose qu'il voulait, c'était bien de fournir à l'inspecteur des renseignements complémentaires. Malachai avait dû suivre le même raisonnement, car lui aussi garda un silence de bon aloi.

— Dites-moi, cette réincarnation que vous étudiez, n'est-ce pas antireligieux ?

— Nullement, assura Malachai. Les chefs spirituels des religions occidentales ont commodément oublié qu'il y a encore mille six cents ans de cela, la réincarnation faisait partie intégrante de toutes les théologies, judaïsme et christianisme inclus.

Les Juifs ne se sentent pas très menacés par la question, et ne prêchent pas contre. Aux yeux de l'Église, en revanche, c'est éminemment dangereux, car la notion de karma entame la puissance de cette institution.

À en croire le clergé, lui seul peut vous donner l'absolution et vous garantir une place au paradis. Que l'homme puisse contrôler sa propre âme, existence après existence, et parvenir au nirvana sans aide extérieure est impensable.

Josh devenait de plus en plus nerveux. La conversation s'éternisait. Il voulait courir retrouver Gabriella.

— Qu'a à voir le thème de la réincarnation avec votre enquête, inspecteur ? coupa-t-il.

— Je pense qu'elle a un rapport avec ce que vous vous attendiez à voir dans la crypte, monsieur Samuels. Si nous commencions par vous… ? Je ne joue pas, pour ma part. Qu'étiez-vous venu voir à Rome ?

Malachai avait une mémoire photographique. Il étudiait le thème de la réincarnation depuis plus de quinze ans. Les rites funéraires, les légendes, mythes et croyances, et les services religieux l'obsédaient. Les minutes suivantes, il régala l'inspecteur de cas dûment circonstanciés de défunts inhumés sans avoir été embaumés et qui avaient pourtant traversé les siècles dans un état de conservation stupéfiant… Il expliqua l'importance que revêtaient ces « incorruptibles » aux yeux de certaines religions qui considéraient comme miraculeux de tels phénomènes.

— Par exemple, saviez-vous que dans l'Église catholique, une telle conservation exceptionnelle du corps est souvent assimilée à un des signes de la béatitude ?

— Naturellement que je le sais ! Je vis à Rome, et je suis catholique.

Tatti hocha la tête, mais lui aussi s'impatientait.

— Quel rapport avec la raison de votre présence, tous deux, à Rome ?

Malachai lui décocha un regard surpris.

— Nous venions évidemment voir la dépouille…

Comme si la sépulture n'avait rien renfermé d'autre…

— Pour quiconque s'intéresse aux vies antérieures, ces corps-là sont une source infinie de fascination.

Tatti parut désappointé.

— Est-ce la seule raison à votre présence ?

— Mais oui. Nous avions entendu parler du fabuleux état de conservation de cette femme.

— Vous ne saviez rien de ce qu'on a découvert dans cette tombe, à part le corps ?

Malachai secoua la tête. L'inspecteur se tourna vers Josh.

— Et vous, vous êtes certain de n'avoir rien remarqué non plus pouvant avoir une quelconque valeur, quand vous êtes descendu… ? Et qui aurait pu pousser des criminels à verser le sang ?

— Certain.

Josh était abrupt – il en avait conscience. Et s'en fichait. À Malachai le soin de jouer les diplomates. Il ne voulait plus rester assis là à se faire interroger. Il en avait plus qu'assez de cet inspecteur agaçant. Gabriella ne devait pas rester seule.

— Inspecteur, je pense vraiment que vous devriez vous adresser au professeur Chase, pas à nous.

— J'en conviens. Hélas, le professeur Chase ne peut plus m'être d'aucune aide.

— Pourquoi cela ?

Josh en fut chaviré. Les pierres avaient disparu. Rudolfo était mort. Si un malheur était en plus arrivé à Gabriella…

Deuxième petit pain prélevé dans la corbeille en main, Tatti renoua avec son cérémonial – le beurrer, le tartiner de confiture… Il prit tout son temps pour répondre, histoire de voir comment les deux hommes qui lui faisaient face allaient réagir. Il mastiqua une bouchée, déglutit, continua… Un peu de confiture couleur rubis retomba sur sa coupelle en porcelaine blanche.

Josh se força à ne pas réagir, ni à répéter sa question et encore moins à se lever pour empoigner l'inspecteur par le revers de son veston en le contraignant à parler.

— Nous ignorons encore si elle a quitté Rome de son plein gré ou si quelque chose lui est arrivé. Nous vérifions auprès des aéroports en ce moment même.

— Vous voulez dire qu'elle a disparu ? fit Josh.

L'inspecteur prit une autre bouchée de pain tartiné, mâchonna et déglutit.

— Jusqu'à ce que nous l'ayons retrouvée, oui, précisément. Elle a disparu.

# 34

Deux *carabinieri* étaient en route pour l'immeuble de Gabriella, quand Josh et Malachai y parvinrent. Ils trouvèrent la logeuse dans le hall, campée derrière une porte entrouverte ; elle observait, intriguée, ce qui se passait. Dans un mauvais anglais, elle répondit tant bien que mal aux questions de Josh, affirmant qu'elle n'avait plus revu Gabriella depuis des jours et ignorait ce qui avait pu lui arriver.

— Elle sera rentrée chez elle, tout simplement. Pas de problème. Chez elle...

Elle ne cessait de regarder par-dessus l'épaule de Josh, en direction de l'escalier du hall, comme pour s'assurer que la police avait bien quitté les lieux.

— Y a-t-il une raison qui vous fasse penser qu'elle ait pu rentrer ? lança Malachai.

— Pourquoi me posez-vous toutes ces questions, vous deux ? Je leur ai déjà parlé.

Elle désigna vaguement le hall que les hommes en uniforme venaient de traverser.

— Parce qu'à onze heures hier soir, elle était ici quand je suis parti, répondit Josh, et que si elle est vraiment sortie ensuite, vous auriez pu la voir passer.

Tout en parlant, elle repoussait progressivement la porte,

centimètre après centimètre. Indubitablement, il lui tardait de se débarrasser des importuns.

— Pas si tard, non. Je n'ai rien vu.

— Nous aimerions jeter un coup d'œil rapide à son appartement pour voir si elle nous a laissé un mot, dit Malachai en lui fourrant des billets dans la main.

Billets qu'elle repoussa.

— Je ne peux pas vous laisser entrer. Les *carabinieri* me l'ont dit. Sinon, j'aurai des problèmes.

Dans l'immeuble, un téléphone sonna, quelque part. Un bébé se mit à vagir. Il faisait chaud dans le hall, et Josh transpirait. Il sentait une odeur d'ail.

— Nous ne dérangerons rien, insista Josh.

Alors que Malachai espérait trouver un indice à propos des pierres, lui voulait juste mettre la main sur n'importe quel signe susceptible d'expliquer la disparition de Gabriella.

La signora Volpe recula en secouant la tête et, sans rien ajouter, leur claqua la porte au nez. Alors qu'elle tournait le verrou, Josh se mit à tambouriner.

— Nous voulons juste jeter un coup d'œil ! cria-t-il.

Malachai le tira par le bras.

— Allons, filons ! Elle ne nous laissera pas entrer, et si jamais la police revenait, pas question qu'elle tombe sur nous.

— Je m'en fiche bien de ça ! Il y a anguille sous roche, Malachai, et je compte en avoir le cœur net ! Si…

Il se refusait ne serait-ce qu'à l'envisager, encore moins à en parler, mais… Il redoutait le pire.

Ils ressortirent à l'air libre. La berline grise était là. L'était-elle déjà à leur arrivée ? Josh n'en avait aucune certitude.

— Une petite minute… Depuis qu'on a tiré sur le professeur, cette voiture filait Gabriella sur ordre de Tatti… Quand je suis sorti cette nuit, elle était là !

— Si Tatti sait où est Gabriella et a préféré ne rien nous dire, il doit chercher à nous piéger, en fait.

— Ou à voir qui s'infiltrera dans l'appartement de

Gabriella pour les raisons mêmes qui nous motivent, suggéra Josh.

— Eh bien, la dernière chose que nous voudrions, c'est bien de donner à Tatti des motifs supplémentaires de nous soupçonner de complicité dans le vol sanglant, maintenant qu'il est sur le point de nous laisser quitter Rome, prévint Malachai. Filons !

À la fin du petit-déjeuner, et au terme d'un interrogatoire frustrant, l'inspecteur les avait surpris en restituant à Josh son passeport et en assurant aux deux ressortissants américains qu'ils étaient libres de quitter le pays – même s'il espérait que Josh accepterait néanmoins de revenir en cas de procès.

Malachai avait aussitôt réservé les seules places encore disponibles pour New York avec une marge des plus minimes, mais ils ne voyageraient pas à bord du même vol.

— Tatti changera d'avis en un clin d'œil sur notre départ s'il pense que nous dissimulons des informations ou que nous sommes impliqués en quoi que ce soit dans tout ça, ajouta Malachai alors qu'ils descendaient la rue.

— Rentrez chez vous, dans ce cas. Moi, je reste. Au moins, jusqu'à ce que j'aie découvert où elle est passée.

— Pourquoi le fait de retrouver Gabriella compte tellement à vos yeux ?

— On l'aura peut-être remarquée sur le chantier, continua Josh, sourd à la question.

Lui-même ne savait pas très bien quelle réponse donner.

— Josh ? Qu'y a-t-il ?

À l'angle de la rue, ils s'étaient arrêtés au feu rouge.

— Je ne sais pas. Je ne peux pas l'expliquer. C'est juste une impression que j'ai…

Il s'arrêta, trop embarrassé par ses pensées pour les exprimer à voix haute.

Malachai devina.

— Vous pensez que Gabriella fait partie de votre passé ?

Il n'y avait pas de circulation dans la rue, très calme. Le chuchotement de Josh fut pourtant à peine audible.

— Peut-être.

Ils trouvèrent un taxi, donnant au chauffeur l'adresse du site. Tandis qu'ils traversaient le centre-ville, Josh fixait les grandes souches de pierre grise piquetée qui semblaient reprendre vie sous ses yeux, fièrement dressées.

— Mon frère a été assassiné non loin d'ici, fit-il, morose, alors qu'ils passaient près de l'antique Colisée.

— Votre frère est mort à Rome ?

Lorsqu'on s'assoupit, songea Josh, flottant entre deux eaux, il arrive qu'on laisse échapper des mots ou des phrases… Parler réveille et on s'aperçoit alors qu'on vient de marmonner du pur charabia. Comme maintenant.

— Je n'ai pas de frère.

— Vous venez pourtant de me dire qu'il avait été tué non loin d'ici.

Josh n'arrivait plus à se focaliser sur la voix de Malachai ; un maelström d'images fragmentaires tourbillonnait sous son crâne.

— Donnez-moi une seconde.

Il avait sombré si vite qu'il n'avait même pas remarqué l'odeur de jasmin et de santal mais, oui, c'était dans l'air… Il se sentait de nouveau tiraillé, alors que l'heure était vraiment mal choisie. Il n'avait pas besoin d'être victime de sa mémoire, il *pouvait* la contrôler. Mais il devait choisir – jadis, ou aujourd'hui. S'il continuait à atermoyer entre les deux, il en tomberait malade. Déjà, il sentait des signes avant-coureurs de céphalée. Fermant les yeux, il se concentra sur la litanie que le docteur Talmage avait mise au point avec lui, et se répéta le mantra dans le silence de ses pensées…

*Connecte-toi au présent, connecte-toi à celui que tu sais être…*
*Josh… Ryder… Josh… Ryder… Josh… Ryder…*

Ils venaient de passer deux autres blocs de maisons quand Malachai changea légèrement de position sur son siège en tournant la tête d'un geste tout aussi subtil ; il jeta un coup d'œil par la vitre teintée en noir.

— Je crois que nous sommes suivis.

— Par la berline grise ?

— Oui, et ça ne me plaît pas.

— Ce sont juste les *carabinieri*.

— Qu'en savez-vous, après tout ? Et si c'était un homme de main quelconque envoyé par le détenteur des pierres, qui pense que nous connaissons leur secret ? Ou quelqu'un qui a des démêlés avec la fondation et cherche à nous impliquer dans cet imbroglio ? Nous avons des ennemis, vous savez. Nous ne sommes guère populaires auprès de l'Église. Surtout l'Église catholique. Et nous sommes à Rome.

— Le professeur faisait exactement la même remarque à propos de l'Église, dans la sépulture, juste… avant qu'on ne le prenne pour cible.

Josh regarda par la vitre. Après un petit silence, il reprit :

— Il m'a dit que le site récoltait déjà son lot de protestataires de diverses obédiences religieuses. J'en avais vu quelques-uns attroupés sur place ce matin-là.

Le paysage changeait à mesure que leur taxi s'éloignait de la capitale pour s'enfoncer en rase campagne.

— Vous savez, conclut Josh, s'il s'agit d'un de ces groupes fanatisés, et que ces gens aient abattu le professeur, Gabriella pourrait fort bien être leur prochaine cible.

# 35

*« C'est la preuve indéniable que les hommes connaissent*
*quantité de choses avant la naissance, quand on les voit*
*dès leur plus tendre enfance appréhender d'innombrables*
*faits à une telle vitesse que ça n'a visiblement rien de*
*nouveau pour eux ; simplement, ils s'en rappellent. »*

Cicéron

Il pleuvait, mais pas assez pour décourager les trois ou quatre dizaines de badauds et de protestataires rassemblés sur le site. L'herbe était réduite à l'état de paillasson boueux à force d'être piétinée. Deux officiers s'étaient garés dans leur voiture de patrouille sur le bas-côté de la route, en guise d'avertissement.

Contournant l'attroupement, Josh et Malachai s'efforçaient d'apercevoir le chantier, l'entrée de la tombe, mais l'appentis en bois avait disparu. Là où la structure de fortune s'était dressée au-dessus du trou béant, il n'y avait plus que des planches en bois.

On avait scellé la tombe.

Josh se sentit oppressé. Il avait déjà subi des pertes, mais jamais encore de privation de cette nature. Ça avait été si riche de promesse...

*On espère parfois depuis trop longtemps*, lui avait dit son père un jour.

Ils se trouvaient alors dans la chambre noire. La maladie n'avait pas encore miné ce grand et solide gaillard. Et Josh refusait toujours d'accepter le mal qui menaçait de changer leurs deux existences de manière si radicale.

*Et avec lui disparaît la possibilité*, avait ajouté Ben. *Nous pouvons supporter les nuits les plus noires et les chutes les plus longues pour peu que quelqu'un, croyons-nous, puisse nous attendre avec une lampe pour éclairer notre chemin ou un filet pour nous rattraper dans notre dégringolade...*

Josh sentit l'air onduler autour de lui, des frissons le saisir aux bras et aux jambes... Une fois de plus, alors qu'il se tenait parfaitement immobile dans *une* dimension, il était comme aspiré par ce vortex où l'atmosphère était plus dense, plus épaisse. Il était de retour dans l'obscurité, le tunnel, la respiration cassée, pris d'une panique tenace.

— Saviez-vous que la suffocation est censée être une des façons les plus atroces de mourir ? demanda-t-il à Malachai.

Celui-ci lui passa un bras autour des épaules pour l'entraîner loin du site et de la foule, en direction du bosquet.

La pluie avait cessé. Indiquant une bûche, Malachai proposa :

— Asseyons-nous. Vous êtes blanc comme linge. Que vous est-il arrivé ici ?

Josh entendit sa propre voix lui parvenir de très loin, comme s'il nageait profondément sous l'eau.

— Je n'arrivais plus à respirer. Pendant une seconde, tout est devenu noir et je ne parvenais plus à reprendre mon souffle, bon sang ! Je rampais encore dans ce tunnel, dans le noir total, dont je n'ai pas pu m'extraire à temps...

— Était-ce alors, ou bien maintenant ?

Josh secoua la tête. L'un ou l'autre, possible... Qu'importait.

Ils restèrent assis quelques minutes tandis que Josh se concentrait sur l'instant présent. Sur l'endroit où il était...

Son nom. La date. L'heure. L'emplacement des nuages dans le ciel...

— Ça va maintenant.

Il se leva mais, au lieu de retourner au taxi, il se retrouva en train de marcher vers la forêt.

— Où allez-vous ?

— Il y a un cours d'eau par-là. J'ai besoin de me débarbouiller. C'est de l'eau pure aux vertus thérapeutiques. Je me sentirai mieux ensuite.

Malachai le dévisagea comme il l'avait fait dans le taxi lorsque Josh avait mentionné le meurtre de son « frère », ou encore dans son bureau lors de leur première rencontre, quand il lui avait annoncé de but en blanc qu'un jeune homme du nom de Percy avait jadis vécu – et rendu l'âme – dans l'immeuble qui abritait désormais la fondation.

— Y êtes-vous allé l'autre jour avec le professeur ?

Josh secoua la tête.

— Comment savez-vous ce qu'il y a là-bas ?

— Je l'ai vu.

L'implication était limpide. Nul besoin d'épiloguer.

— De quoi vous souvenez-vous au juste ?

— De davantage de choses qu'à New York. Depuis mon arrivée à Rome, des scènes entières surgies du passé défilent dans ma tête.

— Donc, vous n'étiez pas déjà venu faire un tour ici ?

— Non.

— Pouvez-vous me dire ce que nous allons découvrir, autre qu'un cours d'eau ?

Josh ferma les yeux.

— Des chênes géants, un étang où nous nous étions baignés, une clairière jonchée d'aiguilles de pin... Une roche marquée d'un petit creux en forme de croissant de lune.

Ils avaient parcouru environ quatre cents mètres lorsque, sous l'obscur couvert des frondaisons, ils parvinrent aux chênes puis au ruisseau.

S'agenouillant, Josh s'aspergea le visage. Puis, mains en coupe, il y puisa de l'eau fraîche pour se désaltérer.

— Que savez-vous de cet endroit ? demanda Malachai d'une voix où perçaient de l'étonnement et de la curiosité mêlés.

— C'était un bosquet sacré. Un lieu saint, et l'une des responsabilités confiées à Julius. C'est aussi là que…

Il bafouilla – non d'embarras, mais parce que tout cela était encore tout nouveau, trop à vif… Et il doutait de pouvoir en parler sans verser dans le sentimentalisme. Se confronter à de telles visions était déjà assez compliqué sans se colleter en sus au maelström d'émotions qu'elles suscitaient. Naturellement, ce qui défilait sous son œil mental prêtait éminemment à discussion… Mais le sentiment de solitude qu'elles éveillaient en revanche, ainsi que de culpabilité et de quête éternelle, en devenait insupportable.

— Que se passe-t-il ? demanda Malachai.

— Quelqu'un qui m'est invisible et à qui je ne peux pas parler exerce une emprise sur moi en me forçant à « accueillir » sa pauvre âme malade…

Solennel, Malachai, mains en coupe lui aussi, but au ruisseau en fermant les yeux avec autant de révérence que s'il s'agissait d'eau bénite susceptible de lui inspirer des visions.

Josh se détourna.

Il savait combien le professeur Samuels désespérait d'expérimenter ce par quoi il en passait, combien il lui enviait ce qui l'affligeait. Et le voir ainsi, lui qui était d'ordinaire si posé, malin et l'esprit incisif, ne manqua pas de choquer Josh.

Émergeant de la clairière, ils retournèrent vers l'attroupement en un dernier effort de retrouver Gabriella – quand bien même Josh se doutait qu'avec la sépulture condamnée, elle ne serait plus là. Une ultime et futile tentative.

Un *carabiniere* approchait ; dès qu'il fut à leur hauteur, il leur parla vivement en italien. À en juger par son ton et sa gestuelle, il les tançait, leur intimant l'ordre de vider les lieux.

— Nous ne parlons qu'anglais, répondit Malachai.

Le policier désigna les barrières, dressées à la lisière du champ et du parking.

— Partez, je vous prie.

— Nous partions justement, maugréa Josh dans sa barbe, se moquant que le flic s'offusque de l'entendre bougonner.

Ils revinrent à leur taxi en pataugeant dans la boue ; l'endroit portait désormais sur les nerfs de Josh, qui n'avait qu'une hâte effectivement, filer loin de là. Loin de la sépulture, de Rome et des pensées démentielles qui lui brouillaient la cervelle…

Ils n'étaient plus qu'à trois mètres des barrières quand une fillette de six ou sept ans environ, les cheveux noirs bouclés, le teint olivâtre, courut se jeter au cou de Josh en fondant en larmes.

Sa mère la poursuivit en hurlant son nom – *Natalie !* – mais l'enfant, sourde à ses appels, se cramponnait à Josh comme pour tenter de le retenir de force.

— Parlez-vous l'anglais ? demanda Malachai à la mère éperdue.

— Oui, oui, en effet !

Elle avait un accent, mais parlait très bien.

— Je suis Sophia Lombardo.

Elle portait un jean et une veste de cuir. Elle avait des yeux d'un bleu soutenu luisant d'inquiétude.

— Natalie…

Une main posée sur l'épaule de sa fille, elle lui murmura des paroles apaisantes dans sa langue maternelle.

Se dérobant, l'enfant menue se crispa tout entière ; Josh sentit ses bras fluets resserrer leur étreinte sur lui.

— Est-ce qu'elle va bien ? demanda Malachai.

— Nous regardions le journal ce matin, à propos de la sépulture et de cet affreux drame, quand elle est devenue très agitée ; elle a dit qu'elle voulait venir ici. Je lui ai répondu que ce n'était pas possible – elle avait école, et moi je devais partir travailler… Mais elle a soudain été hystérique ! Ça ne lui arrive jamais de faire des caprices, et là, c'était très différent… Mon époux et moi nous sommes inquiétés. D'habitude, je ne cède pas facilement, mais elle était dans un tel état, elle souffrait tellement… Tout ça à cause du reportage !

La réaction de sa fille plongeait Sophia dans la perplexité.

— Je crois être en mesure de l'aider, proposa Malachai. Pourrais-je lui parler ? Comprend-elle l'anglais, par hasard ?

— Oh, oui, elle est bilingue. Son père est britannique.

Malachai s'agenouilla au niveau de Natalie et prit le ton doux et mélodieux qu'il adoptait au contact des enfants.

— N'aie pas peur, Natalie. N'aie pas peur, pas toi…

À chaque parole, les sanglots s'apaisaient. Dès qu'elle fut calme, il ajouta :

— Dis-moi ce qui ne va pas. Qu'est-ce qui te bouleverse à ce point ?

— Elle…

Les sanglots reprirent.

— Ne t'en fais pas, prends ton temps… Je te promets que je peux t'aider.

— Elle… C'était ma sœur…

— Qui ça, Natalie ?

— Je ne suis pas Natalie, répondit la fillette, toujours cramponnée aux jambes de Josh.

— Qui es-tu ?

— Claudia.

— Et quel âge as-tu, Claudia ?

— J'ai vingt-sept ans.

# 36

Sophia Lombardo intervint avant que Malachai puisse l'arrêter.

— Elle a toujours joué à ce petit jeu, prétendant être une femme appelée Claudia.

— Depuis combien de temps ?

— Depuis qu'elle est en âge de parler.

Au-dessus de la tête de l'enfant, Malachai jeta un coup d'œil à Josh avant de revenir à la petite.

— Donc, tu es Claudia ?

— Oui ! sanglota-t-elle.

— Et qu'est-il arrivé à ta sœur ?

— Elle se trouvait dans la tombe… Elle ne devait pas mourir, pas du tout… Mais pourtant elle est morte… sans avoir jamais revu son bébé !

— C'est très triste, j'en suis désolé, répondit Malachai avec gravité. Le bébé allait bien ?

Hochant la tête, la fillette fit voleter ses bouclettes.

— J'en ai pris soin.

— C'était très bien de ta part. Que puis-je faire pour t'aider ?

L'enfant le regarda, confuse. L'envoûtement qui l'avait saisie, quel qu'il fût, venait d'être levé. Elle lâcha Josh et s'écarta en baissant timidement les yeux, comme plongée dans l'embarras.

— Te rappelles-tu ce dont nous venons de parler, Natalie ? insista Malachai.

Elle hocha la tête.

Josh aurait voulu observer la fillette par l'objectif de son appareil photo, mais craignait de l'effrayer. Captant l'attention de Malachai, il désigna discrètement son Leica. Malachai chuchota la requête à la mère, qui acquiesça.

— Puis-je te poser deux ou trois questions ? Ça m'aiderait beaucoup, et toi aussi peut-être. Je connais de nombreux enfants qui se rappellent avoir été quelqu'un d'autre. Je sais comment m'y prendre pour que ça fasse moins mal…

Natalie leva les yeux vers sa mère, qui hocha la tête.

— OK, fit-elle à mi-voix.

— Et est-ce que ce serait aussi OK si mon ami te prend en photo ?

Elle se tourna vers Josh, son petit minois rayonnant. L'idée qu'il la photographie la remplissait visiblement de joie.

— Donc, « entends-tu » souvent les pensées de Claudia ? poursuivit Malachai.

— De temps en temps… Surtout dans mon sommeil.

Josh fit la mise au point. C'était là… Le nimbe iridescent formant comme une traîne blanche à partir des frêles épaules pour s'arc-bouter dans l'atmosphère et se dissiper…

— C'est merveilleux que tu puisses faire ça… Y a-t-il quelque chose que Claudia ait besoin que tu fasses pour elle ?

Elle leva vers lui ses yeux bleus brillant de gratitude. Ce n'était pas là l'appréciation d'une enfant, mais d'une femme pleinement adulte ayant subi des pertes cruelles.

Josh la photographia avant qu'elle ne réponde, alors qu'elle dévisageait encore Malachai en digérant son offre. Quelques instants durant, il se sentit davantage lui-même que depuis plusieurs jours. L'appareil le reliait à ce qu'il avait été avant l'attentat à la bombe. Équipement au poing, à faire son job…

Tout le reste s'estompait. La petite musique du mécanisme, ses cliquetis et ses légers bourdonnements… Tout contribuait à l'apaiser. Les « zigzags » disjoints des sombres émotions qui l'accablaient depuis des jours se calmèrent. Par le viseur, il voyait Natalie se détendre à son tour. Continuant de babiller tout naturellement avec Malachai, elle semblait avoir tout oublié de l'angoisse qui la tenaillait quelques minutes plus tôt pourtant. Josh en avait déjà été témoin. Malachai avait, vis-à-vis des enfants avec lesquels il était amené à travailler, des rapports privilégiés qui semblaient réellement magiques. Communiquant avec eux au sujet de leur douleur, de leurs frustrations et de leurs hallucinations dérangeantes, il était pratiquement toujours en mesure de leur apporter l'apaisement.

Un don authentique, comme le lui avait fait remarquer Josh.

Malachai lui avait répondu qu'en ce cas, pareil don était né de la souffrance et ne valait pas le coup. Quand Josh l'avait pressé de s'expliquer, il avait éludé les questions d'un haussement d'épaules.

*J'ai connu la tristesse alors que j'étais trop petit pour encaisser une telle leçon, je comprends donc très bien ce que ces pauvres mômes traversent…*

Il n'avait pas expliqué quel genre de tristesse.

Les deux hommes raccompagnèrent la mère et la fille à leur voiture. Le regard hanté de l'enfant s'éclaircit dès qu'elle se concentra sur les vêtements de sa poupée, la déshabillant et la rhabillant dans ce qui avait tout l'air d'être l'antique costume romain. Le nimbe nacré n'avait pas disparu.

— Natalie, viens dire au revoir comme une grande fille, ajouta Sophia après avoir conclu avec Malachai.

L'enfant redescendit de voiture, serra gravement la main du professeur en le remerciant. Il produisit comme par magie une petite grenouille en soie, entre leurs doigts, et acheva de l'enchanter en la lui offrant.

— Comment as-tu fait ? demanda-t-elle, des étoiles plein les yeux.

— C'est magique ! sourit-il.

Josh ne l'avait pas vue venir, celle-là… Il ne regardait jamais au bon endroit au bon moment.

La fillette se tourna vers lui pour lui montrer le jouet. Mais dès qu'elle posa de nouveau les yeux sur lui, elle en perdit le sourire, fondant de plus belle en larmes.

Malachai sut avant Josh ce qui venait de se passer.

— Natalie ?

Elle secoua la tête.

— Tu es redevenue Claudia ?

— Oui. Et ma sœur… ma sœur…

Elle pleurait maintenant à chaudes larmes, n'arrivant plus à articuler.

— Qu'est-il arrivé à ta sœur ? chuchota Josh.

— Sabine… Elle ne peut plus respirer…

La petite voix était bien celle d'une gamine, mais aux oreilles de Josh, ce mot en particulier lui fit l'effet d'une explosion volcanique l'engloutissant vif sous des flots de lave incandescente…

— C'était il y a bien longtemps, Claudia, assura Malachai. Elle est en paix maintenant.

Natalie avait toujours les yeux levés vers Josh.

— Nous l'aimions tellement… pas vrai ? lui dit-elle.

— Oui, nous l'aimions, murmura-t-il, la peau parcourue par mille et un frissons.

# 37

*Rome, Italie – vendredi, 15 heures 25*

Josh récupéra le bouquet de fleurs, la bouteille de vin et les deux peluches géantes qu'il avait demandés au réceptionniste de lui procurer pendant qu'il pliait bagage, puis il s'engouffra dans le taxi commandé. En route pour l'aéroport de Fiumicino, il avait un pèlerinage à faire.

Le détour ne prendrait qu'un quart d'heure, mais il s'accordait une marge de quatre-vingt-dix minutes pour ne pas se presser.

Sous une charmille de raisin, les fillettes semblaient prendre le thé en compagnie de leurs poupées. Dès qu'il descendit de voiture chargé de cadeaux et qu'il se porta à leur rencontre, elles s'interrompirent pour le regarder venir.

Visiblement, elles ne le remettaient pas – et il ne s'y était pas attendu. Cela faisait plus d'un an qu'il s'était rendu à leur domicile après les funérailles, lors de la journée qui avait dû être la plus triste de toute leur jeune existence.

— *Mama ! Mama !* cria la cadette en courant annoncer qu'elles avaient de la visite.

À son approche, l'aînée, Diana, le lorgna d'un air soupçonneux en se campant à gauche de la porte presque comme si, songea-t-il avec ironie, elle montait la garde.

Tina l'accueillit chaleureusement, avant de rassurer ses filles et de les renvoyer à leurs jeux, au soleil – ou c'est du moins ce que Josh crut comprendre, lui dont la connaissance de l'italien était des plus limitées. Cecilia fit mine d'obéir, se ravisa, se retourna et posa une question à sa mère. Riant, Tina prit une boîte de cookies dans un buffet et les lui tendit.

— Elle est trop maligne ! Elle sait quand je suis trop occupée pour batailler avec elle.

Installé à la table de la cuisine pendant que Tina cherchait un vase pour le remplir d'eau, Josh lui demanda comment elle allait. Mêlant une gestuelle éloquente à un anglais au fort accent, elle lui répondit que la situation s'arrangeait – non sans en rougir légèrement.

— J'en suis heureux pour vous. Et pour les filles aussi. Qu'elles entendent rire un peu leur *mama*, de temps en temps…

Arrangeant le bouquet à son goût, elle poussa un iris devant deux tulipes roses.

— Je pense à lui tous les matins, tous les soirs et dix fois dans l'intervalle… Mais je ne fonds plus systématiquement en larmes. Ce qui me surprend, c'est qu'il m'arrive encore d'oublier. Une des filles va faire quelque chose, et il va me tarder qu'Andreas rentre du boulot pour le lui raconter…

— Moi aussi, il m'arrive encore de décrocher le téléphone pour annoncer quelque chose à mon père… qui est mort il y a presque vingt ans…

Il fronça les sourcils.

— Je n'aurais peut-être pas dû dire ça. Je suis navré.

— Non, ça ne fait rien.

Elle posa le vase au centre de la table, puis offrit à son hôte le choix entre vin et café. Il répondit qu'il aimerait bien une tasse de café, et elle alluma la machine à espresso.

— Et vous ? Vous aussi, ça va mieux ?

— Oui. Bien mieux, merci.

Elle se détourna de ses préparatifs, lui faisant face pour le dévisager quelques instants. Puis elle secoua la tête.

— Pas si bien que ça, apparemment. Ça se voit dans vos yeux. Ce qui s'est passé ce jour-là, je le sais uniquement par ouï-dire. En fait, je n'ai assisté à rien. D'une certaine manière, je me dis cela a dû être nettement pire pour vous.

Andreas Carlucci était l'agent de sécurité qui, en poste au point de contrôle établi aux abords immédiats du Vatican, avait été victime du souffle de l'explosion qui avait également failli tuer Josh. Tous deux avaient été admis dans le même hôpital, occupant des chambres adjacentes. Tina avait veillé au chevet de son mari pendant toute la semaine où il avait lutté contre la mort. Chaque soir, avant de rentrer à la maison retrouver ses filles, elle était passée voir Josh dans la chambre voisine. Assommé par les drogues, à demi-inconscient, il se rappelait vaguement la présence de cet ange aux longs cheveux noirs qui, tête basse, yeux clos, chuchotait des prières pour son rétablissement.

Josh était sorti de l'hôpital la veille des funérailles d'Andreas. Toujours pétri de douleurs, encore sujet aux étourdissements, il avait néanmoins fait l'effort de rendre un dernier hommage au malheureux. Pour la première fois – mais non la dernière –, il s'était demandé s'il n'aurait pas mieux valu qu'Andreas Carlucci, marié et père de deux enfants, eût été celui qui survive.

La même pensée le traversa à cet instant, alors qu'il regardait sa veuve servir le café.

— C'était gentil à vous de passer nous voir, dit-elle en lui tendant la tasse. Êtes-vous à Rome pour votre travail ?

Il acquiesça.

— C'est la première fois que je reviens.

— Comment était-ce ? Avez-vous eu des…

elle chercha le mot en anglais

— … back-flash ?

— Des flash-back ?

Souriant, il éluda la question.

— Vous ou les petites, auriez-vous besoin de quelque chose ?

Elle secoua la tête.

— Nous touchons sa pension, et j'ai aussi repris mon travail à temps partiel. Mes parents m'aident pour les filles, qui se plaisent bien avec eux.

— Elles sont splendides ! Avant de partir, je me demandais… Aimeriez-vous que je les prenne en photo ? Que je vous prenne toutes les trois en photo ?

Il photographia les deux petites et leur mère dans le jardin, en plein soleil. D'abord intimidées, les fillettes se détendirent dès qu'il leur offrit les grosses peluches, et s'amusèrent, leurs inhibitions envolées, à prendre la pose.

— Avez-vous des photos de notre père avant l'accident ? lança Diana de but en blanc.

Josh n'avait pas été certain qu'elle sût qui il était.

— Mais oui. J'en ai plusieurs.

— Pourrions-nous les avoir, s'il vous plaît ?

— Naturellement. J'aurais dû y penser…, ajouta-t-il à l'adresse de Tina. Dès que je serai de retour chez moi, je vous les enverrai.

Diana reprit sa poupée et se remit à jouer avec sa sœur.

Sur tous les clichés de Josh, pris quelques secondes avant le déclenchement de la bombe, figurait Andreas en train de se quereller avec l'inconnue, qui s'était avérée être la terroriste suicidaire ; il avait insisté pour inspecter le landau du « bébé » inexistant… Dans la famille, qui donc se réjouirait de voir à quel point le pauvre homme avait été bouleversé durant ses derniers moments de pleine conscience ?

— Une minute, elles jouent, la suivante, elles sont inconsolables et la minute d'après encore, elles se remettent à jouer, dit Josh à Tina qui le raccompagnait à son taxi. Les enfants rebondissent si vite.

— Je pense que c'est parce que le chagrin leur fait moins peur qu'à nous.

De nouveau, ses yeux se noyèrent de larmes.

— Je suis navré. Ma visite n'était peut-être pas une bonne idée, tout compte fait.

— Si, et c'était même très gentil de votre part. Je suis heureuse de vous voir. Et si je pleure, et après… ? J'ai toujours su qu'Andreas faisait un métier dangereux. J'avais peur de mourir avec lui. Maintenant que j'ai découvert que je pouvais vivre sans lui, je ne m'effraye plus d'un rien comme avant.

Josh ne savait pas quoi répondre. Tina lui prit les mains et, tête basse, yeux clos, psalmodia de nouveau les paroles qui avaient été musique à ses oreilles quand il les avait perçues pour la première fois dans sa chambre d'hôpital, flottant entre deux eaux sous l'influence des analgésiques…

Encore maintenant, c'était musique à ses oreilles.

# 38

Le vol 121 décolla de l'aéroport de Rome avec deux heures de retard, à 16 h 30. Durant le décollage, le septuagénaire du siège 29B resta penché sur sa Bible écornée, lisant la Genèse page après page. Après quelques coups d'œil intrigués, son voisin préféra l'ignorer. Mais de temps à autre, la curiosité étant la plus forte, il lui coulait des regards en coin. Après quarante minutes de vol, alors que le dîner était servi, on pria par haut-parleur monsieur Meyerowitz de se faire connaître. D'abord étonné qu'on cite son nom en public, le cœur cognant contre ses côtes, il se rappela soudain qu'il avait commandé un repas casher, et qu'il n'y avait là rien que de routinier. Il pressa le bouton d'appel de son siège, et quelques minutes plus tard, une accorte petite brune au rouge à lèvres claquant lui apporta son fade plateau de poulet déshydraté et de légumes gorgés d'eau – pas de quoi saliver…

Quand elle revint prendre le plateau, il se montra courtois et circonspect envers elle.

— Aimeriez-vous du café, monsieur Meyerowitz ?

Il aurait voulu rétorquer qu'il n'était pas dur d'oreille, et qu'elle n'avait nul besoin de se pencher vers lui en articulant si soigneusement la question, mais il se contenta de hocher la tête.

— J'aimerais beaucoup un peu de thé. Avec du sucre.

Son thé bu, il interrompit sa lecture de la Bible pour piquer un somme. Mais il eut une sieste agitée. Sous la couverture, il se cramponnait à son porte-documents, ne cessant de se réveiller pour vérifier l'heure à sa montre.

Futile manie… L'avion atterrirait quand il atterrirait. Magicien, il aurait ramené la durée du vol de huit heures à une – sans que ça le soulage en quoi que ce fût de sa nervosité. Si seulement il arrivait à se détendre, à se focaliser sur le calme et la sérénité… Il s'était préparé. Il connaissait les règles et les règlements. Rien n'irait de travers. Paupières de nouveau baissées, il s'attacha à apaiser son rythme cardiaque et à égaliser sa respiration. En quelques minutes, il avait recouvré un peu d'équanimité.

L'avion se posa à l'heure, et l'homme en passa par les formalités aéroportuaires d'usage. Il avait l'impression d'être crasseux. Sa longue veste noire, son pantalon bouffant assorti et sa chemise blanche, tout froissés, empestaient le moisi. Il détestait le négligé, et la façon dont les gens fixaient ses habits, sa barbe et ses longs favoris bouclés l'agaçait. Même dans la ville de New York, les Juifs orthodoxes s'attiraient des coups d'œil par en dessous, alors pourtant qu'ils y formaient une importante communauté. Quoi qu'il en soit, sentir des regards peser sur lui, le long de la file d'attente, s'attarder sur sa pilosité faciale et sa tenue, le perturbait.

Néanmoins, sortir du rang de cette façon et se faire remarquer œuvrerait en sa faveur. Il le savait. C'était simplement qu'il préférait comme déguisement la soutane impeccable du prêtre.

La file d'immigration prit plus d'une heure, alors qu'il était un citoyen américain en possession d'un passeport valide. Tous ceux qui l'entouraient paraissaient dormir debout. Bien réveillé pour sa part, il simula un bâillement, puis un autre, passant en revue sa check-list mentale des questions potentielles, et des réponses qu'il pourrait faire. Oui, il s'était préparé.

Ce qui ne l'empêchait pas de se ronger les sangs. C'était plus fort que lui.

Trop de choses avaient marché suivant ses plans. Trop en dépendaient.

Et trop de choses étaient déjà allées de travers, aussi.

Ce fut enfin son tour de passer en douane. Il ouvrit son porte-documents et présenta sa déclaration à l'homme en uniforme dont le badge annonçait l'identité, Bill Raleigh.

— Voulez-vous ouvrir cette bourse ? demanda Raleigh en désignant le sachet en feutre couleur bleu marine après avoir lu la déclaration de douanes.

Meyerowitz s'exécuta, en sortant six petits sachets en feutre.

— Ouvrez celui-ci, ajouta le fonctionnaire en pointant le doigt sur l'un d'eux.

Tel un mantra, Meyerowitz se répéta mentalement tout en obéissant :

*Les États-Unis n'ont pas de taxes à l'importation sur les gemmes non serties...*

*Les États-Unis n'ont pas de taxes à l'importation sur les gemmes non serties...*

*Les États-Unis n'ont pas de taxes à l'importation sur les gemmes non serties...*

Ses doigts ne tremblaient pas, et il s'en félicita. À sa place, tout le monde frémirait, se dit-il. Même sans avoir rien fait de mal. Être interrogé était déjà déstabilisant en soi. Meyerowitz, lui, conserva son calme. Il ne s'attendait pas à de quelconques problèmes. Il connaissait les règles. Étaient seules frappées d'interdit les importations de pierres précieuses provenant de certains pays, et à la lecture de son passeport, il était clair qu'il n'avait jamais mis les pieds au Myanmar, à Cuba, en Iran, en Irak ou en Corée du Nord.

Il posa doucement le saphir sur un coussinet jaune de son porte-documents.

Raleigh y jeta à peine un coup d'œil en désignant ensuite une petite enveloppe blanche.

— Et celui-là, avec vos reçus.

Meyerowitz l'ouvrit et en tira une feuille de papier de soie qu'il déplia pour dévoiler sept petits diamants libres. Chacun faisait moins d'un carat et demi. Puis, d'un soufflet interne de son porte-documents, il produisit deux feuilles – la facture de l'ensemble des pierres.

— Et dans ces bourses-là ?

— Ce sont des faux, achetés à Rome. Bonne qualité. Mon beau-frère organise des bals masqués… Je voulais qu'il juge sur pièce.

— Pouvez-vous ouvrir, je vous prie ?

Il haussa les épaules.

— Pourquoi pas ?

S'exécutant, il présenta une imitation bon marché de colliers Gucci avec leurs pierres précieuses de pacotille.

En dépit de la loi, tout paraissant en règle, un détail turlupinait pourtant assez l'officier des douanes pour qu'il appelle un supérieur à la rescousse. Il fallut trente secondes à l'homme en question pour les rejoindre à l'autre bout de la salle – et, dans l'intervalle, le cœur de Meyerowitz cognait si fort dans sa poitrine qu'il eut peur que ça se remarque. Il s'admonesta au calme. Tout signe de nervosité excessive serait détecté par ces hommes à l'œil exercé.

*Nulle raison de s'inquiéter. Rien d'illégal à ce que tu fais. Respire. Inspire, expire… voilà, comme ça. Ils se montrent circonspects, c'est tout. Ils sont sur le pied de guerre contre les terroristes et se livrent sans cesse à des vérifications aléatoires. C'est la routine.*

*Mais… et si Interpol avait lancé un mandat international ? Si ces bijoux étaient recherchés ? Si les pierres précieuses et les diamants ne dissimulaient pas les vrais trésors ? Et si j'avais une parole malheureuse ? S'il me les confisquait ? Non, du calme, personne à part les deux professeurs n'a vu ces pierres… La police ne sait pas nécessairement ce qu'elle recherche…*

— Vous êtes monsieur Irving Meyerowitz ?

— Oui, en effet.

— Profession ?

— Joaillier.

— Où exercez-vous ?

— Ici même, à New York. À l'ouest de la 47e, au numéro 10.

— Et quel était le but de votre voyage à l'étranger ?

— C'était un voyage d'affaires.

Empestant légèrement le tabac, le fonctionnaire au visage carré grêlé par la variole examinait de ses gros doigts boudinés, sans grâce aucune, la dizaine de gemmes sur la sellette et les papiers afférents.Meyerowitz s'ingéniait à ne surtout pas envisager la possibilité que quelque chose puisse aller de travers, ni réfléchir au pouvoir de ce petit fonctionnaire, capable à lui seul de gripper la machine.

*Comporte-toi normalement.*

— Il y a un problème ? lança-t-il, un soupçon d'irritation perçant dans sa voix.

Voilà qui était mieux… Qui ne s'impatienterait pas, à sa place ? Il n'avait rien fait de mal, après tout. Il agissait dans le respect des lois. Il le savait.

— Une minute, je vous prie…

Le fonctionnaire acheva de lire les reçus.

Meyerowitz avisa le nom de l'homme sur son badge.

— Monsieur Church ? Je ne comprends pas quel pourrait être le problème… ?

— Avez-vous quoi que ce soit à déclarer ? s'enquit Church.

— Non. Juste ce qu'il y a là.

— Avez-vous… ?

Un bruit fracassant éclata. Tout le monde pivota. Un passager venait de trébucher sur une valise et de s'étaler en travers d'un chariot métallique. Le nez en sang, il cria de douleur, attirant l'attention générale. Dans la file, tout le monde avait les yeux tournés vers lui, Raleigh, Church, les voyageurs en transit… Plus personne ne s'intéressait à Meyerowitz, qui aurait voulu attraper les gemmes et fuir le terminal. Mais ç'aurait été le comble de la stupidité.

Church donna rapidement ses instructions à Raleigh tandis qu'il s'éloignait en direction de l'accident.

— Laissez-le passer !

Hors du terminal, Meyerowitz se contraignit à marcher posément, sans risquer d'attirer l'attention dans sa hâte, tout en se dirigeant vers la station de taxis où il fit la queue – maudissant déjà une attente qui s'annonçait interminable. Il regretta de ne pas avoir loué de voiture par avance. Mais ce serait revenu à laisser trop de traces. Un chauffeur de limousine n'était pas un chauffeur de taxi. Il aurait trop remarqué le vieil homme, se serait rappelé où il le déposait… En l'espèce, Meyerowitz aurait besoin d'un taxi pour le déposer en un lieu où il pourrait se changer dans les toilettes pour hommes avant de se sentir assez en sécurité pour en héler un autre et rentrer chez lui.

Ce ne fut qu'une fois installé dans le taxi qu'il se permit de revenir sur l'incident des douanes. Qu'est-ce qui avait donné la puce à l'oreille de Raleigh ? Meyerowitz passa en revue tout l'interrogatoire. Des questions de routine… Non, ça ne venait pas de ce qui lui avait pu dire… Quelque chose qu'il ait fait, dans ce cas ?

Se dandinant légèrement sur son siège, il lissa la laine vierge de sa veste noire en se disant qu'il serait bien heureux de s'en débarrasser à la minute où il franchirait le pas de sa porte. Ce fut alors qu'il mesura la gravité de son erreur.

On était vendredi soir.

*Respecte le sabbat au caractère sacré…*

Nul juif orthodoxe ne voyagerait un tel jour.

Comment avait-il pu être aussi stupide ?

# 39

*New Haven, Connecticut – samedi, 23 heures 19*

Assise par terre dans son bureau, Gabriella Chase était cernée par une explosion de livres, de papiers et de feuilles humides voletant au gré des giboulées qui s'engouffraient par la fenêtre ouverte.

Elle avait cru qu'elle se sentirait plus en sécurité chez elle, en tournant le dos à ses frayeurs pour prendre le premier vol en partance de Rome. Et de fait, la veille au soir, en s'endormant sous le même toit que son père et sa fille, elle avait pensé que le pire était derrière elle. Mais à présent, confrontée aux traces indubitables d'une entrée par effraction et d'une fouille sauvage, elle mesurait toute la gravité de son erreur. Nulle part elle ne serait en sécurité tant que les auteurs de cet acte de vandalisme n'auraient pas trouvé ce qu'ils cherchaient.

À moins que ce ne fût déjà le cas.

Le vent forcit, mugissant sa longue complainte. La fenêtre… Gabriella devait la refermer. Mais parviendrait-elle à se lever, là, tout de suite… ?

— Professeur Chase ?

Elle se retourna à demi. Deux hommes en uniforme de la sécurité du campus se tenaient sur le seuil de la porte.

Elle reconnut le plus âgé, sans réussir à se rappeler son nom. Comment était-ce possible ? Il travaillait déjà là quand elle avait pris ses fonctions…

*Réfléchis…*

*Réfléchis !*

D'ordinaire pétillante d'intelligence inquisitrice, elle avait la prunelle comme éteinte. Quant à sa chevelure, d'habitude en bataille mais charmante, elle était tout emmêlée et terne elle aussi.

L'agent qu'elle connaissait approcha.

— Ça va ?

Elle se recentra sur l'homme et sur sa question.

— Ça va, Alan…

Oui, c'était son nom, Alan… Et son collègue s'appelait Lou.

La fenêtre claqua.

Alarmé, Alan sursauta ; Gabriella, elle, ne broncha pas.

— Elle a tendance à faire ça, lâcha-t-elle d'un ton atone. Je me dis toujours que je devrais en toucher un mot au concierge, pour qu'il la répare.

Elle restait assise par terre.

Lui passant un bras dans le dos, Alan l'aida à se relever. Elle était si légère à soulever, n'opposant aucune résistance… Alors qu'il la guidait vers le siège de son bureau, elle se mit à frissonner. Puis il avisa un pull-over, accroché au dos de la porte, assez loin de la fenêtre grande ouverte pour être resté chaud et sec, et il l'en drapa.

— Professeur Chase, que s'est-il passé ici ? demanda Lou. Pouvez-vous nous le dire ?

— Je n'en sais rien. Je me trouvais dans la bibliothèque, et je viens de revenir il y a cinq minutes…

Elle baissa les yeux sur sa montre, secouant la tête…

— Non, quinze, pratiquement. Tout était ainsi, sens dessus dessous… livré aux quatre vents… J'ai tenté de rattraper mes documents qui voletaient un peu partout. Tous. Des années entières d'écrits… La fenêtre avait dû rester ouverte un bon moment. Il y a de l'eau de pluie sur le sol. Je n'ai pas vu la flaque et en glissant, je me suis cogné le genou au bureau…

Elle écarta de son visage une mèche de cheveux humide.

— Vous ne savez pas encore ce qu'on a pu vous voler, j'imagine, dit Lou.

Elle secoua la tête.

— Non, je n'en sais rien. Je ne peux pas…

Elle désigna la pagaille qui régnait dans la pièce.

— Dans ce fouillis… J'ignore par où commencer. Mais ça va, je vous assure.

— Nous devrions contacter la police de New Haven et déclarer l'incident au plus vite, ajouta Lou en activant son portable.

Dix minutes plus tard, l'officier Mossier, un policier très grave sous ses allures poupines, se présenta aux côtés de son binôme Warner, un vétéran grincheux.

Calepin au poing, Mossier entreprit d'interroger Gabriella sur ce qui était arrivé depuis son retour au bureau.

— La porte était-elle verrouillée quand vous êtes revenue ?

— Oui.

— Et lorsque vous en étiez sortie ?

— Aussi.

— La fenêtre était-elle fermée quand vous êtes partie ?

— Je ne sais pas.

— D'ordinaire, fermez-vous les fenêtres ?

— Non… pas souvent.

— Et aujourd'hui ?

— Je ne suis pas certaine.

— Avez-vous idée de ce qui peut manquer ?

— J'ai des années de recherches stockées dans ce bureau.

Elle désigna les piles détrempées de papiers déformés jonchant le sol.

— Et je me demande bien ce qu'on pouvait vouloir y trouver…

— Le nom d'un étudiant mécontent du semestre dernier vous vient-il à l'esprit ? Ou même du trimestre d'été ?

— Non… Oui ! Enfin… Il y a toujours des étudiants qui contestent leurs notes, mais je ne vois parmi ceux-là personne d'assez ulcéré pour commettre…

Secouant la tête de plus belle, elle fit retomber ses mèches sur son visage, qu'elle repoussa.

— Non, le nom d'aucun étudiant ne me vient à l'esprit.

— Qu'enseignez-vous ?

— L'archéologie.

— Vous faites des fouilles ? demanda Mossier.

Gabriella acquiesça.

— Voilà une chose qui m'aurait plu… faire des fouilles… J'ai un peu pratiqué la spéléologie et j'ai toujours pensé que…

— Aviez-vous ici quoi que ce soit qui provienne de fouilles ? coupa Warner. Des antiquités ? Quelque chose qui justifie un vol par effraction ?

Il survola du regard les étagères, bondées de livres et de photos encadrées.

— Rien qui ait une quelconque valeur, non… Des tessons de poterie, des œuvres en verre, mais juste des vestiges, des souvenirs, ce genre de choses. Rien qui ait une valeur réelle, je le répète.

Mossier paraissait plongé dans ses réflexions, mais son collègue plus âgé remarqua qu'elle avait laissé sa phrase en suspens.

— Nous allons noter tout ça par écrit. Demandez autour de vous, voyez si quelqu'un a remarqué quelque chose. Pendant ce temps, j'aimerais que vous vous efforciez de remettre de l'ordre dans vos papiers ces jours prochains, et si vous constatez quoi que ce soit d'anormal, vous nous le signifierez ?

— Oui.

— Vous êtes sûre que ça va ? Aimeriez-vous qu'on vous ramène chez vous, ou qu'on vous conduise à l'hôpital ?

Elle fit un petit signe de tête.

— Non, ça ira. Mais merci.

— Y a-t-il quelqu'un que nous puissions appeler pour venir vous chercher ? Je ne pense pas que vous devriez rester seule pour l'instant, ajouta Mossier.

Elle acquiesça.

— Mon père…

Il fallut moins de dix minutes au professeur Peter Chase pour arriver au bureau de sa fille. Ignorant la police, il entra en trombe et se précipita vers Gabriella.

Cet homme âgé aux mâchoires lourdes avait une épaisse crinière blanche et un regard sombre et perçant luisant d'angoisse.

— Que s'est-il passé ?

Sitôt qu'elle le vit, elle se décomposa, pleurant en silence à chaudes larmes. Ses joues ruisselèrent très vite.

Peter sortit un mouchoir qu'il lui tendit, l'enlaçant. Par-dessus la tête de sa fille, il s'adressa aux policiers pour les prier de rester un peu, le temps qu'il leur pose quelques questions.

— Je suis le professeur Chase, le père de Gabriella, précisa-t-il en oubliant qu'ils venaient de le contacter sur la requête de sa fille justement. Avez-vous déterminé ce qui avait pu se produire ici ?

Warner prit les devants.

— Pas encore, monsieur.

— Quelles mesures prendrez-vous pour garantir sa sécurité ?

— Nous allons tout faire pour savoir ce qui s'est passé ici, fit l'officier Warner.

— Avez-vous une fille ?

— Oui, monsieur.

— Quel âge a-t-elle ?

— J'en ai deux. La première a quinze ans et la seconde, douze.

— Alors vous satisferiez-vous de ce genre de réponse si cela arrivait à l'une d'elles ? … *tout faire pour savoir ce qui s'est passé ici…* ? Si vous me parliez plutôt de la façon dont vous comptez vous y prendre pour la protéger ?

— Si vous saviez à quel point je prends mes fonctions au sérieux, vous sauriez déjà que c'est suffisant.

— Ne pouvez-vous lui affecter un garde ?

— Pas à moins qu'on ne l'ait menacée, monsieur. Je regrette.

— Et moi donc, bon sang !

Le professeur tenta d'intimider d'un regard noir l'officier, décidément réfractaire à ce type de manœuvre. C'était l'impasse. Gabriella finit par briser le silence.

— Papa, ça ne fait rien. Je ne suis pas en danger. Personne n'en a après moi. On cherchait juste quelque chose ici.

— Qu'en sais-tu ? lança le professeur.

Alarmé, l'officier Warner qui allait franchir le seuil se retourna.

— Je n'ai aucune certitude ! Mais rien qu'à voir l'état de cette pièce, il est facile de le déduire, non ?

Le regard de Gabriella vola de son père aux deux policiers.

— J'apprécie votre aide. Me tiendrez-vous au courant des progrès de votre enquête ?

Warner resta.

On aurait dit qu'il attendait qu'elle réponde à son père – mais elle ne le ferait pas en sa présence.

— Merci, répéta-t-elle à Warner.

Les flics n'avaient pas le choix ; ils se retirèrent.

Une fois que la porte se fut refermée sur eux, Chase senior répéta à son tour sa question.

— Comment sais-tu que personne n'en a après toi ?

Il attendit. Dans le silence, il entendait faiblement les bruits de pas des policiers qui s'éloignaient.

— Gabriella ? insista-t-il.

— Je le sais parce qu'il s'est passé la même chose dans mon appartement à Rome. Quelqu'un s'y était introduit par effraction la veille de mon départ. C'est d'ailleurs pourquoi je suis rentrée précipitamment.

— Pourquoi ne m'en avais-tu rien dit ? lui reprocha-t-il d'une voix tendue.

Elle haussa les épaules.

— Que t'a-t-on volé à Rome ?

— Un carnet de notes… Des photographies…

— Dans quoi diable t'es-tu fourrée maintenant ?

— C'est une histoire très ancienne, papa. Et c'est quelque chose de puissant. Du moins nous le pensons. Nous le pensions… Non, pas « nous »… Moi… Rudolfo n'est plus… Ce que je pense…

La veille au soir, après avoir vérifié que sa fille allait bien, s'être changée en mettant un jean et un vieux pull-over confortable qui avait appartenu à son mari, et servi une vodka tonic, elle avait raconté à son père – à peu près tout de – son voyage à Rome avant de passer dans la pièce qui lui servait à la fois de bureau privé et de bibliothèque, de fouiller un tiroir à la recherche d'une carte qu'elle y conservait depuis trois ans et demi…

D'une main nerveuse, elle avait soulevé le combiné et, constatant à quel point elle tremblait, avait préféré raccrocher. Elle avait envisagé cet appel plus d'une fois déjà, sans jamais s'y résoudre. Aussi intriguée fût-elle, Gabriella n'avait jamais tenu à prendre de risques avec des fouilles, et qui savait ce qui pourrait se produire si elle contactait le prêtre qui lui avait remis les plans ? Après tout ce qui était allé de travers ces dernières années, retrouver un peu d'enthousiasme, enfin, lui avait paru si bon… Elle avait voulu que rien ne vienne entamer le frisson d'excitation des fouilles.

Mais tout cela était terminé maintenant.

Depuis ce dimanche enneigé quatre ans plus tôt, lorsque le père Dougherty avait donné à Gabriella les documents dans la chapelle Battle, Rudolfo avait insisté à plusieurs reprises pour qu'elle garde le contact avec Dougherty, l'implorant de lui montrer le reste du journal.

Il y avait tant de questions sans réponses, avait souligné le vieux professeur.

Et à présent, il y en avait davantage encore. Bien trop.

D'une main tremblante, elle refit le numéro. La sonnerie retentit trois fois avant qu'une voix amicale ne s'élève à l'autre bout de la ligne. Le père Francis (s'identifia-t-on) demanda en quoi il pouvait lui être agréable.

— Mon nom est Gabriella Chase. Navrée de vous déranger si tard, mais pourrais-je parler au père Dougherty, je vous prie ?

— Le père Ted Dougherty ?

— Oui.

— Oh, il n'est plus parmi nous.

— Pourriez-vous me dire où je peux le joindre ?

— Aux cieux, espérons-le, mon enfant. Le père Dougherty est mort.

— Oh ! Je suis désolée… C'est terrible. Quand est-ce arrivé ?

— Voyons, il y a bien de cela sept… non, huit ans.

— Huit ans ? Vous êtes sûr ?

— Mais naturellement. Je lui ai en personne administré l'extrême-onction.

# 40

Quand Rachel Palmer arriva au gala d'ouverture du Metropolitan Museum, le bâtiment resplendissait de tous ses feux sous les projecteurs tandis que des invités en smoking et leurs compagnes en robes du soir chiquissimes gravissaient l'escalier d'honneur. La bannière flottant au-dessus du perron annonçait la couleur... « Les Joyaux Tiffany – le Premier Siècle ».

À l'intérieur, Rachel fit halte dans le hall de l'Aile Américaine, fascinée par la galerie de trois étages ornée pour l'occasion. À la lueur tamisée des chandeliers, l'air embaumait la rose, tant les tables en étaient couvertes, et un orchestre à six instruments enchantait l'oreille des convives de morceaux de jazz sélect. Des serveurs en livrée circulaient avec des plateaux de flûtes de champagne et de canapés.

Rachel s'immobilisa devant une imposante sculpture marmoréenne qu'elle avait déjà vue une centaine de fois sans jamais y prêter attention. Deux hommes aux prises, s'affrontant dans un duel de volonté... La jeune femme caressa du regard le galbe de leurs cuisses et de leurs bras musclés, les lignes de leur torse en pleine torsion, également sensible à leurs expressions, qui restaient fières dans la douleur de la lutte… Elle retint son souffle.

Il se dégageait d'eux une telle puissance… Elle aurait voulu tendre un bras pour promener les doigts sur leur peau satinée, et sentir jouer leur musculature si finement rendue. Ses mains la picotaient. Elle avisa leur entrejambe, pudiquement asexuée, et se dit que paradoxalement, ces êtres de marbre étaient bien plus excitants que les hommes de chair et de sang qu'elle avait pu rencontrer ces dernières années. Elle éprouva le plus étrange des troubles, brûlant d'embrasser leurs lèvres marmoréennes histoire de voir si elle parviendrait à ramener l'un d'eux à la vie. Que se passerait-il si elle se hissait sur le piédestal et joignait le geste à l'envie… ? Elle serait probablement arrêtée. Elle baissa les yeux sur la plaque de bronze, au pied de la sculpture en marbre blanc…

La Lutte entre les Deux Natures de l'Homme
George Grey BARNARD (1863-1938)
Marbre, 1894
D'abord intitulée « Je sens deux êtres en moi »,
L'œuvre représente les forces du bien et du mal

Prise de frissons le long de son épine dorsale, son cœur battant soudain la chamade, elle relut la date. 1894… Mais pourquoi ces frissons de peur ? Que s'était-il passé en 1894 ?

Un serveur se présenta avec un plateau de flûtes de champagne ; elle le laissa passer sans rien prendre. Elle voulait un verre – pas de ce bête champagne qu'on servait, mais une vraie boisson. En se dirigeant vers le bar, elle remarqua, de dos, un type qui s'y prélassait.

Il lui parut aussitôt familier – quand bien même elle n'arrivait pas à se rappeler où elle l'avait croisé. Elle examina le corps longiligne de l'homme, sa façon de s'affaler au comptoir comme s'il se relaxait chez lui et non dans l'atmosphère raréfiée d'un musée. Quelque chose la mit en colère. Elle aurait voulu s'éloigner et en même temps, elle avait peur de le perdre de vue.

Un couple lui bloqua la vue, et ensuite, le type avait disparu… Rachel jeta des regards à la ronde, mais il semblait s'être volatilisé.

Une vague de panique la saisit à la gorge avec la brutalité d'une montée de bile.

Non ! Elle ne pouvait pas le perdre encore !

*Encore ?*

Ça n'avait pas de sens…

— Et pour vous, ce sera… ? lança le barman sans daigner lever le nez, ne s'intéressant pas particulièrement à sa cliente suivante.

Il s'agissait d'un job temporaire après tout, il n'était pas dans son bar local, et n'avait pas à taper la discute avec ces gens-là.

— Le meilleur scotch de votre réserve. Avec deux glaçons, s'il vous plaît.

Ce fut le « *s'il vous plaît* » qui incita le barman à s'interrompre une minute pour lever la tête vers elle, lui sourire, prendre son temps, servir la commande – juste la quantité souhaitable avant le nombre précis de glaçons demandés.

Six autres convives affluèrent au bar. Il tendit son scotch à Rachel, se détournant à regret pour s'occuper des nouvelles commandes.

Le couple qui se tenait près d'elle parlait d'un article qui paraîtrait dès le lendemain matin dans le *New York Times*. D'évidence, il s'agissait des conservateurs du musée.

— Rudolfo a été enterré aujourd'hui, tu es au courant ?

— Quelle immense tragédie…

— Toujours aucune nouvelle sur ce qui a été volé ?

— Non. Selon des rumeurs, des objets païens découverts pourraient être d'une importance majeure.

— Des détails ? s'enquit la femme.

— Aucun. Mais la dernière fois que Rudolfo fut interviewé, le journaliste lui avait demandé s'il était vrai que les objets en question pourraient amener à contester des préceptes fondamentaux du christianisme. Il avait répliqué d'un, « *Je suis un homme très religieux, j'espère bien que non !* »

Presque toutes les fouilles relatives aux temps antiques incluaient des bijoux, et Rachel avait souvent trouvé son inspiration dans les trouvailles romaines, grecques et égyptiennes. Mais chaque fois qu'elle entendait parler des découvertes de ce chantier-là, elle avait des réactions bizarres, comme s'il était impératif qu'elle puisse les voir…

La tête lui tournant, elle se retint au bar. Ce qu'elle venait d'entendre avait fait vibrer en elle une corde sensible. Le bourdonnement revint… Son corps entier palpita. Elle ferma les yeux. Des éclairs stroboscopiques multicolores vrillèrent ses paupières baissées. Non… Elle ne devait pas se laisser entraîner en un tel lieu, à un tel moment… S'obligeant à rouvrir les yeux, elle promena son regard à la ronde histoire de se recentrer.

*Je devrais partir avant qu'il ne soit trop tard…*

Trop tard pour quoi ?

C'était complètement fou !

Sirotant son scotch, Rachel entendit tinter les glaçons dans son verre en cristal, se demandant pourquoi ça lui paraissait si inquiétant, à l'oreille… La première gorgée lui avait brûlé le fond de la gorge, la deuxième était bien mieux passée et, tout en savourant la troisième, elle sonda la foule. Ses yeux s'arrêtèrent sur l'homme qu'elle avait d'abord remarqué au bar, celui qui lui avait paru familier.

— Ah, te voilà ! lança oncle Alex en arrivant derrière elle pour l'embrasser doucement sur la joue.

La soixantaine sémillante, il ne faisait décidément pas son âge. Impeccable dans son smoking, il n'accusait aucun des signes typiques de la fatigue due au décalage horaire après sa récente excursion.

— Je n'étais pas certaine que tu arriverais à me rejoindre à temps, dit-elle.

— Il n'était pas question que je manque cette inauguration ! répondit-il avec chaleur.

Il commanda la même chose que sa nièce.

Protecteur des arts et mécène du musée, il faisait également partie de son comité directorial ; étaient exposées ce soir-là plusieurs pièces de la collection Tiffany ayant appartenu à sa défunte femme.

— Nancy aurait adoré voir ça, dit-il en balayant la salle du regard, un soupçon de mélancolie dans la voix.

— En effet.

Tous deux sirotaient leur verre.

— As-tu aperçu Davis ? ajouta-t-il, d'un timbre de voix légèrement plus rauque que la normale.

— Non. Mais je suis sûre qu'il me trouvera tôt ou tard.

— Et ça t'ennuie ?

— Ai-je l'air ennuyée ?

Rachel tenta un sourire, sans parvenir à faire oublier qu'elle avait le regard éteint.

— Mais oui, ma chérie. L'es-tu ?

— J'imagine. Mais je survivrai.

— Tu pourrais tout aussi bien être une de ces sculptures de pierre…, songea Alex à voix haute. Insensibles à l'amour. Personne n'a encore réussi à faire pétiller ta prunelle comme le peuvent les éclatantes gemmes brutes…

— Cesse de t'inquiéter.

— Un jour, tu t'arrêteras de croire que les héros existent, tu accepteras la réalité des gens que tu croises, tu feras avec leurs défauts et apprendras à en tirer le meilleur.

— Pourquoi donc ferais-je une chose pareille ? Tu ne t'en es pas contenté. Et tante Nancy, pas davantage.

Alex gloussa.

— J'aperçois Davis par là-bas. Allons le féliciter.

Le conservateur se tenait devant la façade de la résidence de Long Island de Louis Comfort Tiffany, qui avait été transplantée au musée dans les années 1980. Il parlait à quelqu'un qui leur tournait le dos ; tous deux avaient pour magnifique entourage l'arche aux vitraux festonnée de glycine.

Le voyant de dos seulement, Rachel sut pourtant que c'était bien celui qu'elle avait remarqué pendant cette soirée, celui qui l'attirait et la repoussait tout à la fois… Mais comment arrivait-elle à l'identifier rien qu'à sa façon de se tenir et de pencher la tête alors qu'elle ne le connaissait pas ?

Son instinct lui soufflait de tourner les talons et de s'éloigner, mais une pulsion aussi irrationnelle était impossible à ses yeux. Donc, au bras de son oncle, elle se rapprocha.

— Rachel Palmer, Alex Palmer, voici Harrison Shoals, les présenta Davis.

Face à une sensation de chaude luminosité qui la bouleversa, la jeune femme entendit le bourdonnement… Elle se recentra sur son oncle. Il paraissait légèrement contrarié – sans pour autant réagir, comme si la réalité « explosait » et volait en éclats.

— En fait, dit Alex en lui tendant la main, monsieur Shoals et moi-même nous sommes déjà rencontrés. Ravi de vous revoir, Harrison.

Sauf qu'il n'avait nullement l'air « ravi », en fait. Il se tourna vers Rachel.

— Voici l'agent qui a remporté le *Bacchus* aux dernières enchères.

Rien qu'à entendre son ton, il le regrettait encore.

Digérant l'information, Rachel en fut ébranlée. C'était donc là l'homme qui lui avait soufflé *sa* peinture ?

— Voir votre générosité à l'œuvre est un vrai plaisir, répondit Harrison d'un ton urbain et suave.

— Je mentirais si je niais qu'un des plaisirs qu'il y a à collectionner les œuvres d'art, c'est bien de faire valoir à quel point on a su se montrer malin en les achetant à point nommé…

Rachel entendit leur échange plus fort qu'il ne l'était. L'interjection « *Menteur !* » se répercuta dans sa tête, et elle y pensait encore lorsque Harrison se tourna vers elle pour lui tendre la main à son tour.

Non sans un effort qui lui parut anormalement violent, elle l'imita. Il avait des yeux d'un vert glacial, qui n'était pas sans évoquer celui d'une mer hivernale. Puis leurs doigts entrèrent en contact...

Alex et Davis débattaient des pièces d'orfèvrerie exposées, le conservateur s'efforçant d'amener le collectionneur à consentir un prêt permanent au musée. Rachel doutait que l'un ou l'autre eût remarqué la surprise qui la saisit, ou la confusion manifeste de Harrison, dès qu'ils se touchèrent.

Fulgurant, un phénomène torride « souda » pour ainsi dire leurs chairs. C'était si réel et instantané que tous deux – simultanément, découvrit-elle par la suite – pensèrent à une « combustion spontanée », sans en souffler mot.

Rachel lut de l'inquiétude dans le regard de Harrison Shoals. Pour elle ? Pour lui-même ?

Elle ressentit une sorte d'effroyable magnétisme si puissant qu'elle se demanda même, un instant, si elle ne venait pas d'avancer tout contre lui sans même s'en rendre compte. Mais non, il y avait encore un bon trente centimètres entre eux deux...

Puis ce satané bourdonnement revint. Elle tenta de le combattre. De se cramponner à son équilibre. De s'empêcher de glisser dans un néant si accueillant... De résister. Sa vision se brouilla – rien qu'une seconde. Quand elle s'éclaircit, ce fut comme si le vent venait de sécher toutes les larmes qui faisaient briller ses pupilles.

La pièce s'était soudain assombrie. Les chandelles vacillaient d'un éclat phosphorescent. L'atmosphère se réchauffa encore, et le capiteux parfum de rose s'accentua en une fragrance capiteuse qui donna le tournis à la jeune femme. Respirer devenait difficile, tenir debout davantage encore...

Le morceau que jouait l'orchestre s'enchaîna subtilement par une valse lente et séductrice. Rachel eut l'impression de voir à travers un brouillard.

Cet homme dansait avec elle et, partout où ses mains la touchaient, elles laissaient comme une marque indélébile sur son corps. Alors qu'il valsait avec elle, l'entraînant d'un coin à l'autre de la salle, Rachel avait la sensation que le contact de son cavalier embrasait sa chair.

Tout autour d'elle, on parlait italien. Elle n'était plus au musée. Il s'agissait d'un palais grandiose sis en pays étranger. La pointe de ses chaussures entrait dans son champ de vision ; ce n'était plus celle des escarpins argentés à bride arrière pour lesquels elle avait opté en début de soirée, mais des bottines d'enfant. Et sa longue robe – devenue rose – balayait le sol… L'air caressait sa nuque, que dégageait une coiffure relevée par des épingles… elle qui ne portait jamais de chignon.

— Nous devons préserver notre secret encore un peu… Veux-tu bien me le promettre ? Sinon, ce pourrait être dangereux.

Soudain effrayée, elle acquiesça.

Son cavalier la faisait valser et la pièce tourbillonnait sous ses yeux en une traînée multicolore. Puis elle cilla et tout – les lumières, la musique, le parfum des fleurs – redevint comme avant. Elle leva une main à sa joue, avec l'impérieux besoin de comprendre la fièvre subite qui l'avait saisie… Sa peau était fraîche au toucher.

# 41

*« Mais il arrive parfois que l'Ange de l'Oubli lui-même néglige d'effacer de nos mémoires le souvenir du monde passé ; nos sens sont alors hantés par des réminiscences fragmentaires d'une autre vie. Elles dérivent tels des nuages s'effilochant au-dessus des collines et des vallées de notre esprit, se faufilant dans la trame des incidents de notre existence actuelle. »*

Sholem Asch, *Le Nazaréen*

*Ville de New York – lundi, 7 heures 15*

Le ciel était gris et menaçant. À l'image de l'humeur massacrante de Josh. Quittant son appartement à l'ouest de la 53ᵉ rue, il longea quatre pâtés de maisons en direction du centre-ville, et aborda Central Parkpar Merchant's Gate, à Columbus Circle. Il continua au nord, impatient que son malaise s'apaise. Ces quatre derniers mois, avant son voyage à Rome, cette promenade matinale vers la fondation Phœnix avait été une des rares mesures capables de le rasséréner. Après avoir fait quelques pas dans le parc, il s'arrêta pour mieux se remplir les poumons d'un air frais embaumant le gazon fraîchement tondu et saturé d'humidité. En pure perte… Son angoisse n'en fut en rien entamée.

Les événements dramatiques de Rome l'avaient mis en

danger – danger qui avait pu le suivre jusqu'ici, dans sa ville, en soulevant trop d'interrogations. Où étaient passées les pierres ? Quels étaient leurs dons ? Pourquoi avait-on abattu le voleur ? Et qui ? Qu'était-il arrivé à Gabriella ?

À Rome toujours, Josh s'était efforcé de la joindre, n'obtenant que son numéro professionnel à Yale. Ses messages demeuraient sans réponse. Depuis son retour à la maison, il avait renouvelé ses tentatives, en vain. Ce qui n'avait fait qu'aiguiser son inquiétude.

Josh pressa le pas, longeant une rangée de pins taillés en boule comme autant de sentinelles inquiétantes. Il se hâtait sans raison. À pied, la fondation se situait à un kilomètre et demi seulement, et à cette allure, il y serait avant huit heures, encore trop tôt pour reprendre les coups de fil.

À West Drive, près de Strawberry Fields, Josh tourna à droite, en direction de la piste cavalière – un secteur boudé du public, où on croisait peu de piétons du fait que si peu de gens caracolaient à cheval… surtout par une fraîche matinée de semaine. Quand il en avait le temps, il prenait toujours ce détour afin de passer par le pont Riftstone.

Au milieu des années 1800, lorsque Frederick Law Olmsted avait taillé le parc dans ces régions boisées luxuriantes, il avait fait venir des architectes pour phosphorer sur son projet. L'un d'eux, Calvert Vaux, avait construit Riftstone en 1862 à partir du schiste cristallin, créant l'un des rares ponts du parc à paraître naturel.

De grands affleurements minéraux, des arbres majestueux et des broussailles dissimulaient les piles du pont en brique et les coteaux, de part et d'autre, en masquaient la véritable hauteur.

Enfant, Josh avait exploré le parc en long et en large, dont cette zone. Mais en redécouvrant le pont lors d'une de ses premières expéditions pour la fondation, il avait constaté qu'il s'agissait pour lui d'un déclencheur. Revenant s'y promener ces derniers mois, il avait connu plusieurs embardées mémorielles. Celles-ci l'avaient plongé à la fin du XIX<sup>e</sup> siècle, l'amenant à connaître un jeune homme, Percy Talmage, qui venait souvent là avec sa sœur, Esmé. Dans l'enfance, d'abord pour jouer puis, devenus de jeunes adultes, pour échapper à l'atmosphère irrespirable de leur foyer... Au contraire de Josh, les jeunes Talmage ne traversaient pas le parc pour rejoindre Riftstone. Il leur suffisait d'emprunter un passage dérobé creusé à même la roche qui débouchait sur un tunnel reliant leur maison au parc – l'immeuble qui abritait maintenant la fondation Phœnix.

Lors de leur première rencontre, Malachai avait été ébahi en entendant Josh Ryder lui annoncer qu'il connaissait Percy et Esmé Talmage. Béryl, beaucoup moins. Lorsqu'on en venait aux expériences de vies antérieures et aux incidents de l'existence actuelle, il n'y avait pas de coïncidences. Par contre, dès que Josh avait décrit le tunnel, même elle en était restée abasourdie. Que ce soit dans les archives ou les plans d'architecture de la résidence comme du parc, rien ne laissait deviner l'existence de la voie souterraine secrète qui s'était effondrée au début des années 1920. Elle avait depuis été condamnée.

À plusieurs reprises, Josh avait – vainement – tenté de repérer l'entrée du tunnel, aux abords de Riftstone.

Les souvenirs de Percy avec Esmé en revanche n'étaient pas si difficiles à trouver.

Malachai était au téléphone lorsque Josh passa la tête par l'entrebâillement de la porte de son bureau ; il lui fit signe d'entrer et de s'asseoir.

Tout en patientant, Josh remarqua un livre ancien, posé sur le bureau d'associé, la lampe en verre couleur émeraude illuminant de son éclat les caractères dorés de la couverture, *Percées dans la Détection transexistentielle*.

L'ouvrant, il crut presque entendre l'ouvrage exhaler des soupirs. Depuis combien de temps ces pages-là n'avaient plus été exposées à l'air ambiant ?

Percées dans la Détection Transexistentielle
De Christopher Drew
Première Édition
1867
Ackitson and Kidd Éditeurs
Ville de New York

La première page était très abîmée par l'humidité, mais Josh n'eut aucune peine à lire l'avant-propos.

« *Dans l'histoire de l'humanité, jamais encore on n'avait connu d'ère moins encline à la spiritualité. Jamais encore on n'avait prêté si peu attention à l'âme. Jamais encore on n'avait été à ce point obsédé par le monde matériel et moins en phase avec l'univers métaphysique que maintenant. En découle une génération d'hommes malheureux qui trompent leur mélancolie dans une quête effrénée au pouvoir et aux richesses sonnantes et trébuchantes.*

*On ne saurait se demander qui nous sommes sans s'interroger d'abord sur qui nous étions. S'en abstenir revient à se détourner des connaissances passées aux ramifications futures. L'objectif de cet ouvrage est d'aider le lecteur à découvrir ce qu'il a vécu autrefois afin de…* »

— Navré que ça ait pris si longtemps, lança Malachai en raccrochant. Comment s'est passé votre voyage ?

Josh le mit au courant, lui posant en retour la même question.

— J'ai pris un somnifère et rêvé de gladiateurs, sourit-il en versant d'autorité un café à son visiteur. À vous voir, vous en avez sacrément besoin…

Josh but un peu du liquide fumant, sans se soucier de se brûler la langue. Malachai avait raison, il en avait bien besoin.

— Nous n'aurions pas dû quitter Rome, dit-il d'une voix vibrante de tension. Si nous étions restés, nous aurions pu avoir une piste sur le commanditaire du vol à main armée, sur le devenir des pierres, et découvrir avec l'inspecteur où…

— Nous étions des étrangers en pays étranger, Josh, coupa Malachai. Il y avait deux morts, et vous sortiez d'une garde à vue de vingt-quatre heures comme unique témoin de deux homicides. Votre vie était menacée. Nous avons eu une sacrée veine de pouvoir repartir aussi vite sans être retenus – ou sans que vous le soyez, vous – en tant que témoin capital...

— Nous avons renoncé trop vite.

— N'avez-vous rien entendu de ce que je viens de dire ? Quelqu'un a abattu le professeur et volé les pierres. Or, vous avez vu qui c'était.

— J'ai vu une ombre, avant d'assister à l'exécution de cette ombre...

— Mais qui l'a tuée ? Et pourquoi ? Le danger n'est pas écarté, Josh.

— Une menace éventuelle est moins dérangeante que l'idée que nous ayons pu perdre les pierres. J'ai besoin de savoir qui je suis, qui j'étais... et j'ai cru que j'allais enfin le découvrir. Dieu, j'aurais tué moi aussi pour avoir ces pierres !

— Vous me voyez ravi que vous n'en ayez rien dit devant l'inspecteur Tatti ! Autrement, nous n'aurions jamais pu quitter le pays.

Malachai le fixa.

— Vous ne croyez tout de même pas que j'aie quoi que ce soit à voir avec ce vol, tout de même ? fit Josh, stupéfait.

— Bien sûr que non. Mais sachant à quel point vous êtes tourmenté, si vous pensiez que les pierres pouvaient vous affranchir de vos cauchemars, les voler aurait pu vous paraître la solution à tous vos maux, j'imagine.

— Eh bien, je n'ai rien à voir avec ça.

— Comment *saviez-vous* où était la tombe, ce fameux matin-là ?

Malachai doutait-il de lui, lui aussi ? La police l'avait suspecté. Sans trouver toutefois le moindre élément à charge le reliant au crime. C'était ce que Tatti avait recherché pendant l'incarcération de Josh. Une parcelle de preuve.

L'espace d'une seconde complètement folle, Josh se demanda si, lorsqu'il avait déambulé dans Rome en transe, à la fraîche, il n'avait pas en fait été dans un état psychotique, commanditant le vol sans en conserver le moindre souvenir... Ou pire, s'il ne s'était pas emparé d'un pistolet pour commettre le crime lui-même. Il s'était peut-être seulement *imaginé* en train d'emprunter le tunnel, puis d'assister à la scène fatidique où l'agent avait tiré sur le professeur. S'il arrivait à avoir des hallucinations sur la Rome antique au point d'avoir le goût de l'eau à la bouche ou le parfum de l'air dans les narines, pouvait-il aussi plonger dans un état psychologique de fugue et perpétrer un horrible forfait ? Avait-il été victime à son insu d'une perversion mentale ? Sa quête désespérée de réponses l'avait-elle poussé à franchir la ligne – de l'épaisseur d'un cheveu – séparant le psychopathe de l'homme sain d'esprit ?

Il aurait voulu retourner à son bureau et appeler Gabriella. Il la connaissait à peine ; le besoin impérieux de lui parler, de s'assurer qu'elle allait bien, n'était pas rationnel. Il était du moins authentique.

En se relevant, il se cogna le tibia au pied du bureau de Malachai en forme de patte de dragon – une sculpture en chrysocale de bronze.

— Satanée bestiole ! maugréa-t-il, agacé par le petit pic de douleur.

— Qu'avez-vous dit ? lança Malachai d'un ton lourd de sens.

— Je me suis heurté le tibia à l'angle du bureau. Ce n'est rien.

— Non, vous avez lâché une imprécation en vous cognant, voudriez-vous répéter ?

— Je ne sais pas ce que...

Josh réfléchit une seconde.

— Oh, *oui*... Un truc bizarre. Dieu sait d'où ça m'est venu. Satanée bestiole !

Impassible, Malachai laissa cependant son étonnement percer dans sa voix :

— Au pied gauche du bureau, l'ornementation en forme de dragon dépasse d'environ deux ou trois centimètres celle du pied droit, s'alignant précisément au tibia des gens. Le siècle passé, la tradition familiale (en quelque sorte) consistait à lâcher ce juron-là, « *Satanée bestiole !* » dès qu'on se cognait dessus.

— Génial. Une coïncidence bizarre de plus. Ma vie en est juste farcie.

— Non, Josh. Vous savez maintenant qu'il n'y a pas de coïncidences quand on parle réincarnation. Tout fait partie d'un plan ultérieur.

— Je m'efforce de garder cela en tête.

— Ce n'est facile pour aucun d'entre nous, pas vrai ? Nous désirons tellement ces pierres… Je me demande d'ailleurs lequel de nous deux les veut le plus – vous parce que vous pensez qu'elles pourront vous aider à comprendre un passé qui vous échappe, ou moi parce que je crois qu'elles m'aideront à établir la réalité d'un présent que je suis le seul à appréhender.

Malachai n'abordait jamais son propre cas – si ce n'est en termes abscons. Si Josh avait appris un peu du passé de l'homme à force de le côtoyer avec Béryl depuis quatre mois, il n'en connaissait encore que les grandes lignes. Ses parents avaient eu un premier enfant, mort en bas âge. Malachai était né deux ans après son défunt frère. D'après ce que Josh avait pu glaner, le père ne s'était jamais remis du décès de son premier-né.

En grandissant à Manhattan, Malachai avait été scolarisé à l'école d'Horace Mann jusqu'à la seconde, quand il avait déménagé à Londres avec sa mère, une mondaine. C'était au lendemain du divorce de ses parents. Des années plus tard, en 1980, il était revenu en Amérique avec le diplôme en poche de Docteur *ès* Psychologie clinicienne, délivré par l'université d'Oxford. Et il avait commencé à travailler avec sa tante à la fondation Phœnix. Ne s'étant jamais marié, on le trouvait souvent apparié à diverses femmes en vue dans la rubrique des échos – de riches héritières en général, et les épouses en secondes noces d'industriels ayant le vent en poupe. La mère de Malachai était décédée, son père, toujours vivant et plutôt vaillant pour ses quatre-vingt-sept ans... Mais brouillé avec son fils.

Tout le monde avait ses fantômes dans le placard.

— Je dois retourner au bureau retrouver Gabriella. Je dois savoir ce qui lui est arrivé, m'assurer qu'elle n'a rien.

— Je sais ce qui s'est passé.

— Ah, oui ? Elle va bien ?

— Oui. Elle est de retour à New Haven. Elle a quitté Rome de son propre chef, exactement comme nous l'avions deviné.

Josh se cala sur son siège.

— Donc, l'inspecteur Tatti jouait avec nous lorsqu'il a déclaré qu'elle était portée disparue... Quel petit salaud ! Avez-vous parlé à Gabriella ? Savez-vous quelle mouche l'a piquée pour qu'elle reparte si précipitamment ?

— Juste après votre départ mardi soir, elle a reçu un appel lui apprenant que l'état du professeur avait empiré. Alors qu'elle se trouvait à l'hôpital, son appartement a été cambriolé. Voilà pourquoi il y avait tous ces policiers dans son immeuble le lendemain matin. Effrayée, elle a décidé que le temps devenait décidément malsain pour elle à Rome, et a préféré rentrer. Mais il semble que ses problèmes l'aient suivie à la trace... Son bureau à Yale a également été « visité » samedi.

— Est-elle blessée ?

— Non, elle va bien. Physiquement du moins. Mais elle est sur les nerfs. Je pense que nous devrions aller la rejoindre et lui parler. Elle en sait plus que quiconque à propos de ces gemmes. Son érudition pourrait nous aider à remettre la main dessus.

— Savez-vous avec qui le professeur Rudolfo ou elle avait
pu en parler, en dehors de Béryl et de vous-même ?

Malachai secoua la tête.

— Très peu de monde… Et tous dignes de confiance, quoi
qu'il en soit. Un conservateur du Metropolitan Museum,
un autre du British Museum, les chefs des départements
d'archéologie de leurs universités respectives… Rudolfo et
Gabriella ne tenaient pas à porter leur découverte sur la place
publique tant qu'ils n'auraient pas de certitudes sur la nature
de ce qu'ils détenaient. Ils ne voulaient pas de cirque médiati-
que. Et ils avaient raison.

— Mais ça ne signifie pas que des tiers n'aient pas pu
découvrir le pot aux roses. Des travailleurs, sur le chantier,
auraient pu surprendre des conversations, ou avoir un aperçu
du contenu du coffret et deviné le reste. On aura pu placer
des mouchards dans la voiture et l'appartement de Gabriella
ou bien de Rudolfo. Il existe des centaines de façons d'expliquer cette fuite, en dépit de toutes leurs précautions.

— Vous avez raison, bien sûr.

Malachai fit tourner les boutons de manchette qu'il arbo-
rait invariablement. Les ovales dorés étaient frappés de l'em-
blème que portait également le fronton de l'immeuble : des
phénix agrippant une épée dans leur serre droite.

— Quelle valeur aurait ces pierres, d'après vous ? demanda
Josh.

Son ami prit un jeu de cartes, qu'il battit. Et battit encore.
Avec de légers crépitements évoquant le ressac, sur la grève.

— Ça peut n'avoir aucun rapport avec l'argent. Pas si un
suppôt de l'Église catholique est derrière ce vol.

— Vous le croyez possible ?

— Vous avez vu les nonnes et les prêtres venus protester
sur le site, rappela Malachai en battant de nouveau les cartes.
Magie blanche, sorcellerie, cultes païens, réincarnation…
Tout cela contribue tour à tour à miner l'omnipotence de
l'Église en des temps où elle est le moins en position de faire

front aux attaques idéologiques… Non, jamais elle ne laissera le monde apprendre l'existence de ces pierres si elle peut l'empêcher – sans parler de leur magie. Et si l'Église est véritablement en cause, nous ne retrouverons jamais les gemmes, qui ne seront jamais à vendre non plus.

— Et vous pensez que c'est ce qui est arrivé ?

— Je l'ignore, mais je suis résolu à avoir le fin mot de l'histoire. Vous croyez que je m'avouerais si facilement vaincu ? Après toutes ces années ? Et alors que nous touchions au but ? Il n'en est absolument pas question ! La guerre a changé d'arène, voilà tout… On a volé les pierres – soit un personnage de l'Église, soit l'intermédiaire d'un riche collectionneur… ou encore pour les vendre au marché noir. J'ai déjà fait discrètement circuler le fait que nous étions prêts à payer toute information susceptible de nous conduire sur une piste… Soyez assuré que si les gemmes sont mises en vente, je les aurai ! Renoncer ? Ah, ça non alors ! Pas si j'ai mon mot à dire. Je les veux, ces pierres !

Il battit les cartes une fois de plus.

— Voilà pourquoi nous avons besoin de rejoindre Gabriella. Elle pourra nous aider. La rappellerez-vous pour voir quand elle est libre ? Nous pourrions prendre l'autoroute pour Yale dès ce soir ou bien demain. Dès qu'elle aura le temps… Dites-lui bien que nous sommes en mesure de nous prêter mutuellement assistance…

— Vous lui avez parlé… Que ne le lui avez-vous dit vous-même ?

— Elle était avec sa petite fille, et ne souhaitait pas s'éterniser au bout du fil. En outre, je pense qu'elle le prendrait mieux venant de vous.

— Pourquoi ?

— Ce n'est pas moi qui imagine qu'elle pourrait être mon *inamorata* perdue depuis si longtemps…

— Et moi non plus. Il n'y a pas eu de « fléchettes mémorielles », rien qui puisse m'amener à en déduire qu'elle l'est.

Encore qu'il l'ait regretté, songea Josh — en gardant cela pour lui.

— Vraiment ? Rien de rien ? J'ai cru capter un lien, une étincelle...

Josh changea de sujet.

— Combien êtes-vous prêt à débourser pour les pierres ?

Malachai posa des cartes sur le sous-main en cuir de son bureau, les étala et demanda :

— Prenez-en une.

Josh allait en sélectionner une, lorsqu'il se ravisa et en prit une autre.

— Cinq millions, répondit Malachai avant qu'il ne l'ait retournée...

C'était un cinq de carreaux.

# 42

La folie de Josh, ou quoi que ce fût, n'attendait pas d'invitation. Et se fichait bien qu'on la considérât comme inopportune. D'être à sa merci plongeait le jeune homme dans un état permanent de légère angoisse. Sachant qu'à tout moment, pour des raisons qui lui échappaient et sur lesquelles il n'avait aucune emprise, il risquait de voir son identité supprimée par une embardée mémorielle, il restait à cran. Il n'y avait pas d'avertissement, de même qu'il n'existait pas de moyen de couper court à l'un de ces épisodes – ou d'en provoquer un. Il espérait que Malachai avait raison, mais avait ses doutes. Cela, ajouté au décalage horaire, aggravait son état d'esprit ce matin-là. Il ne voulait pas se tourner les pouces à la fondation ; il désirait revoir Gabriella sans attendre, apprendre ce qui s'était passé au cours du vol sanglant de Rome et de l'entrée par effraction à New Haven, s'assurer que le professeur Chase allait vraiment bien… Mais quand il appela, il tomba encore sur le répondeur.

Un peu avant dix heures, il sentit monter les prémisses d'une migraine et prit deux gélules censées atténuer l'horrible céphalée. Il se massa les tempes. Le calme régnait au bureau – un peu trop. Avant sa blessure à la tête, il se passait toujours des airs de jazz. Des chanteurs, de vieux crooners avec lesquels il avait grandi, ou alors du rock énergisant. Ce qui avait été une vive appréciation ces seize derniers mois était devenu nécessité. Le silence exacerbait les embardées mémorielles.

Il sortit un casque à écouteurs qu'il gardait sous la main, mais fut pris de vitesse. Le parfum de jasmin et de santal qui précipitait les épisodes planait. Il se sentit partir... attiré comme dans un tourbillon vers la lumière tremblotante de la bougie. Le plaisir et l'excitation s'emparèrent de lui.

Puis vint la peur. Le présent disparu, il glissa de plus de cent ans dans le passé...

Des femmes en décolleté frayaient avec des hommes en queue-de-pie, devisant gaiement et se délectant des coupes de punch ou des flûtes de champagne qu'un serveur en gants blancs faisait circuler. Un air d'antan s'infiltra dans son esprit... Dressée contre le mur, la longue table du buffet sélect déployait sa sélection de mets délicats : des pyramides d'huîtres, des coupes de caviar aux grains luisants, des coupelles d'olives, des plateaux de viandes rôties et de gibier...

Percy Talmage déclina le champagne, demandant plutôt au serveur un verre de porto, et déambula dans la salle. Il prêtait l'oreille aux bribes de conversation frivole et aux cancans qui flottaient dans l'air. Seul son oncle Davenport, se tenant à l'écart avec Stephen Cavendish, semblait conduire une conversation sérieuse. Se rapprochant subrepticement, Percy prit garde de ne pas attirer l'attention. Il avait appris l'art de la discrétion, pour mieux épier son oncle. Il était maintenant assez doué en ce domaine. Quelques années auparavant, il ne se serait jamais cru capable d'autant de duplicité – un don qu'il pratiquait au quotidien, désormais. Les passages secrets que son père avait fait construire par les architectes pour son propre amusement lui étaient devenus aussi familiers que sa chambre à coucher. Et les arts de la magie qu'il avait étudiée avec son géniteur comme violon d'ingres constituaient maintenant des outils inestimables. Les tours de prestidigitation

d'arrière-salon avaient fait fureur, et son père en avait raffolé.
Comme il aurait été surpris de voir l'usage qu'en faisait son fils
ces temps-ci… Le jeune homme en eut le cœur serré. Huit ans
après son décès, son père lui manquait toujours. Mais l'heure
n'était pas au deuil. La documentation que Percy réunissait
– des éléments à charge – s'étoffait. Il ne comprenait pas ce
qui se tramait, mais il savait en revanche qu'il touchait au
but… Il ne manquait plus que quelques pièces pour compléter
le puzzle. Ensuite, il serait en mesure de…

— Comment croyez-vous donc qu'une gamine de dix-
neuf ans puisse protéger notre investissement, Davenport ? Je
m'attendais à mieux de votre part ! grommela Cavendish.

— Ne commettez pas l'erreur de sous-estimer mon plan.
Il est génial de simplicité !

— Ce n'est pas un plan mais pure folie. Blackie est un
homme dangereux.

— Et qui a une faiblesse en particulier, que je me propose
de tourner à mon avantage.

— Votre femme sait-elle que vous avez livré votre fille en
pâture aux loups – ou plus précisément à un loup en l'occurrence – en notre nom ?

Davenport se pencha pour murmurer une réponse que
Percy ne put saisir. Le rire gras qui s'ensuivit le choqua.

Ils parlaient de sa sœur cadette, Esmé, partie depuis
plusieurs semaines étudier la peinture à Rome. Un tuteur privé
veillerait sur ses progrès pour une durée de six mois. Davenport s'était également chargé de louer une villa pour elle, et
de lui adjoindre un chaperon en la personne de sa sœur aînée,
célibataire. Il avait même assuré sa mère que Titus Blackwell,
qui superviserait à la même période les fouilles archéologiques
du club, veillerait également sur elle.

Que signifiait ce nouveau fait ? En quoi cela rejoignait-il
tout ce que Percy avait déjà appris ? Quand la réponse s'imposa à lui, il se sentit stupide. Pourquoi n'avait-il encore jamais
fait le rapprochement entre la présence de Blackwell à Rome

et l'excursion de sa sœur ? Il avait pourtant vu le financier tout empressé avec Esmé lors des réceptions et soirées, mais bon... tout le monde s'entretenait avec elle, si enjouée et spirituelle... Oui, elle flirtait – en toute innocence. N'est-ce pas ? Esmé n'avait tout de même pas pu se compromettre avec Titus... un homme marié !

Mais l'expression de Davenport, elle, laissait filtrer autre chose.

Esmé était-elle donc tombée amoureuse de Titus ?

Était-ce ce à quoi ses commentaires sibyllins, dans sa lettre, faisaient allusion ? Elle se trouvait certainement heureuse à Rome, et elle avait toujours été une iconoclaste.

Percy perdit le fil de la conversation. Il ramènerait sa sœur à la maison, quitte à aller la chercher lui-même à Rome. C'était le simulacre de trop dans toute la série de trahisons que Davenport avait fomentées dans la famille de son propre frère, son héritage et son foyer.

Jeune homme, Trevor Talmage avait fondé le club Phœnix en 1847, aux côtés d'Henry David Thoreau, Walt Whitman, Fredrick Law Olmsted et d'autres transcendantalistes bien connus. Mais leur objectif initial – la quête de connaissance et de lumières – avait été abandonné au profit de la recherche énergique de pouvoir et de richesse lorsque, à la mort de son frère Trevor, Davenport avait tout usurpé, s'immisçant jusque dans la couche conjugale de sa belle-sœur.

Et voilà maintenant qu'il se servait de sa nièce, la mêlant à ses plans impies.

Quel genre de danger courait-elle ?

Percy sirota le porto qui avait autrefois été la boisson de prédilection de son père. Il était désormais le seul homme de la maisonnée à toucher aux bouteilles à la robe ambrée importées d'Espagne. Davenport s'était gaussé du choix de son neveu en matière de liqueurs, lui demandant comment il pouvait aimer cette mélasse douceâtre. Percy s'en moquait, se félicitant au contraire que son oncle ne touche jamais au stock de la réserve. Cette importation-là avait été d'une qualité exceptionnelle, et il en restait au moins trois bouteilles.

Une gorgée de plus. Et soudain, une vive douleur. Cette horrible barre à l'estomac, qui l'avait saisi à plusieurs reprises ces derniers jours… De la sueur perla à son front. Il avait besoin de monter s'allonger dans sa chambre, loin de la foule et de la musique.

En quittant la salle de bal, Percy surprit le sombre regard étincelant de son oncle, qui le suivait des yeux. Le jaugeant. Il voyait bien qu'il était malade. D'où il se tenait, c'était certainement visible. Pourtant, il ne faisait aucun effort pour lui venir en aide.

Alors, la douleur plia Percy en deux.

Lorsqu'il rouvrit les yeux, il était alité. Les dents claquant, le front brûlant, il souffrait de tels maux de ventre qu'il gémissait comme un pauvre hère.

La peau si pâle qu'on l'eût dit sculptée dans le marbre, sa mère, assise à son chevet, lui épongeait le visage à l'aide d'un linge humide, sans se soucier des larmes qui roulaient sur ses joues.

Percy lutta contre les spasmes qui le mettaient à la torture, cherchant à articuler des mots. Si seulement il réussissait à reprendre son souffle, et à surseoir suffisamment aux crises pour apprendre à sa mère ce qu'il avait découvert…

— Davenport, il tente de parler…, dit-elle.

L'homme lui posa une main sur l'épaule ; Percy vit des doigts osseux où luisait une alliance.

— Pauvre, pauvre gamin, lâcha-t-il.

Elle se pencha sur lui, son visage tout près du sien.

— Qu'y a-t-il, Percy ?

Il voulut articuler quelque chose, lâchant un gémissement déchirant de souffrance. Les crampes insoutenables lui firent refermer les yeux.

— Son état empire… Nous allons le perdre !

Percy s'obligea à relever les paupières. Au moins, il pourrait l'avertir d'un regard… Mais ce ne fut pas le visage maternel qui s'imposa à lui… Son oncle bloquait son champ de vision, la lueur de la victoire dansant au fond de son regard d'acier.

— Mère…, réussit-il à articuler.

Elle se pencha au-dessus de lui pour presser un linge très frais sur son front. Elle pleurait à chaudes larmes.

— Josh ?

Il leva une main pour lui toucher la joue, chasser ses pleurs…

— Josh ?

À l'instar d'un caoutchouc qui reprend sa forme initiale d'un claquement, Josh « rebondit »… Quelques secondes encore, il fut submergé par le pathétique de la scène, face à la douleur de sa mère.

Non… Pas *sa* mère, celle de Percy…

— Ça va ? demanda Frances.

Elle se tenait dans l'embrasure de la porte du bureau, avec un sac d'achats à l'épicerie fine, au coin de la rue.

— Je vous ai apporté à manger, ajouta-t-elle en souriant.

Comme il oubliait toujours de s'acheter quelque chose, elle avait pris l'habitude de prendre double ration de tout ce qu'elle choisissait.

Il se recentra sur elle, tentant de s'éclaircir les idées. Une énigme dans l'énigme… et il se trouvait au cœur du mystère.

Perdu.

# 43

*Ville de New York – lundi, 10 heures 50*

L'éruption d'articles de presse relatant l'ouverture de la tombe de la vestale, l'attaque à main armée, les deux meurtres et le vol des artefacts antiques qui s'en étaient suivis, avait apparemment déclenché des épisodes transexistentiels chez des hommes et des femmes aux quatre coins du monde. Les gens qui, jusque-là, n'avaient jamais rien expérimenté de tel, en passaient maintenant par d'étranges hallucinations, et cherchaient des confidents. La fondation Phœnix et Josh Ryder étant mentionnés dans les articles – il fallait en remercier Charles Billings ! –, il y avait eu un flot ininterrompu d'appels dès la première heure, et ce jusque tard dans l'après-midi.

Les requêtes dans ce domaine d'adultes sollicitant de l'aide face aux souvenirs de vies antérieures qui les accablaient faisaient partie des attributions de Josh. Il répétait ce que Malachai lui avait d'abord expliqué lorsqu'il s'était présenté : la fondation ne dérogeait pas à la ligne politique qui était sienne de longue date, celle de ne pas travailler avec des adultes. Elle proposait simplement des équipements de recherche aptes à documenter les cas d'enfants relatifs aux expériences de vies antérieures. Selon l'estimation du docteur Béryl Talmage, les adultes avaient emmagasiné trop de langage imagé ou d'imagerie visuelle faciles à confondre avec d'authentiques souvenirs. Josh proposait alors une liste de conseillers socio-psychologiques habilités à contrôler les épisodes perturbants des demandeurs à l'aide de techniques de méditation.

Mais les conversations que Josh avait ce matin étaient plus délicates ; il ne comprenait que trop bien combien ces gens en demande étaient hébétés et désespérés. Il était personnellement impliqué, désormais.

Nombre d'entre eux décrivaient des scènes qui s'emboîtaient parfaitement au propre puzzle de Josh. Un homme déclarait se rêver en fermier de quelque pays antique, victime avec son frère de l'incendie qui avait réduit sa maison en cendre.

Un autre avait des flash-back relatifs à une époque qu'il avait du mal à déterminer – mais qui devait remonter aux premiers temps de la chrétienté. Pour mater les foules qu'un militaire de haut rang comme lui était censé tenir au pas, il avait recours à des méthodes aussi brutales que dérangeantes. Une femme se souvenait d'avoir créé des pavages de mosaïque pour les temples ; elle se proposait de les dessiner de son mieux et de les envoyer à Josh.

Il était profondément affecté par l'idée que, si le concept de la réincarnation était envisageable, il avait effectivement pu croiser certaines de ces personnes dans des vies antérieures. Il aurait voulu apporter son aide à tous ces gens, et les rencontrer si par extraordinaire ceux-ci pouvaient lui apprendre quelque chose qu'il ignorait encore, en jetant un éclairage nouveau sur les scènes si obscures qui le hantaient.

Oui, aussi fascinants que fussent leurs témoignages, et aussi tenté que Josh fût de rompre avec les règles pour travailler avec ces adultes, il n'en fit rien. Cette décision-là ne lui revenait pas. Béryl et Malachai se montraient intransigeants sur la question : la fondation ne traitait pas les cas adultes. Josh

Ryder était l'unique exception à la règle depuis des années. Il ne pouvait donc qu'offrir sa compassion, et proposer la liste des conseillers en méditation que la fondation recommandait.

À l'heure du déjeuner, il finit par joindre Gabriella. Elle allait très bien, insista-t-elle, et accepta de les revoir, Malachai et lui, le soir même à dîner. Mais il entendait percer dans sa voix du stress et de la tension. Son ton le laissa mal à l'aise. À quinze heures trente, il décida de louer une voiture et de se rendre à New Haven en avance.

Au rez-de-chaussée, alors qu'il traversait le conservatoire en direction de l'entrée, il entendit des éclats de voix colériques. Une femme… En tournant à l'angle de la section d'accueil, il la vit. En tailleur rose pâle et en chaussures à haut talon, elle se tenait devant le comptoir de la réception, débraillée, échevelée, affolée… Sans réfléchir à ce qu'il faisait, Josh leva au niveau de ses yeux son appareil photo, toujours pendu à son cou et vit à travers l'objectif – autour de sa tête et rayonnant de ses épaules – des « cisailles » lumineuses qui le firent frémir. Le souffle coupé, il ne broncha plus, effrayé à l'idée que le plus petit sourcillement puisse altérer le phénomène spectral.

Sentant un regard étranger peser sur elle, la femme fit volte-face. Josh baissa son appareil photo. Et croisa son regard.

Une sensation d'une seconde, au plus… Il ne s'agissait pas de *déjà-vu*. Elle ne lui paraissait nullement familière. Cette fois, le doute n'était pas permis. Tout au fond de ses tripes – on ne pouvait pas aller plus profond que ça ! – Josh *sut* qu'ils s'étaient déjà rencontrés. À une époque où sa mémoire lui celait plus de choses qu'elle ne lui en dévoilait…

Alors qu'il se portait à sa rencontre, elle ouvrit la bouche sur une exclamation muette de surprise, et Josh constata qu'elle le reconnaissait, elle aussi.

Ils se firent face, l'air comme figé autour d'eux, le brouhaha du trafic, au-dehors, troublant seul le silence. Au fond de ses yeux – rouges à force d'avoir pleuré –, il lut de l'étonnement.

— On se connaît ? demanda-t-elle enfin. Vous me paraissez familier.

— Je n'en suis pas certain…

Elle fronça légèrement les sourcils.

— Non, désolée… J'ai cru…

Elle secoua la tête.

Josh remarqua ses cheveux trempés, sa jupe froissée et les traces de mascara qui lui barbouillaient le visage – la pluie, ou les larmes… Il se tourna vers Frances qui, agacée, secoua la tête.

— Que se passe-t-il ?

— Je viens d'expliquer notre ligne de conduite. Cette dame refuse de repartir sans obtenir de rendez-vous d'abord.

— Tout va bien. Je m'en occupe.

Il revint à l'inconnue.

— Je travaille ici. J'aimerais pouvoir vous aider… Mais avant tout, si vous veniez avec moi vous sécher ?

En silence, elle l'accompagna dans le hall. Il lui coula un regard de côté, notant avec quelle intensité elle examinait tout ce qu'elle découvrait en chemin. Les peintures, les chandeliers, les tapis. Comme s'il y avait dans tout cela quelque chose qui échappât à sa compréhension. Avant qu'il puisse lui poser des questions cependant, elle reprit la parole d'un ton nerveux.

— Je n'arrive pas à croire à quel point je suis bouleversée d'être venue ici… Ni même que je me suis mise à pleurer ! En temps normal, je ne suis pas comme ça ! Jamais je ne me laisse aller ainsi. Enfin, pas jusqu'à récemment…

Elle semblait dans tous ses états.

— Je suis navrée.

Josh écarta l'excuse d'un signe de dénégation.

— Que s'est-il passé ?

Tout en gravissant l'escalier – et en continuant d'explorer son environnement –, elle s'expliqua :

— La réceptionniste m'a demandé en quoi elle pouvait m'être agréable, et dès qu'elle a entendu ce que j'avais à dire, elle m'a assuré que... vous ne traitiez que les enfants. J'ai répondu que je comprenais, mais... à qui pouvais-je néanmoins m'adresser ? Ou obtenir du moins une recommandation pour une autre institution susceptible de me venir en aide. Miss Glaçon m'a parlé d'un certain... (elle fouilla sa mémoire) ... un certain Jack Ryder ou Joe Ryder, qui s'occupait de ça. Alors, j'ai demandé s'il n'était pas possible que je le voie, simplement.

Atteignant le palier, Josh bifurqua à droite, en direction de son bureau.

— C'est par là...

Elle reprit le fil de ses explications.

— Votre réceptionniste m'a assuré qu'il n'était pas possible de le rencontrer sans avoir rendez-vous, bref, que j'étais libre de le contacter moi-même. Alors, ça m'a mise en colère. Elle m'a prié de quitter les lieux. Nous avons joué au ping-pong verbal en quelque sorte, et j'ai fondu en larmes. Comme je le disais, ça ne me ressemble pas. Évidemment, si on va par là, je ne suis plus moi-même depuis des semaines. Je ne sais vraiment plus quoi faire.

Le bureau de Josh était aménagé dans la tourelle de la résidence. Campé sur le seuil de la porte, tête inclinée, elle le dévisagea.

— Mais pourquoi diable est-ce que je raconte tout ça à un parfait étranger ? Je perds vraiment la tête.

Qu'il la connût ou pas, il fut sensible à son désespoir.

— Je suis Josh Ryder. Et je peux peut-être vous aider.

La pluie avait cessé, le soleil était réapparu et une lumière pastel filtrait dans l'aire circulaire par les vitraux vert, violet et bleu. Le regard de la femme voleta dans la pièce, se posant sur la banquette installée dans l'embrasure de la fenêtre. Des plages de lumière teinte formaient un motif sur sa veste rose pâle et son visage défait.

— Vous voulez un café ? Une serviette ?

Elle baissa les yeux sur ses vêtements trempés et fripés, comme si elle les remarquait pour la première fois.

— Une serviette, oui, et… une salle de bains ?

Quand elle revint quelques minutes plus tard, elle s'était recoiffée, avait effacé les traces de mascara et procédé à une rapide toilette.

— Merci. J'en avais besoin.

— Vous vous sentez mieux ?

— Beaucoup mieux.

— Asseyez-vous, je vous en prie.

Comme il l'avait deviné, elle choisit de s'installer sur la banquette installée sous la fenêtre.

— Donc, qu'est-ce qui vous amène ici… ?

Réalisant qu'il ignorait son nom, il le lui demanda.

— Rachel Palmer.

— Ravi de faire votre connaissance, Rachel.

Dans un petit coin de sa tête, il se demandait si c'était vraiment leur première rencontre.

— Je suis sujette en ce moment à… je ne sais pas comment appeler ça… des hallucinations, je suppose. Je ne comprends pas ce qui m'arrive.

— C'est très déconcertant, je sais.

Elle le considéra avec gratitude.

— Vous me croyez ? Vous ne vous dites pas que je suis folle ?

— Naturellement que je vous crois. Nous sommes même là pour ça. Croire l'incroyable.

Josh sourit.

— Mais c'est tellement dingue !

Il hocha la tête. De façon guère surprenante, ainsi débutaient la plupart des conversations avec ceux qu'accablaient des souvenirs proprement inexplicables.

— Ne vous inquiétez pas. Je ne m'érige certes pas en juge. Qu'y a-t-il de si dingue ?

— Cette semaine, j'ai consulté mon médecin traitant, qui n'a rien décelé d'anormal, puis un psychiatre, qui m'a prescrit une pilule anxiolytique, alors qu'une crise d'angoisse n'est nullement en cause ! En temps normal, je suis quelqu'un de très stable. Ces hallucinations ne concernent pas le présent. Ça ne se passe même pas à New York, mais à Rome ! Et je ne suis plus moi… Mais une autre personne. On dirait des rêves, sauf que je suis bien réveillée. Ou en tout cas, j'en jurerais. Si ça, ça n'est pas de la folie douce !

Ce matin-là, plusieurs individus en souffrance avaient mentionné Rome. Chaque fois, il avait connu un regain d'espoir – que quelqu'un puisse en savoir plus que lui sur son propre passé…

— Ça n'a rien de fou, assura-t-il. Je connais bien le phénomène d'orientation et ses prescriptions. Ça ne vous a aidé en rien, pas vrai ?

— En rien.

— Pouvez-vous décrire les hallucinations elles-mêmes ?

Sensible aux encouragements de Josh, elle continua :

— J'exerce depuis des années la profession de créatrice de bijoux. Mais depuis quelques jours, une semaine peut-être, les couleurs des gemmes semblent m'affecter de façon bizarre. Comme si elles m'hypnotisaient… Mon corps se met à vibrer et…

Elle s'interrompit.

— Je n'arrive pas à croire combien ça semble stupide à mes propres oreilles !

— Ça ne l'est pas du tout.

— Serez-vous en mesure de m'aider ? Je ne supporte pas ce qui m'arrive !

Tout en lui parlant, elle tirait nerveusement sur ses petites peaux, aux doigts, se faisant saigner sans paraître le remarquer.

— Je ne peux rien vous promettre, mais je peux au moins écouter. Ensuite, nous aviserons.

Écouter n'engageait à rien, pas vrai ? Ce n'était nullement un manquement aux règles, n'est-ce pas ? Bon sang, peu lui importait après tout. Il voulait savoir qui elle était. Rachel Palmer était la première personne qu'il rencontrait et qu'il avait l'impression d'avoir déjà connue. À Rome, la fillette Natalie l'avait *re*-connu, restant pourtant pour lui une parfaite étrangère. Était-il possible que Rachel fût l'incarnation de Sabine ? Non... Sans qu'il sût pourquoi, il eut quasiment la conviction qu'elle ne l'était pas.

— Rien de comparable ne peut se produire en touchant la main de quelqu'un, n'est-ce pas ? Une pièce ne peut pas se métamorphoser sous vos yeux... Vous ne pouvez pas vous rappeler un incident dont vous ignoriez tout, n'est-ce pas ? ajouta Rachel après avoir évoqué les enchères de Christie's, le tableau, l'inconnu qui, quelques jours plus tard, s'était révélé être Harrison Shoals et qui l'attirait en dépit de – ou à cause de ? – l'étrange fascination qu'il exerçait sur elle.

— Bien des gens pensent que ce que vous vivez en ce moment est entièrement du domaine du possible.

— Mon oncle Alex, par exemple. Je le sais. Depuis des années, le thème de la réincarnation le fascine. Mais je n'y avais encore guère prêté attention. Vous estimez que c'est possible ?

— Qu'importe ce que je crois ou pas. Ce qui compte, c'est que ça vous perturbe.

— Et nous voilà revenus au point de départ... Allez-vous m'aider à y voir clair ? Je suis terrifiée ! Ce n'est pas simplement que je ne contrôle plus la situation, c'est ce sentiment d'urgence, l'impression que je suis censée faire quelque chose de ce que j'apprends... J'ai besoin d'agir tout de suite, afin de prévenir... une tragédie. *Tout de suite !* Oh, merde... me revoilà en train de parler comme une débile !

— Non, pas du tout, je vous assure.

Elle le dévisagea. Un écoulement d'eau vive lui remplissait la tête, il sentait le jasmin, avait un goût de miel à la bouche. Une embardée mémorielle, en présence de cette étrangère, et sans qu'il n'y pût rien. Il avait l'impression de sombrer. Il lutta. Pas question de perdre le contrôle maintenant... Concentré sur le contact des accoudoirs en bois, sous ses doigts, il « donna un coup de reins » en direction de la surface de la mer bleue, capta le son de la voix de Rachel et s'y raccrocha comme à une bouée de sauvetage.

— Pouvez-vous m'aider ?

— Je le veux...

Josh entendit sa propre voix venir de très loin, comme s'il était sous l'eau... il n'aurait su dire à combien de secondes d'intervalle.

— Oui, je vous en prie, je vous en prie... !

Un cri plaintif – et tellement familier...

Ne supportant plus le regard implorant tourné vers lui, il se leva et alla à la fenêtre. Rachel le suppliait en son nom, mais aussi au nom de la femme qu'elle avait pu être par le passé.

Non, il ne pouvait pas faire ça. S'il la côtoyait, il se noierait dans ses yeux. Comment pouvait-il l'aider en quoi que ce fût alors qu'il était incapable de s'aider lui-même ?

— Je le voudrais. Mais je ne peux pas.

— Que faites-vous au juste ? Et pourquoi ne pourriez-vous pas le faire avec moi ?

— Par de simples techniques de méditation ou par l'hypnose, nous permettons aux enfants qui se présentent à la fondation d'atteindre leurs souvenirs profondément enfouis de vies antérieures pour les ramener à la surface. De se rappeler. Ensuite, nous comprenons mieux où est le problème, et pourquoi ces souvenirs-là en particulier persistent tellement.

— Alors, faites de même avec moi !

— Je regrette, mais la fondation a pour politique de s'adresser exclusivement aux enfants.

— Mais vous venez de dire que vous compreniez… Je suis au bout du rouleau ! Je viens de rencontrer un homme pour lequel je ressens des liens particuliers, alors que je le connais à peine depuis quelques jours. Depuis cette rencontre, les flashs sont devenus plus fréquents et plus intenses. J'ai décidé de ne pas le revoir car c'est déstabilisant et ça me paraît dangereux. Et pourtant, je semble incapable de me tenir éloignée… Oh, génial. Maintenant, j'ai l'air d'une stupide ado en mal d'amour en plus d'être une folle furieuse…

— Qu'entendez-vous par « dangereux » ?

— Un terrible sentiment d'épouvante m'étreint… J'ai l'impression que quelque chose va nous arriver. À moins que ça ne l'ait déjà été. Et j'ai peur.

Elle agaçait de nouveau ses cuticules.

— J'ai besoin de démêler l'écheveau de cette étrange histoire, poursuivit-elle. Et de découvrir qui j'ai pu être par le passé. Je vous en prie. Vous n'avez pas idée à quel point cela m'est difficile.

Il ressentit pour elle un élan de compassion.

Depuis son dernier voyage à Rome, ses propres embardées mémorielles avaient aussi gagné en fréquence et en intensité. Jamais encore il n'avait éprouvé une telle envie de déterminer si la réincarnation était fait ou légende. L'idée que l'âme de Sabine ait pu se réincarner dans un nouveau corps, ici, sur Terre. Après l'avoir tant hanté, une telle idée le mettait maintenant à la torture. Il devrait mobiliser toute son énergie pour la retrouver, dût-il pour cela foncer dans l'œil du cyclone. Il avait les mêmes appréhensions que Rachel. Celle qui avait été Sabine et lui, Josh, revivraient-ils la même histoire au dénouement tragique ? Et pourquoi, loin de l'exciter, cette perspective d'un éventuel rendez-vous le remplissait-elle au contraire d'effroi ?

Depuis sa venue à la fondation, il avait entendu ces craintes de la bouche même des enfants avec lesquels travaillaient Malachai Samuels et le docteur Talmage. Il avait été témoin de la manifestation de leur besoin maladif de résoudre les mystères de leur passé… Il suffisait de croiser leurs regards hantés. Comme il lui suffisait de croiser son propre reflet dans un miroir. Et il le lisait maintenant dans les yeux de Rachel.

Elle leva une main pour écraser d'autres larmes, exhibant distraitement son bracelet – d'épais maillons en or. Trop massifs pour un poignet aussi gracile. Pendant des maillons, des gemmes ovales aux vives couleurs s'allumant des reflets du soleil qui filtrait par la fenêtre, aveuglant momentanément Josh.

Les odeurs entêtantes de jasmin et de santal qui le submergèrent l'empêchaient presque de respirer. Il cilla. Les lumières s'éclipsèrent, et avec elles la sensation et les odeurs… Il n'y avait plus devant lui que Rachel, qui le fixait toujours de son regard implorant empli de crainte.

# 44

Le docteur Talmage restait assise à son bureau, si bien que sa chaise roulante n'était pas visible. Quand elle était installée ainsi, rien ne laissait soupçonner qu'elle puisse souffrir de sclérose en plaques.

Sa grâce atemporelle, forgée dans le creuset de la détermination et de l'intelligence, rappelait à Josh un portrait de John Singer Sargent conservé au Metropolitan Museum. Chirurgien en pédiatrie, également titulaire d'un doctorat *ès* études religieuses et d'un autre *ès* psychologie, elle s'était retirée de la profession médicale trente ans plus tôt, alors qu'elle avait tout juste trente-cinq ans, afin de travailler avec son père à la fondation. À ce stade, elle était réputée pour son œuvre au contact de milliers d'enfants vivant des expériences transexistentielles.

— Je sais à quel point vous désirez travailler avec cette femme mais non, Josh…

Talmage était d'une maigreur frôlant l'émaciation, avec des jambes semblant trop grêles pour supporter son poids. Mais dès qu'elle prenait la parole, tout son être était investi d'un pouvoir et d'une force apportant un cinglant démenti à la maladie.

— Nous ne pouvons tout simplement pas accepter une

telle responsabilité, trancha-t-elle sur un ton qui n'acceptait pas la réplique.

En ce qui la concernait, la discussion était close.

Mais Josh, lui, ne l'entendait pas de cette oreille. S'il avait censé avoir une formation suffisante, il aurait aidé Rachel de sa propre initiative, sans en passer par la fondation. Mais… et s'il tentait de l'hypnotiser et que ça se passe mal ?

— La responsabilité n'est pas le problème. Être bien vu de la communauté scientifique, voilà ce qui compte à vos yeux – bien plus que d'aider les gens.

Non content de refuser de se résigner, il cherchait à envenimer les choses.

— Vous ne savez pas de quoi vous parlez.

— Si, au contraire.

Elle dégagea sa chaise roulante de sous la table, pour mieux affronter son contradicteur. Deux points rouge vif piquetèrent ses pommettes.

— Vous osez venir ici me donner des leçons sur la façon dont je dirige la fondation ? Vous qui n'avez même jamais fait de présentation publique de vos travaux pour entendre vos collègues ricaner dans votre dos ? Il m'a fallu vingt-cinq ans rien que pour être tolérée… ! Et pour que mes articles soient lus. Alors, non, vous avez raison. Je refuse d'écouter des adultes m'expliquer qu'ils étaient Cléopâtre dans une vie antérieure. Avez-vous idée du nombre de gens qui souffrent de mégalomanie ? Comment séparer le bon grain de l'ivraie, à votre avis ? Comment déterminer qui joue franc-jeu et qui est un brin psychotique ?

— De la même façon que vous vous y êtes prise avec moi.

— *Je* ne vous ai pas accepté comme patient, c'est mon neveu qui l'a fait. J'ai simplement consenti pour ma part à vous ouvrir ma bibliothèque en échange de vos travaux photographiques sur notre œuvre. Vous n'êtes pas mon *projet favori* !

Josh frémit mais ne désarma pas.

— Vous avez raison. Vous ne m'avez pas aidé. Et voilà une autre de vos forfaitures ! Putain, vous qui êtes une encyclopédie vivante sur la théorie de la réincarnation, vous restez assise là comme un Bouddha sans moufter, sinon pour répéter des kôans[1] hermétiques du genre « L'eau dévoile ses secrets en temps voulu » ! C'est-à-dire ? Quel temps ? Quelle époque ? Celle de qui ?

La frustration avec laquelle il composait maintenant depuis seize mois, chaque jour de sa vie, était trop près de la surface. Il voulait partir voir Gabriella. Il était fatigué. Accablé par le décalage horaire. Il avait été témoin de deux meurtres, puis incarcéré, s'était trouvé en danger – et il pouvait toujours l'être d'ailleurs, comme l'avait si bien fait remarquer Malachai… Il ne se rappelait encore que trop le chagrin, les souffrances et les appréhensions des gens qui avaient rendu l'âme bien avant que lui, Josh, ne vienne au monde. Si cela était possible, il se sentait davantage perdu que lorsqu'il s'était présenté à la fondation. Et quand, aujourd'hui même, il se retrouvait face à une femme qui, de toute évidence, en passait aussi par ce qu'il subissait, il en était réduit aux platitudes d'usage…

— Vous êtes arrivé ici en sachant sur nous et sur cette demeure des détails que nul normalement n'aurait pu savoir. Vous désiriez étudier ce que nous étudions. Apprendre ce que nous apprenons. C'était l'objet de votre requête, et c'est bien ce que mon neveu et moi-même vous avons accordé. En qualité d'interne, Josh, pas de patient. Il y a une différence. Vous ne souffriez pas d'un trauma quelconque, vous n'aviez pas de phobie au point de ne plus pouvoir avoir de comportement normal… Vous n'aviez pas besoin de mesures extrêmes.

— Mais cette femme pourrait en avoir besoin, elle.

— Chaque fois que nous avons fait l'essai, nous nous en sommes mordu les doigts… Entre les poursuites en justice,

---

1. Ce terme issu du vocabulaire juridique de la Chine antique désignait les décisions des instances gouvernementales ayant force de loi. Or, ces formules déroutantes, inattendues, voire paradoxales d'une sagesse centenaire, sont l'expression de l'éveil de la parole bouddhique où chacun recherche la « parole vive », clé d'une nouvelle dimension de la conscience.

les menteurs patentés et le ridicule… Nous avons pris notre décision. Pas question de travailler avec des adultes. Et tant que vous serez ici, vous vous conformerez à nos règles.

Il ne réagit pas.

Sa chienne Cléo, une Basenji gris anthracite de cinq ans – race dont les origines remontaient à l'Égypte antique – trottina vers elle pour lui lécher la main. Béryl lui flatta la tête.

— J'ai horreur qu'on me force la main, Josh.

— Je le sais bien.

— Alors pourquoi le faites-vous ?

— Parce que je pense que cette femme a un lien avec les pierres, d'une façon ou d'une autre. Des gens sont morts, Béryl. Trois assassinats… Tout ça à cause de ce que Malachai, vous et moi avons cru que cette tombe renfermait… Si nous sommes dans le vrai, nous ne pouvons plus nous permettre de perdre une seule pièce du puzzle. Trop de choses encore nous échappent. Or, nous avons tant besoin de savoir…

— Pas question pour moi de jouer inconsidérément avec notre réputation. Navrée. Sincèrement…

— Avec tout votre savoir, vous-même n'avez jamais de flash-back, n'est-ce pas ? Malachai et vous ? Vous ignorez tout de l'enfer que ça peut être, et je ne vous souhaite pas d'en faire un jour l'expérience. Jamais. Car sinon, cette décision vous hantera. Vous pouvez me croire.

Après avoir laissé un message à Malachai pour qu'il le retrouve au restaurant *Town Green* à New Haven à dix-neuf heures, Josh quitta la fondation – non sans un vif soulagement après sa querelle avec Béryl –, loua une voiture et se dirigea hors de la ville. Il lui tardait de revoir Gabriella, même s'il eût été bien en peine de dire pourquoi.

Il s'était remis à pleuvoir, et plus Josh s'éloignait de l'agglomération, plus le mauvais temps empirait. Le vent soufflait par rafales, des tourbillons de feuilles mortes cinglant follement le ruban sombre de l'autoroute. La circulation, sur la voie express puis l'autoroute inter-États 95, était dense. Le tonnerre grondait, des éclairs roulaient dans des cieux gris pourpre, les embrasant fugacement. Des branches d'arbre volaient dans les airs, aggravant le danger pour les conducteurs. Quand Josh atteignit Stamford, il avait longé trois lieux d'accident. Et cinq, quand il fut à New Haven.

Après avoir fait deux fois le tour du complexe architectural, il trouva à se garer, et se hâta de traverser la cour en direction du bâtiment où Gabriella travaillait.

Le campus était presque désert, à cause de la pluie battante mais aussi parce que le trimestre d'été fini, le semestre d'automne n'avait pas encore commencé. Le temps lugubre rendait ce vide d'autant plus perturbant.

En atteignant le 51 de l'avenue Hillhouse, Josh s'aventura sur le porche, appréciant d'échapper au déluge et au plus gros de l'orage.

Quand Gabriella ouvrit la porte et le vit, la commissure droite de sa bouche se releva en un petit sourire. Derrière elle, Josh aperçut un homme grand aux cheveux gris.

— Je suis un peu en avance… Je me suis dit que nous pourrions prendre un verre. À moins que vous ne soyez trop occupée ?

— Non, ce serait sympa… Entrez donc.

Elle lui présenta son père, Peter Chase. Les deux hommes se serrèrent la main, le professeur jaugeant le nouveau venu. Il fronça les sourcils lorsque sa fille lui précisa en quelles circonstances Josh et elle avaient fait connaissance.

— À condition que ça ne prenne pas longtemps, je peux attendre au rez-de-chaussée, et nous irons manger un morceau avant ma réunion à la faculté ce soir.

— Merci, mais j'ai un dîner de prévu avec le docteur Samuels et Josh. Tu te souviens ?

— Tu es encore sous le choc… Je pense que tu as besoin de rester dans un environnement calme et familier, à la maison, insista son père.

— Et moi, je pense que tout ce calme pourrait rendre Gabriella folle, professeur Chase, intervint Josh.

Peter fronça aussitôt les sourcils.

Était-ce parce que Josh mettait son grain de sel en affirmant connaître si bien sa fille ? Ou contredire Peter Chase s'avérait-il bien présomptueux ?

Josh lui-même était surpris. Non d'avoir dit son mot, mais d'avoir si fortement ressenti quel genre de nuit Gabriella allait passer si jamais elle rentrait chez elle… Le martèlement sourd et lancinant de la pluie… Une enfant endormie… Une chambre vide… Une nuit lugubre… Non… Tout cela contribuerait uniquement à aggraver son angoisse.

— Et comment diable savez-vous de quoi ma fille a besoin ?

Gabriella décocha un clin d'œil à Josh.

— Il a raison, papa. La dernière chose dont j'ai besoin, c'est bien de rester assise à la maison en repensant sans cesse à ce qui se passe, en ruminant… Ça ira.

— Je vais annuler ma réunion, proposa Peter.

Elle secoua la tête.

— Il n'en est pas question !

— Bon, OK, grommela-t-il, bourru. Mais je serai de retour à neuf heures.

— Ne te presse pas à cause de moi.

— Je n'aime pas l'idée de te savoir au volant par une nuit aussi tourmentée !

— Je la suivrai en voiture jusqu'ici, professeur Chase. Ou mieux, elle peut laisser son véhicule ici, je l'emmènerai dîner puis la ramènerai.

Sa proposition allait-elle contrarier un peu plus le père de Gabriella ? Il n'en savait rien. À en juger par la mine que fit le professeur cependant, c'était plus rassurant. Mais il n'en paraissait pas plus heureux pour autant.

— Vas-y, papa, ne te mets pas en retard pour moi. Ça ira. Josh prendra soin de moi.

Elle embrassa son père et il s'en alla – non sans un long regard appuyé à Josh, du genre avec lequel il mettait probablement les jeunes gens à la torture depuis que sa fille avait eu sa première sortie en amoureux...

En route pour le restaurant, Josh s'attacha à distraire sa compagne en la questionnant sur Quinn, et Gabriella parut ravie d'évoquer un quotidien ordinaire fourmillant néanmoins de petits prodiges lorsque son enfant va sur ses trois ans... En parlant de la fillette, elle sembla se détendre, son timbre de voix perdant de sa tension rétive.

— Ça fait quoi, d'avoir votre père sous votre toit ?

— C'est bon pour lui, et pour Quinn.

— Et pour vous ?

Elle ne répondit pas tout de suite.

— Avoir un homme à la maison est important pour Quinn ; sans lui, je ne pourrais jamais multiplier les allers-retours à Rome.

Elle passait quelque chose sous silence, mais Josh n'insista pas.

— Vous m'aviez dit que vous aviez une nourrice, j'ai cru...

— Le fait est. J'en ai même eu plusieurs. Si je laissais Quinn un soir sans que mon père soit là cependant, je n'aurais pas l'esprit en paix.

— Plusieurs nourrices, dites-vous ? Pourquoi ? Vous êtes exigeante ?

Il aurait voulu lui demander tellement d'autres choses. Mais il avait conscience qu'elle n'était pas encore prête à tout lui dire.

— Très, le taquina-t-elle.

Il adora la façon dont il y fut sensible, y gagnant une meilleure tournure d'esprit.

— Je n'arrive pas à le croire.

— Et moi, c'est *ça* que je n'arrive pas à croire !

Elle éclata de rire.

L'entendre lui fit encore plus de bien au moral.

Et si cela eut une telle résonance en lui, s'il réalisa alors que c'était parce qu'il n'attendait que cela depuis leur première rencontre – l'entendre rire ainsi –, si se dire qu'il avait soulagé la tension de la jeune femme, l'amenant à se détendre un peu, lui valait un vif plaisir, il préféra ne pas y penser. Pour un homme résolu à ne pas nouer de relations tant qu'il n'aurait pas les réponses à des questions très délicates, c'étaient là des réflexions dangereuses.

— Mon père croit encore que j'ai dix-sept ans…

— Au regard qu'il m'a lancé, c'est bien le cas…

— Ah, oui ?

Josh hocha la tête.

— Oh, je suis navrée.

— Non, vous ne l'êtes pas.

— En fait, c'était plus simple quand j'avais dix-sept ans. Mes amoureux s'y attendaient, à l'époque.

Josh s'avisa que, de façon oblique, elle venait de le ranger dans la catégorie de ses « amoureux » et il se sentit inexplicablement heureux.

Arrêté à un feu rouge, il admira l'éclat rougeoyant, sur le visage de sa compagne, la manière dont d'ardents reflets dansaient dans sa longue chevelure. Elle surprit son coup d'œil. Ses pupilles, d'un mordoré lumineux, évoquaient la couleur si riche et si nuancée des feuillages automnaux. L'averse qui cinglait le pare-brise instaurait un tempo réconfortant de régularité. Et s'il ne s'arrêtait plus de conduire ? Jusqu'à Manhattan ? Et s'il l'entraînait dans son appartement, leur servait un verre et mettait un CD de John Coltrane ? Et s'il lui disait qu'il avait *voulu* être dans cette catégorie, qu'il comprenait que son père, Peter, pût foudroyer du regard les hommes susceptibles de lui tourner autour… ?

*Non ! Garde tes distances… Tu n'es pas libre. Pas vraiment. Tu es hanté…*

Du coin de l'œil, il voyait la main gauche de Gabriella,

reposant sur son giron. Il aurait voulu tendre un bras pour la lui prendre. Sentir la chaleur de sa peau sous ses doigts. Explorer les contours de son ossature. Voir si tout ce qu'il ressentait éveillait un écho en elle… ou pas.

*Tu ne peux pas la toucher – elle ni personne – tant que tu n'auras pas découvert pourquoi le passé et le présent se télescopent ainsi…*

Le restaurant était situé à Chapel Street, dans un vieil édifice victorien rénové jusque dans ses moulures faîtières et ses dallages. En raison du mauvais temps, beaucoup de citadins étaient restés chez eux, si bien que le couple eut pour lui tout seul un des quatre petits salons. Pendant l'heure qu'ils passèrent à attendre Malachai, ils débattirent du cours de leur existence avant Rome comme si, d'un commun et tacite accord, ils avaient décidé d'esquiver *le* sujet épineux pour eux deux, afin de pleinement savourer ces instants en tête-à-tête.

Il avait commandé un Johnnie Walker label bleu et elle, une vodka tonic citron vert. À la faveur de l'éclairage tamisé, elle resplendissait, des reflets dansant dans sa chevelure. Josh se retint de la toucher. Il adorait la dévisager tandis qu'elle parlait, admirant les jeux d'ombres et de lumière sur son ossature affirmée, la façon dont la commissure droite de sa bouche se relevait toujours légèrement plus que la gauche lorsqu'elle souriait – et comment, plus d'une fois, quand il détournait brièvement le regard, il surprenait le sien, posé sur lui. D'une manière qui n'avait rien de désagréable.

Quand Malachai survint, Josh regretta de le voir arriver. Il tenta – vainement – de déchiffrer l'expression de Gabriella… Déplorait-elle aussi la fin de leur tête-à-tête ? Après les amabilités d'usage, et avoir commandé un soda Campari, le nouveau venu questionna Gabriella sur le vol commis à Rome, suivi par le cambriolage de son bureau. Qu'avait-on dérobé ? La police tenait-elle la moindre piste ?

Sous le regard de Josh, Gabriella Chase se rembrunit, son langage corporel changeant du tout au tout. On aurait dit que Malachai venait de la replonger de force dans son récent et douloureux passé. Josh regretta d'autant plus de n'avoir pu prolonger ces instants de grâce, pour elle comme pour lui.

Elle débuta par la veille de son départ précipité de Rome, expliquant comment elle était rentrée tard de l'hôpital à son appartement, après le décès du professeur, pour trouver sa fenêtre fracassée et ses dossiers sens dessus dessous.

— Les malfaiteurs ont pris un de mes carnets contenant des cartes de la tombe que j'avais dessinées à main levée, des notes sur les fouilles et des photographies de la momie. Mais j'ignore pourquoi quiconque aurait voulu s'approprier de telles choses. Si on avait pillé la sépulture, si le professeur n'avait pas été blessé par balle, ça aurait eu un sens. Mais puisqu'on avait déjà volé les pierres, ça m'échappe.

— C'est alors que vous avez décidé de partir ? s'enquit Josh.

— C'était tellement troublant… Je suis une mère célibataire, il n'était donc pas question pour moi de risquer ma peau et de rester à Rome dans ces conditions. J'ai appelé l'aéroport, réservé une place à bord du premier vol le jour suivant, plié bagage et suis descendue à l'hôtel pour la nuit. Il y avait eu tant d'éléments perturbants à propos de ces fouilles dès le début… On entend toujours parler d'excavations maudites, mais ce sont bien les premières, à mon sens, pour lesquelles il pourrait y avoir un fond de vérité.

— Comment cela ? reprit Malachai. Que voulez-vous dire par « dès le début » ?

— Je n'avais pas pris le temps d'y réfléchir quand c'est arrivé, mais la façon dont j'ai découvert ce site est en elle-même bien singulière.

— C'est vous qui l'avez découvert ? s'exclama Malachai. Pour une raison ou une autre, j'ai cru que c'était le professeur Rudolfo.

— Non, c'est bien moi. Et ça doit avoir un rapport avec le vol des pierres et le meurtre du professeur, tout bien réfléchi. C'est aussi la raison pour laquelle on s'est introduit la semaine dernière dans mon appartement et samedi, dans mon bureau.

Tout en mangeant, Gabriella relata les faits aux deux hommes, en commençant par le prêtre qui était venu la trouver dans la chapelle de Yale. De revenir sur les deux premières fouilles, elle en oublia sa fatigue et ses appréhensions à mesure qu'elle revivait son enthousiasme des premiers jours, à Rome.

— Donc, vous n'aviez rien trouvé sur l'un ou l'autre de ces chantiers ? fit Josh.

— Non. Les deux étaient des culs-de-sac.

— Et vous êtes passée au troisième site ?

De cette façon légèrement protocolaire qui n'appartenait qu'à lui, Malachai s'était redressé sur son siège, les yeux rivés sur Gabriella.

— Oui…

La voix de la jeune femme mourut.

— Et c'est là que vous avez découvert la vestale et les pierres ? ajouta Malachai.

— Oui.

— Allez-vous y retourner ?

— À Rome ?

— Pour finir le travail sur la tombe de Bella ?

Josh aurait voulu le reprendre. C'était celle de Sabine. Mais il laissa passer.

— Je ne sais pas. J'aimerais contacter un autre archéologue pour travailler avec moi maintenant que…

Le regard de nouveau triste, elle paraissait fatiguée.

— Et si j'y retourne, j'aimerais emmener Quinn avec moi.

— Est-ce un problème ? s'enquit Josh.

— En ce moment, oui, à cause de Bettina.

— Bettina ? reprit Malachai.

— Elle m'aide à m'occuper de Quinn.

— Elle va partir ? ajouta Josh.

— C'est une actrice en herbe. Son plan d'attaque consiste à jongler entre un travail à temps partiel et un engagement sur les planches dès que Quinn commencera à aller à l'école cet automne. Il n'était pas question pour elle de renoncer à ses projets pour m'accompagner six mois à Rome, et je ne voulais pas non plus déraciner Quinn avec tout le stress que ça implique sans qu'il y ait au moins avec nous quelqu'un qu'elle connaisse et en qui elle ait confiance. Alors je n'envisagerai pas d'y retourner avant d'avoir résolu ces problèmes-là.

Malachai se pencha un peu plus en avant.

— Vous devez y retourner ! C'est impératif. Votre destinée est avec Bella. Et les pierres.

— Les pierres…

Elle secoua la tête.

— Je ne pense pas les revoir un jour…

— Jusqu'où êtes-vous allée pour étayer leur histoire preuves à l'appui, ou bien pour traduire leurs inscriptions ? demanda Malachai en portant son verre à ses lèvres.

Josh remarqua comment, même lorsqu'il buvait, il ne quittait pas Gabriella des yeux, la dévisageant avidement, guettant sa réponse.

— Pas bien loin… Le temps manquait. Nous venions à peine de découvrir la tombe. C'est le genre de procédure que nous remettions d'habitude à la fin des excavations.

— Pouvez-vous travailler aux traductions sans avoir les pierres sous la main, à partir des photographies ?

Pourquoi la harcelait-il ainsi ? Josh aurait voulu l'arrêter, l'inciter à la réserve et donner plus de temps à Gabriella… Il aurait voulu l'attirer dans ses bras, lui offrir un refuge… Il aurait voulu tant de choses ! Trop, sans doute. Tout ce qu'il ne pouvait pas avoir. Gabriella, les pierres, des preuves de ce qui lui arrivait…

— Je suppose que oui, mais ça paraît bien futile maintenant.

— Ça ne l'est pas. La fondation est résolue à retrouver

ces pierres. Elles comptent probablement autant à nos yeux qu'aux vôtres. Et quand nous les aurons récupérées, nous aurons besoin de comprendre leur mode de fonctionnement.

Maintenant, Gabriella était intriguée.

— Pensez-vous qu'elles détiennent un pouvoir ?

— Pour en revenir aux débuts de la fondation du club Phœnix, mon arrière-arrière-grand oncle avait la conviction qu'il ne s'agissait pas d'un simple mythe, qu'elles détenaient en effet des propriétés pouvant induire des souvenirs de vies antérieures. J'ignore si je serais prêt à y ajouter foi, moi aussi, mais je peux au moins éclaircir un mystère. Je suis à peu près sûr que les documents que votre prêtre vous a remis ont un rapport avec les recherches et les efforts entrepris par mon arrière-arrière-grand oncle.

— Comment cela ?

Malachai se versa le fond de la bouteille de vin, savoura une gorgée puis décrivit le groupe d'industriels, d'artistes et d'écrivains nantis qui avaient financé les travaux d'un archéologue à Rome, vers la fin du XIXᵉ siècle. Lequel pensait tenir une piste sur l'emplacement des fameuses pierres…

— Comment s'appelait-il ?

— Wallace Neely.

Gabriella hocha la tête avec vigueur.

— Neely était propriétaire du site où l'on a découvert la tombe. Rudolfo a mené les négociations avec les héritiers. C'était un archéologue très prometteur ayant connu son heure de gloire. Mais il a eu une fin tragique à trente-trois ans seulement.

— Savez-vous comment il est mort ? demanda Josh.

— Quelques jours à peine après avoir annoncé qu'il venait de faire une découverte sensationnelle, il a été assassiné à Rome.

Tout en lui répondant, elle fut soudain frappée par le retentissement d'une telle coïncidence.

— On l'a assassiné ? s'exclama Josh, stupéfait.

Ce fut au tour de Gabriella d'être abasourdie.

— Je n'avais pas réalisé… L'histoire se répète ! ajouta-t-elle dans un murmure.

— Le saviez-vous ? demanda Josh à Malachai.

— En partie, oui. Mais je n'avais pas fait le rapprochement jusqu'à présent.

— Quelle découverte avait-il faite ? demanda Josh à Gabriella. En avez-vous une idée ?

— Nul ne le sait. Rudolfo et moi étions convaincus qu'il avait soigneusement catalogué ses trouvailles, mais ses écrits ont disparu depuis longtemps.

— On l'a peut-être abattu à cause de ses découvertes, lui aussi, avança Josh. Si c'est arrivé alors et que ça arrive encore maintenant…

— Les apparences sont souvent trompeuses, l'interrompit Malachai. Ne l'oubliez pas.

Une main tendue vers l'oreille de Josh, il y fit surgir comme par magie une pièce d'argent d'un dollar.

Gabriella avait l'air désorientée.

— C'est son passe-temps, expliqua Josh. Faire de la magie.

— Ce n'est pas juste un passe-temps, le reprit Malachai. Mais la façon préférable de vivre sa vie.

Il gloussa.

— *Faire de la magie…*

Il reprenait mot pour mot l'expression de Josh.

À la sortie du restaurant, Malachai leur souhaita bonne nuit, puis Josh ramena Gabriella en voiture comme convenu. La pluie avait cessé, mais dégouttait toujours des feuillages, faisant scintiller l'asphalte sous les pinceaux des phares et les plages lumineuses de l'éclairage public. Après s'être arrêté devant la belle résidence Tudor, sise dans une rue tranquille bordée d'arbres, Josh sortit du véhicule et la raccompagna jusqu'à sa porte.

— Vous n'avez pas à…

— Mais si ! l'interrompit-il. Je veux m'assurer que vous rentrez bien chez vous sans encombre, saine et sauve, avant que je ne reparte.

— C'est très aimable à vous de veiller ainsi sur moi.

Josh entendit de nouveau sa réponse de très loin, comme s'il était brutalement plongé sous l'eau. Elle lui parvint avec une fraction de délai. Captant le regard de Gabriella, il s'efforça de le déchiffrer. En temps réel, cela dut prendre quelques secondes à peine, il en était sûr… Et pourtant, il ne le perçut pas de cette façon. Passer outre le pathétique de la situation et le sentiment de prémonition qui s'en dégageait parut lui prendre une éternité avant qu'il n'accède au désir.

Il était tellement concentré sur elle, l'odeur de jasmin et de santal s'immiscèrent en lui sans lui laisser le temps de combattre l'épisode – car il ne l'avait pas vu venir.

# 45

*Julius et Sabine*
*Rome – 391 après Jésus-Christ*

Dans les rues, la foule suivait la procession qui se dirigeait vers les portes de la ville. À ses yeux, il se jouait une tragédie, c'était du grand spectacle, un beau divertissement... Pour la première fois en quarante ans, une vestale allait être enterrée vive pour avoir violé ses vœux.

Assise sur un lit funéraire perché sur une litière portée à bout de bras par les six prêtres du collège, Sabine suivait des yeux celle qui, marchant près de sa litière, tenait son bébé dans les bras. Elle les gardait dans son champ de vision à chaque seconde de la longue et lente marche.

La poussière tourbillonnante obstruait les narines des prêtres, leur troublait la vue et formait un dépôt sur leur peau. Il faisait bien trop chaud pour qu'ils parcourent une telle distance, trop chaud pour qu'ils portent cette femme, au point que cette touffeur excitait une populace dont les quolibets, les vitupérations et les malédictions s'élevaient jusqu'aux cieux.

Même dans le cadre de cette procession sacrée, Julius redoutait des violences. Le mois passé, l'empereur avait promulgué un nouvel édit ordonnant aux citoyens, en tout lieu et en toutes circonstances, d'*encourager* les païens restants à se convertir.

« Encourager » signifiait différentes choses pour différentes personnes : toujours plus de temples avaient été pillés, plus de prêtres agressés en pleins services religieux, plus d'incendies allumés et d'édifices réduits en cendres, dont il restait à peine les fondations en pierre. Les Romains qui, des mois auparavant, priaient encore leurs divinités païennes s'en prenaient maintenant aux prêtres de leur propre culte armes au poing, soit par conviction sincère de leur nouvelle foi, soit pour s'attirer les bonnes grâces de l'administration en place. À chaque prêtre éliminé ou converti, leur mainmise et leur puissance augmentaient. Voilà à quoi se ramenait désormais la religion : le pouvoir.

Chaque nuit, Julius et Lucas avaient continué à se voir et à comploter, souvent rejoints par Drago, le frère de Julius qui était prêtre lui aussi. Cette procession faisait partie de leurs plans.

Neuf semaines auparavant, Sabine avait cessé de chercher à dissimuler sa grossesse. Sept jours après la naissance de son enfant, elle serait enterrée vive ainsi que l'exigeaient la loi et la coutume, dans une sépulture creusée dans les collines, près du bosquet sacré. Nul ne savait que Julius était le père. Il avait donc été libre de travailler à la tombe sans être lui-même inquiété. Ils avaient su mettre en scène la construction elle-même, faisant venir des artisans pour créer des fresques complexes ainsi qu'un pavage de mosaïque minutieusement élaboré.

La semaine passée, alors qu'on mettait la touche finale au lieu de son dernier sommeil, Sabine, assise à proximité, avait veillé sur sa fille, la nourrissant au sein et gazouillant avec elle. Mais elle n'était pas la seule à veiller... Les espions étaient partout. En fait, Julius comptait sur eux ; les travaux s'effectuaient donc de jour, à la vue des badauds.

Il y avait si longtemps qu'on n'avait plus enterré de vestales dans ces conditions... Les citoyens de Rome voyaient en cet événement un grand symbolisme. La fin de la dernière vestale sonnerait le glas de l'ancien temps.

Mais, une fois tout le monde reparti et le soleil couché,

tard la nuit sous le couvert de l'obscurité la plus impénétrable, près du bosquet sacré où Sabine et Julius avaient abrité leurs amours clandestines pendant tant d'années, et où il avait découvert qu'elle portait l'enfant qui signerait leur arrêt de mort, son frère et lui travaillaient au secret de la sépulture jusqu'à s'en faire saigner les doigts.

À leur mort, les païens pensaient que leur âme revenait à la vie, se voyant accorder la possibilité de s'amender, de réparer les torts qu'ils avaient causés au cours de leur existence passée. Tant que Julius arrivait à creuser la terre à mains nues, rien n'empêcherait Sabine d'avoir la chance de renaître en cette existence-ci.

De son perchoir, sur sa litière funéraire, Sabine reporta son regard de sa fille à Julius, qui marchait de l'autre côté. Des larmes difficilement contenues faisaient scintiller ses iris. Bientôt, les amants se feraient leurs adieux. La vie qu'ils avaient connue ensemble prendrait fin. Il n'y aurait plus de rendez-vous amoureux dans les bois, plus de baignade nocturne dans l'étang. Julius ne verrait plus la peau nacrée de sa belle au clair de lune, sous les frondaisons des chênes qui les avaient abrités et qui avaient si longtemps offert un sanctuaire à leur passion.

Dès le lendemain, tous deux entameraient la phase suivante de leur voyage.

Il sourit à Sabine. *Courage,* lui mima-t-il du bout des lèvres, conscient qu'elle ne l'entendrait jamais dans le tumulte des huées et des insultes.

*Courage, mon amour...*

Dans son giron, elle avait les mains vides. On ne l'autorisait à rien emporter dans la tombe. Le coffret était glissé dans une gaine dissimulée sous sa robe ; les angles frottaient contre ses côtes. Le plus sacré de tous les trésors serait inhumé avec elle. Pendant plus de mille ans, les vestales avaient veillé sur le feu sacré – et sur ce qui se cachait dessous. Que Sabine continuât à veiller dessus dans l'Autre Vie ne serait que justice.

Ils avaient atteint la sépulture. Il était temps.

Sabine regarda sa sœur, et le bébé qu'elle lui avait confié. Se penchant, elle embrassa la joue veloutée du nourrisson.

— Je te reverrai bientôt, ma chérie. Tu te rappelles ce que tu as à faire ? ajouta-t-elle en s'adressant à Claudia.

La voix coupée par l'émotion, sa sœur éplorée hocha la tête.

— Si le pire arrive, le trésor vaut une fortune. Aucun de nous ne manquera de quoi que ce soit pour le restant de nos jours.

— Ne dis pas ça. Rien n'arrivera ! Ça marchera.

Ajouter quelque détail que ce fût aurait été dangereux.

Sabine enlaça sa sœur et sa fille, les serrant contre elle, sentant le bébé lui frapper le torse de ses poings minuscules en cherchant à atteindre la source de lait.

Elle finit par les lâcher et s'écarter.

Julius et Lucas l'aidèrent à descendre dans la fosse. Ils revinrent rapidement sur leur plan – sachant qu'avec la foule amassée tout autour, passer trop de temps sous terre paraîtrait vite suspect. Lucas ressortit le premier, gravissant l'échelle en bois.

Julius prit les mains de la condamnée.

— Sabine, chuchota-t-il.

Elle secoua la tête.

— Non, chut…

Elle posa un doigt sur les lèvres de son amoureux.

— Nous aurons toute la vie devant nous, tu verras.

Elle paraissait si sûre d'elle, songea-t-il. Si certaine. Mais les larmes qui roulaient sur ses joues apportaient un cinglant démenti à son optimisme de façade.

Se dressant sur les orteils, elle l'embrassa avec fougue sur la bouche, s'efforçant de faire passer tout ce qu'elle ne pouvait exprimer par de simples mots. Julius eut le goût du sel sur les lèvres. Étaient-ce ses larmes… ou bien les siennes ?

# 46

*New Haven, Connecticut – lundi, 22 heures 18*

— Est-ce que ça va ?

Il avait le cœur en miettes. Submergé par un chagrin sans borne, il aurait voulu revenir en arrière. Vers elle… Sabine… Et leur enfant.

— Josh ?

La voix de Gabriella lui parvint de très loin, et il sut qu'il devait en remonter le « fil ». En proie à l'affreux déchirement des adieux, il s'affola alors que les traits de Sabine étaient en train de se déliter sous ses yeux, dans une grande lame de fond bleu-vert. Il combattit le phénomène.

— Josh ?

Reprendre pied dans le présent exigeait cette fois trop de temps. Il aurait dû dire quelque chose, mais n'arrivait pas à trouver ses mots. Il hocha la tête. Prit une grande inspiration.

— Je vais bien.

Il fut choqué de voir ses mains sur les bras de Gabriella. Il s'était donc tourné vers elle ? Sa confusion fut à son comble lorsqu'il réalisa qu'il en était heureux. Il voulait la serrer contre lui. Ça lui semblait si juste, si bon…

— Vous êtes certain que ça va ?

— J'ai un sens calamiteux de la synchronisation…

— Pardon ? Que voulez-vous dire ?

— Vous… vous venez de vivre des journées affreuses, trop de choses sont arrivées et… il se fait tard.

— Non, je vais bien, Josh.

De la façon dont elle le dévisageait, elle ne devait pas se dire qu'il était trop tard.

Ils se tenaient dans l'ombre, à l'abri de la rue et des fenêtres vitrées de part et d'autre de la porte où la baby-sitter, ou bien son père, cherchaient peut-être à les observer. Josh attira Gabriella dans ses bras et l'embrassa. Un baiser d'une intensité immédiate. Trop.

Il la lâcha.

— Ça fait trop longtemps pour vous aussi, n'est-ce pas ? chuchota-t-elle.

Il hocha la tête. Cette fois, ce fut elle qui l'embrassa.

Le monde entier s'évanouit, et Josh cessa de réfléchir. Pour ces quelques minutes, il renonça au rêve de Sabine. Ses terminaisons nerveuses tout excitées, il sentit son sang bouillonner dans ses veines. Avoir son corps pressé tout contre le sien était si bon, savoir qu'elle réagissait de la même façon que lui…

La pluie se remit à tomber.

Ils s'écartèrent l'un de l'autre ; dans ses yeux où brillait une lueur de contentement dansait aussi une faim inassouvie.

À cet instant, il réalisa que les baisers de Gabriella étaient sans précédent dans son expérience. Il n'y avait rien de familier ni de connu dans le parfum qu'elle dégageait, ou leur étreinte. Ses cheveux étaient doux et soyeux contre sa joue, mais il ne les avait encore jamais sentis sur sa peau auparavant. Il l'embrassa de nouveau. Et sombra dans une obscurité plus intense que celle du firmament. Elle l'agrippa par les bras et sembla s'enfoncer en lui. Au centre du plaisir qu'éprouvait Josh naquit un sentiment de tristesse, et les deux émotions entrèrent en conflit. S'abandonner à l'une revenait à renoncer à l'autre.

Il aurait voulu que le contact de Gabriella lui paraisse familier. Tant de nuits et de jours, tant de semaines et de mois, il avait été hanté par la recherche d'une preuve de la réincarnation, par son passé et par la femme qui y vivait. À présent, Gabriella le hanterait à son tour, lui faisant miroiter ce qu'il ne pouvait se permettre d'avoir... Mais pour l'instant, pour cette nuit, il sentirait sa peau sur la sienne, entendant son petit halètement, « *Oh...* », alors qu'elle était submergée par les sensations. Ça ne ferait de mal à personne, pas vrai ? Si, quelques instants seulement, il s'oubliait dans son baiser, s'y dissimulant tout entier ?

Il pleuvait, le vent soufflait et tourbillonnait autour d'eux, un enveloppement *hors* de leur enveloppement, les abritant dans un souffle d'air frais qui les coupait du reste du monde.

Puis la tristesse l'emporta sur le plaisir, et Josh lâcha sa compagne. Il ne pouvait pas rester. Il ne pouvait pas leur faire ça, à elle comme à lui-même.

# 47

Après avoir arpenté le bitume, devant l'immeuble, Rachel arriva à l'appartement de Harrison. Quinze minutes durant, pratiquement, elle avait livré un combat intérieur, n'arrivant pas à se décider à le rencontrer comme prévu. Le son de sa voix au téléphone, l'invitant à venir, exerçait sur elle le magnétisme d'un aimant. C'était tellement stupide, mais jamais encore un homme n'avait eu un tel pouvoir d'attraction sur elle. Son oncle la taquinait à ce sujet, et elle regrettait de s'être confiée à lui. Elle devrait peut-être s'arrêter d'avoir peur, se laisser faire et à partir de là, voir où ça la mènerait. Le mettre sur le compte de la naïveté – certainement pas vis-à-vis des hommes, ou des relations en général, mais vis-à-vis de l'amour.

En faisant les cent pas, elle avait mentalement égrené toutes les raisons qui l'attiraient vers cet homme, en toute logique. C'était un expert conseil en art, brassant des peintures, des sculptures, des meubles anciens et des bijoux au nom des collectionneurs que comptait sa clientèle. Toutes choses merveilleusement belles. Il respirait le bon goût par tous les pores de sa peau. Et la culture. Il était beau. Et plus important encore que tout – même si ça n'avait aucun sens –, Harrison était insaisissable. Elle n'arrivait pas tout à fait à le cerner, lui et ses nombreux secrets profondément enfouis… Elle le sentait. Et elle trouvait cela plus excitant encore qu'elle n'aurait pu l'imaginer.

À l'étage, Harrison l'accueillit à la porte d'un chaste baiser sur la joue – pourtant érotique à la façon dont il lui serra si fort les avant-bras. Comme s'il se retenait… à peine.

— Je sors d'une entrevue. Venez, ça ne prendra pas long-temps.

Rachel crut qu'il allait la laisser dans le salon le temps qu'il retourne dans son bureau, mais il l'entraîna à sa suite.

Son domicile lui servait également de bureau. Chic et élégant, ses lignes épurées décorées dans des tonalités de gris aux rehauts d'argent, l'appartement de grand standing s'enor-gueillissait de superbes fenêtres montant du sol au plafond et offrant une vue vertigineuse sur une ville qui, la nuit, étince-lait de tous ses feux comme un diamant.

Harrison versa à Rachel un scotch comme elle l'aimait : un trait d'une marque coûteuse, servi sec. Tout en retournant à la conversation téléphonique qu'il avait interrompue pour venir lui ouvrir, il lui fit signe de s'installer sur un siège, à gauche de son bureau.

Elle sirota son verre, caressant le cuir doux comme de la peau de bébé de son siège et s'efforçant de ne pas couver son hôte des yeux. Un moment, il surprit son regard et lui sourit.

Après le feu roulant d'une conversation portant sur une peinture onéreuse, Harrison ouvrit le premier tiroir de son bureau pour en sortir une liasse de papiers. C'est alors que Rachel avisa un revolver noir – modèle dame.

Des sensations folles l'assaillirent. Le bourdonnement, et la musique qui n'en était pas vraiment. Rachel se sentit comme arrachée à l'environnement visuel et auditif du bureau où elle était pour être propulsée *ailleurs*. Au lieu d'être assise dans une superbe étude de verre chromé dominant la cité, elle se retrouvait dans une autre étude lambrissée aux fenêtres donnant sur un paysage vallonné... De belles peintures Renaissance ornaient les murs, et l'homme assis au bureau, à l'endroit précis où Harrison s'était tenu quelques instants à peine auparavant, était différent.

Séduisant mais... la cinquantaine bien tassée... Pas de jean et de veston Armani pour lui, plutôt un costume guindé de coupe assez traditionnelle. Et ils n'étaient plus en tête-à-tête, quoi qu'il en soit. De l'autre côté du bureau se dressait un jeune homme bien mal habillé, l'œil torve et le cheveu gras.

Celui qui avait pris la place d'Harrison jeta à Rachel un regard séducteur. Posé devant lui, sur un sous-main en cuir repoussé, un petit revolver noir luisait à la lumière de la lampe. L'homme ne baissa jamais les yeux dessus tout en poursuivant sa conversation avec le voyou, alors que l'arme à feu avait plus de présence que les deux gaillards réunis...

*« Nous ne pouvons pas être tenus responsables d'un vol, n'est-ce pas ? En fait, nous devrions offrir une généreuse récompense à quiconque aura des informations susceptibles de mener à la capture du ou des voleurs... »*

*Il hocha la tête d'un air entendu.*

Elle devait fuir. Loin de ces deux types. Et du revolver. Mais elle se sentait prise au piège, comme si le temps s'était mué en bandes métalliques qui la retenaient. Elle tenta de parler – et eut l'impression de vouloir expulser des cailloux de sa bouche. Lui échappa un cri déchirant... Et tout redevint comme avant. À part la panique qui l'avait saisie...

Inquiet, Harrison fut plein de sollicitude à son égard. Il lui parla à voix douce, lui demandant ce qu'il pouvait faire, comment il pouvait aider. Rachel voulut savoir pourquoi il avait un revolver et, très convaincant, il répondit qu'il avait besoin de se protéger en raison des peintures et des bijoux qui transitaient sans cesse par son appartement. C'était logique. Pourtant, elle eut le sentiment persistant de courir un grave danger, très réel, alors qu'elle restait assise là, à boire et à bavarder avec lui.

Quand il l'enlaça pour l'embrasser, elle se surprit elle-même par son élan spontané, au lieu de s'écarter. Sur ses gardes, elle était néanmoins le jouet d'une curiosité et d'une force d'attraction qu'elle ne s'expliquait pas. Comment la part d'ombre qui hantait cet homme, toutes les ombres qui l'entouraient pouvaient-elles agir sur elle à la façon d'un aphrodisiaque ?

Lorsque, d'une main douce et experte, il entreprit de la séduire, elle le laissa faire. Sans chercher à le repousser.

La tête sur ses seins, il lui murmura des petits riens, l'effleurant de doigts légers comme des plumes… Elle se persuada qu'elle était en train de verser dans la folie. Qu'y avait-il donc de mal chez un homme capable d'éveiller en elle de tels sentiments ? Puis, *ça* se produisit.

Un flash.

*L'autre* homme avait repris la place de Harrison. *Il* lui refaisait l'amour. Mais pas avec autant de douceur ni d'égards… Il se montrait plus fougueux, plus avide. À l'arrière-plan, des couleurs apportaient une diversion inattendue. Des couleurs reliées à… quoi ? Rachel n'aurait su le dire. Elle voyait des émeraudes d'un vert profond, des bleus d'un ciel étoilé et des rouges lie-de-vin, tous plus beaux les uns que les autres, au point qu'elle ne pouvait en détacher le regard – pas même pour se tourner vers l'homme qui, lové entre ses jambes, l'initiait au plaisir. Mais qu'étaient donc ces couleurs ? Elle tenta de se recadrer dessus, d'en percer l'origine… Et soudain, elle se retrouva dans l'instant présent, avec Harrison qui l'entraînait vers les pics de l'extase. Tout son corps en trembla. Puis elle se perdit de nouveau dans les couleurs, s'y désintégrant tout entière.

# 48

Deux heures du matin. Par la fenêtre ouverte, la brise venait l'envelopper de son souffle apaisant. Une lampe éclairait le bureau, le reste de la pièce restant plongé dans la pénombre. Il avait pensé se couper de sa propre réalité pour mieux générer une sorte d'existence physique distincte en vue de cette expérience.

Les six pierres étaient étalées sur le velours bleu roi qui couvrait le sous-main. Y scintillaient les émeraudes, les saphirs et le rubis. D'après les écrits, ces bijoux ouvraient un portail du présent sur le passé. Mais tous les textes anciens de référence sur la magie n'avaient que des formules obscures à offrir. L'homme se faisait l'impression de dériver sur un bateau qu'il ne savait gouverner.

Toutes les cérémonies religieuses avaient leur cheminement spécifique. De même que la messe n'était pas un conglomérat arbitraire de gestes et de prières, ces pierres précieuses avaient aussi leur cérémonial bien particulier. Leurs instructions. Oui, mais... lesquelles ?

Les notes du professeur Chase n'avaient rien donné. Pas plus celles de son appartement à Rome que celles de son bureau à New Haven. Rien ne permettait de penser que Gabriella Chase eût la moindre idée de ce que signifiaient les inscriptions, ciselées sur les facettes des gemmes. Il avait besoin qu'elle les lui traduise.

*Si elle en était capable...*

Chase était réputée pour sa maîtrise des langues anciennes. Naturellement, elle en serait capable. Ou sinon, elle saurait qui pourrait s'en charger. Chase était la clé qui lui permettrait d'exploiter le pouvoir des pierres – un terrible et dangereux pouvoir.

L'Église ne s'inquiétait-elle pas aux plus hauts niveaux de la magie de ces gemmes, justement ? Et non sans d'excellentes raisons. Si l'humanité découvrait que le Nirvana était en fait à sa portée – si c'était entre ses mains et non entre celles de Dieu – quelle autorité l'Église pourrait-elle encore prétendre exercer sur ses ouailles, de par le vaste monde ?

Il guettait depuis si longtemps. Mais l'attente touchait à sa fin. Depuis la mise en branle de ses plans, des années auparavant, quand il avait transmis les extraits du journal personnel à Gabriella Chase et à Aldo Rudolfo, il s'était armé de patience. Maintenant, ses semis avaient produit de robustes arbres qui porteraient bientôt leurs fruits.

Il y avait dès à présent beaucoup à faire en très peu de temps. Il soupira. Une longue exhalaison venue du cœur pour exprimer le désir, la crainte et l'agitation. Il détestait devoir impliquer des tiers. Risquer la vie d'innocents constituait un affront porté à son sens de la moralité, mais... il n'avait plus le choix.

Jusqu'ici, trois hommes avaient trouvé la mort – et il devrait vivre avec cela jusqu'à la fin. Leur sang était retombé sur son âme et sa conscience. Et, avant que sa quête ne prît fin, cette souillure s'aggraverait sans doute encore. Mais toutes les grandes entreprises n'exigeaient-elles pas en tout état de cause d'immenses sacrifices ?

Il donnerait aux dieux une dernière chance de le récompenser avant de passer à l'étape suivante, aussi inéluctable que criminelle. Séparant les six pierres en deux groupes, il tint les émeraudes de la main gauche, les saphirs et l'unique rubis de la droite. Paupières baissées, il se concentra sur ses impressions tactiles, la morsure minime des arêtes des gemmes qui lui entaillaient les chairs. Tant d'historiens, tant de collectionneurs, tant de fervents croyants lui abandonneraient leur fortune entière rien que pour avoir ce qu'il tenait au creux des mains ! Mais pour tout l'or du monde il ne renoncerait à un tel trésor.

*Concentre-toi !* s'admonesta-t-il.

*Concentre-toi sur les pierres…*

Il savait prier. Et méditer. Il connaissait l'avantage qu'il y avait à se vider l'esprit des menus détails, à se laisser envahir par la vacuité, le néant… Ce genre de méditation ne tenait nullement du miracle. Ça n'avait rien de sacré. Pourtant, ça avait toujours eu sur lui une sorte d'effet mystique, magique. Ça lui permettait de s'évader, d'apaiser ses fantômes.

Le Père. Le Fils. Et le Saint-Esprit.

Il faillit éclater de rire devant la perfection d'une telle invocation en pareil contexte. Il préféra continuer à se concentrer et à faire le vide dans son esprit.

D'abord, la purification.

Puis le néant.

Rester avec lui…

Faire l'expérience de la vacuité.

Maintenant, laisser les couleurs tourbillonner.

Rouge sang… rubis… écarlate… Pour tendre finalement, en s'imprégnant des ténèbres, vers un pourpre roi. Avant d'inverser la tendance… Ajouter de la lumière au pourpre pour le muer en lavande, en rose… Blanchir la teinte au point de l'amener au rosé, accentuer le phénomène afin d'obtenir un blanc opalescent, à l'incarnat le plus délicat qui fût. Inverser de nouveau le processus, injecter des couleurs, et passer progressivement du rose tendre au vermillon, le dissoudre en une teinte rubiconde lie-de-vin avant de l'embraser en un rouge ardent, de translater les braises qui couvent en l'éclat d'un coucher de soleil, puis en celui, orangé, d'une torche…

Il était en pleine méditation.

*Ouvre les yeux sur toi-même. Vois qui tu étais. Sache qui tu étais.*

Il se le redit.

*Ouvre les yeux sur toi-même. Vois qui tu étais. Sache qui tu étais.*

Il y avait maintenant une noirceur tirant sur le bleu nuit rappelant la fraîcheur d'un firmament étoilé. Il passa outre. C'étaient là les cieux de tout pays, à toute époque. Et les réponses se trouvaient là, enfouies dans les replis de la galaxie… Il le savait. Il lui suffisait maintenant de tendre la main…

*Quel était le secret des pierres ?*

Rien ne lui vint. Ni mots, ni sensations, ni connaissances.

*Quel était le secret des pierres ?*

Rien.

Il rouvrit les yeux, puis les mains, lâchant les pierres sur leur petit tapis de velours. Les couleurs se télescopèrent, le narguant, lui promettant davantage qu'il ne pourrait jamais se l'imaginer… à moins qu'il ne passe à l'action.

Il avait tout tenté déjà. Il n'avait vraiment plus le choix.

Les yeux tournés vers l'écran d'ordinateur, il saisit un nom d'une main lasse, certain que la jeune femme en question avait été en ligne à un moment ou à un autre, et qu'elle avait donc laissé ses « empreintes » dans le cyberespace. Il lui fallut quelques secondes à peine pour voir s'ouvrir devant lui les chambres fortes de l'information, dévoilant ce qu'il lui fallait.

Oui… Parfait. Il la tenait, *sa* clef. Elle lui permettrait de s'infiltrer là où l'attendait un trésor d'un genre bien différent. Et avec lequel il pourrait faire du troc – une vie en échange d'un savoir.

En échange de simples mots.

De phonèmes qui, hors contexte, n'avaient plus aucun sens.

Un tel choix n'aurait rien de difficile pour une mère.

N'est-ce pas ?

# 49

*« Découvrant que j'existe en ce monde,*
*J'ai la conviction que j'y existerai toujours,*
*sous une forme ou une autre. »*

Benjamin Franklin

*Ville de New York – mardi, 14 heures*

Le lendemain matin, Rachel Palmer avait paru tellement affolée au bout du fil que Josh avait accepté de venir la retrouver. Elle avait proposé comme lieu de rendez-vous l'Aile américaine du Metropolitan Museum. Il s'y sentait toujours à l'aise, comme chez lui. C'était un enfant des villes et, en compagnie de son père, il avait au fil des ans passé au musée pratiquement toutes ses après-midi. Mais ce jour-là, l'angoisse de Rachel, perceptible et obsédante, assombrit leurs retrouvailles.

— Si on m'espionne, dit-elle alors qu'ils remontaient une galerie éclaboussée de soleil, notre balade au musée ne paraîtra pas très suspecte...

— Qui vous espionnerait ?

— Vous allez croire que je suis parano...

— Je ne le prendrai pas pour moi.

Elle sourit.

— Mon oncle Alex…

— Il vous fait suivre ?

— Je le pense.

— Pourquoi ?

— Il me croit en danger.

— Eh bien, n'est-ce pas aussi votre sentiment ?

— Oui. Mais les raisons qui le poussent à agir lui sont propres. Ses recherches ont ramené au jour un ou deux scandales entourant des œuvres d'art et des pièces de joaillerie que Harrison avait achetées et revendues au fil du temps. Ça l'inquiète, même s'il n'y a là rien d'extraordinaire dans un tel milieu. Et ça m'incite à penser qu'il ne me dit pas tout ce qu'il sait au sujet de Harrison.

Elle fit halte devant l'imposante sculpture en marbre de la *Lutte entre les Deux Natures de l'Homme*.

— Il a tellement changé depuis le décès de ma tante… Je sais bien que ça arrive, mais on ne peut plus parler de deuil à ce stade.

— De quoi d'autre alors ?

— Alex est obsédé par la réincarnation. Il l'a toujours été. Savez-vous qu'il a tenté d'acquérir la fondation Phœnix autrefois ? Bref, ça a de beaucoup empiré après la mort de ma tante, et puis j'ai commis l'erreur de lui expliquer ce qui s'était passé avec Harrison. Il croit maintenant que je suis sujette à des flash-back de vies antérieures et l'idée que Harrison puisse se révéler dangereux l'obsède aussi. Je ne le lui ai pas dit évidemment, mais je pense qu'il a raison là-dessus.

— Vous avez eu un nouvel épisode ?

Elle soupira avant de lui raconter son incursion chez Harrison la veille au soir, du pistolet qu'elle y avait entrevu, et de son bref plongeon dans le passé.

— Mais je ne peux rien vous décrire de précis. J'ignore qui étaient ces hommes et l'endroit où nous nous trouvions.

Rien, en fait… sinon des fragments d'images et quelques phrases.

Ils avaient quitté l'Aile américaine, déambulant à présent dans des galeries consacrées aux artefacts religieux. Josh remarqua une belle croix ivoirine, un triptyque dédié à l'Annonciation et à la naissance du Christ, ainsi qu'un reliquaire en verre. Il avait si souvent visité les lieux que ces œuvres d'art lui étaient toutes familières.

— Le problème, c'est que malgré ma détermination à me tenir éloignée de lui, il m'attire ! Irrésistiblement… Or, j'ai horreur de ne plus contrôler la situation.

— Ça, répondit-il alors qu'ils franchissaient le seuil du hall des Armes et des Armures, je n'en doutais pas.

Des chevaliers bardés d'argent rutilant – lances brandies, oriflammes flottant majestueusement au-dessus d'eux – étaient juchés sur des destriers dans leurs cottes de mailles complexes.

— Quand j'étais enfant, mon père et moi venions souvent ici…

Josh se rappelait les moments passés avec Ben. C'était magique alors, et ça le restait car, si tout changeait et s'altérait autour de lui, ces chevaliers-là du moins demeuraient, plus grands que nature, guettant l'appel aux armes qui ne viendrait jamais.

C'était un retour aux sources d'un autre genre – moins dangereux –, et Josh s'attendait presque à entendre de nouveau la voix de son père… Aussi celle de Rachel le prit-il par surprise.

— Voilà le topo, Josh. Combien prendriez-vous pour m'hypnotiser, me faire passer par toute une série de régressions dans le passé, afin que j'y voie enfin clair dans ce sac de nœuds ?

— Ce n'est pas une question d'argent. La fondation ne…

— Quoi ? La souffrance des gosses compte plus ?

— Non, mais…

— Ce matin, Harrison m'a conduite au boulot. En sortant de la voiture, j'ai baissé les yeux. J'avais aux pieds de vieilles bottines avec une rangée de boutons minuscules, invraisemblable ! Quant à la voiture, elle s'était brusquement métamorphosée en attelage à chevaux. Harrison était vêtu d'une jaquette à l'ancienne.

— Que s'est-il passé ensuite ?

— J'ai entendu mon nom, et ce fut fini.

— Quel nom ?

— Comment ça ?

— Lequel avez-vous entendu ?

— Rachel. Quel autre, d'après vous ?

— Celui que vous portiez jadis.

— Donc, vous me croyez ?

— Je pense que vous voyez ce que vous dites voir.

— Et vous m'aiderez ?

Il secoua la tête.

— Je vous ai expliqué que la fondation…

— Je ne cherche pas à travailler avec elle, mais avec vous.

Tous deux pivotèrent alors que deux gamins accouraient tout excités dans la galerie en braillant à qui mieux mieux, et en choisissant un chevalier.

— Je veux être celui-là ! beuglait le plus petit.

— Et moi, celui-ci !

— Nous sommes des chevaliers !

— Pourquoi on doit se battre ?

— Pour tuer les méchants !

Les enfants qui avaient décrit à Malachai et à Béryl les expériences de leurs vies antérieures n'expliquaient jamais comment ils savaient que les gens qu'ils croisaient pouvaient appartenir à leur passé. Or, à aucun moment ils ne doutaient de ce qu'ils ressentaient. Des bambins n'avaient pas besoin d'être convaincus. Ni de s'éduquer eux-mêmes sur les concepts de la réincarnation afin d'adhérer au caractère bien réel de ce qu'ils vivaient. Ils ne devenaient pas obsédés par la philosophie de leurs cauchemars ; ils les expérimentaient et voilà tout.

Rachel se détourna des gamins, revenant à Josh.

Il y avait quelque chose, là. Il le sentait. Presque impossible à déceler, et pourtant palpable… Différent de ce à quoi il se serait attendu.

Depuis l'attentat à la bombe, il était entré en contact avec de nombreuses femmes, qu'il avait regardées dans les yeux – de la même façon qu'avec Rachel – en quête d'un soupçon de familiarité… Mais ce lien particulier n'existait qu'avec elle. Un lien persistant. Si elle n'était pas Sabine, elle était du moins quelqu'un qu'il avait connu.

De façon égoïste, il réalisa qu'il désirait collaborer avec elle afin de déterminer si sa vie et la sienne se rejoignaient. Et en quelles circonstances. Ce que cela pouvait signifier pour lui et en quoi cela pourrait l'aider.

— C'est en train d'arriver…, fit Rachel d'une voix douce.

— Quoi ?

— Mon corps bourdonne… J'entends cette petite musique lointaine, qui est sans rapport avec la sonorité, le ton, les accords ou la mélodie. C'est du tempo pur.

— Où vous trouvez-vous ?

— Avec vous. Au musée, bien entendu.

Était-elle toujours dans l'instant présent, ou bien dans le passé ? Josh se posa la question.

— Pouvons-nous y aller ? ajouta-t-elle, interrompant le fil de ses cogitations. N'est-ce pas l'heure du thé ?

— Du thé ?

Il comprit aussitôt.

— Mais oui, bien sûr. Où aimeriez-vous aller ?

— À la maison, répondit-elle, surprise, comme s'il aurait dû le savoir. Où irions-nous, sinon ?

Elle semblait si bien le connaître… Mais qui Rachel voyait-elle devant elle ?

— Dans une brûlerie ? Un salon d'hôtel ?

— Le Delmonico[1].

— J'ignore où ça se trouve.

— Mais bien sûr que vous savez où c'est ! Pourquoi me taquinez-vous ainsi ?

— J'étais très sérieux. Je n'en ai jamais entendu parler. Est-ce proche d'ici ?

Cillant, elle secoua la tête comme si elle s'efforçait encore de « faire la mise au point ».

— Vous n'avez jamais entendu parler de quoi ?

— Du Delmonico.

— C'est quoi, ça ?

Josh eut alors l'absolue conviction que la femme qui venait de lui proposer de prendre un thé n'était pas Rachel Palmer.

---

1. Célèbre restaurant new-yorkais.

# 50

*New Haven, Connecticut – 15 heures 06*

Carl observait la résidence, de l'autre côté de la rue. Affalé au volant de son véhicule de location, il semblait être au téléphone mais n'avait aucune communication en cours. Aux yeux d'éventuels observateurs, il aurait tout l'air d'être garé là pour des raisons anodines.

Détournant les yeux de la maison qu'il surveillait, il consulta sa montre de drugstore bon marché qui lui irritait la peau fine du poignet. La nourrice allait rentrer d'un instant à l'autre. Il la suivrait jusqu'au parc, la regarderait bavarder avec ses consœurs pendant que les enfants jouaient sous l'œil exercé de l'une d'entre elles. Puis, lorsqu'elle se lèverait pour rentrer, il l'attendrait de nouveau là où il était… Il préférait observer longuement ses cibles avant de passer à l'action. Mais là, il n'en avait pas eu l'occasion. Il avait reçu l'appel à trois heures du matin, ce qui lui laissait très peu de temps pour se retourner.

Il aurait voulu protester que ce n'étaient pas là des conditions idéales pour remplir un contrat. Sauf que sur ce coup-là, il y avait trop de pognon à palper. Comment aurait-il pu se permettre de cracher sur un pactole pareil ?

— Pas ce mois-ci… Putain, même pas cette année ! grogna-t-il à voix haute.

Quitte à faire mine d'être au téléphone, autant jouer le jeu…

Il se concentra sur la rue. Il n'y avait pas âme qui vive, ni signe d'activité dans les maisons. Carl ferma son portable en secouant la tête comme si son appel le perturbait. Facile à feindre. Il lui suffisait de penser à sa femme. Bon sang, il devenait nerveux.

Voilà bien la partie de son job qu'il détestait le plus… Établir le contact.

Dès l'instant où il avait quitté son appartement à six heures du matin, il avait été sur ses gardes. Il avait pris un train de Grand Central Terminal, la célèbre gare new-yorkaise, jusqu'à la 33e et de là, il avait filé à Hoboken, New Jersey, où il avait loué une voiture. La préposée au comptoir avait à peine daigné lui jeter un coup d'œil en ouvrant un dossier à son nom. Il avait papoté avec elle, lui demandant de quel coin du Maine elle était originaire. Manchester, avait-elle répondu, quelque peu surprise par sa sagacité. Carl avait l'oreille pour les accents. Il lui suffisait d'échanger quelques mots avec quelqu'un pour le reconnaître même des années plus tard.

Il ne lui en souffla mot, naturellement. Inutile de trop se faire remarquer. Il ajouta simplement que la famille de sa femme venait du même coin.

Il était satisfait de sa démarche jusque-là, se comportant et paraissant aussi normal que possible, un vrai passe-partout. Pour ce job, il était devenu un individu d'âge mûr, taille moyenne, nez légèrement busqué, lunettes, cheveux et moustache d'un blond tirant sur le roux, vêtu d'un pantalon sympa et d'une veste sport qui avait certes connu de meilleurs jours mais n'était en rien miteuse. Il aimait se construire de nouveaux personnages.

Au fur et à mesure qu'il ajoutait les couches, les postiches, les verres de contact et une touche de maquillage, il se faisait l'impression de « disparaître » pour renaître sous un autre jour, tapi au fond de sa nouvelle identité. À tel point qu'en sortant de chez lui, il ne reconnaissait plus son propre reflet dans le miroir.

Carl passa mentalement en revue les différentes étapes de son plan. On n'était jamais trop prudent. Il devait toujours s'attendre à l'inattendu – la seule et unique chose à laquelle on n'était pourtant jamais assez préparé. Enfin, il surprit un mouvement, au coin de l'immeuble. Et... la voilà ! Elle tournait à l'angle en poussant le landau d'un pas serein. À deux reprises, l'ombre du couvert des érables touffus l'engloutit brièvement.

Carl attendit qu'elle se rapproche, tapota sa poche en palpant son portefeuille et son insigne de police, sortit de véhicule et traversa la rue.

— Pardon, vous êtes mademoiselle Winston, n'est-ce pas ? Vous êtes au service du professeur Chase ?

La vingtaine, assez petite et ravissante avec de grands yeux ronds pétillants... où il lut de la circonspection. Il jeta un coup d'œil à la poussette. La fillette dormait. Parfait.

— Oui, quelque chose ne va pas ?

Il sortit son insigne et sa pièce d'identité.

— Je suis l'inspecteur Hudson. J'ai besoin que vous m'accompagniez.

— Pourquoi ?

— Je vous expliquerai tout dans la voiture.

— Il est arrivé quelque chose à mes parents ?

— Non, vous n'avez absolument aucune raison de vous affoler.

— Je n'ai rien fait ! gémit Bettina.

La fillette s'agita dans son sommeil. Voilà qui n'allait pas du tout. Il ne voulait pas la réveiller maintenant.

— Évidemment non. Je vous en prie, mademoiselle Winston...

En douceur, il la saisit par un coude pour l'entraîner vers le bord du trottoir.

— J'ai besoin que vous me suiviez, juste de l'autre côté de la rue. Ma voiture est là-bas.

Il tendit un bras.

— Tout de suite ? Je ne peux pas rentrer d'abord à la maison et...

Se penchant vers elle, il adopta un ton grave.

— Madame Chase a reçu une lettre de menaces concernant sa fille, et après le vol par effraction commis dans son bureau, nous ne voulons prendre aucun risque. Nous désirons vous metttre en sécurité, Quinn et vous.

— Mais c'est horrible !

Les doigts crispés, Bettina rapprocha d'elle la poussette.

— Qui voudrait enlever Quinn ? Et quel rapport avec...

— Nous vous expliquerons tout, mais pour le moment, vous devez me suivre.

Alors qu'il la guidait vers sa voiture, Carl la sentait trembler légèrement. Bien. Si elle était nerveuse, ça lui faciliterait la tâche. Il lui ouvrit la portière et elle jeta un coup d'œil dans l'habitacle.

— Je ne peux pas... Il faut un siège enfant !

Bon sang, ça lui avait échappé ! Voilà bien le problème dès que des gosses entraient en ligne de compte... Et pourquoi il les évitait dans la mesure du possible. Trop d'éléments ne lui étaient franchement pas familiers.

— Pouvez-vous tenir la poussette ? dit-elle.

Avant qu'il ait le temps de répondre, elle avait retraversé la rue au pas de course, gagné sa voiture garée dans l'allée proche et ouvert la portière arrière. Il tourna les yeux vers une extrémité de la rue, puis l'autre.

La voie était dégagée, la chaussée encore déserte, tout cela prenait trop de temps, et la fillette allait bientôt se réveiller... Comble de malchance, une berline couleur argent tourna au coin.

À cette distance, on aurait dit la voiture de monsieur Chase.

Siège sous le bras, Bettina revenait vers Carl. Il l'aida à monter dans son véhicule. Du coin de l'œil, il vit la berline se rapprocher. Et lutta pour attacher le siège en vitesse. À mi-parcours, la berline tourna dans une autre allée. Carl respira.

Après avoir sanglé Quinn, Bettina s'assit près d'elle.

— J'aimerais vous avoir avec moi à l'avant, afin que je puisse tout vous expliquer sans me coltiner un torticolis...

Une fois tous deux installés, il mit la clé dans le contact et démarra. Il vit alors une seconde voiture, une SUV, tourner à l'angle de la rue, à l'autre bout... À l'ombre des grands ormes, il n'aurait su dire si la carrosserie était noire ou bleu roi. Madame Chase avait une Jeep bleu roi. Quel chemin prendre ? Valait-il mieux croiser la voiture ou bien effectuer un demi-tour au risque que le conducteur note le numéro de sa plaque d'immatriculation... ?

Carl opta pour le demi-tour.

D'un coup d'œil au rétroviseur, il tenta – en vain – de déterminer la couleur du véhicule, ou même sa marque. Si c'était celui de la mère, elle était très en avance... Allait-elle les remarquer ? Probablement pas. En outre, elle ne ferait sûrement pas attention. Une voiture remontant une rue n'avait en soi rien de suspect. Et même s'il s'agissait bel et bien de madame Chase et qu'elle ne trouve pas la nourrice à la maison, elle ne s'inquiéterait pas tout de suite...

— Avez-vous un portable ? demanda-t-il à Bettina.

— Oui.

Il tourna sur la droite. Personne ne les suivait.

— Puis-je l'avoir ?

— Pourquoi ?

— C'est la procédure.

Elle le sortit de son sac et le lui remit. Il l'ouvrit, le coupa et le glissa dans sa poche.

— Je ne comprends pas… Pourquoi avez-vous besoin de mon portable ?

Il ne répondit pas. Elle fixa son profil. Rejeta un autre coup d'œil à l'habitacle… Et constata pour la première fois que c'était vide. Entièrement. Ce qui l'étonna. Les inspecteurs ne vivaient-ils pas pratiquement dans leurs voitures ?

Elle avait appris ce genre de raisonnement à l'école d'arts dramatiques. Pour un comédien, les détails tournant autour d'un personnage étaient ce qui l'amenait à prendre vie.

— Pourquoi avez-vous pris mon portable ?

Il ne répondit toujours pas.

Et ça, c'était absurde aussi. Pourquoi ce silence obstiné ? N'était-il pas là pour les aider, Quinn, madame Chase et elle-même ?

— Oh, Dieu…, gémit-elle d'une voix tremblante de peur. Vous n'êtes pas de la police, c'est ça ?

# 51

Un jour, Josh comprendrait pourquoi il décida de retourner à toute vitesse à la fondation, emprunta la voiture de Malachai sans même lui demander son avis et quitta New Haven sur des chapeaux de roues en négligeant d'appeler Gabriella au préalable pour s'assurer qu'elle pourrait le recevoir.

Par la suite, Béryl Talmage lui donna deux explications différentes. En toute rationalité, elle dit qu'il se montrait trop protecteur envers les gens qu'il aimait, ayant lui-même été récemment en danger. Et bien sûr, qu'il veuille vérifier par lui-même que Gabriella ne risquait rien tombait sous le sens.

Mais intuitivement, elle pensait que le karma vibrant entre eux deux, Josh et Gabriella, l'avait irrésistiblement ramené vers elle.

Dès qu'il vit la porte d'entrée de la maison grande ouverte, Josh eut une montée d'adrénaline, et il s'y engouffra, effrayé à l'idée de ce qu'il allait découvrir.

En imperméable trempé, parapluie et sac à main posés à ses pieds, elle s'appuyait à l'escalier, une feuille de papier tremblante à la main.

— Gabriella ? Est-ce que ça va ?

Elle releva la tête. Ses yeux mordorés luisaient comme du verre ; toute couleur avait déserté son visage. Une goutte de sang perlait à ses lèvres par ailleurs livides, là où elle semblait s'être mordillée...

— Qu'y a-t-il ?

— Mon bébé...

— Quoi ?

— Mon bébé, mon bébé..., répéta-t-elle, hébétée.

Josh lui prit la feuille des mains.

« *Quinn va bien. Nous ne lui voulons aucun mal. Mais nous y serons contraints si vous appelez la police pour signaler sa disparition. Dès que vous aurez traduit les inscriptions des Pierres de Mémoire et que vous nous aurez expliqué leur fonctionnement, votre enfant vous sera rendue saine et sauve. Laissez votre portable allumé. Pour l'instant, c'est un simple cauchemar. N'en faites pas une réalité.* »

— Quand l'avez-vous eu ?

— Je viens de rentrer à la maison. À l'instant. C'était dans la boîte aux lettres, tout simplement.

— Avez-vous appelé la police ?

Elle secoua la tête.

— Pas question. Non, pas question de risquer sa vie... Vous avez lu ?

— Il faut que vous...

— Non ! coupa-t-elle d'un feulement sourd de chat sauvage. Je ferai tout ce que ces gens veulent ! C'est ma chair et mon sang. Vous comprenez ?

Les veines qui saillaient sur son cou ponctuaient la terrible tension qui faisait vibrer chacune de ses paroles.

— Ils ont abattu Rudolfo... Je ne prendrai pas le moindre risque. Ce sont des *tueurs*, Josh !

Elle tremblait tellement qu'il l'attira dans ses bras, secoué à son tour par les spasmes de Gabriella, qui continua à parler, comme inconsciente de la chaleur de son étreinte.

— Je trouverai quelqu'un pour traduire ces inscriptions… Je connais tout le monde dans notre branche. Je découvrirai de quoi il est question – et tout de suite. Cette nuit même ! Et demain, je récupérerai Quinn, n'est-ce pas ?

Elle allait céder à l'hystérie – Josh le craignait.

— Nous devons appeler la police.

Elle s'écarta vivement de lui, défigurée par la colère.

— Non ! Si vous refusez de faire les choses à ma manière, alors sortez tout de suite ! Je dois sauver ma fille !

Elle criait.

Plus ils attendraient pour alerter la police, plus la piste des kidnappeurs refroidirait.

— Gabriella, écoutez-moi, vous l'avez dit vous-même, ce sont des tueurs et…

L'ignorant, elle parlait toujours avec un débit accéléré, et trop fort.

— Je ne peux pas ! Je ferai ce qu'ils me diront de faire ! Rien d'autre. Si vous refusez de m'aider, alors sortez… sortez !

— Je veux vous aider, absolument, protesta Josh d'une voix douce, mais elle ne l'écoutait plus. Bien sûr que je veux vous aider…

Cette fois, elle l'entendit. Inspira… Il avait réussi à la toucher.

— Pourquoi êtes-vous là ? demanda-t-elle soudain. Qui vous l'a dit ?

— Personne. Je ne le savais pas. J'ai juste eu cette impression dingue… Peu importe. Bon, maintenant réfléchissons calmement.

Elle s'assit sur le canapé avant de se relever d'un bond pour courir vers l'escalier.

— Son ours en peluche…

Elle monta les marches quatre à quatre.

— Son père me l'avait donné quand j'étais enceinte. Elle sait que ça vient de lui, et elle ne va nulle part sans son doudou. Jamais…

Josh la suivit dans la chambre d'enfant, où elle fouillait frénétiquement le petit lit, retournant les couvertures, avant de s'attaquer au coffre à jouets. Il savait pourquoi elle le cherchait avec autant d'ardeur. Si Quinn avait pris le nounours, ça voudrait dire qu'elle était toujours en vie en quittant la maison…

— Il n'est plus là, dit Gabriella.

À travers ses larmes, elle eut un pauvre sourire à cœur fendre.

# 52

*Ville de New York – mardi, 17 heures 50*

Alex coupa la branche d'un figuier pleureur miniature. Les bonsaïs avaient été une autre des passions communes à l'oncle et à la tante de Rachel. Les arbres anciens, au nombre d'une dizaine, étaient répartis dans le duplex. Et à présent, leur entretien et leurs soins nutritifs lui revenaient. Une mission qui prenait le caractère sacré d'un pèlerinage sur la tombe de sa femme.

Rachel se tenait dans l'embrasure de la porte du salon, réticente à le troubler dans sa tâche, même s'il avait déclaré vouloir partir à dix-huit heures. Elle le regardait soigner un arbre vieux de cent vingt ans mesurant une cinquantaine de centimètres de haut. Et, comme si souvent quand elle se trouvait avec lui, elle aurait voulu pouvoir atténuer son chagrin.

Reposant les cisailles, il recula pour mieux inspecter la silhouette arboricole obtenue et, satisfait, entreprit de ramasser les chutes et les feuilles miniatures qu'il venait juste d'élaguer.

— Oncle Alex ? appela doucement Rachel.

Il se retourna.

Sa tristesse fut perceptible quelques secondes seulement avant qu'il ne baisse le rideau sur ses émotions. Sa tante avait un jour dit à Rachel que si Alex faisait de si florissantes affaires, c'était bien en raison de son art consommé pour le bluff.

« *Il arrive toujours à dissimuler le fond de sa pensée, et bien malin qui saurait dire ce qu'il trame la plupart du temps… Même moi, je suis dans le noir. Et je dois avouer que c'est très déconcertant.* »

— C'est l'heure ? demanda Alex. J'ai vraiment hâte d'y être.

Quinze minutes plus tard, alors qu'ils longeaient la galerie Albert Rand, elle se félicita d'avoir accepté de venir. Rater cette exposition privée de dessins de maître aurait été lamentable. Il y avait notamment un Tintoret, un Raphaël et, clou de l'événement, un croquis de Michel-Ange…

La crème de la crème du monde de l'art, un cercle de connaisseurs éminemment raffinés, qui daignait à peine remarquer ce qui ornait les murs lors des inaugurations, se bousculait maintenant autour de ces trouvailles miraculeuses provenant d'une succession. Pour la première fois en plus de cent ans, elles étaient livrées à l'admiration pleine de révérence du public.

Rachel se tenait devant le Michel-Ange, étudiant l'ébauche préliminaire d'un homme nu courbé en deux, dos à l'artiste en une pose qui semblait bien être la prémonition de l'une des sculptures des esclaves.

— Stupéfiant, n'est-ce pas ? lança Harrison en arrivant derrière elle.

L'enlaçant par la taille, il l'attira à lui. Elle avait ignoré qu'il serait présent et, frémissant de tension érotique, s'abandonna dans ses bras, partagée entre l'excitation et la peur qu'il suscitait en elle.

— Des trésors comme ceux-ci, retirés du monde depuis si longtemps, ont une aura particulière. C'est presque comme s'ils étaient animés et qu'ils aient conscience d'être enfin vus, admirés… qu'ils resplendissent aux yeux de tous… comme toi ! Quelle agréable surprise de te voir là, Rachel.

Elle fit volte-face en lui souriant.

— Je ne m'attendais pas non plus à te voir là.

— Tu es venue par tes propres moyens ?

— Non, avec mon oncle.

Elle n'aurait pu en jurer, mais elle crut voir Harrison plisser légèrement le front à la mention d'Alex. Ce qui ne fut pas pour la surprendre. En dépit des amabilités que les deux hommes avaient pu échanger la première fois qu'elle les avait vus ensemble (au Metropolitan Museum, lors de l'inauguration de l'exposition des collections Tiffany), tous deux, en privé, avaient successivement signifié à la jeune femme à quel point ils se détestaient et se défiaient l'un de l'autre. Une complication supplémentaire aux tracas de Rachel…

Inconscient du tourment de Rachel, Harrison examina de nouveau l'ébauche. Son raffinement et son dévouement à l'art étaient bien une des raisons pour lesquelles Rachel le trouvait si attirant.

— Dire qu'avant ce soir, pendant plus de cent ans, ce croquis était un secret dont pratiquement personne ne connaissait l'existence.

Rachel ressentit les prémisses d'une friction caractéristique ; et le bourdonnement reprit. Les ocres brunes, sous le fusain de l'artiste de génie, irradièrent en gerbes orange, jaunes, rouges et écarlates se déployant en un arc multicolore – qui la happa tout entière. L'arrière-fond sonore de la salle s'évanouit en une sorte de fondu enchaîné auditif. Rachel eut l'impression de rapetisser à vue d'œil, de retourner pratiquement au néant. Rien de l'*ici* correspondait au *là-bas,* hormis une sensation…

… La pression du bras de Harrison autour de sa taille.

# 53

*Rome, Italie – 1884*

Dans le jardin qui dominait la ville, son bien-aimé l'enlaçant par la taille, Esmé était soulagée de voir s'envoler la dépression qui l'avait minée ces deux dernières semaines. Blackie s'était montré tellement prévenant et merveilleux envers elle lorsqu'elle avait fait sa connaissance quelques mois plus tôt à New York, lors d'une soirée mondaine que donnait son oncle. Et récemment, il avait changé du tout au tout, prenant ses distances, devenant caractériel... Au point, si ses sautes d'humeur s'étaient aggravées, qu'elle avait envisagé de rompre. À présent, l'exubérance dont il faisait montre l'apaisait davantage que la brise dont la fraîcheur atténuait la canicule romaine.

Elle se réjouissait que son chaperon, tante Iris, se soit retirée tôt pour la nuit – comme toujours –, la laissant seule avec son amoureux. *Son amoureux.* Cette simple idée l'excitait encore.

De toutes les dames de la bonne société new-yorkaise que sa mère préférait la voir fréquenter, bien peu auraient osé nouer ainsi des liens hors mariage. Mais la communauté qu'elle, Esmé, préférait, et avec laquelle elle étudiait la peinture et le dessin, se targuait d'être d'avant-garde, considérant *de rigueur* le fait de se jouer des règles et de défier les conventions – quand on était du moins un authentique artiste, digne de ce nom.

De vingt ans son aîné, ce magnat des voies ferrées, plein de prestance, auréolé de succès, se comportait pourtant comme un enfant, riant à gorge déployée, l'embrassant et lui demandant si ce n'était pas là la nouvelle la plus merveilleuse qu'elle eût jamais entendue.

Ces dernières semaines, il s'était amèrement plaint d'avoir été berné – lui comme tous les membres du club, en fait… Ce Wallace Neely devait tondre la laine sur le dos de tout le monde.

Combien un homme change lorsqu'il a accompli ce qu'il s'était juré d'accomplir.

— Dites-moi ce qu'il a découvert, mon ami, demanda-t-elle quand ils eurent quitté la terrasse pour retourner à l'intérieur savourer une tasse de cet espresso italien corsé mais fantastique dont elle était devenue si friande.

— La tombe est exiguë, il ne peut donc s'agir de la dernière demeure d'un personnage de haut rang. Pourtant, elle renferme un des trésors les plus fabuleux jamais découverts en ce siècle !

— L'avez-vous vu de vos yeux ?

— Non, mais Neely l'apportera ici ce soir. Il ne le voulait pas – il a ses codes de conduite et il s'y tient – mais je lui ai dit que notre dîner serait gâché en l'absence des objets que nous désirons fêter.

— Avez-vous envoyé un télégramme aux membres du club pour les prévenir ?

— Cela peut attendre, au moins jusqu'à ce que j'aie vu de mes yeux les objets en question. Et que je les aie touchés.

Il baissa les yeux sur ses doigts, s'imaginant déjà en train de les caresser.

— À ce qu'on dit, ce trésor détiendrait le secret des régressions vers des vies antérieures.

Elle ne comprenait pas ses préoccupations – ou celles de ses collègues du club, d'ailleurs – vis-à-vis des études portant sur la métempsycose, ou transmigration des âmes. Tous autant qu'ils étaient, ils menaient pourtant une vie extraordinairement riche, volant de succès en succès… Que leur importait, ce qu'ils avaient pu être par le passé ? Si « passé » il y avait… Qu'ils aient tout ce qu'ils puissent souhaiter, qu'ils soient les hommes les plus influents de New York – sinon d'Amérique, d'après certains –, tout cela ne suffisait donc pas ?

Il n'était pas jusqu'à son frère, Percy, qui ne fût obsédé par ces fameuses fouilles, à Rome. Mais au contraire des autres, lui redoutait l'imbroglio qui en ressortirait si jamais l'archéologue tombait sur ce qu'il cherchait – ce que tous souhaitaient le voir trouver. Cet été, elle avait reçu de sa main des missives troublantes. D'une plume mal assurée, il noircissait des feuillets entiers de ses doutes concernant leur oncle – devenu leur beau-père… quand il ne faisait pas état de ses inquiétudes pour elle, pour son bien-être. Il était souvent malade, avait-il écrit, victime de maux d'estomac aussi subits que violents, et dont le médecin n'arrivait pas à établir le diagnostic. Les lettres lui étaient parvenues régulièrement, jusqu'à trois semaines plus tôt… Date à laquelle Esmé n'avait plus eu aucune nouvelle de son frère. Elle l'espérait parti en voyage.

— N'êtes-vous pas curieuse de découvrir qui vous étiez par le passé ? demanda Blackie.

— Jésus fut ressuscité. D'après Mère, c'est tout ce que j'ai besoin de savoir à propos des morts qui reviennent à la vie.

— Vous êtes bien un peu curieuse tout de même ?

— Un peu, sans doute.

Amusé, il l'attira dans ses bras et, à la lumière rasante de cette fin d'après-midi qui filtrait par les tentures, il la baisa sur la bouche. Envisager qu'il ait pu se fourvoyer à propos de ces fouilles avait dû le tourmenter, se dit-elle. Il y avait bien trop longtemps qu'il ne lui avait plus fait l'amour.

Il traça des lèvres une ligne gourmande de la bouche d'Esmé jusque dans son cou tout en baissant brutalement le corsage de sa robe, dénudant les courbes voluptueuses de sa gorge. Elle frémit. Il humecta la pointe de ses mamelons, léchant leur aréole. Le souffle de l'air accentua la sensation de fraîcheur qui la saisit. Prenant en coupe ses seins, il les tint comme s'il s'agissait de gemmes inestimables.

— Vous êtes si ravissante…, chuchota-t-il avant de se pencher pour l'embrasser de nouveau.

Marié, trois enfants, Blackie affirmait que, jusqu'à sa rencontre avec Esmé, il n'avait jamais trompé sa femme. Il avait un code de moralité et s'y tenait, au contraire de tant d'autres hommes de son rang et de sa position.

En entendant cela, Esmé avait éclaté de rire, le traitant de « malfaiteur éthique ».

Elle savourait les moments où il luttait contre ses principes et… perdait le combat. Elle adorait le voir céder à l'emprise qu'elle exerçait sur lui. Les hommes étaient si peu maîtres d'eux-mêmes, en réalité, même s'ils étaient convaincus du contraire.

— Vous faites de moi un païen, lui dit-il d'une voix voilée par la passion, *un païen !* ajouta-t-il dans un cri.

Il regarda par la fenêtre.

— Là dehors subsistent d'antiques temples romains où les vrais païens sacrifiaient jadis à leur culte, chuchota-t-il. Mais c'est vous que je vénère…

L'archéologue se présenta à la villa d'humeur très enjouée, quoi de plus compréhensible. Petit homme au teint brûlé de soleil, buriné par la vie au grand air, et aux cheveux bruns hirsutes, il portait un costume froissé, et des chaussures qui auraient franchement eu besoin d'être cirées. Visiblement, s'habiller avec goût et prendre soin de sa personne n'étaient pas sa priorité. Wallace Neely – Esmé le savait pour l'avoir déjà croisé plus d'une fois – était incapable de tenir une conversation où il ne fût question de l'Égypte ou de la Rome antiques, ou encore des fouilles qu'il menait. Ce soir-là, peu importait. Personne ne tenait à débattre encore de si vastes sujets. Blackie en fit tout un cérémonial, s'inclinant devant son invité, ne cessant de le régaler des vins fabuleux et des mets de choix que le personnel de la villa avait disposés pour l'occasion. Il le divertit de la façon dont il faisait l'amour à Esmé, prolongeant les « préliminaires » avec lui comme avec elle jusqu'à ce que l'extase emporte tout dans son élan…

Ne pouvant attendre davantage, Blackie pria la jeune femme de les excuser et, avant qu'Esmé puisse protester, il avait entraîné un Neely détendu dans la bibliothèque.

Il referma les portes sur leurs talons, au grand dam de sa maîtresse qui en trépigna de frustration. Il n'imaginait tout de même pas l'empêcher de voir ce prétendu trésor ? Surtout après avoir dû l'écouter s'en inquiéter tous ces mois passés…

Tante Iris l'aurait houspillée de sortir ainsi les bras nus mais… Elle n'en saurait rien, et elle s'était déjà retirée à l'étage pour la nuit.

De la terrasse, par un interstice des tentures de la bibliothèque, Esmé vit Blackie allumer un deuxième candélabre et venir le poser sur le secrétaire. Illuminé en clair-obscur, l'archéologue se pencha pour ouvrir une vieille sacoche en cuir et la déplier soufflet après soufflet. Le contenu exposé, Blackie se rapprocha d'un pas pour mieux voir, bloquant le champ de vision d'Esmé.

— Quoi ! C'est ça ? ricana Blackie, plein de dérision.

Il renversa sur les pierres.

— Non, non, vous ne pouvez pas ! Ce n'est pas le protocole.

Neely voulut le retenir par le bras, mais Blackie le repoussa avec une violence dont elle n'avait encore jamais été témoin. Elle vit alors ce qu'il examinait : une poignée de gemmes ruisselantes de vin qui scintillaient à la faveur des flammes comme autant d'éclats de vitraux brisés...

Son équilibre et sa dignité – en partie – recouvrés, Neely se rapprocha du secrétaire.

— J'insiste, monsieur Blackwell.

Il tendit la main.

— Vous venez de compromettre l'intégrité de notre découverte. Veuillez me restituer les gemmes.

Ignorant le petit homme, Blackie continuait de fixer les émeraudes, les saphirs et le rubis. Chaque pierre atteignait presque la grosseur d'une noix... Des gemmes de cette taille valaient une petite fortune !

— Monsieur Blackwell, rendez-les-moi, j'insiste !

Très calmement, Blackie les remit à Neely.

Esmé se hâta de revenir sur ses pas au cas où ils la chercheraient dans le petit salon, là où elle était censée être. Les deux hommes revinrent. Blackie, affichant un calme de bon aloi, Neely lèvres pincées en une expression très dure...

— Avant que vous ne partiez, laissez-moi porter un dernier toast à vous-même, Wallace, et à votre trouvaille avec un doigt de porto. Cette soirée est dédiée à notre célébration, alors foin de mines revêches.

Il se tourna vers Esmé.

— Ma chère, pourrions-nous avoir un peu de ce sublime Madère ?

Elle repensa un instant à son frère, qui adorait le porto. C'était sa boisson de prédilection. Comme elle aurait voulu qu'il soit là, qu'il puisse lui raconter la scène qu'elle venait de surprendre... le comportement de Blackie... Au moins, son frère la conseillerait.

Le professeur discutait des croyances religieuses païennes, des pratiques funéraires, du christianisme au IVᵉ siècle, de la sépulture qu'il venait de mettre au jour, des méthodes utilisées pour établir la datation du trésor et traduire les inscriptions que le « baptême au vin » avait tout juste révélées sur les facettes des gemmes. Son hôte remplissait continuellement de porto le verre que Neely vidait avec une belle constance, tout en ajoutant à chaque fois un léger trait de liqueur au sien qu'il touchait à peine.

Il paraissait suspendu aux lèvres du professeur, même lorsque la voix de ce dernier se fit de plus en plus pâteuse. Quand l'archéologue, fin soûl, s'arrêta de parler, il était largement plus de minuit.

— Laissez-moi vous aider à vous relever, mon vieil ami. Je crains qu'il ne soit l'heure pour vous de rentrer, suggéra Blackie.

Vacillant sur des jambes flageolantes, Neely tituba de façon grotesque jusqu'à la porte.

— Va-t-il pouvoir rentrer sans encombre ? chuchota Esmé à son amant. Ne devriez-vous pas le ramener avec vous à votre villa ? Il est si tard, et les routes sont dangereuses. Honnêtement, je...

Blackie lui décocha un regard dur, lui intimant le silence. Ses yeux, d'un gris-bleu clair, avaient viré au froid arctique. Jamais encore il ne l'avait traitée avec autant de hauteur, de dédain... Entre son regard cassant et son comportement brutal envers Neely, dans la bibliothèque, elle ne le reconnaissait plus, en vérité. Ce soir, pour la première fois, elle avait entr'aperçu une facette de son âme qu'elle n'appréciait guère. Sous toutes les protestations d'amour de Blackie, elle venait d'entrevoir, durant cette fraction de seconde, à quel point elle était insignifiante à ses yeux. Pis, à quel point tout le monde l'était pour lui. La révélation fut si brutale et si atterrante qu'Esmé en eut la nausée – avec la certitude qu'elle allait être malade à l'instant même. Comment avait-elle pu se tromper aussi lourdement à son sujet ? Comment pouvait-elle aimer un homme aussi parfaitement indigne d'amour ? Non, elle devait avoir mal interprété le regard qu'il lui avait lancé...

Tandis que Blackie aidait le professeur à prendre congé, elle gravit l'escalier pour regagner sa chambre, s'assit à son secrétaire, prit la plume qu'elle trempa dans l'encrier et commença une lettre à son frère. Elle lui exposerait tout ce qui venait d'arriver, et il lui livrerait ses lumières… Mais elle se sentait mal. Repoussant momentanément sa missive, elle sortit sur le balcon avec l'espoir que l'air frais la rasséré, nerait.

Deux ou trois minutes plus tard, alertée par des éclats de voix, elle baissa les yeux et vit Blackie escorter Neely au-dehors.

— Bonne nuit, professeur. Et bien joué !

S'inclinant pour saluer son hôte, Neely pivota et se dirigea vers l'équipage qui l'attendait dans l'allée.

Blackie revint vers la villa. Ne partait-il pas, lui aussi ? Avait-il oublié quelque chose dans la bibliothèque ? Désirait-il monter lui souhaiter bonne nuit ? Elle eut peur de descendre. Et si elle surprenait encore ce regard, dans ses yeux ?

L'archéologue, pompette, titubait en attendant que son cocher vienne l'aider à monter.

— Mais… vous n'êtes pas mon conducteur ! s'exclama-t-il d'une voix avinée, assez fort pour qu'Esmé l'entende du haut du balcon.

Sans répondre, l'individu l'agrippa par un bras, achevant de le déséquilibrer. Et ce fut à une danse bien étrange que les deux hommes se livrèrent alors. L'archéologue ivre se pencha en quête de support puis voulut s'écarter alors que le cocher refusait de le lâcher. Un trait nacré de l'astre lunaire se réfléchit sur le bouton de veste argenté de l'individu… Non, pas son bouton de veste… Il tenait *autre chose* en tirant Neely à lui…

Un instant, les deux hommes restèrent comme figés, hors du temps. Au loin, un hibou hulula dans les bois. Nul autre bruit ne troubla le silence. Puis, lentement, Neely s'affaissa, comme au ralenti.

C'était troublant, mais pas si insolite que ça. Il était ivre, après tout.

Le cocher se pencha. Bien, il allait secourir Neely. Mais il le manipulait si brutalement ! Il le secouait, même. Et Neely restait inerte. Il le laissa choir. Que se passait-il ? Soudain, il lui flanqua un coup de pied. Que fichait-il ? Puis un autre, sans que Neely ne bronche. L'homme lui arracha la sacoche des mains, et s'empressa de remonter dans l'attelage, tournant le dos à la dépouille brisée et ensanglantée de sa victime qui gisait sur la pelouse, devant la villa.

— À l'aide ! cria Esmé.

Le cocher fit claquer son fouet.

— Au secours, à l'assassin !

Mais le martèlement des sabots des chevaux retentissant dans la nuit eut tôt fait de couvrir les appels de la jeune femme.

# 54

*New Haven, Connecticut – mardi soir, 21 heures 55*

Gabriella passa la demi-heure suivante à tenter de joindre Alice Geller, spécialiste des langues anciennes qui enseignait à l'université de Princeton et qui, elle en était sûre, serait capable de lire les inscriptions des gemmes. Elle refaisait son numéro toutes les dix minutes, sa frustration et son affolement croissant à mesure que le temps passait.

— Quand Alice rentrera chez elle et aura vos messages, elle rappellera, la rassura Josh.

— Je ne peux pas attendre ! Pas question ! Je vais lui apporter les photos.

— Par mail se serait plus rapide, non ?

— Elle n'a pas d'ordinateur chez elle, et je n'attendrai pas qu'elle retourne au bureau demain.

— OK, je viens avec vous.

Trois heures plus tard, Josh et Gabriella furent à Princeton, New Jersey. Il avait insisté pour prendre le volant, avec l'espoir de la convaincre pendant le trajet d'appeler la police.

Mais elle était plus constante que la pluie dans son entêtement, répétant que ça ne ferait que mettre son enfant en danger un peu plus qu'elle ne l'était déjà. Gabriella lui fit promettre de n'en souffler mot à personne.

— Et votre père ?

Peter Chase était parti tôt ce matin-là donner une série de conférences en Espagne.

— Il a le cœur malade, répondit-elle. C'est le genre de nouvelles qui pourrait le tuer alors qu'il se trouve à des milliers de kilomètres de nous, sans possibilité de faire quoi que ce soit… Il est gaga de Quinn.

Le regard tourné vers la vitre, elle garda le silence une minute.

— Et puis que pourrait-il faire ? Non, il faut juste trouver quelqu'un pour traduire les inscriptions.

Au premier regard dès qu'elle ouvrit la porte d'entrée, Alice prit son amie dans ses bras, l'étreignant. Josh eut peur que cette manifestation de soutien affectif ne fasse voler en éclats les fragiles défenses dont Gabriella s'était bardée.

— Que faites-vous ici à une heure aussi tardive ? demanda Alice en les faisant entrer. J'étais si inquiète en apprenant ce qui est arrivé à Rome… Ça a dû vous porter un coup terrible.

Les larmes montèrent aux yeux de Gabriella, qui se ressaisit aussitôt.

— Horrible…

Josh savait combien c'était vrai. Il lui passa un bras autour de la taille et, côte à côte, ils suivirent la maîtresse jusque dans la salle de séjour.

Élancée, Alice portait plusieurs couches de vêtements dont tous les bords et ourlets transparaissaient, comme autant de secrets murmurés. Ses pénates étaient à son image, aussi éclectiques qu'elle-même était versatile, une belle vitrine des œuvres d'art et artefacts antiques qu'elle avait collectionnés tout au long de son illustre carrière. Pendant qu'elle faisait du thé à ses visiteurs inattendus, Gabriella, dans la cuisine, lui expliqua qu'elle avait besoin d'une traduction critique portant sur les fouilles qu'elle avait entreprises à Rome. Alice ne fut pas dupe, se doutant que ce n'était pas là toute l'histoire. Mais, comme elle portait manifestement Gabriella dans son cœur et qu'elle la connaissait bien, elle n'insista pas.

Tasse fumante en main, ils s'installèrent autour de la table de la cuisine. Gabriella y étala les photographies.

Alice examina les clichés que Josh se rappelait avoir vus chez Gabriella, à Rome. Bon sang ! Pourquoi n'avait-il pas saisi le fin mot de l'histoire en entendant parler du second vol par effraction ? Il aurait pu la prévenir, et elle aurait été mieux armée pour protéger sa fille. Entre tous, Josh aurait dû savoir à quel point on voulait ces informations, et à quelles extrémités on se résoudrait pour les obtenir. Lui-même n'était-il pas au désespoir, prêt à tout ? Certes, il ne convoitait pas les pierres par soif de puissance ou d'argent, mais uniquement pour prouver ce qui ne pouvait pas l'être…

— Certaines sont un peu floues… Auriez-vous de meilleurs clichés ?

— Non.

Sous son calme de façade, Gabriella était à deux doigts de céder à la panique.

— Ça ne fait rien, fit-elle en quittant la cuisine

Alice revint dix secondes plus tard munie d'une loupe.

Quelques minutes s'écoulèrent, puis d'autres. Lentement, méthodiquement, elle inspectait chaque photographie. La pluie martelait les vitres avec une morne régularité. Gabriella et Josh gardaient le silence.

— Si je pouvais juste rétro-éclairer l'une de celles-ci…

— C'est ma faute… J'aurais dû prendre des plans rapprochés. Et mieux éclairer les gemmes.

Alice lui toucha le bras chaleureusement, puis revint aux clichés. L'attente portait sur les nerfs de Josh, qui imaginait combien Gabriella devait être à la torture. Il lui prit la main et la lui serra.

— Je n'avais encore jamais rien vu de tel. Ce pourrait

être une forme de sanskrit, mais je n'ai aucune certitude. De l'indus peut-être, mais dans ce cas je ne vous serai d'aucune aide. Je ne connais pas cette langue. Pratiquement personne, d'ailleurs.

— Personne ? fit Gabriella d'une voix tremblante.

— Laissez-moi passer quelques coups de fil.

— Maintenant ? Vous voulez bien maintenant ? J'ai besoin que vous le fassiez tout de suite.

— Il est tard, et je ne sais pas si…

— Je vous en prie, Alice. C'est vraiment très important !

Le ton implorant était manifeste. Son désespoir fit frémir Josh. C'était là la souffrance d'une mère à la torture.

Il fut témoin de la réaction d'Alice. Consciente ou inconsciente, peu importait… Elle baissa la tête une seconde, comme si la prière était la seule réaction possible face aux accents tourmentés de Gabriella.

# 55

*Denver, Colorado – mercredi matin, 8 heures 24*

L'appel survint quelques minutes après leur atterrissage à l'aéroport. Le steward venait tout juste d'annoncer que les passagers pouvaient rallumer leurs portables tandis que l'avion roulait sur la piste en direction d'un terminal. Gabriella rouvrit le sien en catastrophe, lança un « allô ! » frénétique puis tendit l'oreille, tout entière concentrée sur ce qu'elle entendait sans bouger d'un cil, les yeux rivés sur le siège avant.

Quelques secondes s'écoulèrent, puis...

— Je vous en prie, dites-moi comment va Quinn ? Pourquoi je ne peux pas lui parler ? Où sont-elles ? Oui, oui, j'essaie... Je suis encore dans l'avion...

Quoi qu'ait pu dire son interlocuteur, cela l'effraya et elle jeta des regards à la ronde pour s'assurer que personne ne lui prêtait attention.

— Non, non, je comprends...

Péniblement, elle avait baissé d'un ton et s'était reprise.

— Je veux parler à Quinn, chuchota-t-elle.

Pause.

— Quoi ! Vendredi... Et si ça prend plus longtemps ?

La peur faisait trembler sa voix. Yeux clos, elle agrippait si fort le petit portable argenté qu'il semblait tout près de casser en deux.

— Attendez… Allô ? Allô ? Je vous en prie, ne… !

Affolée, elle referma son portable, le rouvrit, localisa l'appel entrant et sélectionna « Envoi ».

Elle retenait visiblement son souffle dans l'attente. De la sueur perlait à son front et ses yeux se remplirent de larmes.

— Je n'arrive pas à le joindre…

— Bon sang, Gabriella, prévenons la police !

— Non, non !

Elle appuya follement sur la touche bis.

— Ce n'est pas trop tard. La police saura…

— Vous ne comprenez donc pas ? Je ne peux pas prendre un tel risque ! Vous savez à quel genre d'homme on a affaire ! Le professeur est mort. Tony est mort. Bon Dieu, vous aussi avez failli mourir ! Je ne peux pas courir le risque que…

Sa voix se brisa. Tournée vers le hublot, elle sanglota tout bas.

— Vous avez parlé à Quinn ?

— Non, mais il m'a passé un enregistrement de Bettina et de ma fille… Il a dit qu'elles allaient bien. « *Saines et sauves* », voilà son expression… Et il me donne jusqu'à vendredi seulement pour la traduction. Trois misérables jours pour résoudre un mystère vieux de plus de trois mille ans !

Josh eut un flash… Sabine qui tendait son bébé à sa sœur… Mais la vision fugace s'évanouit telle la flammèche d'une bougie qu'on mouche. Il regarda Gabriella, de nouveau submergée par le chagrin. Sa propre impuissance face au drame l'accablait. Il aurait voulu la réconforter – la consoler au moins… Mais ils devaient faire vite, ils avaient un second vol à prendre.

De Denver ils embarquèrent pour Salt Lake City. Ensuite, ils rouleraient jusqu'à San Rafael Swell pour rencontrer Larry Rollins, un archéologue que les deux femmes, Alice et Gabriella, connaissaient et qui, à ce qu'il s'avérait, venait d'effectuer des percées significatives en indus. Injoignable ni par mail ni par téléphone, ils n'avaient d'autre choix que de le rejoindre sur place.

— Si Rollins ne peut rien pour nous… Je vais devenir folle, Josh ! Je ne sais pas comment j'arriverai à tenir…

Il se demanda combien de fois, ces dernières douze heures, il avait vainement tenté de lui venir en aide, de la réconforter… Mais il était peu versé dans les problèmes de foi, et ne savait comment s'y prendre. Dans un monde aussi brutal, il avait décelé de la grâce dans le point minuscule dans le ciel d'un avion apportant des fournitures à des villageois sinistrés à la suite de bombardements, un regain fragile d'espoir dans les yeux d'un soldat de retour au camp après une mission, de la compassion dans la façon dont une infirmière se penchait au-dessus d'un blessé, pleine de sollicitude, lui faisant un instant oublier toutes ses souffrances… Mais… la foi ? La prière ? Dans le monde où Josh vivait depuis ces quelque dix dernières années, il n'avait eu besoin ni de l'une ni de l'autre. Mais quel bien cela avait pu faire… ? Il n'avait jamais eu de certitudes sur ces questions. C'était Gabriella qui fréquentait les églises et les temples, y allumait des cierges, s'agenouillait sur les bancs, adressait des prières au dieu de toutes les religions et qui… souffrait encore. Que pouvait-il dire ?

# 56

*Scranton, Pennsylvanie – midi et quart*

— Allons, mon poussin, mange un peu de fromage fondu…, supplia presque Bettina. C'est bon, regarde…

Elle prit une bouchée… et faillit avaler de travers. Elle avait trop la peur au ventre pour réussir à se nourrir, mais elle le devait – tout comme Quinn.

— C'est froid, se plaignit la fillette. Tu ne peux pas le réchauffer ?

— Non, c'est une nouvelle façon de manger. Allons, ma chérie… s'il te plaît ?

Elle suppliait l'enfant, comme si une première bouchée pouvait être le signe qu'elles s'en sortiraient saines et sauves.

— S'il te plaît.

— 'Kay…, fit la fillette en s'exécutant.

Elle mastiqua et plissa le nez, mais au moins, elle mangeait.

Bettina jeta un coup d'œil à Carl qui, calé dans son fauteuil devant la porte, lisait un roman en édition de poche. Par les rideaux tirés, elle voyait un rai de lumière filtrer sous les pans de tissu de la chambre miteuse de motel. Elle avait renoncé à déterminer où ils se trouvaient – il n'ouvrait jamais les rideaux. Elle percevait seulement le fond sonore d'une télévision qu'il gardait allumée nuit et jour… afin de l'empêcher d'entendre les bruits au-dehors.

— Maintenant, bois un peu de lait.

— Chaud…

Bettina fit l'effort de sourire.

— Le sandwich est trop froid et le lait pas assez, hein ?

Quinn rit – un petit miracle en soi, dans des circonstances aussi lugubres.

Au moins, il faisait jour. Bettina redoutait de passer une nuit de plus en pareil endroit. Rien que de repenser au bandeau dont le type lui couvrait ses yeux et au contact des menottes qu'il refermerait de nouveau sur ses poignets, elle se remettait à transpirer. Mais c'était le chiffon qu'il lui fourrait dans la bouche qui la terrorisait le plus. Il lui avait dit que c'était absolument nécessaire afin qu'il puisse dormir tranquille.

La nuit passée, elle était restée allongée là, mal à l'aise, effrayée, ayant encore du mal à déglutir, l'estomac retourné… Elle avait tenté de se réciter des lignes de dialogue apprises pour ses rôles, mais le contact du coton sur sa langue la faisait s'étouffer. Le tissu rêche du bâillon frottait sur ses yeux, et l'entrave du métal sur ses poignets la tenait éveillée. Elle aurait dû tomber de fatigue, se dit-elle. Ces dernières trente-six heures, elle s'était doucement assoupie durant la sieste de Quinn sans même s'en rendre compte. Et c'était tout.

Dès qu'il lui ôtait le bandeau, Bettina scrutait la chambre dans l'espoir de remarquer un détail vital. Mais il n'y avait que le grand lit avec ses draps, une couette sentant le moisi, une coiffeuse à laquelle il manquait un tiroir, un miroir bon marché, une table en imitation bois et ses deux grands sièges (leur ravisseur s'était approprié l'un d'eux), le mouchoir de poche tenant lieu de salle de bain avec sa cabine de douche, les deux pains de savon miniature et les serviettes en tissu éponge fin comme du papier à cigarette. Pas de téléphone, rien qu'une prise téléphonique. Il devait pourtant bien y avoir un appareil quelque part… Carl avait dû le débrancher et le planquer quelque part. Il suffirait de cinq minutes à la jeune femme pour fouiller la pièce et… Mais jamais il ne la laisserait seule sans la menotter et la bâillonner au préalable.

— Un peu de lait encore, ma chérie.

— Et des cookies ?

— Et deux bons gros cookies !

Au moins, leur ravisseur avait su quoi acheter pour la petite. Il avait demandé une liste à Bettina, puis était sorti. À la seconde où elle avait entendu la porte claquer, elle s'était démenée pour repousser le bâillon en se frottant le front contre les oreillers piqués par l'humidité, réussissant juste à le déloger assez pour y voir un peu. La peau de la joue lui cuisait méchamment au frottement des draps.

Il avait remarqué la brûlure en la libérant, lui demandant ce que c'était. Elle avait haussé les épaules. Chaque fois qu'il se rapprochait d'elle, Bettina retenait son souffle, redoutant pour une raison ou une autre d'avoir son odeur corporelle dans le nez. En même temps, elle aurait voulu trouver en elle le courage de se pencher et de le mordre, de le prendre suffisamment au dépourvu pour avoir le temps de lui arracher le pistolet, au ceinturon. Mais… et après ? Si elle cafouillait et ne réussissait qu'à le fiche en rogne ? Que lui ferait-il alors ?

Ce fut l'heure du journal, à la télé, et Bettina espéra entendre une dépêche signalant leur disparition. Ce genre d'affaire revenait tout le temps au JT. Il y avait l'Alerte Amber[1].

— N'espérez pas vous voir à la téloche, dit-il en riant, elle sait ce qu'il arrivera si elle prévient les flics…

Il secoua de plus belle la tête, conscient d'aggraver les pires frayeurs de sa victime.

Le présentateur parlait du nouveau projet de loi que

---

1. America's Missing : Broadcast Emergency Response. Ce système d'information rapide (ondes radios, TV, panneaux autoroutiers, courriels et SMS) nommé ainsi en mémoire d'Amber Hagerman, 9 ans, enlevée et assassinée au Texas en 1996.

le Sénat venait tout juste de voter. Pourquoi la photo de Quinn n'était-elle pas diffusée à l'antenne ? Et la sienne ?

Le portable sonna ; Bettina sursauta. La tonalité d'appel jouait quelques mesures d'un air populaire des années soixante-dix que ses parents écoutaient parfois. Si elle réussissait à s'en sortir, cette chanson serait à jamais gravée dans sa mémoire.

— Tout va bien…, répondit Carl.

Il y eut une pause.

Bettina tendit désespérément l'oreille pour tenter de capter la voix de l'interlocuteur, et aider la police quand tout serait fini. Mais une seule chose était sûre – il s'agissait d'un homme.

— À quelle heure ?

Tout en écoutant, Carl traçait de l'index un cercle sur sa jambe de pantalon.

— Ouais. Pigé. Écoutez, je…

L'inconnu avait dû l'interrompre.

— Les distraire de quelle façon ?

Une pause.

— Comment cela, provoquer un esclandre avec vous ?

Il fronça les sourcils.

— Mais si vous me prenez mon arme, je ne pourrai pas…

Autre pause.

— Non, ça ne me plaît pas. Je ne suis pas un putain de comédien à la con dans une série policière ! Pas question. Je ne resterai pas planté là pour que vous puissiez jouer les héros à la noix ! Putain de bordel, pas question, j'ai dit ! Ce n'était pas prévu comme ça. Je prends la livraison et je libère la gamine. On se retrouve ensuite où vous aviez dit, histoire que je vous transmette la clé de ce putain de rêve impossible !

Une nouvelle pause, plus longue que les précédentes.

— OK, OK, on se calme…

Pause.

— Ouais, mais je veux savoir où est mon putain de fric ? Vous deviez le déposer sur mon compte… Je me fous éperdument de la suite, vous *comprenez* ça ? Cette partie du plan, ce sera à ma façon ou pas du tout. Cette gosse est une emmerdeuse de première de toute façon et...

Une pause supplémentaire. Puis, sans un mot de plus, Carl coupa la communication.

*Et maintenant, le bulletin météo...*

Il changea vite de chaîne.

— Pas question que vous sachiez où nous sommes.

Quelle importance, pensa-t-elle, puisqu'elle n'avait aucun moyen de transmettre cette information.

— Un autre cookie, demanda Quinn, apparemment indifférente à tout ce qui se passait autour d'elle.

— Tu en as déjà eu deux.

Même en pareil contexte où la tension était à couper au couteau, Bettina observait encore automatiquement les règles que Gabriella lui avait inculquées... Mais bon sang, quelle différence cela ferait, un cookie de plus ou de moins ?

— Tiens, ma puce, voilà.

Quinn le prit, mordit dedans... et le reposa.

—Qu'y a-t-il ?

— Rentrer maison.

Elle avait l'air effrayée maintenant.

— Je sais, ma chérie. Nous rentrerons bientôt.

— Je n'aime pas, ici. C'est comme dans le cauchemar de maman...

— Quel âge a cette môme ? demanda Carl.

— Je vous l'ai dit, presque trois ans.

— Alors comment elle peut savoir pour le cauchemar de sa mère ?

C'était la première fois depuis qu'ils étaient montés en voiture qu'il manifestait la moindre curiosité à leur égard. Jusqu'à présent, ç'avait été du style, « *Bouclez-la !* » ou « *Qu'est-ce qu'elle mange* » ou encore « *Les mains dans le dos* »... Peut-être s'ennuyait-il. Et si elle arrivait à établir le contact avec lui, à l'amener à lui faire la conversation... ? Et puis après ?

Il attendait qu'elle réponde.

— Des enfants uniques peuvent être plus précoces que d'autres. Ils emmagasinent énormément des conversations des adultes. Des choses que vous dites sans y penser, eux l'entendent et le mémorisent.

Il fronça les sourcils.

Il se demanda si la gosse pourrait le décrire aux flics ?

Bettina sentit son cœur s'emballer.

Quinn avait écouté. Elle connaissait certains des mots que les grands employaient. Et elle regarda Carl.

— Tu te souviens de beaucoup de choses ?

— D'assez…

— C'est quoi, assez ?

— Je sais pas.

Il réfléchit un moment.

— Bon, c'est pas l'heure de sa sieste, par hasard ?

Elle prit Quinn sur les genoux, tendit le bras vers son nounours en peluche et le remit entre ses petites mains ouvertes.

— Une histoire ? fit la fillette.

C'était le rituel, à la maison. La peluche dans les bras, un conte, et puis dodo.

— Oui, ma chérie, une histoire…

Le problème, c'est qu'à part des histoires dingues sur ce qui allait leur arriver, elle n'avait aucune idée.

Elle se mit à claquer des dents. Depuis la descente au motel, ça lui arrivait par intermittence. Non, elle n'avait pas froid, elle était terrorisée.

— Arrêtez de faire ce bruit ! grinça-t-il.

— Je… ne peux pas…

— Si, vous pouvez.

Il n'avait pas haussé le ton. Il s'était contenté de rapprocher la main de quelques centimètres à peine du ceinturon où pendait son arme. Depuis la veille, il refaisait ce geste menaçant plusieurs fois, histoire sans doute de la dresser à la manière d'un chien, de l'inciter à réagir et à obéir au doigt et à l'œil.

Elle se fourra l'index dans la bouche afin de stopper les mouvements irrépressibles de sa mâchoire.

Quinn la dévisagea.

— Tina malade ?

— Oui, mon bébé, un petit peu…

Quinn posa ses petits doigts sur le front de sa nounou.

— Pas la fièvre…

Bettina lui prit la main pour l'embrasser, l'attira contre elle et l'étreignit en chuchotant :

— Tout se passera bien, Quinn. Nous rentrerons bientôt à la maison.

— Bientôt ? fit la fillette.

Bettina hocha la tête.

— Maman me manque.

— Je sais, mon doux cœur.

Bettina se détestait d'être aussi effrayée et stupide. D'abord, d'être montée dans la voiture d'un inconnu sans prendre le temps de réfléchir une minute, puis de s'avouer incapable d'avoir la moindre idée pour se sortir de ce cauchemar… Tout était de sa faute.

Elle se remit à claquer des dents.

— Je vous ai dit d'arrêter ça ! aboya Carl.

— Elle a peur, dit courageusement Quinn de sa voix fluette en le regardant droit dans les yeux.

Il s'adressa à Bettina :

— J'en ai assez de son caquetage. Vous avez tout intérêt à la faire dormir maintenant, si vous ne voulez pas que je m'en charge.

# 57

*« La tombe n'est pas une impasse mais une voie publique.*
*Elle ferme au crépuscule, et s'ouvre à l'aube. »*

Victor Hugo

*San Rafael Swell, Utah – mercredi, 13 heures 10*

L'unique accès au secteur du canyon appelé le Bas Sphinx était une simple faille entre deux blocs de pierre, et la voie qui s'enfonçait entre ces roches aux lignes sinueuses et sensuelles était traître. Par moments, c'était si étroit qu'on ne pouvait continuer que de profil. Gabriella s'en sortait bien, mais Josh devait sans cesse lutter contre sa claustrophobie. Il tremblait et transpirait, la tête lui tournait. Chaque pas lui coûtait, lui coupant le souffle.

Leur descente était guidée par un des étudiants de Larry Rollins. Bavard comme une pie, le jeune homme leur précisait où ils étaient, la nature des différentes formations qu'ils traversaient... Gabriella venait derrière lui et Josh fermait la marche. Il la regardait persévérer, apparemment sans peur ni hésitation. Intellectuellement, il savait que la volonté de sauver son enfant la motivait, mais ça n'ôtait rien au courage impressionnant qu'elle déployait. Fine et agile comme un chat, elle descendit l'échelle qui permettait d'accéder au niveau inférieur, de s'enfoncer un peu plus dans le canyon. Elle jeta un coup d'œil par-dessus son épaule, et capta brièvement le regard de Josh avant de suivre leur guide dans l'obscurité.

— Attendez ! lui cria-t-il…

… Trop tard.

La voir disparaître dans un gouffre ne fit qu'ajouter à la panique qui menaçait de le submerger.

Il s'aventura à la suite de Gabriella, avec bien moins de détermination et le pied beaucoup moins sûr. Et il ne s'agissait pas là d'une simple balade. Partout où la voie n'était pas rocailleuse, elle était boueuse.

Et ce qui rendait la dangereuse excursion si frustrante en sus d'être effrayante, c'était que ces canyons constituaient un pèlerinage que tout photographe digne de ce nom espérait accomplir un jour. Combien il aurait aimé s'arrêter pour shooter ces panoramas souterrains.

Ils étaient encore sur terre, et pourtant, ils auraient aussi bien pu ne pas l'être. Ce n'était plus un environnement familier, ou connu. Des millénaires durant, l'eau vive avait filtré au travers de ces strates géologiques, sculptant année après année la grésière en lames minérales aux chaudes nuances orange et rouge. Rien qu'à les voir, on se représentait les courants corrodant progressivement la roche jusqu'à en modifier l'aspect. Et avant que Rollins ne découvre une série de dessins et d'inscriptions antiques, dans les profondeurs du gouffre, rien n'avait permis de supposer que des peuples anciens aient pu les explorer.

Un quart seulement du canyon du Sphinx était ouvert au public, expliquait le guide, mais ils se dirigeaient vers la deuxième section, qui recelait plus de dangers que les morsures de serpents lovés dans des retenues d'eau à fleur de roche, les coupures qu'on risquait à frôler des aiguilles minérales ou à trébucher dessus. S'il se mettait à pleuvoir à proximité, les canyons seraient vite inondés.

En 1997, un groupe de randonneurs avait été pris au piège près du canyon Antelope et s'y était noyé. Un an plus tard, trois autres étaient également morts par noyade dans le Sphinx.

Depuis deux ans, Rollins revenait régulièrement explorer une série de grottes richement ornées de figures animales et d'inscriptions mystérieuses. Ayant enfin déchiffré le code six mois plus tôt, il progressait plus rapidement.

À présent, songea Josh, Gabriella allait lui soumettre une nouvelle énigme à décrypter. Sauf que là, le savant n'aurait pas dix-huit mois devant lui.

Gabriella avançait lentement de biais. S'élançant tout autour d'elle, les parois l'enveloppaient. Tombant des hauteurs, une lumière ambrée la baignait de teintes ocre. C'était un univers souterrain aussi étranger et fantastique que celui d'une autre planète.

Absorbé par les merveilles de la géologie, Josh avait automatiquement tendu la main vers son appareil photographique. Mais non, il n'avait pas le temps. Il continua.

Rollins parviendrait-il à déchiffrer les inscriptions sur les clichés qu'avait pris Gabriella ? D'après Alice, c'était leur dernière chance.

Ils étaient parvenus près d'un autre précipice et, à mesure qu'ils s'enfonçaient dans ses entrailles, se risquant toujours plus profondément sous terre, seuls les faisceaux lumineux des mini-lampes fixées à leurs casques trouaient des ténèbres épaisses. Et alors que ça durait depuis une heure, Gabriella gardait dans l'effort une allure que Josh avait du mal à soutenir.

Deux heures après avoir entamé la descente du Sphinx, le guide présenta Josh et Gabriella à Rollins qui, agenouillé dans une petite grotte, inspectait à la loupe un dessin mural s'inscrivant dans une fresque de plus d'une centaine de pictogrammes.

Après s'être salués, et Josh avoir été présenté, Gabriella — qui avait pourtant bien autre chose en tête — eut la présence d'esprit et le tact de questionner Rollins sur sa découverte.

Et elle l'écouta (sans avoir le regard fuyant ni manifester de nervosité) expliquer ce qu'ils avaient sous les yeux. Josh se doutait qu'intérieurement, elle bouillait. Qu'elle avait la tête ailleurs. Qu'elle comptait les secondes jusqu'à ce que Rollins finisse de parler de ses travaux en cours afin qu'elle puisse enfin solliciter l'aide pour laquelle elle était venue de si loin.

Finalement, Rollins demanda à voir les photos. Gabriella les lui tendit avec empressement. Torche braquée dessus, il les examina. Le temps s'étira interminablement – cinq minutes au moins – durant lesquelles le professeur s'absorba dans l'étude des clichés sur papier brillant. Josh en profita pour photographier tout ce qu'il put de la zone. Il faisait le point sur la fresque murale lorsque Gabriella entra dans son cadre.

Depuis ce fameux jour à Rome, dans la voiture, il ne l'avait plus eue dans son objectif. Peut-être n'avait-il pas voulu s'exposer à un douloureux rappel – il n'y avait en l'occurrence aucune aura.

Josh s'adossa à la paroi du canyon. Pourquoi voulait-il tant que cette femme soit *la* femme ? Pourquoi cherchait-il encore un indice laissant supposer qu'elle puisse l'être ? Il avait beau ouvrir les yeux, il n'y avait pas l'ombre d'un nimbe autour de sa tête ou de ses épaules. Ce qui auréolait tant des enfants avec lesquels Béryl et Malachai travaillaient, ce qui avait jailli de Rachel une semaine plus tôt, ce qui avait brillé avec l'éclat d'un nimbe autour de son père vingt ans auparavant… ça n'était pas là.

Dans le cas de son père, Béryl avait suggéré qu'il s'agissait sans doute de l'ombre de son âme s'apprêtant à migrer. Avec les enfants, elle avançait l'hypothèse que c'était l'ombre d'autres âmes, vestige d'une vie antérieure, en butte aux voiles de l'oubli et cherchant à se faire entendre ou percevoir dans sa nouvelle enveloppe charnelle afin que, cette fois, les torts du passé puissent être réparés avec l'âme en paix pour aborder sa nouvelle existence.

Dans la bibliothèque de la fondation, Josh avait lu des pages entières à propos des efforts consentis pour arriver à fixer sur la pellicule l'aura des âmes en 1898 déjà, à l'occasion de l'invention de l'électrographie[1]. Il avait vu les premiers exemples de Yakov Narkevich Yokdo ainsi que d'autres, dont la plupart étaient des trucages réalisés en chambre noire.

Dans les années 1940, Seymon Kirlian inventa un procédé qui permettait de photographier ses sujets en présence d'un champ électrique bas ampérage/haute tension à haute fréquence, produisant ce qui avait tout l'air d'auras multicolores.

Mais ce que Josh désirait par-dessus tout, c'était de fournir la preuve incontestable de l'existence de l'âme des hommes, des femmes et des enfants qui avaient péri dans des circonstances violentes ou tragiques, et dont l'existence avait comme un goût d'inachevé…

— C'est donc là l'énigme que vous m'avez apportée…, dit enfin Rollins.

Gabriella se tourna et Josh lâcha son appareil photo.

— Je pense tenir un indice. Ces inscriptions, que vous voyez ici, sont des chiffres en langue harappéenne. Et celles-ci sont en script indus. Alice avait raison.

Gabriella se crispa.

— Quel est le problème avec l'indus ? demanda Josh.

Elle semblait sur le point de fondre en larmes. Pourtant, elle se lança dans un cours magistral…

— L'Indus fut la première civilisation urbaine majeure de l'Asie du Sud couvrant une aire qui englobe de nos jours une partie de l'Afghanistan, de vastes secteurs de l'Inde et la quasi-totalité du territoire du Pakistan. Il y a une très belle source d'échantillons d'écriture datant de la période dite classique allant de 2600 à 1900 avant notre ère. Mais il n'y a pas

---

1. L'électrographie, autre nom pour « effet Kirlian » est une photographie d'objets soumis à des champs électriques. Ce serait une manifestation de l'aura ou magnétisme humain.

eu d'avancées significatives dans la traduction de cette langue au cours des soixante-dix dernières années.

— C'était vrai jusqu'à l'an dernier, observa le savant en se penchant de nouveau sur les photographies. Mais j'y travaillais avec Parva, en Inde, et nous avons fait des progrès.

Le silence régnait autant dans la grotte de Rollins que dans la tombe de Sabine, se dit Josh, et le souvenir de cette affreuse journée lui fit l'effet d'un souffle d'air glacial.

Rollins releva les yeux.

— Je suis sûr que l'un des symboles sur chacune de ces pierres est un chiffre. En harappéen, les chiffres étaient représentés par des traits verticaux, alors regardez là… et là…

Gabriella puis Josh se penchèrent pour mieux voir ce qu'il leur désignait, étudiant les clichés.

— Savez-vous lesquels ? demanda-t-elle.

— Parva et moi n'avons pas encore trouvé l'équivalent du huit, nous pensons pourtant que cette langue est de base huit, et nous en connaissons les symboles de un jusqu'à sept. Il y a des traits supplémentaires pour les chiffres supérieurs, mais il n'y a pas de pertinence avec ce que j'ai sous les yeux. Avec ces inscriptions, je dirais que nous avons des pierres numérotées 4, 1, 5, 7, 3 et je n'arrive pas à déchiffrer la dernière, c'est trop effacé.

— J'aurais dû faire des agrandissements, fit Gabriella, découragée.

— Ça n'aurait rien changé. Je ne peux pas les traduire ici. Parva et moi avons déterminé que l'indus était logophonétique.

Il se tourna vers Josh pour expliquer.

— Autrement dit, le script regroupe des signes à valeur phonétique aussi bien que sémantique. Jusque-là, nous avons identifié plus de quatre cents symboles. Je ne les ai pas tous en tête. Il faudrait que je sois à mon ordinateur, au bureau.

— Mais vous pensez être en mesure de me traduire ces inscriptions ? demanda Gabriella d'une voix tendue.

Rollins déboucha une bouteille d'eau et se servit une rasade.

— Oui, je serai de retour chez moi dans une semaine environ, et je…

— Je n'ai que jusqu'à vendredi seulement.

— Gabriella, de quoi il retourne au juste ? Y a-t-il un rapport avec le meurtre de Rudolfo ? Avec votre découverte à Rome ? Ces pierres étaient-elles dans la tombe de la vestale ?

Elle regarda Josh, en espérant qu'il prendrait la décision à sa place de ce qu'il convenait de révéler à Rollins. Et Josh ne put supporter le déchirement qu'il lut dans ses yeux.

— Larry, nous ne pouvons pas vous expliquer maintenant sans vous mettre en danger, mais c'est vraiment urgent !

Il n'avait jamais tenté avec autant d'ardeur de convaincre qui que ce soit.

— Nous allons repartir. Je m'y mettrai dès que je serai de retour chez moi.

— Nous pouvons aller avec vous à San José, proposa Gabriella. Et descendre à l'hôtel.

— Vous ne me seriez d'aucune utilité. J'ai besoin de rester à mon ordinateur pendant environ deux mois. Je sais, je sais… vous n'avez pas deux mois ! Ne vous inquiétez pas. Rentrez chez vous, Gaby. Au moins, vous serez avec votre père et Quinn. Je vous appellerai à la minute où j'aurai du nouveau.

Au prénom de sa fille, Gabriella trembla.

Un appel d'air fit tourbillonner la poussière à leurs pieds. Une poussière ambrée qui rappela Rome à Josh… En proie aux prémisses d'un nouvel épisode, il entendit des pleurs de femme, et décela un léger parfum de jasmin.

Enceinte jusqu'aux dents, Sabine s'était assise à même le sol du temple. Seules les stridulations des crickets troublaient le silence. En pleine nuit, tout le monde dormait. Ils venaient d'éteindre le feu sacré, ce qui était en soi blasphématoire et passible de mort, mais ils s'en fichaient. Ils étaient déjà confrontés à un châtiment bien pire.

La zone s'étant assez refroidie, ils s'étaient mis à creuser l'âtre pour mettre la main sur le trésor qui s'y trouvait supposément enfoui depuis tant de siècles. Tout en creusant, Sabine avait expliqué à Julius de quelle façon les pierres s'étaient transmises de génération de vestales en génération de vestales. Un récit que même lui, un des prêtres de plus haut rang, n'avait jamais entendu.

— Nous pourrions peut-être tenter d'utiliser les gemmes avant de les dissimuler et voir si nous avons déjà été ensemble par le passé.

— Tu ne le sais pas encore ?

Au milieu de leur peur et de leur affolement, elle prit le temps de lui sourire, et il se pencha pour l'embrasser.

— Sais-tu t'en servir ? demanda-t-il.

— Il existe un mantra…

— Un mantra ?

— Des sons qu'il faut répéter dans un certain ordre afin d'induire un état mystique de méditation qui facilitera le rappel de souvenirs enfouis dans un lointain passé…

— Que dites-vous à propos de mantra ? demanda-t-elle…

… La voix de Gabriella, le visage de Sabine…

Passé et présent se télescopaient en lui, mais il ne pouvait rester dans les deux dimensions simultanément… Se « détournant » de Sabine, il se focalisa sur la voix de Gabriella, s'arrachant à l'embardée mémorielle, et se retrouva dans le canyon.

— Josh ? Vous parliez de mantra ?

Gabriella attendait qu'il s'explique.

— Ces inscriptions pourraient être un mantra… un enchaînement de mots ou de sons.

— Pourriez-vous « faire sonner » l'un de ces symboles ? demanda-t-elle à Rollins.

L'archéologue s'y essaya. Échoua. Persista.

— Non, ça ne va pas…

Il persévéra. Ce n'était pas un mot. Plutôt une note disso-
nante de musique ancienne qui aurait pu s'entonner tôt le
matin pour appeler les fidèles à la prière. La syllabe, douce
et ronde en bouche, assez longue et lancinante, soulevait des
échos dans l'espace exigu où ils s'étaient assis, cernés par le
grès, à la faveur d'une lumière teintée de topaze.

Que nul n'ait plus reproduit ce son en plus de trois mille
ans était du domaine du possible. Mais aucun d'eux n'eut le
temps ni l'envie de s'appesantir sur le sens spirituel historique
de ce qui s'accomplissait là.

Une petite fille attendait que sa mère la sauve.

— Traduire tout ça avant vendredi va être difficile, ajouta
Rollins.

— Mais vous essaierez, n'est-ce pas ? fit-elle, plaintive.

— Naturellement.

— Quand vous nous appellerez avec vos conclusions, ne
lisez pas les sons dans l'ordre, suggéra Josh.

— Pourquoi ? demanda-t-elle.

— Au cas où…

Il soutint son regard

— … ça marcherait, Gabriella. Si c'est réel et que l'un de
nous prononce ces sons dans l'ordre, nous pourrions en être
affectés. C'est une vue d'ensemble, une simple hypothèse…
Mais il pourrait y avoir, au sujet de ces sonorités, quelque
chose qui nous échappe … Dans notre situation, nous ne
pouvons prendre aucun risque.

# 58

La première partie du long retour à New York fut éprouvante – rebrousser chemin sous terre, le trajet en voiture, le vol pour l'aéroport de Denver... Ils se dirigeaient vers la porte d'embarquement en route pour entamer la dernière ligne droite de l'expédition lorsque le portable de Gabriella se remit à sonner. L'ouvrant d'un geste sec, elle répondit et attendit... Josh entendit parler un homme, mais sans parvenir à distinguer ce qu'il disait.

— Oui, oui, mais d'abord... Est-ce que Quinn va bien ? Parlez-moi d'elle.

Une seconde, Gabriella ferma les yeux, puis les rouvrit avec soulagement en lançant un coup d'œil à Josh et en hochant la tête. Il la prit par le coude, l'entraînant à l'écart de la foule pour se rapprocher des panneaux vitrés, au calme.

Il la vit se mordiller la lèvre inférieure. Si cet appel-là était de la même veine que le précédent, elle avait dû entendre un enregistrement – quelques mots de Bettina, une ou deux petites phrases de sa fille... puis recevoir les instructions du ravisseur.

Il consulta sa montre. Il leur restait tout juste dix minutes pour se présenter à l'enregistrement et embarquer. Or, c'était le dernier vol prévu pour la nuit. Mais elle était toujours en ligne… Et soudain, elle rit. Un petit rire si joyeux que ça en parut presque obscène. Et des larmes suivirent aussitôt. Gabriella luttait pour ne pas craquer.

— Non, je ne sais pas encore…

Pause.

— Oui, vendredi. Où suis-je censée aller ?

Elle écouta la réponse en acquiesçant.

— Non, bien sûr que non, je ne viendrai pas avec la police.

Pause.

— Quelqu'un pourrait m'y conduire ?

Pause.

— Comment savez-vous qu'il n'est pas de la police ? Je n'en sais rien. Et qu'est-ce qui me dit que Quinn sera toujours en vie ?

Pause.

— Oui, j'ai mon téléphone. Je le garde sur moi tout le temps. Mais je vous en prie, ne…

Gabriella ferma les yeux en s'affaissant contre la paroi. Elle laissa retomber son bras le long de son flanc, balançant le portable du bout des doigts.

— Il vient de raccrocher, souffla-t-elle d'une voix atone.

— Il a dit quoi ?

— Il… va appeler vendredi pour nous fixer un rendez-vous.

Elle se mordillait toujours la lèvre inférieure ; les yeux brillants de larmes, elle contenait difficilement sa peine.

— À ce moment-là, il me dira où le rencontrer. Mais Josh, il…

Elle respira à fond, comme pour ravaler une crise d'hystérie.

— Il savait où nous nous trouvions. Que je venais de voir Rollins… Alors que *moi*, je ne lui ai rien dit ! Et je ne lui ai jamais parlé de Rollins ! Jamais je ne lui ai dit où nous allions et qui nous voulions voir.

— Vous êtes sûre ?

— Oui, j'en suis sûre ! Juste avant de raccrocher, il a simplement conclu qu'il espérait que monsieur Rollins s'était montré à la hauteur de sa réputation... Nous devons appeler tout de suite Larry pour le prévenir, ajouta-t-elle en rouvrant son portable pour lancer un numéro d'une simple pression sur une touche de rappel. Personne... Il doit être hors du réseau, voilà tout. Inutile d'imaginer le pire, pas vrai ?

— Non, évidemment.

Mais c'était plus fort qu'elle.

— S'il est blessé...

— Il ne l'est pas, Gabriella. Écoutez-moi, si ce dingue attend encore que vous obteniez des réponses à sa place, ça veut bien dire qu'il en est bien incapable par lui-même.

Une telle logique l'apaisa momentanément.

Ils coururent jusqu'à l'embarquement pour apprendre que leur vol aurait quarante minutes de retard.

— Allons boire un café.

Il ne tenait pas à ce qu'elle reste assise là les yeux braqués sur la pendule. Même boire du jus de chaussette tiédasse serait toujours mieux.

— Vous croyez que je suis sur écoute ?

— Trop compliqué à mettre en place.

— Et si nous étions suivis ?

Involontairement, Josh jeta des regards circulaires. Après Rome – où non seulement la police mais aussi le voleur et le tueur lui-même assassiné les avait filochés –, il savait désormais qu'avec de la persévérance, on pouvait toujours vous atteindre.

Et naturellement, le ravisseur de Quinn pouvait les faire suivre par quelqu'un.

Josh guida Gabriella jusqu'à une table puis fit la queue, prit deux cafés, deux muffins, deux pommes et revint les poser sur le Formica.

— Vous devez manger quelque chose.

Dédaignant la nourriture, elle leva juste la tasse à ses lèvres pour en avaler une gorgée.

— Et vous, avez-vous dit à qui que ce soit où nous allions ?

— À Malachai, c'est tout. Il a pu en toucher un mot à Béryl. Il suffisait à ce malade de surfer sur Internet à la recherche d'archéologues spécialisés en langues anciennes. Ils ne sont sûrement pas légion, pas vrai ? Rollins, Geller et vous figuriez certainement en tête de liste, dans les dix premiers experts.

Gabriella se cramponna visiblement à cet élément d'explication, paraissant presque soulagée l'espace d'une seconde. Puis ce réconfort fugace s'envola.

— C'étaient de simples fouilles, un chantier de plus, et maintenant... Combien de gens sont en danger à cause de moi ? Et des pierres précieuses ? Rudolfo est mort, l'agent de sécurité est mort, ma fille et Bettina ont disparu, Alice court peut-être un risque elle aussi. Et voilà que Rollins... Il a une femme et trois enfants... Tous ceux qui entrent en contact avec moi sont brusquement menacés du pire ! Vous devriez prévenir Malachai et sa tante qu'eux aussi sont peut-être en danger maintenant. Et vous... vous surtout, Josh.

— Arrêtez ça tout de suite !

Il sécha les larmes sur le visage de sa compagne, repoussant de son front une mèche de cheveux.

— Nous allons surmonter l'épreuve haut la main ! Nous tous. Vous et moi, et surtout Quinn. Quiconque s'est emparé des gemmes se sert de Quinn pour vous contraindre à lui livrer les informations dont il a besoin, mais il n'a pas à lui faire de mal. Ni à Bettina, ou même à Rollins. Que Rudolfo ait été abattu n'entrait sûrement pas dans les intentions de cette personne. J'ai assisté à la scène. Le voleur allait se retirer avec son butin. Il était en train de filer. Si le professeur n'avait pas tenté de le retenir, rien de tout ça ne serait arrivé.

Il vit dans son regard qu'elle ne le croyait pas. Et il ne l'en blâma pas.

La demi-heure suivante, fut terriblement longue. Gabriella prit un millier d'inspirations, jetant un coup d'œil à sa montre un nombre au moins égal de fois. Josh, lui, prit quelques minutes pour consulter la messagerie de son portable – trois appels.

Deux provenaient de Malachai, pour demander ce qui se passait avec Rollins, ce qu'ils avaient découvert et quand ils seraient de retour. Le troisième, c'était Rachel. Mais au moment où il commençait à écouter son message, leur vol fut enfin annoncé de sorte qu'il n'entendit que des bribes.

— *Nouveau flash-back… Blackie et un autre homme… à Rome, et fut tué… Je vous en prie, Josh, réfléchissez juste à ce que je vous demande ! S'il vous plaît…*

Une angoisse qui lui paraissait si familière chez elle, de même que sa façon d'agir… Comme si elle était la responsabilité de Josh ! Comment était-ce possible ? Il la connaissait à peine pour l'avoir rencontrée il y avait trois jours seulement…

Le vol de retour à New York se déroula sans encombre, et Josh se réjouit que Gabriella trouve un répit bienvenu dans le sommeil. Il avait passé une longue journée à la regarder dans les yeux et à y lire tant de souffrance…

« *Quand tu regardes dans les yeux une personne que tu prends en photo*, lui avait dit son père un jour, *et que tu y entrevois une terrible souffrance, surtout ne t'en détourne pas. Avoir un aperçu des abîmes du chagrin est un don, car ce n'est qu'en réalisant à quel point on peut souffrir et pourtant continuer à avancer, à parler courtoisement, à serrer la main des gens et à leur dire combien on est ravi de faire leur connaissance que tu peux comprendre pourquoi il ne t'est pas permis, jamais, de céder ou même de renoncer. Il y a* toujours *une chance de plus, un jour de plus… Voilà le miracle de l'esprit humain. Accepte la souffrance, Josh. Donne-lui son dû. C'est la seule et unique façon de la surmonter.* »

Dans son sommeil, et alors qu'il était mourant, il avait eu les traits aussi reposés et sereins que ceux de Gabriella en ce moment.

Lui aussi tenta de fermer l'œil, mais il ne pouvait s'empêcher de penser qu'un indice lui échappait. Quelque chose ne cessait de le turlupiner. Mais quoi ?

Sortant de son sac à dos un carnet de notes et un stylo, il lista les chiffres que Rollins avait traduits – 1, 3, 4, 5, 7 – laissant un *x* pour le dernier, demeuré pour l'instant un mystère. Même si celui-ci n'était ni un 2, ni un 6, cette suite arithmétique n'offrait de toute façon aucun enchaînement logique.

Pourquoi numéroter six gemmes ?

Le sang lui cognant aux tempes, il sentait venir la migraine. Attrapant sa boîte à pilules au fond de sa poche, il effleura son portable. Au milieu de la crise que vivait Gabriella, il n'avait pas eu le temps de rappeler Rachel.

Josh regarda par le hublot, se perdant dans l'obscurité de la nuit. Du noir sans le moindre soupçon de couleur... Du noir... N'était-ce pas le nom de l'homme qu'elle avait mentionné ? Black ? Non... Blackie... Un nom familier... mais il ne se souvenait plus pourquoi. Fermant les yeux, il laissa ses pensées vagabonder. Il y avait quelque chose, d'indistinct... tel un murmure qui se dérobe.

Blackie ?

Il était certain d'avoir entendu ce nom avant que Rachel ne l'utilise. Black ? Blackie ? Blackness ? Blackwell ? Oui... C'était ça.

Percy Talmage, lui, le connaissait. Titus « Blackie » Blackwell avait été un des membres du club Phœnix et l'homme parti à Rome superviser les travaux de l'archéologue qui était...

Le reste fut comme englouti dans une « implosion ».

La sœur de Percy, Esmé, était allée à Rome. Elle avait Blackie pour amant. Était-il possible que Rachel « se rappelle » l'existence d'Esmé ? Qu'elle fût la sœur de Percy ? Soudain, tout s'emboîta ; un tourbillon de formes et de couleurs fusionna en une image intelligible.

— Qu'y a-t-il ? demanda Gabriella.

— Je vous croyais endormie.

— Je viens tout juste de me réveiller. Vous avez vu un fantôme…

— N'est-il vraiment pas possible que la tombe ait déjà été ouverte ? Il y a cent ans ?

— Non.

— Et si on avait utilisé le tunnel que j'ai découvert ?

— Non, cela aussi était intact. Nous en avons eu des preuves. Pourquoi ?

— Et le coffret aux pierres ? N'aurait-on pas pu l'ouvrir auparavant ?

— Et comment, si la sépulture était scellée ? Non, lui aussi était hermétiquement fermé. Depuis plus de mille ans.

Il n'y avait donc pas d'autres possibilités, surtout si Rollins avait raison à propos des chiffres ciselés sur les pierres.

— Il n'y a pas six gemmes.

— Quoi ? Je ne…

— Écoutez-moi, coupa-t-il, Rudolfo et vous ne les avez pas toutes découvertes. Je n'arrive pas à croire qu'il m'ait fallu tout ce temps pour comprendre… Il y a une autre série de pierres ! Six autres gemmes, qui ont dû être enterrées dans une tombe différente… Et que Neely n'avait pas trouvées. Elles sont douze en tout, Gabriella. Voilà pourquoi les chiffres ne se suivent pas.

Il vit une lueur s'allumer dans ses yeux… puis s'éteindre.

— Non, ce n'est pas possible… Ne savez ce que ça implique ? Si vous êtes dans le vrai ? Si nous livrons à ce fou furieux la traduction de Larry, il saura qu'elles sont au nombre de douze, il en conclura que Rudolfo cachions les autres, et ce cauchemar n'aura plus de fin. Si nous tentons de lui transmettre une traduction bidon et que ça ne marche pas…

— Gabriella, cet homme sait forcément qu'il s'agit d'un mythe et…

— … Et vous vous trompez peut-être. Les chiffres pourraient signifier bien autre chose. Pourquoi les pierres n'étaient-elles pas toutes au même endroit ?

Il lui passa un bras autour des épaules, enveloppant de sa chaleur humaine son chagrin et sa frustration. Il aurait voulu pouvoir « allumer la mèche » de sa douleur, la faire danser sur sa paume puis l'absorber dans son corps, par les propres pores de sa peau.

L'instant n'évoquait rien de familier. Le parfum de Gabriella, herbacé et fleurant bon les agrumes, non plus. Mais comment lui se sentait-il ? C'était différent… Il ferma les yeux pour mieux repousser l'afflux de souvenirs émotionnellement chargés. Il avait connu un chagrin de cet ordre, avec la femme qu'il avait perdue. C'était un des fils de soie qui les reliaient l'un à l'autre – et ce, depuis des siècles. Julius et Sabine avaient affronté le destin mystérieux de leur bébé à naître, cherchant à tromper leurs angoisses dans les bras l'un de l'autre.

— Que dois-je faire ? demanda Gabriella.

— Donner à ce fou furieux les douze pierres, ainsi qu'une traduction.

— Comment ?

— Je les retrouverai pour vous.

# 59

*Ville de New York – mercredi, 2 heures du matin*

— Je me sens tellement désemparée, avoua Gabriella alors que Josh et elle quittaient le terminal. Tout m'échappe... hors de contrôle... Je ne pourrais même pas vous aider avec ce qui nous attend.

Le véhicule qu'elle avait loué de New Haven l'attendait au bord du trottoir. Le chauffeur lui prit son nécessaire de voyage, le déposa dans le coffre et lui ouvrit la portière. Elle s'y retint, l'air tellement épuisé que Josh se dit qu'elle tenait encore debout grâce à ce seul support.

— Vous m'appellerez demain ? demanda-t-elle d'une voix tremblante. Dès que vous aurez du nouveau ?

— Je déteste vous savoir dans une maison vide... Prévenez votre père Gabriella.

— Pour qu'il se ronge les sangs, lui aussi ?

Elle hésitait, toujours pas décidée à monter en taxi, attendant quelque chose...

Josh lui prit la main. Elle, si pleine de courage et d'assurance, était décomposée.

— Je vous rejoins le plus vite possible.

— Tout ira bien. Vous n'avez pas à...

— Non. *Je n'ai pas à...* Nous n'en sommes plus là, Gabriella.

Elle refoula ses larmes, puisant au tréfonds de son être des ressources insoupçonnées, et se redressa.

Josh en fut soulagé. Il avait besoin de la savoir à peu près en forme pour affronter la suite des événements jusqu'à ce qu'il puisse revenir vers elle, car il était urgent qu'il retrouve Rachel et parte en voyage avec elle maintenant – un voyage n'incluant ni voitures ni avions, mais qui risquait de l'entraîner encore bien plus loin.

*Mardi, 10 heures 5*

Josh gravit les marches en pierre qui conduisaient aux portes principales du Metropolitan Museum. Rachel l'attendait dans le bureau de son oncle. L'air angoissé, elle fumait une cigarette, des cernes marqués sous les yeux.

Elle l'accueillit impatiemment.

— Qu'est-ce qui ne va pas ? lança-t-il dès qu'il la vit.

— Je ne vous ai pas parlé au téléphone, répondit-elle entre deux gorgées de café fumant, mais on me suit, ça ne fait plus l'ombre d'un doute et je…

Josh cessa d'écouter. Il se demanda si le pisteur ne les avait pas aussi pris en filature, Gabriella et lui, s'il existait dans tout ça une autre connexion qui lui échappait.

— Non, dit-elle, personne n'aurait pu vous suivre. Comment aurait-on pu vous reconnaître sur les dizaines de milliers de gens qui visitent le musée chaque jour ?

Comment avait-elle su ce qu'il était en train de penser ?

*Elle le savait toujours. Vous deux, vous étiez comme ça...*

La réponse venait de Percy, par-delà le gouffre des années. Josh secoua la tête, tâchant de se couper de la voix désincarnée.

— Quoi ?

— Rien, assura-t-il.

— Je suis certaine que c'est mon oncle, mais j'ignore bien pourquoi. Il était tellement obsessionnel avec mes flash-back ! Au lieu de s'inquiéter pour moi, il me pousse à les explorer, à aller consulter un hypnothérapeute... Il a même trouvé quelqu'un ... Et si vous me laissez tomber, je le ferai. Mais j'ai confiance en vous ! Encore un truc dingue... Le fait que je vous fasse confiance comme ça... Je ne vous connais pas vraiment, après tout. Mais si vous refusez de m'aider... Il faut bien que j'agisse, surtout maintenant...

— Surtout maintenant ? Il s'est passé du nouveau ?

— Oui, mais c'est très troublant. Je n'arrive pas à comprendre de quoi il retourne, à part que c'est important... Quelqu'un est mort, Josh.

— Qui ?

Elle marqua une pause. Il patienta. Elle le dévisagea, plongeant dans les siens ses yeux d'un bleu humide profond.

— Moi, je crois. Je crois que je suis morte.

# 60

*Rome, Italie – 1884*

Après l'assassinat de Wallace Neely, tout avait changé.

Envolé l'amant espiègle et empressé qui avait emmené sa belle nager à minuit dans la piscine de la villa ; disparu celui qui avait jonché sa couche de pétales de rose, lui offrant la sérénade donnée par un chanteur de La Scala... En lieu et place se tenait un homme nerveux qu'obsédait désormais l'acquisition d'œuvres d'art. Au cours de leur semaine passée à Rome, ils avaient rencontré une demi-douzaine des meilleurs agents que comptait la ville ; Blackie avait acheté un Botticelli, un Rembrandt, un Tintoret et un Velázquez.

Esmé avait l'impression qu'il collectionnait d'autres trésors pour compenser la perte du précédent, mais lorsqu'ils dînaient ensemble, il refusait de parler des peintures. L'historique des chefs-d'œuvre dont il s'était porté acquéreur ne semblait même pas l'intéresser. Quand elle lui demandait pourquoi il y consacrait une telle fortune si cela comptait si peu à ses yeux, il rétorquait que c'était un bon investissement. Elle le savait déprimé après le vol et l'assassinat, inquiet des réactions du club du Phœnix lorsqu'il devrait annoncer la fâcheuse nouvelle. N'était-il pas expressément venu à Rome superviser les excavations, après tout ? Un cuisant échec, en somme.

Esmé fut soulagée quand il lui dit finalement qu'il allait réserver une place pour rentrer au pays, lui demandant si elle désirait être du voyage. Elle se félicita de pouvoir quitter Rome prématurément. Son tour d'Europe avait cessé d'être une aventure. Elle s'inquiétait pour son frère, et sa mère lui manquait. L'assassinat de l'archéologue lui faisait faire des cauchemars. Ses leçons de peinture ne se passaient pas si bien, son professeur étant moins qualifié qu'il n'était supposé l'être, et quoi qu'il en soit, elle préférait l'Art Students League de New York. Pire que tout, chaque fois que Blackie la touchait maintenant, elle se pétrifiait intérieurement, en proie à une peur qui n'avouait pas son nom.

La semaine suivante, ils partirent pour leur voyage transatlantique ; dès qu'ils furent en mer, elle retrouva un peu le moral. Bientôt, ils seraient de retour chez eux.

La deuxième nuit au large, alors qu'ils dînaient, Blackie la surprit.

— Je vous ai acheté un présent à Rome, avant notre départ. Aimeriez-vous le voir ?

— Naturellement.

Malgré tout ce qui la tracassait, elle était intriguée.

Dans sa cabine, Blackie ouvrit une de ses trois malles à l'aide d'une petite clé en or. Il fourragea entre les vêtements suspendus, mettant la main sur un paquet rectangulaire soigneusement enveloppé. Il mesurait approximativement un mètre de large sur un mètre et demi de long.

À l'aide de son canif en nacre, il coupa les ficelles et fendit en deux l'emballage supérieur, dévoilant du papier fin dessous. Puis il tendit son cadeau à Esmé pour qu'elle achève de le déballer.

Étudiant l'art avec passion depuis l'âge de douze ans, elle savait bien qu'il existait des centaines de milliers de peintures de par le monde. Or, son professeur lui avait dit un jour qu'entre toutes, quelques centaines seulement sortaient véritablement du lot. De véritables chefs-d'œuvre. Parmi ces derniers, cent ou peut-être deux cents attestaient de ce talent rarissime : celui de savoir recréer la vie à l'aide d'un simple pinceau et de pigments. Présenter des instantanés de la souffrance, de la folie ou de l'extase humaines et les offrir en miroir à nos âmes… Confronter l'homme à sa propre brutalité, mais aussi à sa nature sublime ou passionnée, à sa noblesse de caractère… Seules quelques dizaines de peintres étaient assez doués pour faire oublier un instant que leurs personnages n'étaient pas de chair et de sang… que leurs yeux de charbon n'allaient pas ciller et leurs lèvres peintes pas davantage s'entrouvrir. Le Caravage était de cette trempe-là. Et donc, songea Esmé, la peinture qu'elle découvrait devait être une de ses œuvres.

Y figurait un jeune dieu sensuel qu'elle reconnut à partir d'autres peintures de Caravage qu'elle avait eu l'occasion d'étudier. Bacchus causait des ravages, invoquant le sexe et la débauche, le ravissement et la duperie. Les raisins en suspens au-dessus de son épaule étaient si réels qu'Esmé eut la certitude de pouvoir en cueillir un pour le croquer. Et le sourire du dieu si lascif qu'elle était sûre qu'il allait lui lancer une œillade d'une seconde à l'autre.

Toutes les couleurs de la pièce étaient comme aspirées par le vortex d'énergie transmis par la peinture… Esmé n'avait jamais rien tenu d'aussi stupéfiant. En l'entendant hoqueter, Blackie lui offrit son premier sourire sincère depuis l'assassinat de Neely.

— Quel trésor…, chuchota-t-elle.

— Ma très chère Esmé, vous n'avez pas idée.

Sa pupille luisait d'un éclat matois qu'elle lui connaissait bien. Ça augurait d'une surprise d'un autre genre – sexuel, celui-là. Il lui prit la main, sans douceur, sans geste de contrition à la clé. Il s'agissait plutôt d'une invitation à une soirée ludique que le jeune dieu de l'ivresse n'eût pu qu'approuver – un appel à s'encanailler.

Esmé ne savait plus où elle en était. Elle ne se rappelait que trop ce qu'elle avait entr'aperçu de son âme à Rome. Mais ne semblait-il pas aller tellement mieux maintenant qu'ils étaient sur le chemin du retour ? Sous le regard peint du *Bacchus* du Caravage, Blackie l'attira dans ses bras, lui chuchotant qu'il voulait la voir nue. La regarder avoir la chair de poule pour mieux l'embraser tout entière.

Son érection pressant contre sa cuisse, elle supposa qu'il allait lui faire l'amour ici et maintenant. Mais une fois qu'elle fut dévêtue et allongée dans la position qu'il désirait, sur une méridienne, jambes légèrement écartées, penchée de côté face à lui, il revint à la peinture. Et ce qu'il fit alors n'eut aucun sens.

Ôtant la toile du cadre recherché, il la posa de côté, presque comme s'il s'en moquait. Se moquer du Caravage ? Ensuite, il enfonça la lame de son canif dans une des articulations de l'encadrement. Et il entreprit de les desserrer les unes après les autres.

— Que faites-vous… ?

— Pas d'inquiétude. Regardez plutôt, ma chère…

Une fois démonté l'encadrement en or, il inspecta chaque montant méticuleusement, poussant, palpant, cherchant – et trouvant ce qu'il cherchait. Il exerça une pression sur une petite encoche. Du tranchant du canif, il dévissa alors une broche en bois fileté.

Un ressort grinça.

Une cachette fut révélée.

Y glissant deux doigts, Blackie en retira un petit paquet en papier de soie blanc qu'il déplia.

Plus extravagant que l'encadrement doré ou la riche peinture à l'huile, l'émeraude scintillait. Il sortit un deuxième paquet pour en extraire un saphir, puis deux émeraudes supplémentaires et enfin, un seul rubis.

C'étaient les gemmes de la tombe, celles qu'elle avait aperçues du haut du balcon, la nuit où Neely avait été dépouillé puis assassiné.

Apeurée, Esmé retint son souffle.

Laissant en pièces l'encadrement doré – et tenant les pierres à la façon nonchalante dont un garçon tiendrait son sac de billes –, Blackie baissa les yeux sur sa maîtresse. Seul le léger tintement des gemmes qu'il faisait rouler au creux de sa paume troublait le silence ambiant.

— À présent, ne bougez plus…

Fredonnant, il traça de l'index des *X* invisibles sur le corps d'Esmé. Six. Puis, prélevant les pierres précieuses une à une, il les aligna en rang, du creux entre les clavicules de la jeune femme jusqu'au sillon qui partageait ses seins, puis sur son nombril. Enfin, il dessina une ligne composée de trois pierres qui suivait la courbe de sa hanche.

— Ne bougez plus…, insista-t-il dans un murmure.

S'emparant d'un miroir ovale argenté sur la coiffeuse, il l'orienta de façon à montrer à Esmé son propre corps, orné des gemmes.

Elle n'y comprenait plus rien. Comment s'était-il procuré ce trésor ? Et pourquoi l'avait-on dissimulé dans l'encadrement d'une peinture ?

— Regardez ! ordonna-t-il.

Dans le miroir, elle voyait les pierres étinceler sur sa peau. Blackie reprit le rubis en main, le tenant à la lumière.

— Je vais le poser sur vos lèvres… Et nous allons faire l'amour. Si vous réussissez à garder la bouche fermée en y retenant le rubis quoi que je vous fasse, je vous le donnerai. Cette fois-ci, je parie sur mes chances. Quel que soit votre plaisir, Esmé, vous devez garder le silence – et la bouche fermée.

Il joignit le geste à la parole.

La pierre était froide et d'une légèreté surprenante pour sa taille. Esmé tint la tête immobile. Elle ne pouvait plus parler, mais elle pouvait au moins déterminer ce qui se passait, et comprendre comment son amant était entré en possession de ces pierres.

Avait-il retrouvé le voleur pour les lui racheter ? Pourquoi ne lui en avait-il rien dit ? Avait-il prévenu les membres du club Phoenix ? Son frère était-il au courant ?

Elle sentit le souffle de Blackie entre ses jambes, puis la pression de ses doigts quand il lui écarta un peu plus les cuisses.

Naturellement elle pouvait garder le silence, songea-t-elle en sentant la caresse soyeuse des cheveux de son amant sur la peau si fine de ses cuisses. Après tout, elle n'était plus sensible à son pouvoir de séduction. Il pouvait être quelqu'un de maléfique. Elle ne le *laisserait plus* exercer son emprise sur elle.

Lové entre ses jambes, il embrassait doucement son sexe.

Un souffle chaud, chaud, chaud…

Rien. Elle n'éprouvait rien.

Il recommença.

Elle se concentra sur tout sauf sur ce que ça lui faisait.

Il s'acharna.

Esmé s'arc-bouta.

— Ne bougez pas, murmura-t-il.

Sentir ainsi les cordes vocales de son amant vibrer contre son intimité… fut une sensation plus excitante encore. Des mots… s'immisçant en elle, disparaissant dans les sombres replis moites de son corps…

— Si le rubis tombe, vous perdez ! la taquina-t-il avant de revenir de plus belle à la charge.

Il l'émoustillait et la titillait avec tant de zèle qu'elle se demanda quelles pouvaient bien être ses motivations. Elle n'avait plus de certitude.

Voulait-il s'assurer que le rubis resterait en sa possession ? Ou qu'*elle* le resterait ?

# 61

Esmé se réveilla plus tard dans la couche de Blackie avec une couverture tirée sur elle. De lui, il n'y avait pas trace. Elle quitta le salon et le trouva en train de reconstituer le tableau. Dernier montant rajusté, pierres dissimulées…

— Où avez-vous eu ces gemmes, Blackie ?

Il leva les yeux, pris au dépourvu.

Et, l'espace d'une seconde, alors qu'il ne s'était pas attendu à la revoir si vite et n'avait donc pas eu le temps de plaquer sur ses traits une expression bienveillante à son attention, elle surprit de nouveau ce qu'elle avait aperçu ce soir-là à la villa, tandis qu'il soûlait Neely, et qu'elle avait osé le questionner à ce sujet.

Il y avait, dans son regard, de la froideur, de la colère, du rejet… Ne subsistait aucun vestige de la passion qui venait de les unir encore. Comment pouvait-on avoir des yeux aussi vides ? Un regard aussi distant ?

— Où l'ai-je eu ? Le tableau ? Je l'ai acheté à Rome. Lors d'une de ces journées où vous étiez allée faire prendre vos mesures pour la confection d'une robe.

— Non, les pierres…

— Auprès d'un détaillant.

Cette nuit-là, leur navire voguait par mer d'huile, et le

clapotis des vagues contre la coque n'était pas assez fort pour étouffer la fourberie de son ton.

Elle prit conscience de ce qu'elle avait su en vérité, depuis qu'elle avait aperçu les gemmes.

— Vous avez tout orchestré... Vous l'avez enivré. Vous êtes responsable de l'assassinat de Neely... n'est-ce pas ? Vous vouliez tellement ces pierres... sans que le club les ait. Vous les désiriez pour vous tout seul, pas vrai ?

— Je crois que je vous ai sous-estimée, ma chère. Je savais que vous étiez brillante, mais je ne pensais pas que vous saisiriez si vite le fin mot de l'histoire... D'un autre côté, vous n'êtes pourtant pas assez maligne, et je vous ai également surestimée. Voyez, je ne vous croyais pas assez idiote pour vous mêler de ce qui ne vous regardait pas.

— Vous avez provoqué la mort d'un homme !

— Non, c'était un accident. J'ai provoqué un vol.

— Mais votre victime y a laissé la vie !

— Cessez de paraître tellement choquée. Qu'aurais-je dû faire ? J'avais besoin d'accomplir une chose. Étais-je censé attendre que la Providence m'envoie la solution ?

Blackie se remit à envelopper l'encadrement.

— Si vous mettiez des vêtements, chérie... Un souper de minuit est servi sur le pont supérieur. N'avez-vous pas faim ? Portez la robe bleue et les rubis que je vous ai achetés. Ne prenez donc pas tout cela tellement au sérieux. Je n'ai fait tuer personne. La mort de Neely est un accident regrettable.

Ce n'était pas une suggestion mais un ordre ; elle eut trop peur pour n'en faire qu'à sa tête.

Ils se rendirent au bar, où Blackie commanda du champagne et du caviar, servi sur des blinis, une couche d'oignons finement émincés et de la crème épaisse fermentée.

Esmé n'avait pas le cœur à manger ; lui se gava. Le champagne en revanche, ce fut une autre histoire. La jeune femme aspirait à se griser. Elle voulait cesser de s'obnubiler sur cet homme, sur son oncle, et de s'inquiéter pour son frère.

Blackie, lui, n'avait de cesse de la resservir et elle, de vider sa flûte.

Quand elle s'avisa qu'il agissait de même avec elle qu'avec Neely le soir fatidique où il l'avait soûlé, il était trop tard – elle était déjà sous l'emprise de l'alcool.

Une fois la bouteille vidée et les blinis ingurgités, Blackie prit sa compagne par le bras pour l'emmener faire un tour sur le pont. Il était alors très tard, et il n'y avait plus personne. Des étoiles scintillantes piquetaient le firmament de leur éclat en décrivant comme une ronde de plus en plus élevée. Un instant, Esmé crut presque entrevoir les dimensions cosmiques, par-delà les cieux.

La mer avait forci ; la houle ballottait le navire. Le vent aussi s'était levé, qui mugissait par rafales.

— Je regrette que vous ayez découvert le pot aux roses, dit Blackie en enlaçant Esmé par la taille.

Au clair de lune, la jeune femme regardait des nuages menaçants rouler dans les cieux. Elle fut triste lorsqu'ils voilèrent les étoiles. Un autre paquet de mer s'écrasa contre la coque. C'était pourtant un vaisseau de ligne des plus imposants… Quelle hauteur devait mesurer ces lames ?

Dans un élan de passion surprenant, Blackie empoigna Esmé et l'attira contre lui. Elle sentit son désir poindre contre sa cuisse. Puis, une autre sorte de pression s'exerça contre sa cage thoracique.

Celle-ci était de métal, pas de chair.

En dépit de tout le champagne qu'elle venait d'imbiber, elle n'eut pas besoin de baisser les yeux pour comprendre ce que c'était. Elle l'avait déjà vu en sa possession ; la forme et l'image étaient gravées dans sa mémoire.

Ce n'était plus Blackie, son amant, qui l'étreignait ainsi, mais Blackie le voleur… Celui qu'au fond, il n'avait jamais cessé d'être.

Esmé lui jeta les bras autour du cou et serra à son tour de toutes ses forces sous prétexte de répondre à son amour, feignant de ne se douter de rien. Puis, dès qu'elle sentit qu'il commençait à appuyer sur la gâchette, elle baissa vivement la main pour tenter de retourner le coup de feu contre lui. La balle perforerait *la sienne*, de cage thoracique.

Elle n'entendit rien par-dessus le fracas de la houle et le mugissement du vent, mais elle ressentit vivement la brûlure du plomb. D'instinct, elle se cramponna à Blackie. Les yeux plongés dans les siens, elle vit que ça n'avait pas été une décision facile pour lui.

Au moins, elle avait cette consolation…

Sans relâche, les lames monstrueuses montaient à l'assaut du paquebot, remplissant les airs d'embruns et d'écume. Au ciel, Esmé crut revoir l'œil de velours du dieu du Caravage… Bacchus lui souriait en lui décochant une œillade. À moins que ce ne fût une étoile, perçant la couverture nuageuse de son scintillement… ?

La douleur se fit insoutenable.

Il était tellement navré, l'entendit-elle dire. Tout ça était une affreuse erreur… Il allait la ramener dans la cabine, appeler le docteur du bord et la sauver envers et contre tout.

Sa voix lui parvenait d'infiniment loin.

Au même instant, le navire gîta dangereusement à bâbord et Blackie, déstabilisé, bascula vers la rambarde. Le pont était glissant. À cause de son sang ? se demanda Esmé. Ou des paquets de mer ? Blackie avait fort à faire pour retenir la jeune femme tout en conservant tant bien que mal son équilibre. Une lame massive se fracassa contre le vaisseau. Blackie dérapa en arrière, puis se redressa. Esmé était un poids mort dans ses bras, l'entraînant dans sa chute. Bien, songea-t-elle. Bien… Elle ne voulait pas être légère pour lui, ne voulait surtout pas lui faciliter la tâche.

Un éclair, un coup de tonnerre…

Un flash incandescent éblouit Blackie.

Des yeux malveillants… Ce n'était plus le regard de l'amoureux qu'elle avait connu. Elle comprit rien qu'en le croisant que

Blackie n'avait aucune intention de la ramener dans la cabine et pas davantage de la sauver. Un mensonge de plus.

Le dernier.

Il prit appui contre la rambarde, s'efforçant de garder l'équilibre.

Le vaisseau donna de la bande à tribord.

Puis le mouvement s'inversa.

Réussissant à tirer Esmé à lui, Blackie la souleva, et elle sut alors ce qu'il comptait faire. L'eau allait être glaciale… Mais au moins, c'en serait fini. Oui, c'en serait fini de la douleur. Elle avait encore un bras passé autour de son cou ; mobilisant des forces qui lui avaient fait défaut quelques instants à peine plus tôt, elle se servit de l'autre bras pour attirer son visage vers le sien.

— Un dernier baiser…, chuchota-t-elle.

Il l'embrassa – par pitié, émotion sincère ou élan de culpabilité, peu importait. Il fallait ces ultimes secondes à Esmé pour assurer sa prise… Elle ne se rendit pas compte qu'il en faisait exactement de même de son côté.

D'un dernier effort surhumain, tout en luttant contre la houle pour assurer son équilibre, il souleva de plus belle sa victime en se rapprochant du bastingage. Enfin, il la lâcha par-dessus bord.

Une dernière lame inhumaine heurta le paquebot de plein fouet. Le vent barattait les flots, aspergeant le couple infernal d'une eau saline glaciale. Blackie perdit pied alors qu'Esmé se cramponnait à son cou.

Tous deux volèrent dans les airs, agrippés l'un à l'autre sans lâcher prise – pas maintenant, pas dans la mort, amants en quelque sorte jusqu'à la fin…

Ils disparurent de la proue du navire par une nuit qui avait débuté avec une mer d'huile.

# 62

*Ville de New York – mardi, 10 heures 50*

— Vous allez dormir maintenant, Esmé. À votre réveil, vous serez Rachel et vous vous rappellerez ce qui s'est passé – mais sans peur. Au fond, vous avez toujours su. Simplement, vous n'aviez pas consciemment accès à cette vérité. Dès votre réveil, vous saurez ce que vous avez à faire, et aurez toute confiance en vos capacités. Vous serez en mesure de replacer ces souvenirs dans leur contexte. Vous vous souviendrez de ce que vous avez vu à votre réveil, mais ne vous en effrayerez pas. Vous n'êtes pas Esmé. Et Harrison Shoals n'est pas Blackie.

Josh la dévisagea alors qu'elle était encore en transe. Les longs cils noirs reposant sur ses joues, ses lèvres fardées de rouge pincées sur le dernier mot qu'elle avait prononcé... Il n'y avait pas de mouvements oculaires rapides sous les paupières baissées, rien que sa poitrine qui se soulevait et s'abaissait au gré de sa respiration...

— Rachel...

Elle ne broncha pas.

— Rachel... Je compte jusqu'à trois et vous allez vous réveiller en pleine forme, les idées claires.

Il attendit nerveusement. Voilà bien contre quoi Béryl

Talmage l'avait mis en garde. Il venait d'exposer Rachel à une nouvelle facette de son âme, dans un autre corps et en une autre époque. Aligner ces deux identités distinctes ne serait pas une partie de plaisir.

— Un, deux, trois…

Rachel rouvrit les yeux, les plongeant dans les siens. Son beau visage au repos était encadré par ses cheveux châtains ondulés. Rien ne permettait de supposer qu'elle pût être en détresse.

— Prenez votre temps. Vous venez de vous remémorer beaucoup de choses.

À la façon dont les traits de la jeune femme s'assombrirent, on eût dit qu'il venait comme par magie d'éclipser le soleil. Son regard se voila, elle fit la moue en faisant disparaître le rouge de ses lèvres. Elle se tordit les mains, sur son giron. Il lui fallut vingt à trente secondes seulement pour tout se rappeler.

— Il m'a tuée, n'est-ce pas ?

— Pas vous, une certaine Esmé.

— Il m'a tiré dessus et je suis morte ?

— Il a tiré sur Esmé. C'est arrivé il y a longtemps.

— Et lui aussi a péri, n'est-ce pas ? Je me cramponnais à lui, alors qu'il était en train de me faire basculer par-dessus bord ; j'avais les bras autour de son cou… Je l'ai entraîné dans ma chute.

— Pas vous. Esmé.

— Était-ce l'homme qui est maintenant Harrison ?

— Pas exactement. De même qu'Esmé n'est pas vraiment vous. Laissez-moi vous montrer…

Josh prit sur le bureau un mug qu'il remplit d'eau à la bouteille tirée de son sac à dos. Puis il le tint à bout de bras avant de le laisser choir, avec perte et fracas. Des éclats de porcelaine jonchèrent le sol en marbre au milieu d'une flaque d'eau.

Rachel ouvrit des yeux ronds, le fixant comme s'il avait brusquement perdu la tête.

— Que faites-vous ?

— Nous – vous et moi, tout le monde –, notre corps, c'est

cette tasse. Notre âme, c'est l'eau. Quand vous brisez la tasse, l'eau fuit et change de forme, mais ses propriétés intrinsèques demeurent. Ce qui était dans ma bouteille, puis dans ce récipient et se trouve maintenant par terre, c'est toujours la même eau. Vous pouvez encore la voir. Je vais m'agenouiller et éponger, mais ce qui imbibera la serviette, ce sera toujours l'eau qui remplissait d'abord ma bouteille dans une configuration, la tasse dans une deuxième et éclabousse maintenant le marbre dans une troisième. Voilà le principe même de la réincarnation. Notre âme déniche de nouvelles enveloppes charnelles et, ce faisant, notre apparence change, de la même façon que l'eau se charge de poussière et de particules, épousant la forme de ses réceptacles, au fur et à mesure.

— Mais que vais-je faire maintenant que je sais que Titus Blackwell a tué Esmé ?

— Mieux comprendre l'angoisse que vous inspire Harrison en vous fondant sur ce que vous venez d'entrevoir, précisément. Analyser votre peur de ce qu'il est maintenant comparé à ce qu'était Blackwell, et déterminer si vos émotions ont pour source le présent ou bien le passé.

— À quelle fin ?

— Afin que votre vie suive le droit chemin, cette fois. Que vous brisiez le cycle infernal. Que vous ne répétiez plus les erreurs du passé.

— Les répéter… littéralement ?

Elle devint livide.

— Si je découvrais que ses affaires dissimulent quelque chose de louche, sinon d'illégal, vous pensez qu'il me tuerait pour m'empêcher de parler ?

— Je ne suis ni magicien ni « diseuse » de bonne aventure. Avec tout ça, il n'y a pas de règlement. Nous apprenons par tâtonnements. Je pourrais vous parler pendant des heures philosophie et théorie à propos du concept de la réincarnation, mais ce ne serait que cela – philosophie et théorie. Et pour l'instant, je doute que ça vous soit d'une grande utilité.

Elle fronça les sourcils.

— Je sais que vous ne pouvez pas me le dire, Josh, mais en vous basant sur ce que les autres ont pu expérimenter, quels sont les risques que l'histoire *soit* en train de se répéter ?

— L'idée que celui qui vous a tué hier puisse récidiver aujourd'hui tomberait trop à propos. C'est plus subtil que ça. Nous parlons des émotions qui sous-tendent les actes. Si la cupidité poussait Blackie à protéger son secret dans le sang, il est donc possible que la cupidité ait aussi pris Harrison dans ses filets, et d'une façon ou d'une autre, cela affectera les rapports que vous avez avec lui.

— Je respire mal ici...

Se propulsant hors de son siège, Rachel quitta précipitamment la pièce.

Il la suivit dans le hall jusqu'aux ascenseurs. Elle pressa le bouton d'appel à deux reprises, attendit, recommença... et prit l'escalier. Il descendit avec elle quatre étages, avant de déboucher dans un foyer orné de sculptures primitives écrasant tout le monde de leur masse et paraissant sur le point de basculer follement. Il suivit hâtivement Rachel dans le hall principal.

Il ne pouvait pas la laisser repartir seule. Pas si vite au sortir d'une transe hypnotique... Tout autour, les témoins de la scène ouvraient de grands yeux, pensant sûrement qu'il poursuivait la jeune femme pour tout un tas de raisons erronées. Tout ce qu'il pouvait espérer, c'est que personne ne tenterait de s'interposer avant qu'il ne la rattrape.

— Rachel !

Sans se retourner, elle continua sur sa lancée, franchit les portes d'entrée, descendit la volée de marches en granit, aborda la chaussée, tourna à droite, remonta la façade du bâtiment à mi-longueur puis tourna encore à droite en direction du parc.

Il la rattrapa finalement dans au croisement de la 80e rue. Près d'une sculpture de trois ours en bronze, elle reprenait péniblement son souffle. Quand il l'appela, cette fois, elle tourna la tête vers lui, et il vit que ses joues ruisselaient de larmes.

— Navrée, la peur…, lâcha-t-elle.

— Je sais.

— Si nous faisions quelques pas ?

Elle avait une voix aux accents juvéniles et vulnérables.

Ils suivirent un itinéraire qui, bizarrement, était aussi familier à Josh.

— Il y a tant de choses qui m'échappent… Pourquoi est-ce que tout à coup, je me rappelle ces événements ? Pourquoi pas l'an dernier ou l'an d'avant ?

— Je pense que vous avez réagi à ce que nous appelons un déclencheur – un événement qui aura relancé votre mémoire.

— Quelle sorte d'événement ?

— La première fois que vous aviez expérimenté un flash-back, vous m'avez dit que vous étiez plongée dans votre lecture… Que lisiez-vous ?

— Il s'agissait d'un article paru dans la presse à propos des fouilles d'une sépulture de vestale, à Rome.

Pilant net, elle se retourna vers lui, abasourdie.

— Lire l'article sur cette tombe, voilà ce qui a été mon déclencheur ! Et la deuxième fois que ça m'est arrivé, je me trouvais au Met, où les conservateurs discutaient du vol et du meurtre du professeur dans cette même tombe… Josh, est-ce bien celle que Neely avait découverte ?

— Je n'ai pas de certitude, mais je ne pense pas.

— Qu'y a-t-on trouvé ?

— Les Pierres de Mémoire.

— Celles dont je me souviens ?

— Je n'en suis pas sûr.

Alors qu'ils déambulaient à l'ombre des chênes aux lourds feuillages et des tilleuls, Josh lui narra l'histoire avec plus de détails que n'en avaient donnés les journaux.

— C'est pourquoi vous avez accepté de me voir, ce premier jour. Parce que vous désiriez vous servir de moi pour aider l'autre archéologue… comment déjà ?

— Le professeur Chase. Et non, ce n'est pas la raison.

Comment aurait-ce pu l'être, vous ne m'aviez pas parlé des pierres jusqu'à aujourd'hui.

— Alors pourquoi avoir accepté de me recevoir aujourd'hui et de m'hypnotiser ?

— Écoutez, Rachel, quelqu'un est en danger de mort, et il est impératif que je retrouve les pierres que Blackie a prises.

— J'ignore où elles sont.

— En état d'hypnose, vous avez parlé de la peinture que Blackie avait achetée à Esmé. Vous en souvenez-vous ?

Elle réfléchit.

— Oui, naturellement la peinture…

Elle la revoyait sous son œil mental.

— Le jeune *Bacchus*…

Soudain, elle fut défigurée par l'horreur. Quelque chose clochait terriblement. Et qu'elle ne pouvait affronter.

— Quoi ?

Il espéra avoir deviné juste.

— C'est le tableau que Harrison est en train de négocier. Il l'a acheté aux enchères… Celui-là même que Blackie avait donné à Esmé. Celui que mon oncle voulait tellement posséder et que je n'aie pas remporté les enchères l'avait tellement énervé…

Ils avaient atteint une partie plus sauvage du parc appelée la Randonnée, où il était facile d'oublier qu'on se trouvait à Manhattan, au vingt et unième siècle. En lieu et place de gratte-ciel se dressaient des roches hautes comme des arbres et, pour tout trafic, on n'entendait que les trilles des oiseaux et le chant de l'eau vive.

— Aidez-moi, Josh ! C'en est trop pour moi toute seule. Tout arrive si vite…

— Je vous aiderai, mais le temps joue contre nous.

— Est-il possible que les pierres soient toujours dissimulées dans le tableau ?

— Si seuls Esmé et Blackie étaient dans le secret, eux qui ont péri en mer, alors oui, c'est possible.

— Pensez-vous que Harrison soit au courant ?

— Je ne le crois pas.

— Et mon oncle ? Il a acquis plusieurs peintures de la succession Blackwell. Toutes celles mises en vente, en fait. Josh…

Submergée par le flot d'informations, elle ouvrait de grands yeux.

— Et si je vous aidais et qu'ils le découvrent ? Si mon oncle venait à s'en apercevoir ? Ou Harrison ? Ce pourrait être le genre de choses à le faire exploser de rage ! Si je souscris à la théorie de la réincarnation et que nous persévérions jusqu'au succès, supposons que lui ne soit pas prêt à ce moment-là ? Pourquoi ne devrais-je pas m'éloigner de lui dès maintenant ? Et ne plus jamais le revoir ? Histoire de me protéger ?

— Vous avez raison.

— Mais en suis-je capable ? M'en aller pour ne jamais le revoir… cela suffirait-il à m'épargner ce vers quoi toute cette histoire tend ? Et que m'arrivera-t-il si je me contente de tout quitter, Harrison, mon oncle et vous-même ?

— Je ne suis pas médium. Tout comme vous, je cherche des réponses. Je ne peux que vous exposer ma théorie.

— C'est toujours mieux que rien. Je vous écoute.

— Si vous souscrivez à l'idée de la réincarnation, alors vous acceptez aussi celle de la destinée. Donc, si à l'instar d'Œdipe, vous tentez d'échapper à votre sort, vous avez toutes les chances de fuir ce que vous percevez comme un danger, tout cela pour vous retrouver nez à nez avec le vrai danger, au bout du voyage.

Elle baissa les yeux en enjambant un grand tronc d'arbre abattu, couvert de lichen.

— Non, désolée, c'est au-dessus de mes forces. Je ne suis pas idiote au point de m'aventurer sur ce champ de mines.

— Et je ne vous en blâme pas. Vous n'avez pas à résoudre des problèmes qui me regardent.

Ils couvrirent en silence quelques bonnes centaines de mètres supplémentaires. Elle bifurquait maintenant vers une sortie, à l'ouest. Le chemin contournait un vallonnement puis descendait à flanc de coteau. Au pied de la petite colline, Josh connaissait l'endroit. Ils se retrouvaient près de la piste cavalière, un peu en contrebas. Il traîna la jambe, ne voulant pas avoir à choisir quelle voie emprunter – pas maintenant. Rachel avait suivi son propre itinéraire. Un choix arbitraire, avait-il pensé, la jugeant trop bouleversée pour planifier quoi que ce soit. Mais à un certain niveau, elle avait dû confusément savoir où elle les entraînait, car les coïncidences, ça n'existait pas. Et voilà qu'ils arrivaient au pont Riftstone.

— *Vous,* croyez-vous au destin ? demanda-t-elle.

Se tenant à l'ombre du pont, il regarda l'ouvrage.

— J'ignore en quoi je crois.

Elle suivit son regard, fixant à son tour la structure en pierre dégrossie. Comme si elle était de nouveau en transe, quasiment, elle s'avança pour l'effleurer.

— Josh, avez-vous ce qu'on appelle des embardées mémorielles, vous aussi ? demanda-t-elle en se retournant vers lui.

— Depuis un an et demi.

— Quel a été votre déclencheur ?

— J'ai été blessé dans un attentat.

— Grièvement ?

— Oui, j'ai failli mourir.

— Où vous entraînent vos flash-back ?

— À Rome. La Rome antique.

Elle l'interrogea du regard.

— Mais ce n'est pas le seul endroit, pas vrai ?

— Non, en effet.

Elle le dévisageait encore comme pour tenter de voir à travers lui.

— Le bourdonnement…

Elle fronça les sourcils, ferma les yeux, les rouvrit…

— Esmé avait un frère. Vous l'ai-je dit ?

Titubant légèrement comme si la tête lui tournait, elle tendit un bras vers une des roches d'étai de l'arche.

— Je crois qu'ils jouaient par ici. À Rome, elle s'inquiétait pour lui. Elle pensait qu'il avait pu tomber malade lorsqu'il a cessé de lui écrire – vous l'ai-je dit quand j'étais sous hypnose ? Vous ai-je parlé de mon frère ?

— Non. Connaissez-vous son nom ?

Il attendit, sans se rendre compte qu'il retenait son souffle.

— Percy.

Sa voix lui parut affreusement forte, le prénom « Percy » se répercutant étrangement entre les blocs de pierre. Du moins, Josh eut cette impression. Submergé par des flagrances de jasmin et de santal, il se prépara à un nouvel épisode. L'heure était mal choisie, mais maintenant qu'il le sentait venir, il y aspirait de toutes ses forces. Un camé en manque… Des frissons d'excitation lui parcoururent les bras et les jambes, lui enveloppant le torse. Il ne bougeait pas, et avait pourtant cette impression familière d'être aspiré par un vortex, là où l'atmosphère était plus épaisse et plus oppressante. Pivotant, il vit sa sœur Esmé qui, perchée sur la plus haute roche, riait en lui criant de monter la rejoindre, de voir ce qu'elle venait de dénicher…

« *Une montre gousset d'homme en or… Quelqu'un a dû la perdre. Regarde comme elle scintille !* »

Non, il n'était pas Percy mais Josh.

— Vous vous rappelez cet endroit ? demanda-t-il, sans même se rendre compte qu'il parlait à voix haute.

— C'est ici que nous avions trouvé la montre en or ?

— Oui.

Rachel ouvrit de grands yeux émerveillés.

— Vous étiez mon frère ?

— Je le crois, oui.

— Ce serait génial, vous ne croyez pas, de penser que vous l'étiez ! Et que je vous ai retrouvé…

Il acquiesça.

— Que lui est-il arrivé ? À Percy ? Vous le savez.

— Son oncle l'a empoisonné.

— Son oncle…

Elle hésita, songeuse, toute à ses souvenirs.

— Oncle Davenport...

Ce qu'elle était en train de réaliser l'intimidait visiblement. Mais elle était plus calme. Il le sentait, le voyait sur son visage apaisé.

— Josh, je ne veux pas mettre ma propre vie en jeu au nom d'un mythe qui pourrait ou non avoir un bon fond de vérité et qui n'a, quoi qu'il en soit, aucun rapport avec moi ! Si ce n'est que j'ai cette sensation dingue que je dois le faire... Me revoilà à débiter des trucs absurdes, pas vrai ? Et si je m'étais impliquée avec... ? Et si Harrison... Bon sang, si toutes ces histoires de réincarnation sont vraies, et si lui et moi avons déjà vécu tout cela, alors nous savons ce qui nous attend... Il va me tuer.

— Ou bien vous êtes avec lui afin qu'il puisse réparer vos torts envers vous, cette fois.

— Lesquels ?

De nouveau, Josh se sentit responsable pour elle. Était-ce en raison du lien fraternel que des dénommés Percy et Esmé avaient eu ?

— Vous devez m'aider ! s'écria-t-elle. Je ne sais pas quoi faire !

— Je ne peux pas.

— Vous le devez !

Et si elle avait raison ? Et si elle avait vraiment besoin qu'il le lui dise ? Si du moins, cela faisait partie d'un tout... Le fait qu'ils se soient retrouvés. Pas Sabine et lui, mais Esmé et lui – Percy... S'il n'avait pas réussi à la sauver par le passé, il serait peut-être davantage en mesure de la protéger maintenant.

— Vous aimez Harrison, n'est-ce pas ?

— Est-ce important ?

— Oui, ça l'est. Rien n'arrive par hasard ou par erreur. Si nous nous en tenons aux théories, et si vous l'aimez, vous devez lui donner une chance de bien agir, cette fois.

— En fonçant droit dans ce putain de feu ? Qui me sauvera si tout va de travers ?

*Il n'y a pas de règles d'engagement,* songea Josh. *Aucune liste de suggestions sur la meilleure façon de traiter les expériences relatives aux vies antérieures et les situations de la vie présente… Les tenants de la réincarnation ne laissent supposer en rien que des scénarios puissent se répéter intégralement. Pourtant, c'est possible. Nous sommes le fruit de nos instincts. On peut nous écarter de force de quelque chose de dangereux, et à la minute où nous serons libres de le faire, on y retournera… Peut-être donc que Rachel a besoin d'aller jusqu'au bout de l'aventure. Peut-être aussi que je débloque grave, que je raconte que des conneries au lieu de l'encourager à les plaquer tous autant qu'ils sont – même moi – et fissa ! Oui, elle devrait tous nous fuir le plus vite possible…*

— Je serai là avec vous. Je vous protégerai.

Rachel lui décocha soudain un sourire confiant et, jusqu'au tréfonds de son être, il eut le sentiment de ce que ces deux personnes, Esmé et Percy, avaient représenté l'un pour l'autre il y avait si longtemps. Oui, le frère et la sœur qui avaient perdu leur père, vécu sous le même toit qu'un homme malveillant, Davenport, et d'une mère incapable de lui tenir tête…

— J'aimerais vous aider, mais je ne suis pas une magicienne. Je ne peux pas subtiliser le tableau à son nez et à sa barbe.

Josh repensa à Malachai, féru de magie. Tous ses tours de prestidigitation s'opéraient à la vue de tous.

— Non, bien sûr que non. Et jamais je ne vous demanderais de voler ce tableau – dont je n'ai nul besoin. Il me suffirait de rester cinq minutes avec. Il ne me faudrait pas plus longtemps pour démonter le cadre.

# 63

Josh et Rachel se rendirent dans une cafétéria pour échafauder leur plan. On était mardi, deux heures de l'après-midi, et dans moins de vingt-quatre heures, Gabriella devrait fournir des réponses à l'homme qui détenait sa fille.

Rachel prit son portable pour joindre Harrison et lancer la machination. Josh, lui, ressortit dans la rue appeler Gabriella.

Décrochant dès la première sonnerie pour lancer un « Allô ! » stressé, elle parut tout à fois soulagée et désappointée d'entendre Josh à l'autre bout du fil. Il la tint brièvement au courant des derniers événements, lui expliquant ce qu'il comptait entreprendre.

— Vous ne pouvez pas faire ça, Josh ! Je ne supporterai pas d'être aussi tenue responsable de vos actes !

Il aurait aimé la croire, mais il savait pertinemment qu'elle ne pensait pas tout à fait ce qu'elle disait. C'était là une réaction convenue et obligée de la part du professeur Gabriella Chase. Mais nul ne comptait davantage à ses yeux que Quinn, et si jamais quelque chose arrivait à la fillette, rien n'aurait plus aucune espèce d'importance pour elle.

— Dès que j'en aurai fini en ville, je retournerai tout droit à New Haven en voiture et… Gabriella…

— Oui ?

— Je suis navré d'avoir dû vous abandonner en pareilles circonstances.

— Ne vous en faites pas. J'étais en ligne avec Rollins toute la journée ou presque, à plancher sur les traductions. Soyez prudent, Josh.

Sa voix se fêla en prononçant son prénom.

Il frémit et, même après avoir raccroché, il l'entendait encore, la revoyait mentalement… La façon dont ses prunelles mordorées, lançaient des éclairs, sa façon aussi de repousser de son visage sa magnifique crinière couleur miel chaque fois qu'elle réfléchissait intensément à une chose…

Aurait-il dû lui parler de l'existence d'une seconde série de pierres ? Lui redonner de faux espoirs, peut-être bien avait-il été cruel ?

Quand il retourna vers Rachel, celle-ci était encore en ligne. Il ne put s'empêcher d'écouter la conversation qu'elle menait d'une voix tendue.

— Je ne comprends pas. Ou il a fait une offre pour le tableau ou il n'en a pas fait…

Pause.

— Eh bien, dans ce cas, laissez mon client le voir… Au pire, vous aurez une deuxième offre à utiliser comme moyen de pression.

Pause.

— Bien, nous serons là dans moins d'une heure.

Elle sourit, un sourire teinté de désillusion.

Le concierge de l'immeuble situé au croisement de Park Avenue et de la 69e demanda son nom à Josh pour pouvoir l'annoncer.

— Barton Lipper.

Ils avaient soigneusement planifié leur coup. Barton Lipper était un client de Rachel vivant dans l'État du Maryland. Reclus, il lui commandait des pièces d'orfèvrerie tous les quatre ou cinq mois. Une recherche sur Internet avait fait état de la fortune de l'homme qui se chiffrait en millions, sans donner de photographie de lui cependant.

Les lunettes de soleil que portait Josh en dépit de l'heure tardive dissimulait ses yeux et il se félicitait de leur opacité. On pouvait toujours voir si quelqu'un mentait – surtout si le « on » en question était lui-même un menteur. Josh ignorait si Harrison était dans ce cas. Il n'avait aucune certitude. Que l'homme vende des tableaux d'origine douteuse ne faisait pas forcément de lui un criminel. Au fil des ans, Sotheby's et Christie's aussi avaient vendu des peintures de provenance suspecte. Et en l'occurrence, la peinture de l'École du Caravage n'avait jamais été dérobée. Elle provenait de la succession de Titus Blackwell, puis elle s'était transmise de génération en génération avant d'être mise sur le marché pour la première fois six semaines plus tôt.

La question était : l'avait-on déjà démontée ?

Le liftier, qui portait des gants blancs, garda la tête droite lorsque Josh regarda les chiffres des étages défiler sur la bande lumineuse. La montée en ascenseur semblait prendre bien trop de temps. Enfin, les portes en bronze se rouvrirent.

— C'est l'appartement de standing A sur votre droite, monsieur.

À l'intérieur, Terry, une jeune femme, accueillit Josh qui se présenta de nouveau sous le nom de Barton Lipper. L'introduisant dans le salon, elle lui précisa que Rachel Palmer n'était pas encore là, mais que Harrison serait avec lui dans un petit instant.

La pièce aux parois aveugles avait un faux plafond. Trois des murs donnaient à admirer des huiles datant des XVIIIe et XIXe siècles. Au quatrième, nu, s'accolait une estrade moquettée en guise de mini-scène, attendant que démarre le spectacle.

Terry demanda à Josh s'il désirait quelque chose à boire. Il opta pour de l'eau, et elle alla lui en chercher. Quelques instants s'écoulèrent. Josh ne se releva pas pour examiner les peintures qui l'entouraient. Il devait rester concentré sur ce qu'il était venu accomplir, sans se laisser distraire.

Enfin, Harrison entra. Élancé, de carrure intimidante, il formait le partenaire idéal pour mettre en valeur la beauté saisissante de Rachel.

— Monsieur Lipper, c'est un plaisir !

Il tendit le bras.

Sa poignée de main fut vive et brève.

— Rachel a appelé il y a quelques minutes. Son taxi est pris dans les bouchons de l'heure de pointe. Si on va par là, vous me direz que toutes les heures sont maintenant des heures de pointe à New York ! Entre-temps, aimeriez-vous l'attendre, ou bien jeter un coup d'œil à l'œuvre ?

— J'aimerais la voir. J'ai un emploi du temps assez serré.

Harrison s'éclipsa, revenant peu après avec une toile encadrée qu'il tenait soigneusement par-devant, dos tourné vers Josh qui ne pouvait donc voir la peinture. Il la posa sur la plus haute marche de l'estrade et, bloquant toujours le champ de vision de son « client », modifia sa position au mieux avant de reculer.

Rachel avait raison. Ce n'était pas un chef-d'œuvre mais une prouesse… un triomphe. Une lumineuse et captivante re-création du réel, si intensément vivace et puissante qu'en quelques secondes à peine, on en oubliait qu'il s'agissait d'un à-plat couvert d'un mélange d'huile et de pigments… C'était un univers à part. Qu'un pinceau et des coloris aient pu créer une telle merveille, que ce ne fût pas un homme de chair et de sang figé dans un « instantané pictural », paraissait impossible.

— Étonnant, n'est-ce pas ?

— Oui. À côté, tout semble…

Josh chercha quoi dire

— … « juste » de la peinture !

Harrison acquiesça.

Josh se leva et avança. Il avait compté sur ces premiers

instants pour se familiariser avec l'encadrement. Plus tôt, il avait passé une demi-heure à démonter quatre des peintures qui ornaient les murs de Rachel. Au mieux, si tout se passait comme prévu, il lui suffirait de quelques minutes avec ce tableau-là – à condition d'être rapide. Mais il n'avait soudain plus d'yeux que pour ce regard sensuel, cette bouche au pli si voluptueux, l'invite implicite dans cette prunelle de velours...

— Monsieur Shoals ?

Terry était à la porte.

— Oui ?

— Rachel est en bas. Elle a trébuché sur la chaussée en sortant du taxi et apprécierait si vous pouviez descendre.

— Oh, non ! fit Josh, jouant la carte de la sollicitude sincère. C'est ma faute... Elle est venue pour moi... Allons-y.

— Non, ce ne sera pas nécessaire. Ces choses-là arrivent. Je vous laisse un instant avec *Bacchus*. Je suis certain que vous serez en excellente compagnie.

Josh sentait son cœur cogner si fort qu'il se demanda presque si Terry risquait de l'entendre et de revenir en courant... Il souleva la peinture de son stand de fortune et la retourna. Une partie de l'énergie présente fut drainée hors de la pièce... Ce n'était plus que de la toile ordinaire et quatre bouts de bois assemblés.

En l'inspectant lors de la vente aux enchères, Rachel avait vu le dos du tableau et expliqué qu'ôter la peinture de son cadre serait une procédure des plus simples.

Il lui suffisait de retirer les quatre broches clouant la toile au bois.

Il desserra maladroitement la première, fit mieux avec la deuxième, et encore plus vite avec les troisième et quatrième. En moins de soixante secondes donc, il avait reposé soigneusement de côté la toile, restant avec l'encadrement doré baroque sur les bras.

Gagnant en vitesse et en efficacité, frôlant maintenant l'agitation, il démonta les quatre montants sans plus se soucier d'ébrécher le bois ou d'écailler la feuille d'or. Il se rappelait la description d'Esmé, quand Rachel avait été sous hypnose.

Josh inspecta chaque montant méticuleusement, palpant, poussant, cherchant... Rien sur les deux premiers. Il allait manquer de temps... Alors qu'il s'attaquait au troisième, il capta des bruits, dans le couloir. Rachel... ? Déjà ?

Le troisième montant paraissait rigoureusement semblable aux deux premiers.

Oui, c'était bien Rachel, qui demandait quelque chose. De l'eau ? Peu importait. Il prit le quatrième montant et trouva ce qu'il cherchait.

Maniant le plus petit des outils qu'il avait apportés avec lui, il s'ingénia à tirer dessus. Non, ça ne marcherait pas comme ça... Il y regarda de plus près. Et repéra une petite crête, sur la fibre du bois courant de gauche à droite.

Peut-être...

À l'aide du fil du canif, il dévissa la broche en bois fileté.

Un ressort grinça.

Une cachette apparut.

Josh en oublia de respirer.

Il avait l'impression que les murs de la pièce se refermaient sur lui, tant il se sentait oppressé. Il n'avait plus d'yeux que pour le montant en bois et ce qui s'y nichait. La glorieuse peinture n'était pas là. Il n'y avait plus personne dehors. Il renversa le montant et le secoua.

# 64

— Que faites-vous ? demanda Harrison.

Il se tenait dans l'embrasure de la porte, jugulant à grand-peine sa colère.

Qu'avait-il vu au juste ? Et que pensait-il ?

Rachel éclata de rire. Un rire léger et cristallin… évoquant de l'eau vive, une éclaboussure…

— Vous savez, Barton, vous ne pouvez pas démonter un tableau sans en faire au moins la demande au préalable !

Josh haussa les épaules.

— Je le peux si j'envisage de dépenser pour ça une demi-fortune ! J'examine toujours les peintures hors de leur enca-drement. Les cadres sont une diversion, pour le moins.

Juste une heure plus tôt, Rachel l'avait instruit à ce sujet. Nombre de collectionneurs insistaient pour voir la toile hors du cadre, afin de mieux l'inspecter. Si Josh se réclamait de cette pratique, le prétexte serait tout à fait plausible.

— Mais vous avez démonté l'encadrement ?

— Pour en jauger l'authenticité.

Agenouillé, Harrison examinait sa peinture. Ignorant Josh et Rachel, ainsi que les montants posés par terre, il balayait l'à-plat du regard, de droite à gauche et inversement.

— Qu'étiez-vous réellement en train de faire ? insista-t-il en regardant de plus près un des montants.

Josh ignorait combien de temps Harrison s'était tenu derrière lui. Avait-il vu quelque chose ? Que ferait-il si Josh tentait de repartir ? Était-il en danger ? Et Rachel ? Elle lui avait dit que Harrison détenait un revolver… L'avait-il sur lui ? Probablement. Quand on montrait à quelqu'un un tableau de quatre millions de dollars dont on était le propriétaire, on ne laissait vraisemblablement pas son arme – si on en avait une – dans le tiroir du bureau…

— C'est une belle œuvre. Mais l'encadrement ne va pas.

Harrison le dévisagea comme s'il était fou.

— Qui se soucie de l'encadrement ? C'est un Caravage !

— Ça semble être de l'*école* du Caravage. Mais l'encadrement n'est pas d'origine.

Josh avait conscience que le commentaire était irrationnel. Et c'était bien le but. Il avait besoin de persuader Harrison qu'il était excentrique afin de rendre le démontage plus plausible venant de lui. Il avait ce qu'il était venu chercher, et il était temps maintenant de filer.

— Merci de me l'avoir montré.

Hochant la tête, Josh se dirigea vers la porte. Empoigna le bouton. Le tourna. Et allait ouvrir quand…

— À votre place, j'éviterais de faire ça, monsieur Lipper.

Le revolver à canon court, compact et d'un noir glacial, était maintenent braqué sur Josh.

# 65

— Si vous reveniez vous asseoir et me montrer ce que vous avez glissé dans votre poche à l'instant où je suis revenu dans la pièce ?

— Harrison, ne sois pas ridicule...

— Rachel, je t'en prie. Maintenant, monsieur Lipper, qu'avez-vous empoché ?

Tout en tenant Josh à l'œil, Harrison s'efforçait de balayer la pièce du regard. S'avisant que c'était dangereux, il préféra se concentrer sur le suspect, et demanda à Rachel de faire l'inventaire.

— Le coupe-papier Fabergé est-il sur le bureau ?

— Mais naturellement, Harrison, voyons ! Jamais monsieur Lipper ne prendrait...

— Il doit y avoir un petit cadre à côté, des rubis, de l'émail...

— C'est là. Pose le revolver, ajouta-t-elle d'une voix tremblante.

Josh se dit que c'était OK. Quoi d'étonnant qu'elle fût nerveuse quand son amant tenait en joue un de ses clients ?

Harrison ne le quittait pas des yeux, et Josh n'arrivait pourtant pas à déchiffrer son expression. Il n'avait aucun indice.

— Monsieur Shoals, je peux vous montrer ce que vous

avez cru voir quand vous êtes revenu, mais pour cela, je vais avoir besoin de plonger la main dans ma poche.

Harrison hocha la tête.

— Bien. Pas de geste brusque.

Josh joignit le geste à la parole, trouvant sous ses doigts la petite boîte de menthe fraîche qu'il extirpa lentement. Il prenait un risque, mais en observant Malachai et ses tours de magie, il avait appris que la plupart du temps, les gens n'avaient même pas idée de ce qu'ils voyaient tout simplement parce qu'ils ne regardaient pas au bon endroit.

— Voilà tout ce que c'était. Je serais ravi d'attendre que vous inspectiez le reste de vos trésors dans la pièce, mais en toute honnêteté, je n'ai rien pris qui vous appartienne.

C'était la stricte vérité, et Josh s'entendit parler avec les accents de la sincérité. De même qu'il eut conscience que tous les traits de son visage respiraient la bonne foi. Les pierres n'avaient jamais appartenu à Harrison. Ainsi que Josh l'avait soupçonné, l'homme ne s'était même jamais douté de leur existence.

Harrison prit la boîte, la secoua, tendit l'oreille… Rendant les pastilles de menthe à leur propriétaire, il baissa sa garde.

Rachel se précipita près de Josh aussi vite que possible – considérant qu'elle boitait de façon convaincante.

— Je suis navrée, monsieur Lipper, s'excusa-t-elle, de la gratitude plein les yeux.

À cet instant, Josh sut que désormais, tout s'arrangerait pour la jeune femme. Elle en était venue à comprendre comment son passé l'avertissait des dangers de son présent – et des mesures qu'elle devrait adopter en conséquence.

D'un geste, Josh lui fit signe que ce n'était rien, qu'il ne lui reprochait pas l'incident. Elle ramassa son sac et sa veste.

— Que fais-tu ? lui demanda Harrison.

Elle soutint son regard et secoua la tête.

— Tu viens de braquer une arme sur lui ! Et tu aurais pu lui tirer dessus ! Je n'ai plus rien à faire ici. Tout ceci était une erreur.

Elle se dirigea vers la porte, où Josh l'attendait.

— Tu joues à quoi, Rachel ? Encore une manigance de ton oncle ? Quel coup fourré mijotez-vous tous les deux avec le *Bacchus* ?

— Mon oncle ? Qu'a-t-il à voir avec tout ça ?

— Tu ignorais que c'est le client que j'ai mentionné ? Oh, je t'en prie, ne m'insulte pas ! Je veux juste savoir ce qui se passe.

— Tu dois me croire, je l'ignorais… Je n'en avais aucune idée ! Mon oncle a parlé de t'acheter le *Bacchus* ?

— Il est résolu à l'avoir. Mais nous sommes dans l'impasse à propos de… Non, désolé, je ne tomberai pas dans le panneau ! Tu sais très bien qu'on cherche à me faire passer pour le dindon de la farce !

— Harrison, peu m'importe que tu me croies ou pas, mais mon oncle ne savait pas que je venais ici aujourd'hui.

— Rachel ? la pressa Josh à mi-voix. Nous devons y aller…

Elle franchit la porte qu'il maintenait ouverte pour elle puis, avant de sortir à son tour, il se retourna vers Harrison Shoals.

— L'encadrement n'est pas d'origine. Vous devriez faire quelque chose à ce sujet.

Incrédule, l'homme secoua la tête.

— Ça n'a aucune importance.

— Désolé, je ne suis pas de cet avis. Un encadrement d'origine aurait été un vrai trésor.

Sur ces mots, Josh s'en alla.

# 66

En bas de l'immeuble, ils s'engouffrèrent dans la voiture de location avec chauffeur, que Rachel avait prise pour venir, et qui les attendait. Ainsi, ils avaient prévu de pouvoir repartir sans délai au cas où Harrison aurait voulu les suivre ou les harceler.

— Où allons-nous, miss ? demanda le chauffeur. À la maison ?

Rachel consulta Josh du regard.

— Où nous déposons-vous ?

Il avait dans la poche gauche la petite boîte de pastilles à la menthe et dans la droite, les pierres qui frottaient contre sa cuisse, le taquinant. Shoals l'avait vu glisser quelque chose dans sa poche – sans remarquer laquelle. Josh y était allé au bluff. Pari payant.

C'était bien le truc, avec les tours de passe-passe que Malachai lui avait enseignés. Josh ne manquerait pas de dire à Malachai qu'il était un très bon professeur.

Il devait louer une voiture et rentrer sur New Haven. Mais d'abord, il lui fallait récupérer son équipement photo. Il voulait éclairer chaque pierre afin que toutes les inscriptions soient parfaitement nettes et distinctes avant de transmettre les clichés à Rollins par courriel. Il avait aussi besoin d'envelopper soigneusement les gemmes avant de rejoindre Gabriella en voiture ; elles étaient trop précieuses pour rester comme ça au fond d'une poche.

— Je vais à la fondation, et vous ?

— Je retourne chez mon oncle, je suppose.

— Pouvez-vous aller ailleurs ? Je ne suis pas certain que ce soit une bonne idée. Pas encore.

L'inquiétude voila les yeux de la jeune femme.

— Vous ne pensez tout de même pas que mon oncle...

— Je l'ignore. Voilà pourquoi j'aimerais que vous choisissiez un terrain neutre. Juste quelques jours, histoire d'en avoir le cœur net.

— Je pensais que tout cela tournait autour d'Harrison et de moi, d'Esmé et de Blackie...

— C'était le cas, et ça l'est toujours. Mais... allez ailleurs, rien que pour quelques jours. Je vous le promets, je vous aiderai à y voir plus clair dès que je pourrai. En attendant vous devez être prudente.

— Mon oncle n'a rien à voir avec tout ça ! Ce n'est pas un homme violent.

— Je suis certain que vous avez raison, mais je ne veux pas que vous preniez le moindre risque. Vous êtes en sécurité maintenant, Rachel. Et je veux que vous le restiez.

Elle donna au chauffeur l'adresse de son amie la plus proche, puis se retourna vers Josh.

— Si je le suis, c'est grâce à vous. Harrison a braqué un revolver sur vous ! Tout ça pour un tableau... Comment ai-je pu le trouver attirant ?

— Vous ne seriez pas la première à être séduite par le pouvoir.

Elle eut un sourire contrit.

— Non, évidemment. Esmé l'était, elle aussi. C'est pourquoi j'ai besoin de comprendre tout cela. Afin que ça ne se reproduise pas.

Lorsque la voiture s'arrêta devant l'appartement de son

amie, Rachel se pencha pour prendre Josh par le cou et l'en-lacer.

— Vous n'êtes pas en danger, n'est-ce pas ?

— Non, pas moi.

— Mais c'est vous qui prenez tous les risques ! Je vous en prie, soyez prudent. Je viens juste de vous trouver !

Quinze minutes plus tard, Josh poussait la porte des sous-sols de la fondation, réaménagés en une bibliothèque dernier cri à environnement contrôlé où il stockait son équipement. Il ferma derrière lui, et s'apprêtait à tirer les pierres de sa poche lorsqu'il remarqua Malachai, juché sur une échelle, en train d'inspecter un rayonnage en hauteur. Le léger bruit le fit se retourner.

— Dieu merci, Josh, j'étais tellement inquiet !

Il descendit.

— Où étiez-vous passé toute la journée ? Je m'attendais à votre retour ou au moins, à votre appel dès que votre avion avait atterri…

Sur la table imposante qui dominait, au centre de la pièce, Josh remarqua une dizaine de tomes poussiéreux ouverts à différentes pages. Les titres ramenaient tous au milieu des années 1800, relatifs à diverses méthodes sur la manière d'induire des régressions à des vies antérieures.

— Comment ça s'est passé avec Rollins ? Non, dites-moi d'abord comment va Gabriella ?

— Très mal… Et elle est toute seule. Je voulais qu'elle rappelle son père près d'elle. Mais rien à faire. J'ignore comment elle arrive à tenir bon sur tous les fronts comme elle le fait… À se ronger les sangs pour sa fille, collaborer avec Rollins, tenter de reproduire ce maudit mantra…

— S'en sortent-ils avec les traductions ?

— Rollins sèche toujours sur certaines inscriptions, mais il devrait pouvoir respecter le délai.

À l'aide d'une fiche, Malachai marqua la page qu'il étudiait dans un des ouvrages qu'il referma.

— Imaginez un peu ce que ça donnerait si le mantra fonctionnait. Être capable de se rappeler qui on a pu être par le passé, pas simplement des visions fragmentaires mais toute l'histoire… Écarter les voiles du présent pour entr'apercevoir le passé… Avez-vous réfléchi au genre d'homme qui finira par mettre la main sur les pierres ? Il comptera au nombre des plus puissants sur cette Terre, Josh. Bon sang, nous aurions dû les avoir ici…

Il plissa le front.

— Nous étions si près du but…

— N'avez-vous jamais envisagé qu'il puisse s'agir d'un simple mythe, que le mantra se réduise à une série de phonèmes sans rime ni raison ?

— Toujours pas touché par la grâce ?

— Avant d'avoir la foi, j'ai besoin de voir les choses noir sur blanc… Si j'avais pu photographier une aura, la capturer sur pellicule…

— Et nous retrouver ici à la fondation, où Percy vécut jadis ? Connaître l'existence du tunnel débouchant sur le parc ? Et la fillette du site des fouilles, à Rome ? N'étaient-ce pas des preuves suffisantes à vos yeux ? Quel genre de magie était-ce donc, dans ce cas ?

— L'affaire de la sépulture était partout sur les chaînes de télévision et dans les journaux. Natalie avait pu en entendre parler n'importe où. Quant au tunnel, j'ai passé des heures en votre compagnie avant que ça n'arrive… Vous auriez pu m'hypnotiser.

— Sans que vous ne vous doutiez de quoi que ce soit ? Je ne pense pas. Et auriez-vous oublié que vous faites un sujet exécrable en matière d'hypnose ? Quant à Natalie, oui, en effet, elle aurait pu entendre parler d'une momie découverte dans la fameuse tombe, mais d'où aurait-elle su que cette femme s'appelait Sabine ? Le prénom même que vous avez cité. Et que nul autre n'avait chuchoté… Elle l'aurait tiré de son sac à malice, c'est ça ?

Josh haussa les épaules.

— J'ai dû penser à ce prénom à un moment ou à un autre, certainement. Perception extrasensorielle, qui sait ? Et qui sait si toute cette histoire ne se résume pas à ça, d'ailleurs...

— Ou bien nous avons affaire à la réincarnation, un point c'est tout. Béryl et moi estimons détenir suffisamment d'éléments de preuve en ce domaine. Et vivantes. Comme vous, Josh. Mais si nous détenions ces pierres, nous serions en mesure de rallier à notre cause les incrédules.

Les possibilités d'une telle éventualité faisaient pétiller les prunelles de Malachai.

— Les gens qui, comme moi, n'ont jamais pu se rappeler quoi que ce soit à ce sujet, pourraient enfin découvrir leur propre passé et, ce faisant, trouver les réponses qui les aideront à progresser dans la vie.

Jusqu'à cet instant, Josh avait escompté sortir les gemmes de sa poche pour les lui montrer, lui parler de Rachel qui se souvenait de la vie d'Esmé, et de sa mort à bord du paquebot. Mais la convoitise, dans l'œil de son mentor, ne manqua pas de l'inquiéter... Et si Malachai les lui prenait de force et refusait de les lui rendre ? S'il était plus désespéré encore que le cerveau malfaisant qui orchestrait dans l'ombre cette aventure démentielle ?

Personne n'était donc capable de bien agir en ces circonstances ? Que représentait une poignée d'émeraudes et de saphirs au regard de la vie d'une enfant ? Fût-ce *cette* poignée-*là* de gemmes... Mais livrer au monde entier la preuve de la réincarnation avait été toute l'œuvre de Malachai depuis bien plus longtemps que ce n'était la « distraction » de Josh. En acquérir la certitude donnerait du sens à son existence, alors que pour Malachai, ça justifierait toute une vie consacrée à cette seule et unique passion.

*Les hommes sont des monstres, après tout...*

Qui avait dit cela ? Percy ? Oui, Percy Talmage à propos de son oncle Davenport Talmage, l'homme qui l'avait empoisonné en précipitant sa sœur dans la tombe… Esmé… victime de sa cupidité. Rachel aussi avait un oncle… Qu'Alex fût aussi rapace et mouillé dans cette sombre histoire qu'on avait cru le deviner était-il donc possible ?

— Avez-vous réfléchi à demain ? demanda Malachai, interrompant le fil de ses cogitations. Je veux vous accompagner, Gabriella et vous. Vous n'y arriverez pas tout seuls. Et si quelque chose allait de travers ?

# 67

Josh se présenta chez Gabriella juste après vingt heures ce soir-là. Il ne l'avait pas remarqué jusqu'à ce qu'il la suive dans la salle de séjour et la voie en pleine lumière, mais toute vie semblait pratiquement l'avoir quittée ces dernières quatorze heures. Il ne s'agissait pas simplement de l'intensité de sa pâleur ou de la noirceur de ses cernes. Elle n'était plus que l'ombre d'elle-même – à la façon de vieux clichés aux couleurs passées. À la vue de son visiteur, elle essaya un pauvre sourire… qui se mua en grimace d'angoisse. L'état de la pièce elle-même trahissait son cruel désarroi – une tasse à café en équilibre précaire sur le bord de la table, une pomme à peine entamée et qui noircissait là où ses dents avaient laissé leur empreinte, un pull-over jeté par terre et négligemment laissé où il était.

Ni l'un ni l'autre ne parla. Elle attendait d'entendre ce qu'il avait découvert et lui était pressé de le lui montrer, pensant que sa découverte lui redonnerait au moins espoir. Elle garda les yeux rivés sur ses mains alors qu'il ouvrait son sac à dos pour en tirer une enveloppe en papier kraft. Elle tendit les paumes telle une enfant quémandant un peu de nourriture et, l'une après l'autre, il y déposa les gemmes : émeraude, émeraude, saphir, émeraude, saphir, rubis… Les serrant contre sa poitrine comme si, ensemble, elles « reconstituaient » sa fille, Gabriella s'affaissa par terre et fondit en larmes.

Assis près d'elle, Josh la prit dans ses bras et la berça, respectant ses épanchements de douleur. Mais, en moins de cinq minutes, elle était de nouveau sur pied, résolue, maître d'elle.

— Nous devons les photographier… tout de suite, et les envoyer par courriel à Rollins. Il attend. Il lui a fallu tout ce temps pour venir à bout des six premières. Je ne sais pas… s'il y arrivera encore… Il lui a fallu vingt heures pour l'autre série. Et s'il s'agissait d'inscriptions différentes, qu'il ne puisse pas…

Elle s'interrompit, se mordillant une lèvre inférieure maintenant salement amochée.

— J'ai apporté mon équipement, dit Josh. Je peux l'installer dans votre salon et effectuer les clichés en moins de dix minutes.

Ce ne fut pas du soulagement qu'il lut dans les yeux de Gabriella mais une atténuation de la panique. C'était au moins ça, se dit-il.

Josh photographia les pierres sous différents angles et téléchargea les clichés dans le disque dur, puis Gabriella transmit le courriel à Rollins. En moins de quinze minutes, celui-ci appela pour accuser réception, confirmer qu'il avait bien ouvert le fichier et s'apprêter à retourner au travail.

Mais Gabriella eut l'air plus accablé encore que lorsque Josh était arrivé.

— Quelque chose ne va pas ?

— Il a dit que les inscriptions différaient sur ces pierres-là. Aucune ne renvoie à la première série. Il lui faudra le restant de la nuit et jusqu'à demain matin pour tout décrypter. Si du moins il parvient à être aussi rapide…

Comme tant de ses phrases, dernièrement, celle-ci s'acheva d'une voix mourante.

— Il y arrivera, Gabriella.

— Vraiment ?

Elle secoua vigoureusement la tête.

— Vous n'en savez rien. Personne d'entre nous… Je ne le supporte plus ! Ne plus rien contrôler comme ça, c'est le pire de tout ! Je veux faire quelque chose… C'est ma fille, et je veux tout faire pour la sauver…

Gabriella se passa les doigts dans une chevelure qui n'était plus qu'une masse emmêlée de nœuds.

— Oh, Dieu…, gémit-elle. Je veux faire quelque chose… n'importe quoi !

— Je sais. Et vous l'avez déjà fait. Vous avez trouvé la seule personne au monde qui pouvait nous aider, et qui le fera. Écoutez-moi !

Il vit alors dans ses yeux la même expression que celle des mères d'enfants victimes d'actes terroristes qu'il avait photographiées au Moyen-Orient.

— Et si vous alliez prendre une douche ? Je nous sers à boire et je prépare à manger. Vous n'avez plus rien avalé depuis hier soir, après notre retour par avion, je me trompe ?

— Vous savez cuisiner ?

Elle souriait presque.

— Surprise ?

— Oui, et non…

— Eh bien, je ne suis pas un cordon-bleu, notez bien, mais si vous avez des œufs, je…

— Vous savez, je ne pense pas que ça passera.

— Je ne vous donne pas le choix ! Vous devez manger un peu ou bien vous ne serez plus utile à personne demain. Alors… dites-moi juste où est la cuisine.

En s'y dirigeant, il ajouta que Malachai allait les suivre en voiture le lendemain, au cas où il y aurait du vilain.

— Et si on nous épie ? Et si on remarque sa présence ?

Une tension nouvelle fit vibrer la voix de l'archéologue.

— Il sera très prudent. Ça vaudra mieux ainsi. Et si quelque chose devait m'arriver ? Je ne veux pas que vous soyez seule face à ce monstre.

Il tendit un bras pour lui effleurer la joue.

— Allez-y.

Elle n'obtempéra pas tout de suite.

— Quand tout sera fini… quand Quinn sera de retour à la maison, avec moi, je trouverai les mots pour vous exprimer toute ma gratitude.

Le dénouement de cette épreuve paraissait encore bien lointain. Les attendait un chemin ardu en zone de guerre où, il l'espérait, la fillette serait au bout du périple… L'enfant qu'il n'avait jamais vue et qui serait enfin rendue à sa mère.

Tandis que Gabriella se douchait, Josh se versa deux doigts de scotch, qu'il sirota en réunissant les ingrédients pour faire des œufs et des toasts. Maintenant qu'il avait livré les pierres, que Rollins entamait la nouvelle traduction et qu'il se retrouvait seul, il subissait le contrecoup de toutes les péripéties qu'il avait vécues dans la journée. La rencontre avec Rachel, qu'il avait hypnotisée, l'entendre évoquer le passé tragique d'Esmé – la propre sœur de Percy, une femme à laquelle il semblait psychiquement lié, d'une façon ou d'une autre –, son mensonge pour accéder à la galerie de Harrison Shoals, son démontage du tableau, sa découverte des Pierres de Mémoire, qu'il avait volées et pour lesquelles on l'avait mis en joue… Au moins, il avait été en mesure d'aider Rachel à rompre ses liens avec un homme comme Harrison qui, s'il existait une chose telle que la destinée, était pour elle bien trop dangereux à fréquenter et à garder dans sa vie… Restait la question de l'oncle de Rachel… Alex représentait-il une menace pour sa nièce ? Pire, pour Gabriella et Quinn aussi ? Josh devrait-il appeler la police pendant que Gabriella était à l'étage, afin d'attirer l'attention des enquêteurs sur Alex et… ?

Son portable sonna. C'était Malachai, il décrocha.

— *Je voulais vérifier que vous allez bien, tous les deux. Du nouveau ?*

— Non.

— *Et le mantra ? L'obtiendra-t-elle à temps ?*

— Je crois… Écoutez, Malachai, vous devriez savoir une chose… Il y a douze pierres.

— *Quoi ?*

— Il y a douze Pierres de Mémoire, pas six.

— *Comment le savez-vous ?*

Il avait une voix tendue.

— Nous vous l'expliquerons quand vous nous rejoindrez demain.

— *Non, sûrement pas – pas après tout ce par quoi nous sommes déjà passés ! J'aimerais que vous m'expliquiez tout de suite.*

Josh ne lui avait encore jamais connu ce ton, aussi tendu. Mais, n'étant guère surpris, il lui expliqua ce qui s'était passé.

— *Quand cela est-il arrivé ? Je viens juste de vous quitter ! Pourquoi diable me le dites-vous seulement maintenant ? Vous les avez, Josh ? Sont-elles en votre possession ?*

Il regarda le salon où les gemmes étaient toujours étalées sur la table en verre de Gabriella. La lumière les traversait de part en part, les illuminant de l'intérieur. Elles scintillaient comme autant de créatures sous-marines, mystérieuses et… vivantes.

Et à l'instant où il allait répondre que oui, il les avait, il sentit, tel un courant invisible, un frémissement de peur le parcourir. Un avertissement.

S'il disait toute la vérité à Malachai, celui-ci les rejoindrait sur-le-champ. Et dès qu'il poserait les yeux sur les gemmes, serait-il capable d'y renoncer alors qu'il aspirait de toutes ses forces à attester de l'existence de la réincarnation ? Josh pouvait-il se permettre de prendre un tel risque – en en faisant courir un plus grand encore à Quinn ?

— Pas encore. Gabriella les aura demain.

— *Comment est-ce arrivé ?*

Derrière lui, Josh entendit la maîtresse de maison descendre l'escalier.

— Nous allons faire un petit repas sur le pouce, Malachai. Nous vous en parlerons demain. Je vous rappellerai dès que nous saurons où et quand l'échange aura lieu, pour récupérer Quinn.

Il raccrocha.

Ils mangèrent dans la cuisine. Josh regarda Gabriella manier mécaniquement sa fourchette pour la porter à sa bouche, mâcher une bouchée... recommencer. Il se doutait qu'elle n'avait nullement le goût de ce qu'elle avalait, mais peu importait. Il lui fallait reprendre des forces. Leur chiche repas consommé, ils repassèrent au salon avec une tasse de café au lait fumant examiner les émeraudes, les saphirs et le rubis, les contempler comme si, d'un instant à l'autre, ces gemmes pouvaient brusquement s'envoler... Sauf qu'elles n'avaient rien de vivant. C'étaient de simples fragments inertes de roc extraits des entrailles de la terre et métamorphosés en un véritable trésor ayant entraîné la mort d'au moins sept personnes déjà – autant qu'il sût.

— Je vous ai entendu parler au téléphone en descendant, fit remarquer Gabriella. Pourquoi avez-vous menti à Malachai ?

— J'ai eu peur qu'il fonce ici. Et je ne sais pas s'il aurait accepté d'y renoncer.

— Vous les convoitez autant que lui, pas vrai ?

Josh hocha la tête.

— Mais *vous*, vous ne les prenez pas.

— Quinn est votre fille.

— Mais je me rappelle ce que vous m'avez dit avant son enlèvement. Tout ce que vous vouliez, c'était une façon de pouvoir prouver l'existence de la réincarnation... C'est vous qui craignez de devenir fou, qui êtes obsédé depuis si longtemps... Et dont l'existence est brisée. Comment *vous,* pouvez-vous y renoncer ?

Les yeux fixés sur les gemmes, Josh revint sur la manière dont il les avait trouvées. Comment Rachel s'était rappelé une chose qu'elle n'avait pas eue conscience de savoir... Et comment l'écheveau de leurs passés respectifs avait filé une seule et unique trame, d'une façon qui défiait toute logique. Les circonstances qui avaient entouré sa découverte des pierres – leur existence même, au demeurant – n'en attestaient-elles pas assez à ses yeux, une fois pour toutes ? Ces quatre derniers mois, il y avait eu tant d'incidents et de révélations qui auraient dû suffisamment le lui prouver... Pourquoi n'était-ce pas le cas ?

Pour la même raison qu'interroger trois mille enfants n'avait toujours pas suffi à Malachai et à Béryl.

— Vous savez, dit Josh en se détournant des pierres scintillantes, demain soir à la même heure, vous serez ici avec Quinn.

Elle ferma les yeux, comme en une prière silencieuse. Puis elle aussi fixa les gemmes.

— Je ne peux même pas imaginer ce que ça a été, ce que vous avez fait aujourd'hui... Prendre les pierres... À Rome, vous avez failli perdre la vie, et voilà que maintenant, vous bravez de nouveau le danger.

— Nous n'en sommes plus là.

Elle se retourna vers lui, le dévisageant une longue minute. Puis elle se pencha et posa vivement ses lèvres sur les siennes. C'était intime, mais asexuel. Un témoignage de gratitude.

— Je reviens sur ce que j'ai dit... Je ne pourrai jamais vous exprimer toute ma gratitude...

— Et je ne m'y attends pas. C'est en rapport avec tant de choses que je ne comprends pas – les dettes karmiques à acquitter, les plans à mettre en branle en dépit de nos souhaits et désirs conscients... Quinn et vous en faites partie, mais pas de la façon que j'imaginais. Ce que je dis n'est pas très clair, n'est-ce pas... ?

Il se sentait gêné. Dès qu'il essayait de mettre des mots dessus, tout cela prenait aussitôt des airs d'aliénation sentimentale.

— Josh, pensez-vous que nous sommes en connexion ?

— Venant d'une vie antérieure, vous voulez dire ?

— Oui.

— Je voulais désespérément le croire. Mais non. Même quand je suis avec vous, je sens encore *sa* présence… *Elle* cherche toujours à m'attirer vers elle.

Il se leva, traversa la pièce en mettant autant de distance que possible entre Gabriella et lui, mais… rien n'y faisait. Il voyait encore ses yeux mordorés lumineux fixés sur lui. À cet instant, et plus que tout au monde, il aurait voulu lui affirmer que ce qui avait pu arriver par le passé ne comptait pas. Qu'il pouvait vivre sans connaître le dénouement de l'histoire de Julius et de Sabine. Et oublier la femme sans nom ni visage qui, pensait-il, l'attendait… Qu'il n'avait pas besoin de continuer à rechercher des preuves ou à découvrir une méthode efficace pour photographier les auras. Qu'il n'avait pas à faire de toutes ces théories des réalités irréfutables en noir et blanc.

Mais au fond, il savait à quoi s'en tenir.

La veille encore, il aurait pu se détourner de ses recherches.

La veille encore, Rachel ne s'était pas plongée dans son inconscient pour y découvrir une sombre histoire de peinture et d'encadrement.

La veille encore, ladite peinture et encadrement n'avaient pas livré un trésor resté dissimulé dans sa cachette plus de cent ans.

La veille encore, il aurait pu se détourner de l'idée qu'un destin particulier l'attendait.

Cette journée-là l'avait irrévocablement condamné à demeurer fidèle à son passé.

— Oh, Dieu… !

À entendre ce cri d'angoisse, on eût dit Gabriella blessée et souffrante.

— Quoi ?

— Josh, et si nous remettions les douze pierres à ce monstre et que ça ne marche pas parce que… ?

— Non, ça n'arrivera pas. Il ne vous fera pas attendre le temps de tout essayer avant de vous rendre Quinn.

— Mais… et s'il y avait quatorze gemmes ? Ou seize ?

— Il y en avait douze.

Il entendit sa propre voix venir de très loin, comme s'il se tenait au bout d'un tunnel interminable, à l'écoute de ce que quelqu'un venait de dire à l'autre extrémité.

— Vous êtes certain ?

— Oui.

Elle le dévisagea.

— Attendez… Vous savez… Je crois que vous pourriez avoir raison.

Elle quitta la pièce d'un pas vif.

Josh la suivit dans la bibliothèque, où elle prenait des ouvrages de leurs rayonnages, les laissant choir au sol les uns après les autres.

— Que faites-vous ?

— Je crois me rappeler quelque chose… Je n'en suis pas sûre. Ce pourrait être un élément de preuve.

Elle retira un autre ouvrage de sa place pour le feuilleter.

— Oui… J'y suis… Venez voir !

C'était le dessin d'un paon faisant la roue.

— C'est quoi, ça ?

— La copie d'un croquis découvert dans une tombe de l'Égypte antique. D'anciens écrits le décrivaient comme un pectoral doré originaire d'Inde contribuant à permettre à son propriétaire d'atteindre sa réincarnation suivante… Chaque plume du paon était sertie d'une pierre précieuse. Josh, la queue de ce paon comptait douze plumes. Douze précisément ! Or, le paon était anciennement un symbole de renaissance. De réincarnation. Ces pierres portent des inscriptions que nous savons être de l'indus. Voilà peut-être bien leur provenance !

— Vous pouvez le lui dire avec tout le reste, en gage de votre bonne foi, et comme élément de preuve supplémentaire.

Elle arrachait déjà les pages pertinentes dans une frénésie d'énergie démentielle qu'attristé, il trouva pathétique. Puis, la tête posée sur les bras, elle fondit en larmes. Sous le regard impuissant de Josh. Peu importait ce qu'il lui dirait, il savait déjà que ça ne servirait à rien. Non… Seul le retour de sa fille saine et sauve pourrait la consoler.

— Nous devrions essayer de dormir un peu. Je sais que ça va être difficile, mais vous avez besoin de repos. Vous ne serez d'aucune utilité à Quinn si vous êtes épuisée à ce point demain.

Elle acquiesça.

— Allez…

Il l'aida à se relever.

— Je vais vous aider à monter à l'étage.

— Vous restez, n'est-ce pas ? demanda-t-elle d'une voix tremblante.

Elle pleurait toujours.

— Je dormirai sur le divan. Je ne veux pas vous savoir seule, surtout pas ce soir.

Alors qu'ils gravissaient les marches, elle s'appuyait sur lui, et il sentit qu'elle avait la peau anormalement froide, sous sa chemise. Dans la chambre à coucher, elle s'allongea, trop lasse pour se déshabiller, et il tira l'édredon sur elle. Maintenant qu'elle était au fond de son lit, elle s'abandonna au chagrin, éclatant en sanglots. La pièce entière résonna de sa douleur mêlée de terreur. Il s'assit près d'elle et l'enlaça. Ils restèrent ainsi un long moment. Soudain, elle rapprocha son visage du sien et l'embrassa. La colère et la rage perceptibles dans la pression qu'elle exerça sur ses lèvres le surprirent. Il ne comprenait pas, mais ça n'avait plus d'importance. Il serait bien temps plus tard de songer combien leur union avait un caractère impossible.

— Je veux juste perdre la tête quelques instants, ne plus penser à rien… chuchota-t-elle.

— Oui, Gabriella, pas de problème…

Elle ne se montra ni douce ni patiente, prenant bien plus qu'elle ne donnait. Elle lui déchira son pantalon et sa chemise, le dénudant à toute force sans lui laisser une chance de lui rendre la pareille. En la voyant se dévêtir si vite, il entra aussitôt en érection. Il eut à peine le loisir d'entrevoir ses longues jambes, ses hanches généreuses et ses seins, étant trop rapides pour lui. Une minute elle ôtait ses vêtements, la suivante, elle se juchait sur lui à califourchon, le chevauchant presque comme si elle était possédée.

Elle darda sur lui un regard incandescent, baignant son torse de ses larmes intarissables alors qu'elle tentait d'exorciser sa douleur et sa terreur dans la frénésie de leur accouplement. Josh se sentit se désintégrer en elle, stupéfait par la fougue qu'elle déployait. Il ne pouvait soutenir son rythme ; elle était trop déchaînée, animée par une passion qui tenait quasiment de la transe. Il y renonça donc, la laissant faire. Elle changeait constamment de tempo, le gardant chaud comme la braise, ralentissant pour ne presque plus bouger avant de se lancer de plus belle dans sa course effrénée au plaisir – une course qu'elle devait « gagner » à tout prix… Dès qu'il sentait la pression grimper en flèche, elle s'arrêtait, prenait son temps, ne bougeait plus les hanches, les jambes ni même le torse, fléchissant seulement les muscles… avant de reprendre sa folle « cavalcade ».

Gabriella était tout entière à vif. Ouverte. Brute. Josh n'était plus certain d'être autre chose à ses yeux qu'un défoulement, et un sursis aux terreurs qui la tourmentaient. Mais même en sachant cela, tout le savoir-faire qu'elle déployait à son égard ne laissait pas de l'émouvoir profondément. Elle survivait de la seule façon possible, et il était résolu à l'y aider de toutes ses forces.

Enfin, elle rejeta la tête en arrière et lui serra les épaules avec une telle force qu'il en eut vraiment mal. Là où tous deux s'unissaient en mêlant leur essence monta un sourd gémissement. Qui gagna en force, aussi primitif et sauvage que ce que Josh ressentait… Comme si le monde entier explosait *et* implosait simultanément... Des années entières de douleur, de passion et d'impuissance s'amalgamèrent en un hurlement qui ravagea la pièce...

Détournant la tête, cette fois, Josh mêla ses pleurs à ceux de sa maîtresse d'un soir.

Il se réveilla seul, nu sous les draps, les événements de la soirée lui revenant en tête. Moins leur fougueuse union que ce qui s'en était suivi... Comment Gabriella s'était endormie, épuisée, vidée, nichée dans le creux du bras de son amant... Et comment lui avait veillé, la regardant dormir, souhaitant que les pierres fussent déjà loin, Quinn de retour saine et sauve, et que ce fût là toute sa vie.

Habillée, les cheveux encore humides et frisottant, Gabriella était dans la cuisine en train de boire du café lorsqu'il descendit la rejoindre. Levant les yeux vers lui, elle tenta de sourire. Son regard, intime, parut envelopper Josh malgré la distance.

Il lui demanda la seule chose qui comptait.

— Des nouvelles de Rollins ?

Elle acquiesça.

— Il a presque fini, Dieu merci...

— D'autres appels ?

— Non. Ça me rend folle !

— Ils appelleront, Gabriella. Ils appelleront.

Elle hocha derechef la tête.

— Du café ?

Elle fit mine de se lever.

— J'y vais.

— Non, laisse-moi. Ça me permettra de m'occuper. J'en ai besoin.

Après avoir versé le café, elle posa la tasse chaude devant lui puis se rassit en face.

— Je n'arrive pas à croire ce que j'ai fait cette nuit.

— Tu serais surprise de voir ce que le chagrin fait aux gens.

Elle contempla le breuvage noir, comme en quête d'une réponse.

— Mais c'était… c'était…

— Tu cherchais du réconfort, du soulagement… Ne joue pas à ça ! Tu es plus stressée que tu ne l'as jamais été de ta vie entière ! Ne sois pas trop dure envers toi-même.

— C'est juste que…

Elle finit par le regarder, du désarroi et de la tristesse plein les yeux.

— Je ne me suis pas servi de toi, Josh.

— Il existe un kôan bouddhiste, des bougies sont disposées sur une table, celle qui est à droite est allumée, les autres à gauche ne le sont pas. Alors que chacune achève de se consumer, un moine utilise la flammèche mourante pour allumer la suivante, dans le rang. La question, la voici : la flamme de la dernière bougie est-elle la même que celle de la première ? De la deuxième… ?

— La même. À ton avis ?

— Pas la même, mais pas différente non plus. Sans la première flamme, aucune des autres bougies n'aurait pu brûler à son tour.

Gabriella acquiesça.

— Nous avons partagé ce moment, continua-t-il. Ça ne signifiait pas la même chose pour toi et pour moi, mais nous nous sommes embrasés pour un temps et avons brûlé d'une même flamme. Or, ce matin, nous voilà tous deux différents. Ça pourrait ne jamais se répéter, mais ça ne disparaîtra pas pour autant non plus.

Elle baissa la tête, juste assez pour que ce soit perceptible, comme si ce qu'il venait de dire était une bénédiction.

Et juste à cet instant, le téléphone sonna.

# 68

— Je vous avais dit de la faire taire !

Aussi effrayée qu'elle puisse l'être jusqu'à cet instant, le hurlement du type excédé fit battre le cœur de Bettina à toute vitesse. Être terrifiée à ce point si longtemps et y survivre ne lui paraissait pas possible. Entendait-il les battements affolés de son cœur ?

— Pourquoi on peut pas s'arrêter pour acheter des bonbons ? demanda Quinn d'une voix plaintive pour la sixième fois.

— Parce que nous sommes pressés, ma chérie. Sois patiente, et gentille.

— Mais je veux m'arrêter ! pleura l'enfant.

— Bon Dieu, si vous ne la faites pas taire, je m'en charge moi-même ! aboya Carl.

— Elle n'a même pas trois ans ! répliqua Bettina – avant de se pétrifier.

Elle venait de lui répondre sur le même ton… Qu'allait-il faire ? Elle n'imaginait plus que, sous ces dehors bourrus de dur à cuire, pût exister une âme douce qui ne tenait pas réellement à blesser quiconque. Elle venait de passer trois jours

440

avec lui et, s'il avait jadis subsisté en cet homme un peu d'humanité, une corde encore sensible à la bonté et à l'amour, elle s'était endurcie et complètement racornie.

Bettina regarda par la vitre de la portière. Si elle pouvait voir à l'extérieur, l'inverse n'était pas vrai. Leur voiture était comme un cercueil. Hermétiquement fermé... Impossible de s'en échapper. Les ravisseurs tuaient généralement leurs victimes. Elle le savait. La nouvelle tombait invariablement dans les journaux télévisés. Combien de personnes enlevées survivaient ? Quel était le pourcentage ? Elle revoyait déjà une centaine de manchettes de journaux auxquelles elle n'avait jamais prêté attention jusque-là.

— Pourquoi on peut *pas* acheter des bonbons ? demanda Quinn pour la énième fois.

— Je vous ai dit qu'elle la boucle ! Vous ne m'avez pas entendu, peut-être ? Par le sang du Christ, elle me porte sur les nerfs !

— Mon doux cœur, nous achèterons des bonbons après avoir retrouvé ta maman ; nous allons la revoir là, tout de suite. Ensuite, tu en auras.

— Je veux des M&M's !

Carl tourna légèrement la tête.

— Je vous préviens pour la dernière fois, fourrez-lui une chaussette dans la bouche s'il le faut... Je ne peux pas m'occuper de ça pour l'instant. Vous comprenez ? Vous pigez ? Ou je dois vous flanquer une dérouillée pour que ça vous rentre enfin dans le crâne ?

Il en serait capable, indubitablement. Il n'hésiterait pas. S'essuyant les mains sur son jean, elle jeta un coup d'œil furtif à la nuque du conducteur, entre la ligne de ses cheveux et le col de sa chemise. Le bout de peau visible était d'aspect rougeaud mais fin. Y avait-il des veines à cet endroit ? Des artères ? Si elle se penchait pour le mordre, pourrait-elle le blesser suffisamment pour le mettre hors d'état de nuire et... ? Non. Il était au volant. Sous l'effet de la surprise et de la douleur, il risquait de perdre le contrôle du véhicule et de tous les tuer. Pourtant, elle n'avait encore jamais été aussi près de lui en trois jours, après toute la frustration de son impuissance dans cette chambre de motel, à écouter ronronner le poste de téléviseur pendant soixante-douze heures faute de trouver la moindre parade, la moindre contre-attaque.

— Je veux des bonbons en cadeau pour maman.

— Putain de bordel, la ferme ! hurla-t-il.

Bettina tremblait de tous ses membres, elle se remit à claquer des dents. Quinn, qui avait écouté ce drôle de bruit ces trois derniers jours et qui l'associait maintenant à la colère croissante du méchant homme, poussa des cris perçants.

La terreur de Bettina grimpa en flèche. Et si c'en était trop, pour leur ravisseur ? S'il pivotait à demi sur son siège pour leur loger à toutes les deux une balle dans le crâne ?

— Allons, Quinnie, cesse de pleurer maintenant… Nous allons revoir maman, et elle sera tellement excitée aussi de te revoir qu'elle va te couvrir de baisers.

Mais les pleurs stridents ne s'apaisèrent pas. Au contraire, ils empirèrent.

— Putain de bordel de merde !

— Quinnie, tu veux jouer à un jeu ? Ton nounours voudrait jouer avec toi…

C'était de pire en pire.

— Pour l'amour du ciel, donnez-lui ça !

Carl jeta à Bettina un paquet de chewing-gum qui la heurta violemment à la tempe. Des larmes lui montèrent aux yeux.

— C'est quoi, ça ?

Les pleurs de Quinn, au contraire, cessèrent instantanément comme si la fillette avait pu dire instantanément au vu de l'emballage jaune brillant que c'étaient des friandises.

De toutes les choses bizarres auxquelles Bettina aurait pu penser, au milieu de cette sainte terreur, à l'arrière d'une voiture conduite par un type cruel et effrayant armé d'un pistolet dont – elle en était certaine – il avait dû se servir plus d'une fois, tout ce qui lui venait en tête, c'était que Gabriella interdisait le chewing-gum à sa fille. C'était une des règles.

— Tiens ma chérie, mais écoute-moi, ce n'est pas un bonbon comme les autres. Il ne faut pas l'avaler mais le mâcher.

— Pas des bonbons ?

— Si, mais tu ne dois pas l'avaler, juste le mâcher.

— Donnez-lui ce putain de chewing-gum ! Et qu'elle l'avale si ça lui chante ! Qu'elle ne moufte plus, un point c'est tout ! J'ai besoin qu'elle ferme sa petite gueule, merde !

Bettina s'exécuta, se forçant à glousser quand Quinn fourra le truc fascinant dans sa bouche en souriant dès que le sucre lui explosa sur la langue, titillant ses papilles gustatives.

— N'avale pas ! insista la jeune femme.

Quinn hocha la tête. Continua de mâcher. Sourit. Et mastiqua encore.

Au moins, elle s'était calmée.

# 69

*« Cette âme a besoin d'en suivre une autre en laquelle*
*l'Esprit de la vie réside, parce qu'elle est sauvée par la grâce*
*du Saint-Esprit. Alors, elle ne se réincarnera plus jamais*
*dans un corps de chair et de sang. »*

Le Livre Secret de Jean, Évangiles Gnostiques,
185 après Jésus-Christ

*Vendredi, 13 heures 05*

Malachai se gara devant la maison de Gabriella, restant assis au volant. Moins de deux minutes plus tard, Josh Ryder et l'archéologue en sortirent et le rejoignirent. Côté conducteur, ils lui parlèrent par la vitre baissée, l'informant des instructions du kidnappeur et revenant sur leurs plans. Malachai allait les suivre en voiture. S'il les perdait, il appellerait sur son portable.

Une fois que Gabriella aurait l'itinéraire prévu pour effectuer la transaction, Josh appellerait aussi Malachai et lui transmettrait les précisions. Plus important encore, dès que le docteur Samuels se serait assuré que Gabriella et Josh étaient avec le ravisseur, il alerterait la police – en cas de dérapage quelconque, ils auraient au moins du secours.

— Expliquez bien aux policiers qu'ils doivent se montrer vraiment très prudents ! insista Gabriella.

— Je le ferai, ne vous inquiétez pas, répondit Malachai, se voulant rassurant.

Il avait pris le ton qu'il employait avec les enfants, juste avant de les hypnotiser.

Puis il demanda à Josh s'il pouvait voir les pierres.

— Gabriella les a…

Ainsi, il laissait au professeur Chase le soin de décider ou non de les sortir. Gabriella ouvrit son sac, en sortit une enveloppe matelassée pour en tirer un paquet enveloppé dans un mouchoir en papier qu'elle lui tendit par la vitre.

Penché sur le paquet, Malachai le défit. Josh ne voyait pas les pierres – pas plus que le visage de son mentor. Mais rien qu'à l'angle d'inclinaison de sa tête ou à sa parfaite immobilité, il pouvait dire que Malachai faisait ce qu'il avait déjà fait en les découvrant la première fois… Il méditait.

Une minute s'écoula.

— J'aimerais modifier le plan, dit Malachai à Gabriella sans tourner les yeux vers elle, tout à sa contemplation. Quand nous y serons, je voudrais être celui chargé de l'échange. Je ne suis pas impliqué émotionnellement, et je serai donc moins enclin à agir de façon irréfléchie. Le ravisseur a bien dit que vous pouviez venir accompagnée… Il s'attendra à vous voir avec un homme.

— Non, s'interposa Josh, j'irai avec elle.

Cette fois, Malachai releva la tête pour lui décocher un regard sévère.

— Ces pierres auraient dû me revenir. Si je ne peux pas les avoir, laissez-moi au moins être celui qui les livrera.

Josh consulta sa montre.

— Nous devons y aller.

Malachai remballa les gemmes et – de mauvaise grâce, estima Josh – rendit le paquet à Gabriella, qui le serra comme si ce simple contact l'empêchait de perdre la raison. Puis Josh l'entraîna par le bras et tous deux gagnèrent la voiture de l'archéologue.

Ils échangèrent quelques mots pour la forme jusqu'à ce qu'ils abordent l'autoroute inter-États 95, plein est, sans même connaître leur destination finale. Après trente minutes, le téléphone de Gabriella sonna, et le kidnappeur donna une direction, à la sortie de la bretelle 8. La tension de la jeune femme électrifiait l'air. De temps à autre, Josh jetait un coup d'œil au rétroviseur, à la Jaguar de Malachai qui les suivait à trois ou quatre véhicules d'intervalle, mais la perspective de le perdre de vue ne le souciait pas. Ils avaient leurs portables.

À 14 heures 25, Josh s'arrêta sur une place de parking de Dunkin' Donuts, dans la ville de Stamford, à Post Road, comme stipulé. Ils attendirent en silence, les yeux rivés sur le portable de Gabriella.

Les odeurs entêtantes de beignets, de boulangerie-pâtisserie, s'infiltraient dans l'habitacle, sans désamorcer en rien la nervosité ambiante. Josh était sûr de pouvoir *la* sentir… La peur et la tension dégageaient leurs propres remugles. Ça émanait des soldats en plein combat, des prisonniers passant en jugement, des mères dont les enfants couraient un danger mortel…

Quand le portable vibra de nouveau, elle l'ouvrit si vivement qu'il n'eut pas le temps de sonner une deuxième fois. Elle écouta, répondit par l'affirmative, raccrocha, regarda par la vitre et désigna, de l'autre côté de la rue, une grande église en pierre perchée sur une petite colline. Une allée conduisait à l'édifice consacré, aux flèches élancées et au clocher caractéristiques.

— Ils sont là. Juste là…

Sa voix se fêla.

Josh roula dans la direction indiquée, s'arrêtant au feu rouge.

Gabriella serrait et desserrait les poings. Elle reprit la parole sans quitter l'église des yeux.

— Il ne peut rien être arrivé à mon bébé, pas vrai ?

Sa voix paraissait provenir des tréfonds de son être à la torture… comme si elle avait parcouru des kilomètres avant d'arriver à la surface…

— Ce mec n'en veut pas à Quinn, répondit Josh. Il ne veut pas plus de problèmes que nécessaire. Juste les pierres. C'est tout ce qu'il veut. Il ne tenait pas à tuer le professeur Rudolfo ou l'agent de sécurité. Ceux-là se sont mis en travers de son chemin et voilà tout. Plus rien ni personne ne lui barre la route maintenant. Il veut simplement les gemmes et le mantra, Un point, c'est tout. Les pierres et le mantra…, répéta-t-il, lui parlant comme il avait entendu Malachai parler aux enfants pour les aider à se détendre en préalable à la séance d'hypnose. Les pierres et le mantra…

Il se demanda s'il ne s'agissait pas d'Alex Palmer, après tout. Était-ce l'homme à l'origine du vol sanglant puis de ce rapt d'enfant ? Et Rachel resterait-elle loin de lui comme elle l'avait promis ?

Le feu rouge paraissait interminable – se pouvait-il qu'il dure si longtemps ? Gabriella baissa sa vitre et se pencha au-dehors, à tel point que Josh voulut la retenir d'instinct.

— La dernière chose dont Quinn ait besoin, c'est bien que tu te blesses.

L'entendait-elle seulement ?

— Gabriella, je t'en prie, laisse-moi faire.

Elle ne souffla mot.

Le feu repassa au vert. Josh pressa la pédale d'accélération et se dégagea. Il n'y avait pas d'autres voitures dans la rue, mais il roulait tout de même lentement. Ils y étaient presque. Il ne voulait pas d'embrouilles de dernière minute.

Dix mètres.

Vingt.

Trente.

Il prit à gauche dans la longue allée, roula sur une ving-taine d'autres mètres puis se gara devant l'église. Tous deux sortirent du véhicule. Il fit le tour pour la rejoindre.

— Pour l'amour de Quinn…

Il tendit la main.

— J'ai besoin d'entrer…

— Reste en arrière, dans l'ombre.

Elle ne lui avait toujours pas remis le paquet contenant les pierres et le mantra.

— Je te le promets, Gabriella, je te la ramènerai.

Elle tendit à son tour la main. Une main prise de violents tremblements.

# 70

Porteur du paquet renfermant trois saphirs, deux émeraudes et un rubis de la taille d'une noix, ainsi que les trans-
criptions phonétiques de symboles indus qui étaient retombés
dans l'oubli depuis la nuit des temps, Josh gravit la volée de
marches de l'entrée, Gabriella à ses côtés.

Au début de l'allée, Malachai se gara à l'angle de la rue et
sortit à son tour de voiture.

Josh monta la dernière des six marches, accédant au parvis.
Il saisit la poignée de la porte en bronze pour ouvrir, laissant
filtrer un air frais embaumant l'encens.

Quelques secondes durant, il ne put sonder la pénombre
ambiante. La transition entre plein soleil et obscurité l'aveuglait
brutalement. Mais il était plus doué que la plupart des gens à
passer de la lumière à l'ombre après tant d'années l'œil rivé à
l'objectif, ou à développer ses tirages en chambre noire. Sa vision
s'adapta donc rapidement à la baisse subite de luminosité.

Il entra, Gabriella toujours à ses côtés.

Il remonta de dix pas l'allée centrale.

Une femme, main dans la main avec une fillette, se tenait
près du maître-autel. Un homme de haute taille, corpulent,
était sur leur droite. Derrière le trio scintillait une croix en
or.

— Qui êtes-vous ? lança le type. Où est madame Chase ?

À la chiche lumière, il ne devait pas être capable de voir jusqu'au fond de l'église.

— Je suis là, répondit Gabriella. Josh est mon ami, celui qui pouvait me conduire jusqu'ici, avez-vous dit. Il est là pour aider. Il a ce que vous voulez.

— Maman... !

Un cri de peur et de soulagement mêlés se répercuta dans l'édifice pratiquement vide et creux.

Josh sentit Gabriella sursauter. Il la prit par le bras, la retenant. Puis il la lâcha et s'avança.

Carl avait saisi Quinn à l'épaule, la retenant également près de lui. Ses doigts s'enfonçaient dans la chair de la fillette. Nageant en plein désarroi, Bettina ne comprenait visiblement pas ce qui se passait. Elle gémit.

Agacé, le ravisseur lui décocha un coup d'œil noir.

Il fallait dès à présent espérer que Malachai avait bien contacté la police. C'était le plan ; une fois Josh et Gabriella dans l'église, il devait passer l'appel. À Josh le soin de calmer tout le monde le temps que les flics arrivent.

C'est alors qu'il entendit un bruit de pas, dans son dos...

... À son grand soulagement... Dieu merci.

Il ne se retourna pas. Il ne voulait pas distraire le kidnappeur ou l'avertir de l'arrivée de la police.

Josh continua d'avancer vers le maître-autel. Il en était à cinq pas lorsqu'il *le* vit – briller de la façon dont la croix brillait.

L'homme était armé.

— Libérez Quinn, prenez ça et lâchez-la...

Josh tendit le paquet.

Mais le ravisseur remarqua quelque chose, dans l'ombre.

— Lâchez Quinn ! insista Josh.

Le type l'ignora, son attention rivée sur la droite de l'homme qui lui faisait face. D'un geste vif et fluide, il dégaina, braquant le canon de son arme sur les ombres.

— Putain, vous êtes qui, vous ? brailla-t-il.

Josh non plus ne comprenait plus ce qui se passait. Le ravisseur était-il assez dingue pour braquer la police ? Il pivota. Non, ce n'était pas la police mais… Malachai Samuels… ! Qu'est-ce qu'il fichait là ? Pas le temps de piger… Plus maintenant. À cet instant, Josh réalisa que la police ne viendrait pas. Pour une raison ou une autre, Malachai ne l'avait pas contactée.

— Mains en l'air ! ordonna Carl. J'ignore qui vous êtes, putain, et je ne veux pas le moindre coup fourré !

Malachai s'exécuta.

Près du maître-autel, Bettina se remit à claquer des dents. Assez fort pour que Josh l'entende.

Carl fit volte-face.

— Putain, ta gueule !

La lèvre inférieure de Quinn frémit.

Josh se rapprocha d'un pas du maître-autel.

— Laissez partir la baby-sitter… Vous n'avez plus besoin d'elle.

Il avait pris un ton calme et posé.

— Elle ne fera qu'être dans vos jambes… Laissez-la remonter l'allée et attendre avec madame Chase.

C'était sa dernière chance de sortir Bettina de ce guêpier afin qu'elle coure chercher des secours… Il faisait assez sombre dans l'église pour que le ravisseur ne puisse pas distinguer si elle était restée ou bien s'était volatilisée.

Bettina claquait toujours des dents. Un claquement répétitif qui brisait le profond silence des lieux.

— Ça nous rend tous marteau d'entendre ça, insista Josh, l'air compatissant. Laissez-la partir.

Bettina le dévisageait.

Carl le dévisageait.

*Appelez la police*, mima Josh du bout des lèvres, avec l'espoir qu'elle n'était pas trop choquée pour comprendre, qu'il y avait assez de lumière tombant sur lui pour qu'elle puisse suivre le mouvement de ses lèvres.

— Attendez là-bas ! ordonna Carl.

Descendant les marches du maître-autel, Bettina courut au fond de l'église rejoindre Gabriella.

Josh ne se retourna pas. Il espérait qu'elle comprendrait ce qu'il venait de lui demander du bout des lèvres, et qu'elle obtiendrait très vite de l'aide.

Carl revint à Malachai.

— Je vous ai demandé qui vous étiez, putain de merde !

— Je ne suis pas là pour compliquer les choses, assura-t-il. Prenez le paquet et libérez la fillette.

Le front plissé, le ravisseur avait incliné la tête histoire de mieux écouter parler l'inconnu. Puis il sourit. Comme si une douce pensée venait de lui traverser l'esprit.

— L'argent était censé être déposé sur mon compte. Sauf qu'il n'en a rien été.

Pourquoi diable disait-il cela à Malachai ? se demanda Josh.

— Je suis certain que vous l'aurez dès que vous aurez effectué la livraison. Prenez-le. Et libérez la fillette, ordonna Malachai.

Le type secoua la tête.

— Seulement si je vois la couleur du fric ! Avec ce que j'étais supposé venir chercher. Non ? Ce qu'on me doit est-il dans ce paquet ?

— Vous voulez combien, bordel !

Carl ricana, en pointant le canon de son arme sur Malachai.

— C'est lui qui me doit le pognon ! C'est lui le putain de menteur !

— De quoi parlez-vous ? s'écria Malachai, abasourdi.

— J'ai l'oreille pour reconnaître les voix, comme on dit. Je sais qui vous êtes.

— Ah, vraiment ! répliqua Malachai d'un ton impérieux.

Il eut une légère hésitation nerveuse en prononçant ce dernier mot.

— Eh ouais, *vraiment !* Je sais exactement qui vous êtes, putain !

Et soudain, Josh aussi.

Une dizaine de petites pièces manquant au puzzle se mit en place. Qui avait tout orchestré dès le début sinon Malachai Samuels en personne, lui qui désirait désespérément posséder les pierres et prouver l'existence de la réincarnation ? Des années plus tôt, par un dimanche enneigé, Gabriella Chase, désireuse de se rapprocher de sa défunte mère par la grâce de la foi, était venue se recueillir dans une chapelle de Yale et avait été abordée par un prêtre – sûrement un de ses factotums. L'individu avait remis à l'archéologue  « la carte au trésor ». Malachai avait organisé le vol des pierres. Et il venait de faire un ultime effort pour être chargé de l'échange, tout en sachant pertinemment que jamais Josh n'accepterait. Malachai, le prestidigitateur… Il était certainement capable d'user d'artifice et de déguisement, de ruse et de subterfuge. Mais Josh ne l'aurait jamais cru également capable de perpétrer les actes affreux commis au cours de cette quête du Saint Graal… Des crimes comme l'homicide et le rapt d'enfant…

Le passé n'est pas toujours la voie de l'avenir. Il peut aussi être une punition. C'était bien l'objet de la réincarnation, après tout, n'est-ce pas ? La tentation de répéter le passé, le courage de s'en abstenir…

Josh se souvenait de Rome, et de Malachai discutant de son père… Un père qui ne lui avait jamais donné sa chance en raison d'un frère aîné mort prématurément avant sa naissance…

*Et si j'étais ce premier-né réincarné ?* s'était dit Malachai. *Est-ce que cela ne ruinerait pas la vie de mon père, de l'apprendre maintenant ? De réaliser qu'il m'avait à ses côtés tout du long, et qu'il m'a perdu deux fois ?*

Oui, tout cela était bel et bien l'œuvre de Malachai. La symphonie de sa vengeance.

— Allez-vous enfin me filer ce que vous me devez ? grogna le ravisseur.

— Lâchez Quinn ! insista Josh.

— Vous, fermez-la ! répliqua Carl en pointant le menton vers Malachai. C'est entre lui et moi que ça se passe !

Malachai se rapprocha du maître-autel.

— Libérez-la.

— En laissant filer mon unique monnaie d'échange ? J'en ai rien à branler de ce qui peut lui arriver ! éructa Carl, hors de lui. Je veux mon fric !

Josh comprenait tout à présent. Le ravisseur était censé échanger l'enfant contre les pierres puis filer. Malachai serait à l'église avec Josh et Gabriella, sans jamais faire figure de suspect. Au contraire, il aurait eu tout l'air d'être un des sauveurs de la fillette.

Et puis ensuite, dès la tombée de la nuit ou dès le lendemain, un *autre* échange aurait eu lieu, Malachai récupérant les Pierres de Mémoire et les traductions. Elles lui auraient appartenu, et il aurait enfin pu accomplir ce qu'il tramait depuis si longtemps – le viol du passé.

Ou du moins, il aurait essayé.

— Alors, je prends l'argent, ou bien la môme ? feula Carl à Malachai. La gosse appartient à un professeur qui paiera certainement une fortune pour la récupérer ! N'est-ce pas, madame Chase ? ajouta-t-il en se tournant vers le fond de l'église.

— Oui !

Une réponse faite d'une voix ferme, sûre et… torturée.

Sensible aux tourments de sa mère, ou bien l'épaule meurtrie par la poigne de son ravisseur, Quinn se remit à pleurer.

— La ferme ! lui hurla Carl.

Josh sentit que les nerfs du type allaient lâcher.

Les pleurs gagnèrent en force, remplissant toute l'église.

Carl braqua son arme sur la fillette éplorée.

— Avez-vous la moindre idée de combien j'en ai marre de l'entendre chialer ? Et d'être baladé d'un endroit à un autre ? Je veux mon pognon – tout de suite !

Les sanglots de Quinn empirèrent.

Josh avait les yeux rivés sur l'index du kidnappeur, menaçant de commettre l'irréparable et d'appuyer sur la gâchette. Du coin de l'œil pourtant, il vit Malachai se rapprocher subrepticement de lui.

— Donnez-moi les pierres, Josh, chuchota-t-il. Laissez-moi gérer la situation.

— Vous faites quoi ? s'égosilla Carl en brandissant son revolver.

Les sanglots de la fillette devinrent assourdissants.

Josh n'aurait su dire ce qui lui permit de prédire le drame, mais il sut ce qui allait se produire une fraction de seconde avant que ça n'arrive… et il bondit pour faire un bouclier de son corps à l'enfant, la catapultant hors de la trajectoire de la balle.

Il entendit un tir, l'écho du coup de feu… les pleurs de Quinn qui passa en courant devant lui, léger souffle d'air sur son visage. Il sentit l'odeur du feu. Et entendit la fillette réclamer sa mère à grands renforts de cris stridents.

Elle était sauvée, songea-t-il. Enfin…

Derrière lui, Josh entendit encore Gabriella pousser un gémissement. Exhalant une douleur qui devait avoir pesé un million de tonnes.

Il ne sentait plus rien maintenant, hormis la surprise – jusqu'à ce que les brûlures commencent. Puis des parfums caractéristiques de jasmin et de santal lui parvinrent… Il y eut la sensation euphorisante du temps qui se rabat en vrille sur lui-même, effaçant la souffrance.

Julius court à toutes jambes dans les rues de Rome. Sans réussir à aller assez vite. Il s'est trop attardé au temple, près de son frère mourant. Gâchant – il mesure à présent à quel point – un temps précieux à tenter de sauver Drago… En pure perte. Mais il refuse de la perdre, *elle* aussi. Sabine est murée sous terre depuis vingt heures maintenant. Bientôt, elle n'aura plus assez d'air pour respirer. Elle l'attend… Elle s'inquiète. Sans comprendre ce qui peut lui prendre autant de temps… Se mettra-t-elle à creuser ? Pourra-t-elle s'extraire de la tombe par ses propres moyens à l'aide un misérable couteau ? Ou le manque d'air la fera-t-elle tourner de l'œil avant qu'elle puisse commencer ?

Il entend un bruit de pas derrière lui.

De plus en plus précipités.

Il doit parvenir au tunnel. Il lui faudra juste un quart d'heure pour ramper jusqu'à la paroi du fond, dans la sépulture, rejoindre Sabine en y pratiquant un trou, puis rebrousser chemin avec elle et disparaître dans la nuit…

Ils ont prévu une cachette sûre pour attendre l'aube, moment où Claudia, la sœur de Sabine, amènera le bébé avec sa moitié des douze Pierres de Mémoire. Ensuite, ils passeront le restant de leur vie loin de Rome.

Par-delà le gouffre des siècles, Josh entendit Gabriella :

— Dépêchez-vous, il est blessé, il saigne !

Il tourne à l'angle et voit les brutes qui l'attendent… Ces salauds ont dû anticiper sa destination, et auront décidé de lui couper la retraite de l'autre côté… Ils sont six. À ricaner et à vitupérer les grossières épithètes dont ils se gargarisent… Il ne peut plus reculer.

Se remplissant les poumons d'un grand bol d'air, Julius accélère, accédant à un palier de célérité dont il ne se serait jamais cru capable. Il fonce droit sur les voyous, se moquant qu'eux campent sur leurs positions. Ils seront bien forcés de s'écarter. Leurs instincts les pousseront à se déporter sur la droite ou sur la gauche, et il leur filera entre les doigts.

Il entrevoit l'éclair d'une lame, et refuse de freiner.

Sabine l'attend. Elle n'a sûrement plus beaucoup d'air.

Il court encore plus vite.

Ils rient à gorge déployée.

— Ton temple s'est envolé en fumée, tu savais ça ?

— Ils sont tous réduits en cendre !

Il fonce toujours sur eux, mais il se trompait. L'un d'eux ne bouge pas. Et il bondit…

La lame cisaille les airs.

Julius est foudroyé par la douleur. Plié en deux. Pris de nausée... Les six ricanent de plus belle en se félicitant les uns les autres. L'un d'eux lui allonge un coup de pied. Du sang – noir dans la nuit – jaillit de son flanc percé. L'un des types le remarque pourtant et attire l'attention dessus.

— Il fait un sacrifice à ses dieux ! Son sang coule sur l'autel ! Laissons là ce porc embroché, qu'il crève en se vidant de son sang !

Ils s'en retournent. Le silence retombe. Julius se redresse sur des jambes flageolantes. La douleur le courbe de nouveau en deux. Peu importe. Ce n'est qu'un agacement mineur, une vulgaire contrariété... Il doit rallier le tunnel qu'il a creusé de ses mains, et y ramper pour aller sauver Sabine qui l'attend. Ensemble, ils voleront ensuite au secours de leur fille et ensemble, tous les trois, ils pourront entamer une nouvelle vie. Alors, il persévère.

Gabriella l'appelait.

— Josh ? Josh ? Tu m'entends ?

Il leva les yeux vers elle, voulant tellement s'ancrer dans le présent avec elle...

— Josh ?

Elle tenait dans ses bras Quinn, qui avait les yeux baissés sur lui. Des yeux écarquillés où brûlait une flamme qui l'embrasa, tandis qu'elle gémissait...

— Papa, papa... Non ! Papa, non !

Julius voit Sabine tenir leur bébé quelques minutes avant de la confier à sa sœur. Il se penche sur sa fille. Un adieu. Elle le dévisage, une flamme dansant au fond de son regard intense, l'embrasant. Comment un bébé aussi petit peut-il darder sur lui un tel regard, se demande-t-il.

Il était de retour au présent, oubliant tout cela, se rappelant... Il y avait plus d'un criminel ici, plus d'un homme à arrêter... Josh vit le visage de Malachai s'écarter de son champ de vision. Il vit ses yeux lancer des éclairs, comme toujours lorsqu'il parlait des pierres. Josh avait besoin de surmonter la douleur pour les avertir que Malachai était en train de fuir en emportant les gemmes... Il avait besoin de trouer les brumes du temps se rabattant sur lui-même pour leur crier de prendre en chasse l'auteur de toute cette sanglante tragi-comédie, en train de décamper avec le trésor.

Malachai était maintenant en possession de toutes les pierres et il allait leur échapper...

Il en détenait toute la puissance...

Il était dangereux. Non pas simplement pour la préservation du temps présent, mais pour celle de l'avenir aussi.

Quand Josh tenta de parler, il ne réussit qu'à lâcher un long gémissement doux afin d'apaiser cette enfant qui faisait partie de *lui*... Quinn continuait de pleurer en répétant inlassablement « *Papa, papa... !* »

C'était donc Quinn qu'il devait sauver... Non Rachel. Non Gabriella... C'était le bébé que Sabine et lui n'avaient pas tant perdu que sauvé. Leur enfant. Et cette enfant maintenant... Qui venait d'être de nouveau sauvée.

— Papa, papa !

Le bourdonnement était de retour. Un son différent cette fois. Se rapprochant en cercles concentriques... En en réalisant la nature, Josh tenta de sourire. Ces hurlements de sirènes signifiaient que Bettina avait compris ce qu'il lui avait mimé du bout des lèvres... Tout rentrerait dans l'ordre à présent. Malachai n'y prêtait pas attention. Et il n'aurait plus le temps de fuir... La police l'arrêterait. Tout irait bien maintenant. Le ravisseur, Malachai... Tous deux étaient coincés.

Épuisé, Julius réussit pourtant à se traîner dans le tunnel. La douleur, à son flanc, n'est plus qu'embrasement. Un feu ardent qui le dévore tout entier. Ses entrailles sont incandescentes. Il halète vainement, n'arrivant plus à aspirer un souffle d'air. Il ne peut pas respirer. Julius ne le peut pas ! L'affolement fusionne avec la souffrance. Sabine l'attend juste au bout de ce boyau, de l'autre côté de la paroi en terre battue.

Mû par le désespoir, il s'efforce de ramper encore de quelques centimètres. Il n'y parvient pas. Il ne peut même plus soulever la tête de tant de graviers, de boue et de cailloux. Ce sera donc sa tombe, à lui aussi… Ce trou froid et humide, sombre et exigu. C'est là qu'il retombera en poussière, petit tas d'os pathétique à une dizaine de respirations peut-être de distance de Sabine. Une dizaine d'inspirations qu'il n'a plus.

La douleur refluait, se muant en tourbillons multicolores, au fond de ses yeux. Sa peau bourdonnait. Josh n'était plus qu'aveuglante lumière – suffisamment pour éclairer une ville entière –, une lumière qui le vivifiait et le tonifiait alors même que ses yeux se fermaient et qu'il glissait dans la zone familière d'une autre existence, d'une vie qui, par le passé, avait mal tourné, et dont il venait enfin de rectifier le cours.

S'il mourait maintenant, quelqu'un verrait-il l'étrange aura qui nimbait sa tête ?

Quelle existence suivante l'attendait ? Laquelle allait-il vivre maintenant ?

Il paraît qu'à l'heure de sa mort, on voit en un éclair toute sa vie défiler sous ses yeux… Pour Josh, ils furent tous là… les gens qu'il avait photographiés, ceux qu'il avait connus, ceux qu'il avait aimés, ceux qu'il avait incarnés… Tant et tant de gens.

Les chœurs humains.

La musique des âmes.

# Note de l'auteur

Si *La Mémoire des Morts* est une œuvre de fiction, chaque fois que c'était possible, je me suis appuyée sur des faits historiques et des théories préexistantes quant au thème de la réincarnation afin de constituer l'ossature de cette histoire.

Les détails sur la vie dans la Rome antique, le paganisme, l'avènement du christianisme et les croyances anciennes en la réincarnation, ainsi que les vierges vestales sont attestés dans les annales de l'histoire. De même que les descriptions des devoirs des vestales, de leur maison et de leur temple, les règles qui régissaient leur quotidien. Leurs vœux de chasteté étaient sacro-saints ; les violer leur valait d'être enterrées vives. J'ai pris des libertés vis-à-vis de leur implication avec les Pierres de Mémoire – qui sont de mon invention, tout comme les Instruments de la Mémoire.

Nombre des emplacements mentionnés dans ce roman existent : le pont Riftstone est bien à Central Park, et l'église des Capucins se trouve là où je l'ai indiqué à Rome. Plusieurs tombes de vestales ont été découvertes dans divers sites périphériques de Rome. Celle de Sabine ne l'a jamais été, pour l'excellente raison que l'histoire n'a pas gardé trace d'une vestale portant ce nom. La fondation Phœnix, hélas, n'existe pas. Quant à Malachai et au docteur Talmage, s'il s'agit de personnages entièrement fictifs, c'est à l'étonnant docteur Ian Stevenson que je dois mon inspiration ; il a effectué des régressions vers des vies antérieures avec plus de 2 500 d'enfants.

Josh, Natalie et Rachel expérimentent eux-mêmes des régressions vers des vies antérieures de manières analogues à celles des gens que j'ai pu rencontrer, ou au sujet desquels j'ai pu trouver à lire et matière à réfléchir. Mais leurs histoires respectives relèvent de mon entière invention. Mes propres lectures et recherches relatives à la théorie de la réincarnation ont suivi un processus continuel. Ce que j'ai décrit au fil de ces pages fut sélectionné à partir des principes et des écrits de ceux qui ont étudié ce concept et y ont ajouté foi au fil de milliers d'années. Figurant à la fin de ce roman, une liste d'ouvrages s'adresse à ceux de mes lecteurs qui souhaiteront approfondir cette notion fascinante.

Vous pouvez vous connecter à Reincarnationist.org pour de plus amples informations.

# Remerciements

Ceci est mon neuvième roman publié et celui qui m'a pris le plus de temps à rédiger – avant même que je sache que je voulais devenir écrivain, en effet, ma mère me parla pour la première fois de l'idée de la réincarnation. Tout le temps que j'ai travaillé à cet ouvrage, elle m'a un peu moins manqué, et je suis certaine qu'il aurait été son préféré.

Il y a tant de personnes que j'aimerais remercier, à commencer par Loretta Barrett, Nick Barrett, Nick Mullendore et Gabriel Davis de Loretta Barrett Books pour leur travail acharné et leurs judicieux conseils. Merci à toute l'équipe de MIRA Books – et notamment Donna Hayes, Dianne Moggy, Alex Osusek, Laura Morris, Craig Swinwood, Heather Foy, Loriana Sacilotto, Katherine Orr, Marleah Stout, Stacy Widdrington, Pete McMahon, Gordy Goihl, Ken Foy, Fritz Servatius, Cheryl Stewart, Rebecca Soukis et Sarah Rundle. Je suis bien heureuse en effet d'avoir connu autant de gens aussi incroyables alors que j'étais isolée dans mon coin, à écrire ce livre… Ce fut une merveilleuse expérience – merci !

Merci à Mayaprya Long, qui m'a donné les bonnes informations au bon moment. Pour le soutien, les conseils, les renseignements ou simplement des conversations passionnantes, merci à Mara Nathan, Jenn Risko, Carol Fitzgerald, Judith Curr, Mark Dressler, Barry Eisler, Diane Vogt, le père d'Amanda, Suzanne Beecher, David Hewson, Shelly King, Emily Kischell, Stan Pottinger, le fiancé d'Elizabeth, Simon Lipskar, Katherine Neville, la Rom-Arch Listserv, Meryl Moss et l'ensemble des International Thriller Writers.

Ma gratitude va à tous les libraires, les bibliothécaires et chacun de mes lecteurs.

Comme toujours, à ma bien-aimée famille : Gigi, Jay, Jordan, mon père et Ellie.

Et enfin à Doug Scofield, le calme dans la tempête, l'éternel optimisme et la musique.

# Ouvrages recommandés par l'auteur

Beloff, John, *Parapsychology : A Concise History*, St Martin's Press, 1997

Bowman, Carol, *Les vies antérieures des enfants – Comment le souvenir de ses vies antérieures affecte votre enfant*, AdA, 1999

Chitkara, M.G., *Buddhism, Reincarnation and Dalai Lamas of Tibet*, A.P.H. Publishing Corporation, 1998

Chopra, Deepak, *La Vie après la Mort – Le livre des réponses*, Guy Tredaniel, 2007

Cott, Jonathan, *The Search for Omm Sety : A Story of Eternal Love*, Warner Books, 1989

Darling, David J., *Zen Physics : The Science of Death, the Logic of Reincarnation*, HarperCollins, 1996

Faulkner, Raymond, traducteur, *The Egyptian Book of the Dead : the Book of Going Forth by Day*, Chronicle Books, 2000

Fenwick, Peter et Elizabeth Fenwick, *The Truth in the Light : An Investigation of Over 300 Near-Death Experiences*, Berkley Publishing Group, 1997

Gauld, Alan, *A History of Hypnotism*, Cambridge University Press, 1995

Head, Joseph & Sylvia Cranston, *Le livre de la Réincarnation – Le Phénix et le mystère de sa renaissance*, Christian de Bartillat, 1991

Jung, Carl Gustav, *L'homme et ses symboles*, Robert Laffont, 2002

Jung, Carl, Gustav, *Ma vie, Souvenirs, Rêves et Pensées*, Gallimard, 1967

LaGrand, Louis E., *After Death Communication : Final Farewells*, Llewellyn Publications, 1997

Sabom, Michael B., *Souvenirs de la mort, une Investigation médicale*, Robert Laffont, 1992

Shroder, Tom, *Old Souls : The Scientific Evidence For Past Lives*, Simon & Schuster, 1999

Stevenson, Ian, *Les enfants qui se souviennent de leurs vies antérieures*, Sand et Tchou, 1993

Stevenson, Ian, *Réincarnation et Biologie, la Croisée des Chemins*, Dervy, 2002

Stevenson, Ian, *Unlearned Language : New Studies in Xenoglossy*, University of Virginia Press, 1984

Tucker, Jim, *Life Before Life : A Scientific Investigation of Children's Memories of Previous Lives*, St Martin's Press, 2005

Weiss, Brian L, *Nos vies antérieures, une thérapie pour demain – un médecin découvre les pouvoirs de l'hypnose et des régressions*, J'ai Lu Aventure Secrète.

Woolger, Roger J., *A la recherche de nos vies antérieures*, Exergue, 2003

# Dans la même collection

## Le Quatrième Secret

### Joseph THORNBORN

« *Aigle et fleurs... persécution...* » C'est en prononçant ces mots que s'éteint sœur Lucia, le dernier témoin de l'apparition de la Vierge à Fatima. Avant de mourir, elle transmet une lettre révélant que l'Église n'a pas entièrement livré le Troisième Secret de Fatima. La dernière partie est en effet lourde de menaces pour l'humanité. Dans l'Arctique, une équipe de scientifiques recherche des corps congelés dans la glace depuis près d'un siècle... Au Vatican, un journaliste qui couvre l'élection du nouveau pape se retrouve au cœur de l'incroyable machination d'une secte fondamentaliste... Le Quatrième Secret pourra-t-il empêcher les antiques prophéties de se réaliser ?

**Un thriller haletant où se mêlent étroitement science, histoire et ésotérisme.**

ISBN : 978-2-35288-195-7

## Le Secret de l'Icône

### Bill NAPIER

Antiquaire spécialisé dans les livres anciens, Harry Blake doit expertiser un journal intime vieux de 400 ans. Ce document semble être le banal récit d'un mousse embarqué en 1585 sur le navire de Sir Walter Raleigh, le célèbre explorateur anglais. Mais lorsque le propriétaire de ce journal est assassiné, Blake comprend que le manuscrit dissimule certains secrets aussi fascinants que dangereux. Avec l'aide d'une spécialiste des cartes anciennes, il tente d'en percer les mystères. De conspirations élisabéthaines en énigmes remontant aux Croisades, tous deux suivent la piste d'une très ancienne relique. Une icône pour laquelle leurs adversaires n'hésitent pas à faire couler le sang...

**« *Extraordinaire et intriguant !* »** (Steve Berry)

ISBN : 978-2-35288-174-2

www.city-editions.com